リサ・マリー・ライス/著

上中 京/訳

真夜中のキス

Midnight Kiss

扶桑社ロマンス

1562

真夜中のキス

登場人物

ホープ・エリス	元国家安全保障局(NSA)職員、現在は投資ファンドのデータ解析士
ルーク・レイノルズ	元陸軍レンジャー、民間警備・軍事会社ASI社のエージェント
フェリシティ・オブライエン	ホープの親友、ASI社のIT責任者
コート・レドフィールド	アメリカ合衆国上院議員、大統領候補
ローン・レズニック	コートのボディガード
ジェイコブ・ブラック	世界最大規模の民間警備・軍事会社のオーナー経営者
ハバード・レドフィールド	愛称バード、コートのひとり息子
カイル・アッカーマン	ホープの友人、遺伝学者
メタル	フェリシティの夫、ASI社のエージェント
エマ、ライリー	ホープのNSA時代の同僚、友人
フランク・グラース	IT業界のカリスマ(故人)

私設掲示板ＨＥＲルーム

〈投稿者：無記名〉誰か、いる？　助けて！
〈投稿者：フェリシティ〉私。今メッセージに気づいた。誰なの？
〈投稿者：無記名〉ああ、よかった。こちらホープ。緊急事態。何者かが私の命を狙ってるの。私のアパートメントがある建物に侵入する男数名を監視カメラで確認した。セキュリティ・アプリのおかげで、玄関ロビーでの騒ぎに気づき、かろうじて脱出できた。今はどうにか身を潜めていられるけど、長くはもたないと思う。でも行くところがなくて。助けてほしい。
〈投稿者：フェリシティ〉これ、携帯から？　痕跡をたどられたりしない？
〈投稿者：無記名〉買い置きの使い捨て。これまでいちども使ってない電話で、私の名前が掲示板に表示されないのもそのせいなの。このあとすぐ、位置情報を暗号化するアプリをインストールするから大丈夫。とにかく、自分が本ものの殺し屋に狙われるだなんて、今でも信じられない。殺し屋はね、私の友人をひとり殺してるの。アパートメントの建物に入るやいなや、受付デスクにいた管理人まで殺したのよ。私は昨日からずっと逃げ回ってる。

〈投稿者：フェリシティ〉マジで？　わかった、今こっちで、あなたの現在地を探るからね――OK、現在の居場所は特定できた。暗号化アプリは、早めにインストールしたほうがいいね。隠れる場所だけど、こっちで用意する。もう少ししたら、そこから旧州議会場に向かって、歩道を進んで。最初に交わる大通りの角に、今からぴったり一時間後に迎えの車を横づけさせる。合言葉として『ドラゴンと秘密の地下牢』と声をかけられるから、あなたは『ワールド・オブ・ワー・クラフト』と応じて。その車でプライベート・ジェット用の飛行場まで送らせる。うちの会社の所有機をすぐに出発させられるように手配しておくから、そのまま西海岸まで飛んで来て。こっちの飛行場ではASI社のエージェントがあなたを待ってる。名前はルーク・レイノルズ。絶対に信頼できる人だから。軍で数えきれないぐらい表彰されたあと名誉除隊し、警察官として働いてたの。そのルークが、あなたを安全な場所に案内する。もう安心して。約束する。

〈投稿者：無記名〉よかった！　フェリシティ、本当にありがとう。そっちはまだ早朝よね？　あなたがオフィスにいてくれてよかったわ。でなきゃ、私のSOSに気づくのに時間がかかったでしょうから。

〈投稿者：フェリシティ〉オフィスにはいないんだ。ベッドにいる。切迫流産の危険があるから、ベッドにじっとしてろって厳しく命じられてる。こういうことに関して、うちの夫は絶対に譲らないんだよね。

〈投稿者：無記名〉流産の危険？　赤ちゃんができるの？　うわあ、知らなかった。

〈投稿者：フェリシティ〉ま、そういうことよ。とにかく無事にこっちへ来て。積もる話もあるけど、いろんなことは、会ってから話す。

1

オレゴン州ポートランド

　ホープ・エリスを乗せたプライベート・ジェットがポートランドに着陸すると、外は雨だった。飛行場は郊外のヒルズボロという町の外れにあった。ワシントンDCを離陸してすぐ、自分のパソコンで場所を確認した。行き先を把握しておけば、いくぶん気持ちが落ち着くと思ったからだ。

　流線型のデザインが美しいプライベート・ジェットに乗り込んだときには、体が震えていた。その後、パイロットが客席に挨拶（あいさつ）に来たが、ホープをひと目見ると、すぐに毛布を持って来てくれた。それから熱い紅茶の入ったカップを彼女の目の前に置き、コックピットに姿を消した。

　よかった、と彼女は思った。軽い会話でも求められた場合、何か話そうと口を開けた瞬間、悲鳴を上げてしまいそうだった。

大陸を横切るほどの長い空の旅の場合、普段なら仕事に没頭する。国家安全保障局(NSA)を辞めたあと、現在は、投資ファンドでデータ解析の仕事をしている彼女は、仕事に集中したあとはいつも充実感でいっぱいになる。一心不乱に仕事をするのが得意でもあり、機内でちょっとした仕事を片づけることができれば、時間を無駄にしなかったと満足するのだった。しかし、今はそんな気力さえない。命からがら逃げ出してきたのだから。

本当に十数時間ぶりに、ほっと息がつけた。くぐもった音のおかげで外の世界とは遮断(しゃだん)されている気になり、さらに穏やかな色調の機内でやわらかな座席に身をゆだねると肩の力が抜けるのを感じた。ここなら自分を殺そうとする者はいない。安心していられる。

たぶん。

自分を狙っているのが誰にせよ、乗客名簿もないのだから、ホープ・エリスという女性がオレゴン州ポートランドにやって来ることを知るすべはないだろう。だから、そろそろ深呼吸して、いったい何がどうなっているのか、じっくりと状況を分析しよう。そして今後どうするのか、もしかしたら外国に逃げる計画を立てるべきなのかを考えるのだ。フェリシティの会社なら、海外に姿を消すようなことにも手を貸してくれるだろうが、そのためには、きちんと筋道を立てて話ができるようにしておかないと。取り乱して、これまでに起きたことの断片を脈絡もなく語るのではだめだ。ホープはデータ解析士であり、その能力を高く評価されて、高給を得ていた。今回は高額のボーナスをもらえるわけでも、昇進できるわけでもないが、自分の命がかかっている。だから落ち着いて、いったい何が起きているのか、きちんと解析し、結論を導き出さないと——。

そう思ったのは覚えている。しかし、すぐに眠ってしまったようだ。正確には、昏睡状態に陥る、といった感じだった。昨日、友人のカイルから電話がかかってきて以来、全身が警戒態勢にあり、ずっとぴりぴりしていた。食べものは喉を通らず、一睡もしていなかった。アドレナリンが猛烈な勢いで血管に放出され、神経が研ぎ澄まされていた。

俗に『アドレナリン・クラッシュ』と呼ばれるやつだ。コンピューターの前で時間を過ごすことが多い人間なら、よく経験する。四十八時間、ときには七十二時間ぶっ続けで仕事に取組み、睡眠なんて弱虫が望むもの、眠いと言うのは脳死状態だからだ、などと豪語してコンピューターと格闘する。その後十二時間眠る。興奮状態のあとのぶっ倒れる、という状態。今回のホープはまさにそれだった。ただし、アドレナリンが体内を駆けめぐっていたのは、命の危険にさらされていたからだが。

シートベルトを留め、この鋼鉄の物体の内部には自分を殺そうとする人間はいない、そしてその鋼鉄の物体は空高く舞い上がり、成層圏の近くで飛行を続けるのだ、と認識した次の瞬間、もう眠りに落ちていた。そのまま離陸にも着陸にも気づかなかった。

誰かに手を触れられたとき、やっと目が覚めた。

ひどい悪夢にうなされ、声にならない叫びを上げながら、顔を覆うように腕を振りかざしたときだった。夢の中では、誰かが自分の顔に銃口を向けていた。弾丸を止めようと、腕で顔を隠したのだ。

「大丈夫か？」

殺し屋なら、『大丈夫か』などと声をかけてこないはず。いや、やはり殺し屋なのか？　ぼんやりとそんなことを考えながら、自分を押さえようとする手を振りほどくため、彼女は目を閉じたまま体をよじった。

「ホープ」

名前を呼ばれて目を開けると、男性が立っていた。獰猛（どうもう）な殺し屋には見えない。低く落ち着いた声で話しかけてくるし、こちらの名前まで知っているのだ。「俺の名前はルーク。フェリシティの友人だ。君を迎えに来た」

彼の言葉はホープの頭の中で跳ね返るだけで、脳にその意味が浸透していかない。それでも、三つだけ理解できる単語があった。ルーク。フェリシティ。友人。

けれど、体が拘束されて、自由を奪われているのはなぜ？

「俺がしよう。いいかな？」男性はそう言うと、両手を前に掲げた。なんでこんなことをするのだろう？　武器を持っていないと示すため？　でも、ずいぶん大きな手だ。これだけ大きな手なら、女性の首ぐらい簡単に絞め上げられそう。

彼女の不安をよそに、その大きな手は彼女の膝の上を通過した。かちゃっと金属的な音が聞こえ、彼女は体が自由に動くのを感じた。

ああ、そういうことか――やっとわかった。

自分が頭の悪いほうだと思ったことはない。けれど今は、生存本能だけが自分のすべてを支配してしまっていた。悪夢の残像が完全に消えるまでのほんの数秒のことではあったが、自分が理性まで失ってしまったのだと思うと恐ろしかった。ここがどこで、なぜ自分がここにいるのかを悟るまでに、一瞬の間があった。疲労困憊でストレスが大きすぎたのだ。だから動物的に反応した。

視線を上げると、男性がこちらを見ていた。ルーク……そうだ、ルーク・レイノルズだ。親友であるフェリシティが、ホープのために迎えに来させてくれた人。彼が自分を守ってくれるのだ。なのに、ホープのほうから彼を襲うようなまねをした。シートベルトをしていなかったら、殴りかかっていたかもしれない。

ただ……この人を殴るのは、かなり難しそうだ。長身瘦軀、贅肉なんてかけらもない。浮き出る腱の周囲にしなやかな筋肉――素手の戦闘なら誰にも負けない、という感じ。この人に実際にパンチを当てることができたとしても、こちらのこぶしが痛くなるだけだろう。

「ごめんなさい」寝起きなので、声がかすれていた。深く息を吸い込むと、唇が震えた。「どうか、許して」

「許すも何も、君が謝る必要なんてない」男性は、感情を排した口調でぼそりと言った。そしてつばの広い帽子とサングラスを取り出した。窓から外を見ると、かなりどんよりと曇っている。「これを身に着けてもらいたい。ただのミラータイプのサングラスに見えるが、実は赤外線を反射して顔全体のスキャンを妨げる。帽子の縁の内側からは特殊な光線が出て、これをかぶっていると顔の録画ができない。タラップの周囲にはシートを張ってあり、すぐ下に車両を待たせてある。君を人目にさらさないように、とフェリシティから言われているんだ」

彼女はただうなずいた。自分のことなのに、この状況についていけていない気がする。姿を隠すための道具を手渡されたのだ、と理解するのに、一瞬時間がかかった。姿が見えなくなるのはいいことだ。こういうハイテク道具だと、なおさら心強い。彼女はほとんど信仰に近い熱心さで、現代のテクノロジーというものを信じていた。

「ありがとう」今度はあまりかすれた声にならなくて、ほっとした。

彼がうなずく。

体の節々が痛み、頭がまだぼうっとしている。丸二日間一睡もせずにサイバースペースで仕事をしたあとそのまま、現実世界に戻ったときの感覚だ。あたりを見回すと、コックピットのドアの前にパイロットが立っていた。何かを待っているようだが――。私を待っているのだ。まるで頭が回っていない。パイロットは、ホープが機内から出て行くのを待っている。

そしてルークも。彼は出口を手のひらで示していた。

ホープはまたあたりを見た。飛行機から降りるときの手順というものがあったはず。シートベルトを外し、立ち上がり、何かを手にして――何を手にすればいいのだろう。ああ、思い出した。「荷物はないの。洗面道具すら持って来なかった」

持っているのはラップトップ・パソコンを入れたバックパックだけ。

ルークがうなずく。「フェリシティが簡単な身の回り品を用意した。車のトランクに載せてあるから」そう言って、彼女の手元に視線を落とす。「そのサングラスをかけて、帽子をかぶってもらえるかな?」

サングラスと帽子のことはこれで二度目だ。

「ああ」慌ててつばの広い帽子を頭に載せ、大きなサングラスをかける。どちらも結構重い。「ごめんなさい」

「謝らなくていいから」彼の手が、ホープの腕に触れる。「急激にアドレナリンが放出された反動で、今は集中力がまったくなくなっているんだ。でも大丈夫。俺たちが面倒をみるから」

他人に面倒をみてもらうというのは、彼女にとっては慣れない感覚だった。これまでずっと、自分のことは何でも自分で片づけてきたのだ。

タラップの両側にかけてあるシートは透明で、一瞬ホープはパニックを起こしそうになった。神経質になりすぎだと言われればそうなのかもしれないが、これでは遠くから望遠鏡で探られたら姿を見られてしまうかもしれないと、不安になったのだ。高倍率のレンズをつけたカメラなら、画像まで記録できる。NSAでの経験から、最近の顔認証技術がどれほど進んでいるかは、よく知っている。確かに、特殊なサングラスと帽子で顔を隠してはいるが、これは技術的にはまだ新しく、確立されていないテクノロジーというものは、間違いも起きやすい。凄腕（すごうで）のスナイパーに、遠くから狙撃（そげき）されたら……。

ルークは彼女の肘（ひじ）に手を添え、前へと促した。「何を恐れているのかはわかるよ。透明のシートじゃ危険だ、と思ってるんだろ？」

ホープは彼を見上げた。フェリシティから、ルークはＡＳＩ社のエージェントだと説明されていた。国内でも有数の警備会社で、実際に現場で働く人間として、彼自身も被害妄想に近いぐらい警戒心は強いはず。職業病みたいなものだ。彼女自身はこれまで、被害妄想を疑われるほどの警戒心を持ったことはなかった。あらゆることを警戒するのなんて嫌だし、恐怖でびくびくするのは楽しいものではない。

「ええ、まさにそのことを心配してたの」

「実は、危険なことはないんだ。心配しなくてもいい」彼は片手を彼女の腕に添えたまま、タラップを降り始めた。反対側の手で透明のカバーに触れる。「透明のビニールに見えるだろ？　だが、反対側からこっちを見ることはできないんだ。車に乗って外から見れば、俺の言っている意味がわかるから。本当は帽子やサングラスだって不要なぐらいなんだ。君の姿は誰にも見られない。それに俺の体でも、君を隠す」

ああ、それなら……安心だ。

タラップを降りるあいだ、ルークはホープと歩調を合わせてくれた。彼ならこのタラップのいちばん上から飛び降りたって問題なく地面に着地しそうなのに、ステップを降りるたびに一歩ずつ彼女の動きを待つ。こういうふうにされると、何だか守られている気がする。この数十時間、ずっと張り詰めていた神経がふっと緩んだ感じ……おそらく無意識のうちに、ほんのちょっとしたことでも即座に身構えられる態勢を取っていたのだろう。けれどこの男性がそばにいてくれれば、自分がぴりぴりする必要はないとわかったのだ。何か危ないことがあれば、ホープより先に彼が察知するだろうし、彼なら完璧（かんぺき）な対応ができるはず。

ほっそりと筋肉質な彼の体から熱が伝わり、安心感を得られる。自分の体が冷えていることにさえ気づいていなかったのだが、彼の体を近くに感じて初めてわかった。ついもっと体を密着させたい、と思ってしまう。熱を求めて。彼の体からにじみ出る力強さに頼りたくて。

タラップのカバーは、駐車してあった車両の屋根も覆っていて、車のドアがうまくタラップと接しているので、カバーの外にはいっさい出ることなく、車の助手席に乗り込むことができた。

車のウィンドウは、一見普通の素材のようだが、外からは中がどうなっているのかまるでわからなかった。

ルークは運転席側へと回り込み、ハンドルを握ると発車させた。

「後ろを見てごらん」

彼の言葉どおり振り返ったホープは驚いた。カバーはただのビニールだと思っていたが、透明ではないのだ。半透明というか、ぼんやりと鈍く光を通すだけで、その向こうがどうなっているのか、まるでわからない。手すりもステップも、いっさい見えなかった。

「わかっただろ?」彼の言葉に、見開いた目を彼のほうに向け、ホープはうなずいた。

「君がここにいると知る者は、誰もいない」彼の口調がやさしくなった。「だから、リラックスして」

実際に、彼女はリラックスした。何十時間かぶりに。強ばっていた筋肉をほぐし、深く息を吸い込む。深呼吸したのなんて、生まれて初めて、と思うぐらい久しぶりの感覚だった。

ルークがボタンを押すと、車内にクラシック音楽が流れた。やわらかな音楽が聞こえるな、と何となく意識できるぐらいの音量。心身ともに癒される気がするが、うるさくはなく、もちろん会話を妨げることもない。

彼女は体ごと彼のほうに向き直った。そして初めて、彼が本当にハンサムであることに気づいた。気づくのに時間がかかったのは、〝俺ってイケメンだからさ〟というオーラを、彼がいっさい出していないからだ。ここまで整った顔立ちの男性なら、たいていはそういう雰囲気をかもし出しているものなのに、この人は実務優先、みたいな感じで、自分の外見のよさにはまるで無頓着なのだ。実際は、これまで彼女が出会った中でもいちばんきれいな顔の男性だった。映画スターでもここまで容貌のすぐれた人は少ないのではないかと思う。軽く陽焼けした肌、鋭角的な形の顔にすっきりとした目鼻立ち、透き通るような水色の瞳、幅が狭くつんと尖った鼻、口元はきりっと……いや、正確には、深刻な問題を抱えているのかと思うぐらい、引き締めている。仕事がら、こういう表情になるのだろう。命を狙われている女性を警護する、というのは深刻な状況だから。

それでも、本当にハンサムでセクシーな男性だ。

だめだめ、そんなことを考えては。ただ、今みたいなことを考えるのは、普段の彼女らしくなかった。好意を持った男性に意味ありげな冗談を言ってみたり、思わせぶりな態度で気をひいたりするのは彼女のやり方ではない。そもそも男性に惹かれるのは、知り合ってから何ヶ月もかけて、気持ちを育んでからだ。こんなふうに出会った瞬間、彼の――魅力だか何だかに惹きつけられるのは、ちょっと怖い。全身が目覚めた感じで、体内には大量の女性ホルモンが放出され、肌が敏感になっている。磁石みたいに引き寄せられ、目が離せない。仕方なく、彼女は顔を窓のほうに向け、外を見た。

「それで、行き先はどこ？」窓に語りかけるように質問したが、結局吸い寄せられるようにまた彼のほうを見た。自分がどこに連れて行かれるか知らない、というのは妙な感覚だ。

ホープの仕事では、ひとつのことをする際に、その七つか八つ先の手を読んでおかねばならない。ところが今は、先を読むどころか自分がどこに行くかも知らず、ただこの男性に言われるがまま行動している。目の前のことだけしか考えられない状況なんて、おとなになってからは経験していないはず。

そしてこの危機的状況の中で恐怖が募り、結果として、普段の自分とは異なる一面に気づかされた。動物的な欲求の強さだ。極限的な状態に追い詰められているわけだから、これが本性なのだろう。自分ではこれまで、そういった欲望に支配されるような女性ではないと思っていたけれど。

そのときルークがちらっとこちらを見た。太陽に照らされたようにまぶしく感じた。

「ASI社が高級ホテルのスイートルームを借り上げた。別の会社名で予約してあるから、君がそこに宿泊することは誰にも知られない。ルームサービスも頼めるから、安心したところでゆっくり事情を聞かせてもらいたい」彼がホープの全身を確かめるように見る。彼女は仕事に出かけた服のままだった。黒いスキニーパンツ、だぼだぼの緑の麻のシャツに大きめの黒のジャケット。「かなり高級なホテルだが、その服装なら人目を引くことはなさそうだ。実際には、君の姿が人の目に触れることはないんだが」そこで彼は軽く息を吐いた。「俺のほうは高級ホテル向きの服装じゃなくて、申しわけない。見張り仕事の最中に呼び出されたもので」

ホープは横目で彼の様子を観察した。ブロンドの髪は伸び放題、顎のあたりに無精ひげがある。美容院でわざわざ自然っぽく作った〝無造作に伸ばしていたらこうなった〟ひげではなく、本ものの、つまりただカミソリをあてていないだけのひげだ。色褪せたジーンズに、よれよれのグレーのTシャツ、その上から紺のフランネルのシャツをジャケット代わりにはおっている。そのすべてに、長時間着ていたらしいしわがある。

おやおや。何だか気持ちが明るくなり、彼女は何日かぶりの笑みを浮かべた。「大丈夫よ。私の以前の職場では、フォーマルな服装の定義が、左右そろった靴を履きズボンの前をきちんと閉めていることだったから。あなたの今の服装じゃ、フォーマルすぎるわ」

2

フェリシティの友人が、これほどの美人だとは思っていなかった。考えてみれば、予想しておくべきだった。フェリシティ自身が、かなりかわいい女性で、彼女の夫であるメタル・オブライエンの意見では、世界一の美女だ。それを否定すれば、メタルに撃ち殺されるだろう。

ただルークのこれまでの経験では、ITスペシャリストの女性の友人同士が二人とも美人だという確率は非常に低いはずだった。彼は陸軍に十年間いて、その大半をレンジャーとして過ごした。特殊部隊にはチームごとにIT技術にすぐれた連絡将校や兵站（へいたん）担当者が付くのだが、たいていは女性で、セックスというものをいっさい感じさせない存在だった。彼女らの操るコンピューターのほうがまだセクシーだと思うぐらいだった。人というより、IT関連のタスクを実行するアプリみたいなものだ。

目の前の女性は違う。窓の外ばかり見ているので、遠慮なく彼女の様子をうかがうことができるのだが、見るたびにきれいだと思う。かわいいだけではない。明確に、美人なのだ。線の細い顔立ち、大きな緑の瞳、濃く黒いまつ毛、象牙みたいなすべすべの肌、光の加減で青く輝く真っ黒な髪。華奢な体つきのように思えるが、大きなジャケットを着ているので、断言はできない。こんなぶかぶかの服を着るなんて、自分の存在を目立たなくする意図があるのだろうか。

彼女の全身から〝私を見ないで！〟というメッセージが伝わってくるようだ。まあ確かに、殺し屋に狙われているのなら、目立たないほうがいいだろう。ただ、殺し屋に狙われていない状況にあるとき、彼女が体の線を隠さない服を着て街を歩けば、誰もが振り返るはず。間違いなく。特に男性の目を釘づけにするだろう。

フェリシティから大まかな話を聞いただけだが、この女性はかなりの窮地にあるらしい。詳細は直接本人の口から聞いたほうがいいだろうから、とフェリシティは言っていた。そのとおりだ。先に間接的な話を聞くと、先入観が入ってしまう。時間はたっぷりあるから、ホープ自身に具体的な話をじっくり語ってもらえばいい。借り上げたホテルには、これからどうするかという判断材料がそろうまで滞在することになっている。ルークが正式にＡＳＩ社のエージェントになるのは、まだ二週間先なのだが、会社やそのスタッフには全幅の信頼を置いている。ホープ・エリスがそのホテルに宿泊するという情報が漏れる心配はない。

ただ、彼女を狙っているのがどういうやつらなのかがわからないので、油断は禁物だ。財力もコネもある悪魔みたいなやつが、フル装備の武力で襲って来ることだってある。ＡＳＩ社のエージェント仲間であるマット・ウォーカーとその恋人が巻き込まれた事件を経験したあとでは、どんなことでも起こり得るのだと考えるようになった。

もちろん、このポートランドというのは、穏やかないいところだと思う。親切で、マナーのいい人たちが住む町だ。法を守り、慈善団体に寄付し、リサイクルに熱心な市民が多い。それでも、モンスターみたいなやつはいる。彼自身、そういうやつらを見てきた。

車はホテルに到着したが、ルークは正面玄関を通りすぎ、建物の裏側へと車を回した。会社は特別の入口を与えられており、そこに備えつけられた監視カメラならルークのほうでスイッチを切ることもできる。駐車場に入り、ホープの画像が記録されることなくそのまま最上階のスイートルームまで行ける。チェックインは済ませてあるので、ＡＳＩ社の一部のスタッフの他は、二人がここにいることは知らない。また二人がここにいることを知っている人たちは、絶対に情報を漏らしたりはしない。買収されることも、力ずくで口を割らされることもない。それは命を懸けても断言できる。

近頃は、信じられないことばかりで、特に法律というものの正義に、大きな疑問を持つようになっていたルークだが、それでも、ＡＳＩ社とそのスタッフだけは信じられる。

ホテルの正面玄関を車で通りすぎるとき、ホープがびっくりしたように声を上げた。

「すごい。超高級ホテルなのね」

「ああ」実際すごいホテルだ。建物とか内装もさることながら、市内に隠れ家としても使える場所を確保するため、会社が新たに資金をつぎ込んだのだ。当然、セキュリティは完璧だ。

駐車場の入口から、一般客は立ち入り禁止になっている区画へと車が進むとき、彼女がこちらを向いた。

「かかった費用は、あとでお返しするわ。お金ならあるの」彼女が熱心に訴えてくる。

「プライベート・ジェットで東海岸からこちらまで来る費用も、とんでもない金額になったはずでしょ。実はね、私には親からの遺産があり、まあ、自慢じゃないけど、投資ファンドでデータ解析士としてかなりの報酬を得ているから。何より――」

制するように片手を上げたルークを見て、彼女ははっと口をつぐんだ。

ルークは車を停め、体ごと向きを変えて、正面から彼女を見つめた。不安そうな彼女の姿を見て、胸が締めつけられた。青ざめた顔の彼女は、はかなげで、身を小さく丸めて彼からはできるだけ離れた位置に座っていた。今すぐ費用を支払えないのなら、いっさい助けてはもらえないとでも思っているようだった。ここで見捨てられるとでも思っているのか。だぶだぶの服のせいで、華奢な体が余計に小さくて見えた。そして不安そうな顔でこちらを見ている。

「それ以上言わなくていい」きっぱりと、反論は受け付けない、という口調で言った。するとと彼女がびっくりしたように目を見開いた。もっとはっきりさせておく必要がありそうだ。「費用をとやかく言う人間はひとりもいない。これはフェリシティの頼みで、君は彼女の友だちだ。俺たちの頼みを、彼女は数えきれないぐらい何度も聞いてくれた。そのおかげで助かった者はいっぱいいる。会社の人間全員が、彼女に借りがある。だから彼女から何かを頼まれたくて、全員がうずうずしてるんだ。実のところ、彼女が俺に頼んだことをみんなが羨ましがっている。君が彼女に連絡したとき、たまたま俺が近くにいたからだ。エージェントの多くは継続的な任務中だし、そもそもOUTCONUSのやつも……おっと、アウトコーナスとは――」

「国外任務のことでしょ。ええ、私もNSAでデータ解析士として働いてきたから。あんまり楽しい思い出はないけど」

しまった。ルークはこぶしが白くなるほどハンドルを握りしめた。そうでもしていないと、自分の頬を殴りつけそうだった。まったく、俺としたことが。車の助手席に座る彼女は、はかなげで、怯えた十二歳の女の子みたいに見える。だからつい、怯えた子どもに話しかけるような口調になっていた。

しかし、目の前にいるのは、NSAでデータ解析士として働いていた女性だ。プロとして、戦地の情報なども嫌というほど扱ってきたはず。おとなになってからずっと機密情報に触れ、おそらく当時の彼女の機密情報アクセスレベルは、ルークが陸軍レンジャーだったときのレベルよりも高かったに違いない。

「悪かった」

彼女がうなずく。

「とにかく、俺たちみんな、フェリシティから何かを頼まれたくてしょうがないんだ。エージェント全員が、先を争って何かを頼まれようとする。だから、君には俺がついてるし、会社の有能なエージェント全員が、君を手助けしたいと思っている」そこで彼は冗談ぽく笑ってみせた。「まあ、社員はほとんどイカ野郎だけど」

「あなたは陸軍なのね？　陸軍の人たちは海軍の人のことをイカ野郎って憎まれ口を叩くもの」彼女が弱々しいながらも笑みを浮かべたので、つまらない冗談でも言ってよかった、とルークは思った。

「さて」ぽん、とハンドルを叩いてから、ドアのロックを解除する。「費用の心配は要らないことは、わかったよな？　君のことを助けたいと思う人間がいっぱいいて、何がどうあろうと、君に費用を請求するつもりはいっさいないって。そこのところがはっきりしたなら、部屋で落ち着いてこれまでのいきさつを説明してもらいたい」

彼女はうなずくとドアを開けた。ルークは助手席側に回り込んで、車から降りる彼女に手を貸そうとしたのだが、その前に彼女はひとりでひょいと地面に降りていた。優雅な足取りで後部トランクに向かう。

トランクにはキャスター付きのスーツケースが二つ入れてあった。ルークなら、任務に赴く際には、四日分の服や身の回り品を用意する。それ以上長期間になれば、新たに通販で買えばいいし、そこまでする必要がないときは、ホテルのランドリーサービスを利用する。女性の荷物なので、彼自身が用意するわけにはいかなかったが、必要なものがすべてそろっていることを祈るばかりだ。どういう事態なのかきちんと把握するまでここで身を潜めていなければならないし、できるだけ外には出たくない。

駐車場の奥のエレベーターまで、彼がスーツケースを引っ張っていった。監視カメラはあるが、彼の携帯電話のアプリでスイッチを切れる。二人が到着した記録は、どこにも残らない。

エレベーターの扉に、〝ただいま修理中〟のサインボードが貼(は)られているのを見て、さすがに、やれやれ、と思った。ここまでしなくてもいいような気もするが。彼がボタンを押すと、扉がさっと開き、乗り込んだ彼は十階のボタンを押した。

エレベーターの中で、二人は扉のほうを向いて並んで立った。

「名案だわ」動きだしてから彼女が言う。「あの〝ただいま修理中〟の表示」

彼はうなずいた。俺の会社は――もうすぐしたら俺が働くことになる会社は、うまい手を考えるのが得意なのだ。

十階には、スイートルームが四つあるだけだ。あらかじめ用意してあった電子キーで西側の一角を占めるスイートの入口を開け、ルークは大急ぎで彼女を中へと促した。音もなくドアが閉まると、やっと笑みが浮かぶ。ドアは強化素材で、銃撃されてもかなりの時間持ちこたえられる。任務の最中は、いつ襲われるかと気を張り詰めている彼も、いくぶん警戒を緩めていた。今の段階では、これより安全にはできないぐらいだ。

自分はこの女性が命を狙われている、ということぐらいしか知らないのだが、この数時間、彼女は不安で神経をすり減らしてきたはず。ここでならゆっくりできるだろう。

彼女はリビングになっているエリアへと歩いていった。リラックスを目的として設けられたリビング・エリアは、確かにくつろげる場所だった。彼女の肩から見るからに力が抜け、ぎゅっと握りしめていた手も開いている。スイートには寝室が二つあるのを確認すると、彼女はちらっとルークのほうを見た。その表情に安心感がにじむ。そしてほうっと息を吐いた。

「紅茶でも飲むか?」彼の問いかけに、彼女の顔がぱっと明るくなった。

「ええ、ぜひ。どうもありがとう」

女の子っていうのは、なぜか紅茶が大好きだ。女の子だけが反応する中毒性の高い物質でも入っているのかもしれない。そう考えながら、彼は荷物をその場に置いたまま、壁際のティーセットのところまで行った。湯沸かし器、何種類もの紅茶やハーブティーのティーバッグ、エスプレッソマシンとさまざまなフレーバーのコーヒーカプセルが準備されている。冷蔵庫にはいろんなフルーツジュースもある。ミニバーもあるので、あとでシングルモルトを楽しめる。

紅茶をいれる手順というのは、何だか小難しいものだが、彼女が今求めるのは完璧な作法でいれられた紅茶ではない。すぐに飲める熱い紅茶が欲しいのだと判断した彼は、沸かしたお湯をティーバッグを入れたカップに注いだ。

「そこに座って。もう紅茶は用意できるから。紅茶と一緒にクッキーでもつまむか？」

彼女はお腹を見下ろした。体調を考えているのだろう。やがて首を振った。「今はやめておく。またあとで」そしてやさしい声で付け加えた。「でも、ありがとう」

彼が示したソファに座り、彼女は紅茶をすすり始めた。ルークはその向かいにある肘掛け椅子に腰を下ろし、話を聞く態勢を整えた。

彼女が口を開くのを待つ。心を落ち着け、わかりやすいように頭の中で話を整理しているようだ。これはありがたい。話をする人間が動揺していると、その情報の精度に疑いが生まれる。具体的なところまでは知らないものの、かなり暴力的なことを見たか、経験したかというのは間違いない。戦場で残酷な光景を目にし、警官として暴力的な事件を扱ってきた自分とは違い、そういった経験のなかった人が、いきなり暴力と向き合うことになると、どうしても動揺してしまう。もうすぐ警官ではなくなる身だが、彼が暴力的な事件に動じることはない。ただ、彼女のような女性が暴力に巻き込まれて震える様子を見ると、余計に腹が立つ。

彼女を形容する言葉をひとつ選ぶとすれば、〝繊細〟だろう。くっきり浮き上がる鎖骨、重いものなど持ったことがなさそうなほっそりした手、腕が細いせいで飛び出たように見える手首の骨。緑の瞳に燃え上がる知性が、この女性には成熟した人格が宿っているのだと教えてくれなければ、彼女をおとなの服を着た少女なのかと勘違いしてしまう。優秀な頭脳を持ちながら、純真な少女のような美しさを持つ人を傷つけようとするやつがいたのだ。そう思うと、彼の中で怒りが大きくふくらんでいくのだった。

ソファに座ったときは蒼白だった彼女の顔にも、熱い紅茶を飲んだあとには少し色が戻って来た。よし。彼女は、もうそろそろ反撃を開始すべきだと理解し始めた。闘う際には、味方がいることもわかっただろう。

彼女自身についての情報としては、身寄りがないと聞いていた。家族はなし、恋人もいない。これほどの美人に付き合っている男性がいないというのも妙な話だが。

彼女が非常に魅力的なので、任務に集中できないのが難点だ。普段のルークなら、気が散ることなんてないのに。これまで集中できないことなんて、いちどもなかった。仕事の際は高い集中力を持続していられた。今回は、何の落ち度もない若い女性を守るのが任務だが、こういう仕事こそ自分の天職だと思ってきた。レイノルズ家は、代々そういう男ばかりで、みんな警官や消防士になり、もしくは軍に入った。弱い者を守る、そのために最善をつくして闘う――それがレイノルズ家の男たちのＤＮＡに刻み込まれている。

しかし、こんなに頭がよくて、きれいな女性が、身寄りもなく独りぼっちだなんて、あり得ない。

まあ、いい。今、彼女のそばには俺がいる。そして俺の背後は、大勢の正義の味方が守ってくれている。武器弾薬やさまざまな機器といった力に支えられた、怖いもの知らずの男たちが。

紅茶を飲んでから彼女の頬に赤みが差し始めていたが、今はもうかなりくつろいでいることが、全身から伝わる。強ばらせた背中をまっすぐにして、ちょこんと腰かけていたのが、力みの抜けた体をクッションに預けている。やがて紅茶のカップをソーサーに置いたその様子から、もう大丈夫だな、と彼も思った。

「さて、話をする気になったか?」

「私が巻き込まれたトラブルの話?」そう言って、弱々しくほほえむ。「でも、説明するには、ずっと昔のことから話さなければいけないと思うの。それでもいいかしら?」

ルークは彼女の表情を観察し、ひと息置いてから口を開いた。「何も急ぐわけじゃないから。好きなところから話せばいい。実際、情報は多いほうがいい。だから、君が地球の成り立ちあたりから話を始めてくれたって、俺のほうはいっこうに構わない」

最初の説明の際には、ルークはメモを取らないようにしていた。話の流れを止めたくないのだ。そして、同じ話を何度も繰り返してもらう。その後、細部まで徹底的にメモを取る。通常、そういったメモはフェリシティにメールで送り、あるいは、彼のほうで送るのを忘れたとしても、何らかの方法でフェリシティがそのメモを手に入れ、その後、メモは社内の関係者の中で共有される。ただし、今回の任務は、ルークがチーム・リーダーなので、誰にどういう形で伝えるかは、彼が決めることになる。任務の性格によっては、エージェントが単独で解決したほうがいいものもあり、逆に多くの社員を巻き込むほうが簡単に片づく場合もある。

何にせよ、ホープが必要とする助けは必ず与えられる。

どんな事情であれ、心構えはできている。彼女はNSAの上級データ解析士だった。IT技術に長けた女性だ。こういう人たちが世界を動かしているのだ、とルークは常々感じていた。フェリシティなど、会社のオフィスにある自分のコンピューターの上に、ボードを張り出しているぐらいだ。『世界を支配するのは何？　ガールズ・パワーだ！』

ルークもASI社で同僚となる仲間たちも、自分たちは基本的には力仕事のために存在するだけだ、と了解していた。求められているのは筋肉だけ。鍛え抜かれ、不可能に思えることでもやってのけられるすばらしい筋肉だが、それでも頭脳とは違う。フェリシティやホープのような人たちが、頭を使い、世の中をうまく回していくのだ。

だから、どんな深遠な陰謀がホープの口から語られても、驚くことはないと思っていた。政府中枢を巻き込むような詐欺なのか、横領なのか、いや国家反逆罪、あるいは電磁パルス爆弾がついにアメリカ国内でも使われる可能性があるのか、殺人ウィルス、人類がゾンビ化するのか……どんな内容だって、俺の心構えはできてるぞ、と思っていた。

しかし、まったく予期していなかった言葉が彼女の口から出て、ぼう然としてしまった。

「私、ずっと両親とはうまくいっていなかったの」

3

これほど深刻な事態でなければ、ルークのぽかんとした顔を見たら大笑いしていたかもしれない。今はとても笑うような気にはなれないが……それでも、おかしい。彼の表情ときたら。即座に顔からいっさいの感情を消そうと努力したのはわかる。しかし、杖に頼ろうと手を伸ばしたら、ガラガラヘビをつかんでいた、みたいな顔だ。

　こんな話から始まるとは思っていなかったのだ。

　ただ、すべての始まりはそこにあるように思う。自分の家族の秘密が鍵なのだ。いや、家族だとされていた人たちと言うべきか。ただ、どこかが変だとは思っていた。

　十代の半ば頃、ホープは自分にはものすごいＩＴ関連の才能があることに気づいた。同時に、両親に対する感情がいっさいないことも悟った。だから自分は広汎性発達障害なのではないかと悩んだ。違ったのだ。おとなになってわかった。ただその頃は、きちんと他人の気持ちが理解できているか、コミュニケーションが取れているかを確かめるため、周囲の人の表情や、何らかのサインを見逃さないように気を遣っていた。

人間の社会行動について知りたいという欲求が募った結果、ボディランゲージに関するFBIの文献をハッキングするようになった。そこで得られるかぎりの情報を知識として身につけ、特に〝注目〟と〝微妙な表情の変化〟に関しては完璧に学んだ。つまり、ルーク・レイノルズの今の心境が、彼女には手に取るようにわかるのだ。

とびきり端正な顔の内部にある頭脳で、歯車が音を立てるようにして回っている。俺はここで精神科医のまねごとをさせられるのだろうか？　この女性は巨額の費用をASI社に使わせ――東海岸からここまでプライベート・ジェットを飛ばすだけでもたいへんな額だ――そのあげく、家庭内の問題を訴えてくるつもりなのか？

「予想外の話だったようね」

「何も考えてはいない」彼はそう言ったが、明らかな嘘だ。

「精神科のセラピーをお願いするつもりじゃないのよ」

「そりゃよかった。俺は精神科医じゃないからな」

もちろんそうだ。ルーク・レイノルズはどう見ても精神科医ではない。フェリシティの言ったとおりの人、つまり軍を除隊したあと、警察官になった男性だ。事実を重視し、憶測で意見を述べたり、感情で判断したりしない。家族間のもめごとについて相談され、ああでもない、こうでもないと意見を言うタイプとは絶対に違う。このほっそりとした筋肉質の体は、実戦向きだ。あれこれ解析するのにはふさわしくない。

それでいい。あれこれ解析するのはホープの仕事で、体を動かすのが彼の仕事だ。今の自分は、理由はわからないがひどく困ったことに巻き込まれた。ルークのような人に助けてもらう必要がある。

「最後まで話を聞いてほしいの」彼女は身を乗り出した。言葉だけでなく、態度でもしっかり話を聞いてほしいと訴えたのだ。

彼は重々しくうなずいた。

なかなか話しづらい内容だが、彼女は頭をすっきりさせ、できるかぎりわかりやすく、手身近に話をまとめるようにした。決意を固め、彼女は口を開いた。

「うちは父も母も、いい親とは言えない人だった。悪い親というのではないのよ、本当に。ただ、私に関心がなかったの。自分たちのことにしか関心がなく、親としては型どおりのことしかしなかった。ただ、お金に困ることはいちどもなかった。そのお金がどこから出ていたのかはわからない。ただ、二人が働くところなんて、いちども見たことがなかった。それについては、今調査しているところ。二人はずっと乳母を雇っていて、私は乳母に育てられたようなものよ。乳母は何度か変わったけど、全員、とても親切で優秀な人たちばかりだった。十歳になると私は寄宿学校に入れられた。本当に偶然だけど、そのときの私にはそこでの暮らしが必要だったみたい。学校の授業カリキュラムはすばらしく、才能あふれる先生方がいて、生徒は私みたいな子ばっかり――親の愛情よりお金に恵まれた子どもたちよ。学校は楽しく、いい友だちもできたし、進んだ教育も受けられた。最初の三年ぐらいは、春、夏、冬の休みには家に帰り、クリスマスやイースターを親と過ごしていたけど、やがてクリスマスとイースターは友だちの家で過ごすようになり、さらに夏休みは特別授業を受けるようになった。結果として、高校は十六歳で卒業した。私が帰らないことにも、両親は無関心だった」

彼は話をさえぎりたそうだったが、ありがたいことに懸命に耳を傾けてくれていた。彼女がここまでのことを打ち明けるのには、何か理由があるはず、そのことを彼も理解しているのだ。

「両親が私の言うことに強い反応を示したのはいちどきり。高校を出て、大学はカリフォルニアのスタンフォードにしたい、と言ったときだけ。どうしてかはわからないけど、二人ともひどく興奮して、猛反対したの。父なんて、文字どおり足を床に踏み鳴らして、スタンフォード大学なら、学費はいっさい払わんぞ、と言ったのよ。私は奨学金をもらえるあてがあったし、コンピューターのプログラムをいくつか書いていて、そこからかなりの収入も得ていたから、父からの経済的な援助を受けなくても、ちゃんと卒業できるのはわかっていた。でもある日、二人が泣きながら私にすがりついて、どうかボストンにいてくれと言ってきたの。ただ涙を流すどころじゃなくて、泣きわめきながら、必死で説得しようとする二人に、私も負けた。スタンフォード大学に行くことの何がそんなにいけなかったのか、いまだにさっぱりわからないままよ。ただ、二人が私に何かを要求したのもそれが初めてだったから、結局……」彼女は肩をすくめた。「私はハーバード大学に進んだ。それから半年後、二人はリタイアすると言って冬はフロリダで過ごすようになったわ。ただ、何からリタイアしたのかは不明なの。今でもさっぱりわからないまま。私の知るかぎり、二人とも仕事はしていなかった」

彼女はそこで言葉を切り、紅茶を口に含んだ。もうぬるくなっていたが、構わない。ただ話を整理する暇が必要だっただけだから。自分の家族の話を、ここまで客観的に人に話すのは初めてだ。実際、彼女自身もこういう見方をしたことはなかった。ごく最近までは。過去の暗い影が忍び寄り、自分に襲いかかろうとしているのを知って、いろんなことを考え直したのだ。

彼女はルークと視線を合わせた。空のような青い瞳がきれいだが、白目の部分がひどく充血している。かなり深酒を続けているか、ほとんど寝ていないかのどちらかだろう。フェリシティが、アルコール依存の問題を抱える人を友人の警護担当につけるとは思えない。そう言えば、彼自身、何か悩みがあるようなことをフェリシティが言っていた。なるほど、同病相哀れむというやつか。

大きく息を吸うと、彼女はまた話し出した。「こうやって言葉にすると、いっそう不思議に思えてくる。あの人たちはいったい何だったんだろうって。でも、家族ってものごころつくときにはそこにいるから、それがあたりまえだと思ってしまうのよね。空気みたいなものって言うか。自分の両親の過去について、あなたはいろいろ聞いているの？」

「ありとあらゆることを」彼が即答した。「両親とは何でも話せたし、二人とも生前は、自分たちのことを何でも話してくれたものだ」

「生前は？　お亡くなりになったの？」

彼の顔を苦悩（くのう）がよぎる。抑えておくことのできない悲しみなのだろう。「母は俺が十八歳のときに死んだ。親父はちょうど二ヶ月ほど前に亡くなったばかりだ」

その悲しみがまだ癒（い）えていないのだ。それを思うと、ホープはいっそう自分の家族がどれほど変わっていたかを考えてしまう。冷たくて、情愛のない日々。「お気の毒に」

「ありがとう」軽く会釈をして、ルークが先を促す。「続けて」

「ええ、さっきも言ったけど、自分の家族が変だとか、深く考えたことはなかったの。乳母たちにはよくしてもらったし、寄宿学校も楽しかった。その後はコンピューターに没頭し、ハッキングを始めた。両親はいるけど、私に関して何かを邪魔するわけではなく、学費を払い、生活費を援助してくれるだけの存在だった。そのおかげで物質的に不足するものもなかった。ただ二人とも、私に対する興味なんてまるでなかったし、私が何をしようが無関心だった」

話しているうちに、ホープは初めて認識した。あの二人は父や母ではなく、ただ法的な後見人だったのだ。

「ところが――突然だったわ。二人とも死んだの。事故で。飛行機をチャーターしてジャマイカに遊びに行ったんだけど、その飛行機が墜落したの。そのことを知ったのは事故から一週間後で、銀行から連絡があって初めてわかったのよ」

彼が目をすがめてじっとこちらを見ていた。虹彩が青く光っていた。「こういうのはいかにも精神科医がたずねそうなことだけど――それを聞いたときはどんな気分だった？」

「ただただ、びっくりした。どうして一週間も知らないままだったのか、あ然とし、何となくさびしいな、くらいの感情しかわかなかったことに驚いた。ただ考えてみると、二人とも、私から愛されようとはしていなかったことにも気づいたの。二人とも――ただその日、その日をやり過ごすだけというか……。お葬式は私が手配したんだけど、参列してくれたのもほんの数人だった。二人には友だちもほとんどいなかったのね。私は写真を大きく引き伸ばし、葬儀場に飾ったわ。私の友だちが何人か来てくれて、その中のひとりは大学からの友人で、いまだに仲よしの遺伝学者だった。葬儀場で私の両親の写真を見て、私は養子だったのか、とたずねたの」

ルークはさらに眉(まゆ)をひそめた。「ずいぶん唐突な質問だな」

答える代わりに、彼女はバックパックに入れてあった写真を取り出した。葬儀に使った高画質のきれいな写真で、ルークはじっと写真を見ると、彼女の顔をちらっと見て、また写真を見直した。彼の目に何が映っているのかは明らかだ。ホープとは似ても似つかぬ男女の写真。顔の造作だけでなく、面影や表情など、彼女と共通するところがいっさいないのだ。ニール・エリスもサンドラ・エリスも赤ら顔で砂色の金髪に茶色の瞳、いわゆるエラの張った骨格なのに対して、ホープは真っ白な肌に、漆黒の髪、緑の瞳、細長いうりざね顔だ。

「カイル——その遺伝学者の友だち、カイル・アッカーマンって言うんだけど、彼にそう言われたとき、私自身、長年そう思ってたことに気づいたの。もちろん意識はしていなかったけど。それで、二人のＤＮＡが入手できれば、調べてやるよ、と彼が言ってくれたのは、いい機会だと思った。実はカイルはＤＮＡ鑑定の会社を立ち上げたばかりでね。これまであったような組織と比べても、調査項目が多くて、しかもすばやく結果を教えてくれる会社なの。君のは見本版という形にするから代金は要らないって。その場ですぐに、私の口の中からＤＮＡを採取してくれた。両親のは、残った櫛（くし）や歯ブラシから採取できると教えられたので、実家に行って、必要なサンプルを彼に送ったわ。私の他には相続する者もいなくて、掃除も済んでいなかったから簡単な話だったの。それからカイルは新しい会社を興（おこ）したばかりで忙しくて、私のほうも忘れかけていたの。でも先週になってやっと鑑定に回せたと言ってきた。その後結果が出たって、カイルが私の家にやって来た。それが四日前のことだった」

ルークが自分を見つめていることを、彼女は意識していた。彼は感情を表には出さないようにしているが、今や彼もこの話の成り行きに興味を持っているのがわかる。ホープのほうも、彼に興味を抱くようになっていた。だから話に集中できない。まるで高級ブランドのモデルなみの外見なのだ。彫の深い整った顔立ち、尖った顎に無造作に伸びた金色のひげが、鋭い顔をやさしく見せ、鮮やかな水色の瞳がきれいで――それなのに、自分の顔にはまるで無頓着なのだ。男女を問わず、見た目のきれいな人というのは、ある種の特権を与えられた形で世間を渡り歩いて行く。美貌（びぼう）によって、自分は他の人間よりも上の立場にいると感じているような、生まれながらの貴族のような雰囲気がある。ルークにはそんな雰囲気がない。自分がどんな顔をしているのかさえ、覚えていないようにも思える。すごく疲れた顔をしているせいだろうか。山火事の中を、マラソンと同じ距離を、しかも後ろ向きに走ってきたばかりみたいなのだ。

「それで？」彼がたずねた。

ああ、失敗。私のほうも疲れすぎているんだわ、とホープは思った。自分を警護するために、事情を詳しく聞きたいだけなのに。私はただ見とれていた。なんと情けない。

ホープは背筋を伸ばして座り直した。真剣に受け答えしないといけない。ハンサムな男性が目の前にいるからと、うっとりして話す内容を忘れてしまうとは、もってのほかだ。たとえその男性が――ものすごくすてきでも。ふう。とにかくセクシーな人。男性が肉感的な女性を見て、〝目の保養〟とか言うことがあるけど、ルークもまさに目の保養になる人だ。彼女の仕事仲間では、ハンサムな男性なんてめったに会うことはない。いや、これまでいちどもなかった。しかし、男性がハンサムであったところで、それが大きな意味を持つとは思っていなかった。かっこいい男性に会ったって、どうってことはないはず、と信じてきた。どうってことが、あったのだ。これまで顔の造作なんて気にしていなかったのは、ただハンサムな男性に出会ったことがほとんどなかったからだ。映画のスクリーンやテレビで見るのと、現実に目の前にハンサムな顔があるのとでは、事情が違うようだ。

「ホープ」彼が穏やかな口調にしようと頑張っているのはわかったが、苛立つ気持ちがにじんでいた。

「え？」今、気づいた。明るい水色の彼の瞳には、細い紺色の筋があるんだわ。

「ホープ。カイルという友だちの話だ。DNAを調べてくれたんだろ？」

ああ、またやってしまった。うっとり見とれていた。よだれを垂れていないことだけでもよしとしよう。あれ、よだれも出ているのかしら？　不安になって口元を手でこすってみる。ああ、よかった。よだれは垂れていない。それよりカイルのことだ。友だちだったが、ホープのDNAを調べたあと死んでしまった。自分のDNAが危険を呼び寄せるものだった、と思うと、いっきに現実に引き戻される。

「そうね、カイルの話。彼は私のアパートメントまで来て、検査結果を教えてくれたの」そのときの場面が、今でもはっきりと頭に浮かぶ。いつもは人なつこく、締まりのない顔をしているカイルが、深刻な表情を浮かべ、顔を引きつらせていた。こぢんまりして居心地のいい彼女のボストンのアパートメントのリビング、オリジナルの『スター・ウォーズ』のポスターが飾られた壁を背にしてカイルはソファに腰かけていた。考えてみれば、『スター・ウォーズ』も秘密にされていた父子のつながりを描いた作品だ。最初の三部作の主要な三人のうちの二人の父親が、ダースベイダーだった。ホープの父も、同様に悪の化身なのだろうか。

「それで……結果はどうだったんだ？」ルークの言葉で、ホープはまた別のことを考えていたことに気づいた。だめだ。もっと集中しないと。この状況でぼんやりしていたのでは、命がいくつあっても足りない。

「え、ええ。まず、二人が私の両親ではないのがはっきりした」そう聞いて、ルークは少し体を起こした。「思っていたとおりだった。私と両親とのあいだには、生物学的なつながりはいっさいなかった。二人はスラブ系の遺伝子を持ち、おそらく先祖はポーランドかロシアの近くの出身、一方私の祖先はほぼイングランド、わずかにアイルランドが混じっているだけ。でもわかったのはそれだけじゃなかった」彼女はソファの背にあったひざ掛けを手に取った。カシミア素材で肌触りがよく、触れているだけで気持ちが落ち着いた。「ニール・エリスとサンドラ・エリスは、同じ両親から生まれていたのよ」

ルークは大きく目を見開いた。あまり感情を表に出さない人なので、この話は彼にとっても非常に大きな驚きだったのだと推測できる。まあ、そうだろう。彼女は悲しそうにほほえんだ。

「ええ。二人は兄と妹だったの」ホープは片手を上げて、彼の勘違いを正そうとした。「いいえ、夫婦でもなかったのよ。そういう関係があったのかどうかまではわからないし、実際最近じゃおぞましいことだって起きるから、はっきりしたことは言えない。でも二人がキスしているところは見たことがない。ハグすらしていなかった。寝室は別だったし、今思えば、二人のあいだに夫婦らしい雰囲気はまったくなかったの。兄と妹らしい感じだったか、と聞かれると、正直なところ判断できない。私はひとりっ子だったから、きょうだいがどういうふうに接するものか、わからないのよ。ただ、二人は何かの事業パートナーみたいな感じと言うか——とにかくロマンティックな雰囲気はまったくなかった。その事業とは、すなわちニールとサンドラのエリス夫妻でいることよ。そしてホープ・エリスの父と母を演じること」

ルークの眉間に縦筋が入る。彼は多くを語らないが、眉が彼の感情を伝えてくる。

「不思議よね、ええ」

「二人が——君の両親を演じていたのなら、何か理由があるはずだ」

「そのとおりよ。二人は私の両親を演じることで、報酬を得ていたんだと思う。だから私の両親のふりをすることが、二人の仕事みたいなものよ」

彼は少し考えてから口を開いた。「うーん。妙な話だな。どうしてそんなことをする？　君がそう結論づけた根拠は？」

「さっきも言ったけど、うちにはいつもたっぷりお金があった。でも、二人が働くところなんて見たことない。いちども」

彼は眉根を寄せたまま、少し身を乗り出した。

確かに妙な話で、彼が不思議がる気持ちはよくわかる。知れば知るほど、迷路の奥深くに迷い込んでいく感じになる。

「養子だったという線は？」

ホープはすぐに答えた。「ええ、それが唯一、納得のいく説明でしょ。私も調べたの。こう言っては何だけど、私、調べるのはすごく得意なの。調査解析のプロなんだから。その私が徹底的に調べても、何もわからなかった。自分がイングランドとアイルランドの祖先を持っていることだけはわかっているから、北米と英国の養子斡旋団体のほとんどを調べたわ。もちろんそのすべてにハッキングできたわけではないけど、四十八時間一睡もせず、可能なかぎり調べたのに何の手がかりも得られなかった。ただその間にも、別の方向から真相を知ることができないかカイルに頼んでおいた」

「君のＤＮＡと関連するデータが、どこかに存在していないか調べるように頼んだんだな？」

彼女はうなずいた。「この段階になると、カイル自身が俄然興味を持ってしまって、謎解きに夢中になっていたわ」ふっと笑みを浮かべる。「おそらくカイルの出自と関係していたのだと思う。彼はアシュケナージ、つまり東欧系ユダヤ人でそのルーツを探ると五百年前までさかのぼれるの。自分の祖先を知らずに生きていくなんて、考えられないって言ってたわ。ともかく、彼は私のＤＮＡサンプルを新たに採取し、二、三日後に結果を知らせるから、と言った。私はじりじりしながら彼からの連絡を待った」

「それで？」

視線を上げると、ハンサムだが疲れた顔がこちらを見ていた。「昨日のことよ。カイルが電話してきたの。すごく興奮してるというか――テンションが高かった。衝撃の結果だって言ってた。何もかもがひっくり返るかもしれない、これからそっちに向かうって」

ルークの顔が緊張する。「それが彼の言葉なのか？　君の親がわかり、それで『何もかもがひっくり返るかもしれない』って？」

「ええ、まさにその言葉どおり。電話は音声ファイルにしてクラウドに保管してある。最後はひどい形で通話が切れた。私のパソコンで聞いてみる？」

「ああ」そう言いながらも、彼の顔に不安の色がよぎる。「ただ――」

「心配は要らないわ。私の使ってるプロキシIPは超強力だから、サーバーをたどって私を見つけることは無理よ」パソコンを膝に置くと、それだけで気分がよくなった。ただの機械だが、これが生活のすべてでもある。コンピューターは彼女を裏切ったことがない。人とは違うのだ。「音声ファイルを開くとすぐに、大きな音が背後に聞こえる。カイルの車の音よ」そこでちらりとルークを見る。空港からホテルまでの車中では、エンジン音はいっさい聞こえなかった。すぐれた防音機能がある車だったからだ。「彼は車のことなんて何にも知らないし、メンテナンスも適当だったんだと思う。

彼の車を人間にたとえると、たぶん、重病に冒(おか)されてたような状態ね。それも三つか四つぐらい」

ルークは体をかがめ、膝に肘を置くとそのあいだで手を組んだ。何ひとつ聞き逃さないぞ、という顔をして、耳をそばだてている。

「じゃあ、再生するわね」

部屋に大きな雑音が響き、息せき切って話すカイルの甲高(かんだか)い声が流れた。興奮で声が上ずっている。『ホープ！　すごい……すごいことになったよ。ＤＮＡの分析結果から、君の血縁と思われる人物が特定されたんだ。この結果、メールじゃ送れないよ。つまり……つまりだな、えっと、とにかく会ったときに話すよ。信じられない結果だ。最初は、君とマッチするＤＮＡはどこのデータベースにも見つからなかった。だから、どこにも記録として残っていないのか、と考え始めた。かなりの時間をかけていろんな方法で試してみたんだけどだめだったから。ところがはっと思い当たったんだ。何年か前、特定のＤＮＡデータは機密情報として非常に厳重に管理されることになっただろ？』

そこでちらっとルークを見ると、彼がうなずいた。彼が、今のカイルの言葉の意味を理解していることが確認できた。数年前に、国土安全保障省(DHS)、ＣＩＡ、ＦＢＩ、シークレット・サービスといった国家の安全にかかわる機関の高官たちのＤＮＡファイルが、データベースから一斉に削除されたことがあったのだ。

『つまり、俺たちが探しているのはすごい大物で、そいつのDNAデータも削除されたファイルに含まれていたんじゃないか——そう考えたんだ。調べるとデータ削除の実行はあまり丁寧なものじゃなかった。消し去ったあと再配置をしていないから、空のスペースが残っていた。レンガ造りの壁に穴のあいた箇所があるみたいなものだから、そこをたどって行けば削除されたファイルにたどり着くはずだろ？　それでこういうのが得意なやつに頼ったわけだ。君も知ってるだろ、ドラゴンデュードだ。パズル好きのあいつなら、抜けたレンガを見つけ出してくれるはずだと思った。あいつの話では、最高レベルの機密情報として保管されてたらしい。しかも、名前を変えた痕跡があったから、さらにいくつものファイアウォールを突破しなければ実名まではたどり着けなかった。でも、最後にはわかったんだ……ホープ、すごいよ。君が誰と血縁なのか、信じられないぞ。実の親じゃないが……おじいちゃんがわかったんだ。かなり大変なことになるぞ。今の状況を考えると、何もかもがひっくり返るかもしれない。あらゆることが、だ。歴史が変わるようなすごいこと、世の中の流れが変わるほどのことだ。一刻も早く君に伝えたいよ。君のおじいさんが——』

金属が激しく軋る音のあと、ガラスが割れ、叫び声が聞こえた。友人が死ぬところをこれから耳にするのだと思うと辛くなり、ホープは顔を伏せた。カイルは殺された。

この録音を聞くといつも、車がぶつかるシーンが延々と続いているように思える。今回も同じだった。衝突音はいつまでも終わらない。やがて静かになると、うめき声が、そしてそのあと悲鳴が聞こえた。そのあと、がしゃっ、がしゃっという音。何度聞いても、すぐにはこれが何の音なのか見当がつかない。そして、ああ、と思う。靴が割れたガラスを踏みしめる音だ。次に何が来るかがわかっているのに、ばんっという音でびくっとしてしまう。銃声だ。その瞬間、悲鳴はとだえる。一瞬の静寂、そしてまたがしゃっ、がしゃっという音が、今度は遠ざかっていく。殺し屋が歩き去る音だ。

ルークは緊張の面持ちで耳を澄ましていた。頰のあたりの皮膚が引きつり、口の両側のしわが深くなっている。彼にはすぐ、何が起きたかわかったのだ。

「カイルは殺されたわ」そうつぶやいたホープの中で、感情が麻痺(まひ)していた。言わなくてもわかることなのに、口をついて言葉が漏れていた。ルークは深刻な顔でうなずくだけだった。

彼はパソコンの横のパネルに触れた。長い指だな、とホープは思った。「ASI社には、音響専門家の外部コンサルタントもいる。音声ファイルに録音されている音をすべて分離させてみよう」そこでホープのほうをまた見た。「事故が起きた現場は？」

喉の奥に何か詰まった感じで、うまく声が出なかったので、ホープは少し待ってから、返事した。「わかってるわ。警察無線を傍受(ぼうじゅ)したの。ボストンの中心街、私のアパートメントと彼の事務所のちょうど中間点よ。私の推測では、カイルは出社して自分のアカウントにログインした。そして……検査結果を知って、その重大性に驚いた。本当のところはわからないけど、私が家にいることを彼は知ってたの。その日は、実子として届け出られた養子縁組について調べてみると、私から彼に言っていたから。車に乗って、途中で電話をかけ——あとは聞いたとおりよ」

「わかった。カイルの車の車種と携帯電話の番号を教えてくれ。ＧＰＳで彼の通った道を確認しておく」そこまで言って、ルークは顔を曇らせた。「フェリシティに知らせるのは、少しあとにしたほうがいいだろうな。今彼女に電話なんかしたら、メタルに殺されそうだ。メタルってのがフェリシティの結婚相手だってのは知ってるよな？フェリシティが必ず昼寝をするように、厳しく目を光らせてる。宝の山を守るために洞窟にいるドラゴンみたいなんだ。フェリシティ自身は、君に会いたがってるんだが、メタルが今のところは会わせられないと言い張ってる」

「私がするわ。私はデータ解析士で、ハッカーではないけど、音を分離するぐらいのことなら簡単よ。できるわ。これまでは——カイルの死があまりにショックで、何もできなかったけど、今ならできる」

「じゃあ俺は、歩容解析の専門家にこの足音を聞いてもらおう。歩くリズム、ガラスを踏みしめる音の大きさから、殺し屋の体格を推定できるかもしれない。それから銃声も調べておく。凶器となった銃の種類、少なくとも口径までは特定できるはずだ」

ホープはぶるっと体を震わせた。凶器となった銃、だなんて考えただけでもぞっとする。とにかく疲労が重なっていたせいか、あるいはこれまで縁がなかったこういった危険なことに突然向き合うことを余儀（よぎ）なくされたせいか、いろんなことに頭が回らずにいた。認識できたのは、カイル・アッカーマンが誰かに銃で撃たれて死んだということだけだった。

自分のせいで。

警察の報告書では、カイルは頭を撃ち抜かれていたらしい。プロのやり方だ。そうだ、検死報告書も手に入れる。忘れないように。検死局へのハッキングはかなり難しいだろうが、絶対に読んでおかなければ。内容をしっかり調べ、ルークやＡＳＩ社の人たちに伝えよう。カイルのためにそれぐらいはしてあげたい。

彼は私のために命を落としたのだから。

すべては自分のせいみたいに思える。どういった理由かはわからないが、自分は生まれてきてはいけない子だったのだろうか？　自分の存在そのものが危険なのか、あるいは先祖が悪いことをしたのか、そのせいで人が死んだ。自分もいつ殺されるかわからない。

彼女はがっくりとうなだれた。疲れきって、体が震えて、言葉も出ない。涙がこぼれ、握りしめたこぶしにぽたりと落ちた。情けない。泣いてしまうだなんて、絶対だめ、こんなところをルークに見られたくない。絶対に――。

ぎゅっと握ったこぶしを、大きくて温かな手が包んだ。全身が冷たいのに、彼の手が覆ってくれた手だけが温かい。二人はそのまま、何も言わずに座っていた。やがて気持ちが落ち着いた彼女は、彼に謝ろうと顔を上げた。しかし、彼のほうが先に口を開いた。

「君のせいじゃないから」彼が言った。「君は何ひとつ、悪いことなんかしていない。今はすごく怖いだろうけど、もうひとりで悩むことはない。一緒に真実を突き止めるぞ。必ず」

彼は、それを当然の事実として宣言した。一緒に真実を突き止めるぞ。太陽は明日、東に昇る、と言うのと同じ口調だった。

「でもカイルは生き返らない」ぼそりとつぶやく。

ルークはすぐにうなずいた。「そうだな。カイルには何の罪もなかった。なのに、彼を殺すことで何らかの利益を得る者が彼の命を奪った。この世には、そういうやつらがたくさんいる。自分の進路に人がいるだけで、問答無用に蹴散らしていくやつらだ。そういうやつらは止めなければならない。ＡＳＩ社はそのためにあるんだ。こんなことを許してはならない。それがＡＳＩ社員すべての決意だ」

ホープはまた彼の顔を見つめた。口の横のしわの下で顎の筋肉が波打っていた。彼自身、心からそう思っているのだ。ひと言ずつに、彼の強い気持ちがこめられている。彼女自身は世間の闇というものを現実のものとして考えたことはこれまでなかった。仮想ゲームの世界だと思っていた暗い部分へつながるドアを少しだけ開き、向こうを覗いてみると、そこでは邪悪な人たちが闊歩していることを知った。そしてその邪悪さと闘う勇敢な人たちがいる。自分が実際に闘うだけの勇気を持っているかどうかはわからないが、目の前に座る男性は、まさにその勇敢な人だ。そう、フェリシティも言っていた。軍で数えきれないぐらい表彰された。つまり、名誉の負傷をしながらも、それでも逃げなかったということだ。逆に危険を承知で、火の中に向かって行く人なのだ。

「それで、そのあと君はどうしたんだ？」

「警察無線の傍受で、現場がどこかはわかったから、街頭の防犯カメラをハッキングしてみた。ハッキングにはほんの二分ぐらいしかかからなかったけど、それでも殺し屋の姿はなかった。私はただ――ただぼう然と現場の映像を見ていた。彼の車は逆さまになっていた、その残骸から煙が上がっていた。上になった座席からぶら下がる彼の胴体が、半分だけ窓の外に出ていた。彼は助かろうと、車外に逃れようとしたのよ。

でも結局――」

涙声になり、彼女は顔をそむけた。涙がこぼれないように懸命に目を見開く。カイルのことを思うとやるせない。ひどく車をぶつけられても生きていたのに、逃げようとしたところを撃ち殺された。それもこれも、みんな自分のせいだ。自分の過去に後ろ暗いところがあり、その影が今になって忍び寄ってきたから。

感情が昂り、なかなか冷静になれない。また話せるようになるまでしばらく時間がかかったが、その間、ルークの大きな手がしっかりと彼女の手を包んでいてくれた。

彼女は深呼吸すると、手を自分の体へと引き戻した。「何かが引火して炎が上がった。映画だと、派手に爆発するでしょ？　あんなふうにはならなかったけど、車は燃え始めたわ。そのあと、救急車とパトカーが来た。街頭の防犯カメラだから、音声まではないので、急に現われた感じだった」

そのあとの光景も思い出すのが辛い。車からはい出ようとしたまま死んだカイルの体が引っ張り出されると、頭に黒い穴があるのがはっきり見えた。銃創だ。黒い血だまりができていき、警察官が黄色のテープ――白黒の映像では淡いグレーに見えただけだが――を取り出して車の周囲を立ち入り禁止にした。救急隊員がカイルの死体をストレッチャーに載せ、やがて救急車は走り去った。その映像を思い出すと、今でも胸に釘を突き刺されたように感じ、彼女は黙り込んだ。

「それから?」沈黙が続くので、彼のほうがまた先を促す。

「街頭の防犯カメラを次々にハッキングして、救急車を追いかけたの。カイルがどこの病院に収容されるのか確かめたかったのよ。行き先がわかれば、あとでそこに行くつもりだった」ちらっと彼のほうを見ると、彼の顔がさらに引きつっていた。針で突いたら、ぱちんと弾けそうなぐらい。「どうしたの?」

「それは、まずい」

彼女はふうっと息を吐いた。確かにまずいことになっていただろう。実際には病院に行かなくてよかった。

「ええ。最悪の行動を取るところだった。ただ、そのときはまともに頭が回っていなかったの。私は防犯カメラで追跡を続けていた。すると突然、携帯電話の警告音が鳴ったの」

「君が設定した警告か?」

彼女はうなずいた。「アパートメントの建物のセキュリティ・システムとつなげてあったの。建物玄関で警戒ボタンが押されていた」その警告音の意味を理解するのに、貴重な数十秒を失った。ルークならすぐさまわかっただろう。ホープに電話中だったカイルが殺され、今度は彼女のいる建物での警報。考えなくてもその意味がわかるはずなのに。自分も殺されそうになっているのだ、と理解するのに時間がかかってしまったのだ。一刻一秒を争う事態だったのに。

「スキーマスクをかぶった男が四人、建物の玄関から入って来た。建物にはジェラルドという管理人兼警備の男性がいて、受付デスクに座っているわけじゃないけど、奥のモニター室で建物内外の監視カメラをちゃんとチェックしてた。不審者が玄関に現われたので、警戒ボタンを押したのね。私は玄関ロビーにあったカメラをぼんやり見てた。奥の部屋から出て来たジェラルドを、スキーマスクの男のひとりがいきなり――」また喉が詰まって、言葉が続けられなくなった。目を閉じてもあの映像が浮かぶ。あの光景は一生まぶたに焼きついて離れないだろう。何のためらいもなく、平然と人を殺す男たち。その残忍さにショックを受け、怯えきってしまった。やがて眼を開けると、ルークが少しだけ首を傾げて自分を見ていた。そして次の言葉にも、まったく驚きを見せなかった。「男たちの動きはすばやく……出す足までそろえて行進してるみたいだった。四人が受付デスクを通りすぎるとき、ジェラルドが奥の部屋から出て来た。男のひとりの腕が上がり、その手に銃が握られているのを見て、私もやっと事態の深刻さを悟った。恥ずかしいけど四人全員が武装しているとは、その瞬間まで思っていなかったの。腕を上げた男が、ジェラルドの頭を撃ち抜いた。狙いをつけることさえしなかったわ。ただ腕を上げ、ジェラルドを撃ち、また腕を下げて前に進む。歩くスピードを緩めることもなかった。そしてエレベーターに乗り込んだ。エレベーター内のカメラを見ると、５のボタンが押されるのがわかった。私の住む階よ」

ジェラルドの撃たれた瞬間の映像が脳裏によみがえる。頭の周囲がほのかに赤い霧に包まれたな、と思ったらすぐ、彼はがくっと床に崩れ落ちた。そして床に血の海が広がっていった。

「電話から追跡されたんだな」遠慮がちにルークが言った。「カイルを襲ってすぐ、ほぼ同時に君のところに来たわけか」

ホープはうなずいた。

「暗殺チームを二つ用意してあったんだ。ひとつはカイル、もうひとつは君だ。それには、大勢の人間を動かさなければならない。そこまでするやつなら、他にも何チームかを用意してあっただろうな」

「え？　どうしよう」肺からしゅうっと息が抜けていき、声が震えた。いろんなことを関連づけて考えられていなかったのだ。起こったことに対して、その都度どうにか対応してきたが、できごとの意味合いまでは考えなかった。データ解析士ではあるが、こういう実際の危機の渦中に立たされ、総合的な分析のもとに判断したことはない。何せ、野放しにされた殺し屋が自分を追っているのだ。「それって――すごく恐ろしい話だわ」

彼は真剣な面持ちでその事実を認めた。「実際恐ろしいんだ。でも、君は逃げおおせた」

胸を締めつけていた鉄の輪っかが緩んだ気がした。少しだけ。「逃げはしたけど……アパートメントの構造のおかげよ。私の住居はエレベーターのある廊下に面していない角部屋なの。バックパックにこのパソコンと使い捨ての携帯電話を何台か入れ、それまで使っていた携帯電話は電子レンジにほうり投げ、チンして燃やした。使い捨ては買い置きで何台かあったの」

彼が感心した表情になった。「携帯電話を電子レンジにかけたのか？ すばらしい！ たいていの人は、ためらうんだがな。最近は携帯電話も高いから。そしてその高価な携帯電話にさまざまな情報をため込んでいる」

褒められるほどのことではない。「私のはそんなに高いものじゃなかったから。自分で作ったアプリを活用できるから、それでじゅうぶん間に合ってたの。情報はすべてクラウドに保管しているし、このクラウドは万全のセキュリティを誇っている。とにかく、機械としてはごくシンプルな造りのものだったから、躊躇（ちゅうちょ）なく捨てられた。家を出るとき、プラスティックが燃える臭いがしてたわ。時間稼ぎという意味合いもあったの。私を殺しに来たやつらは、その電話機に保存されているはずのデータを復元しようとするでしょ。その間、こちらはより遠くまで逃げられる」

「よく考えたもんだ。すごいね」

そうでもない。「私は常に、コンピューターのセキュリティを考えて仕事をしなきゃならないでしょ。だからそういうことにはすぐに頭が回るのよ。でも自分の身の安全という意味でのセキュリティについては、まるで考えたこともなかった。訓練もなしにいきなり実践を経験させられたみたいなものだった」

彼がまっすぐホープの目を見た。「訓練もなしに、よく頑張ったよ」

確かに、自分は努力家だと思う。だから学校でも成績はすべてAだった。しかし、こんなのは――こういうことは学校では教えてくれなかった。実地訓練となったあの体験は厳しく、残酷で情け容赦ないものだった。あれがテストだったら及第点を取れていたのかも疑問だ。友人がひとり亡くなり、アパートメントの管理人が殺された。DNAをもっとちゃんと考えていたら、あんなことにはならなかったのかもしれない。DNAを調べることの意味を考え、最悪の事態になることを予測しておいたら、カイルもジェラルドも、命を落とさずに済んだのかも。けれど、あのときは何も考えていなかった。好奇心が募り、真相が知りたくてたまらなかった。自分の両親をめぐる謎が漠然と胸につかえ、すっきりしたくてじりじりしていた。

秘密の扉を開けることが危険を招く、など予想だにしなかった。そのドアの向こうに、モンスターの巣くう地獄が待っていようとは。

「やめるんだ」ルークの太い声が低く響いた。また彼女の手に自分の手を重ねてくる。彼の手から力強さと温かみが伝わってくる。そしてはっとした。違う、温かみではない。熱だ。

　慣れない感覚に彼女はとまどった。彼女はずっと、周囲にいる男性に欲望を感じることなどあり得ない環境で過ごしてきた。以前の職場のＮＳＡでもそうだったが、大学時代も異性として惹かれるような男性は皆無だった。彼女の周りにいるのはいつも、猫背で、ものすごく痩せているか、かなり太りすぎかのどちらかだった。痩せているのは、ハッキングに没頭して食事を忘れるからで、太りすぎるのはコンピューターのキーボードを叩く以外には何の楽しみもないので、ひたすらピザを食べ続けるからだ。どちらのタイプであれ、彼らには身だしなみを整えるという概念が欠落していた。だから体の関係を持つことを想像するだけでもおぞましかった。何度か、自分を励まして無理にデートしたこともある。クラブに一緒に出かけたこともある。そういう男性たちはいくぶん顔立ちも整っており、身だしなみもきちんとしていた。けれど結局彼らも――子どものようなものだった。おしゃれな服で気取ってみせ、はやりのレストランを話題にするだけ。それらはただのデートの小道具でしかなく、そういうことに女性がどう反応するかを試しているだけだった。

　くだらない。確かにホープは強く反応した。すぐさまデートを切り上げたのだ。たいていは冷たくがらんとした自分のアパートメントへと帰り、ネットの世界に戻る。サイバースペースでの人とのやり取りは楽しく、匿名性が保てた。目の前の男性は、これみよがしな自慢はいっさいしない。気取った態度を見せず自分を飾る言葉もない。これぞ男の中の男、本もののオスだ。

本ものの男に出会うことなんて、めったになかった。だから珍しく本ものの男が目の前に現われると、体内に女性ホルモンが大量に放出されたのだろう。タイミングとしては最悪なのに。そもそも、女性ホルモンがいくら放出されたところで、この状況では使い道がない。何の役にも立たないのだ。彼との関係は純粋に、警護のプロが、警護対象者を守るだけのものなのだから。

それでも、ああ、ルークは本当にすてきな人。こんなにハンサムで男らしい男性との出会いが、自分が疲れて怯えている状態であるときに起きたことが恨めしい。顔立ちも雰囲気も、本当に魅力的——ああ、まただ。女性ホルモンのせいで、理性がすぐにどこかに飛ぶ。

彼は真剣そのものの表情だった。全身の毛穴から真剣さが噴出しているようだ。非常に危険な状況に陥っている彼女を守るためにやって来た戦士だからだ。きわめて勇敢な戦士でもある。友人を安心させようと、フェリシティがルーク・レイノルズに関する基本情報を送ってくれていた。その情報を読んで、確かにホープは安心した。ルークは陸軍で極秘任務を専門にする特殊部隊、レンジャーに所属していた。レンジャーは、勇敢で頭が切れ忠実に任務を果たすことで有名だ。ホープの警護も、勇敢に、賢く、忠実に行なってくれるはず。それだけのことだ。

それなのにどうして、こんなときに自分の女性としての部分が騒ぎ出すのだろう？　彼の手に包まれた自分の手が震えている。彼女がその手を見下ろすと、彼ははっと手を離した。長時間手を握ったままでいては、なれなれしくて失礼だとでも思ったのだろうか。しかし実際のところ、彼女のほうがもっと彼に密着したかった。彼の膝にまたがり、彼の顔をキスで埋めつくしたかった。たくましい彼の首に両腕を回し、頭を分厚い胸板に預けたかった。

ああ、どうすればいいの？

「まだ続きがあるんだろ？」彼がまっすぐに目を見て話しかけてきた。

ホープはその瞳におぼれ、すべてを忘れそうになった。男の中の男、というタイプの人は、こんなにきれいな目を持っていてはいけない。反則だ。透きとおった水色に細い紺の線が入った瞳、ブロンドなのに濃い色のまつ毛だなんて。やれやれ。運が悪かったんだわ。とにかく考えをまとめよう。ルークが含まれない内容のあれこれを。絶対に集中して。

彼女が自分を叱りつけているあいだに、彼も考えにふけっていた。「敵に見られずに、どうやって脱出できたんだ？　プロの殺し屋なら、建物の出入口すべてに見張りを立てておいたはずだ。今回の件に、どれほどの人員が投入されているのかはまだわからないが、万一の場合を考え、あらゆる手段を取っていたはずだ」

「たぶん、そうでしょうね。でも私の住むアパートメントの特殊性までは考えていなかったと思う。周辺の数区画にわたってアパートメント用の建物が十二棟、互いに地下通路でつながっていて、いちばん外側の建物の裏口からすぐのところに、バス停があるのよ。通路は外から見えなくて、その十二棟のアパートメントのどれかの住民でなければ教えてもらえない。雨や雪でも、地下を歩けば濡れずにバスに乗れるわけ。洗濯室やゴミ置き場も地下にあるけど、住居階に上がるエレベーターは、地下には行かない。一階から別のエレベーターに乗るのよ。つまり、市役所の建築申請課とかのネットワークをハッキングして、建物の設計図を手に入れていなければ、地下通路があるのには気づかないだろうし、殺し屋たちにそこまでの時間の余裕があったとは思えない。殺し屋が来ている様子は廊下の監視カメラの映像で見ていたけど、四人が乗ったエレベーターが五階に着く前に、私は地下に通じるエレベーターに乗っていた。それから地下通路を必死で走り、いちばん外側の建物の裏口のそばに隠れた。バス停が見えるからバスが来るのを確認してから通りに出て、そのままバスに乗った。通りの向こう側にも防犯カメラがあるけど、バスの影で私の姿は映っていないはずよ。バスで友人のアパートメントまで行き、そこに隠れた。その友だちは二ヶ月の研修中で、週に二回、部屋の植物に水をやってほしいと頼まれて、鍵も預かっていた。私とその友だちの関係を短時間で探り出すのは無理なのはわかっていたから、その夜はそこに泊まったわ。そこでカイルの職場のコンピューターをハッキングしてみたの。彼もセキュリティには厳しいから、ネットワークに入るのには少し時間がかかったけど、いざ入ってみると、何もかもすべてが破壊されているのがわかった。せっかく立ち上げたばかりの会社なのに、何もかもやり直しよ。データが保存されていたはずのクラウドまで、完全に空っぽだったわ」

ルークはまばたきもせず、ホープを見ている。「そこまでするには、かなりの技術が必要だ」

彼女も同じ意見だった。カイルのデジタル・データのすべてを徹底的に破壊できる人間がいるという事実が、彼が殺されたこと以上に恐ろしかった。言うなればどんな愚かな人間でも、銃さえ与えれば殺人はできる。しかし、カイルの会社のシステムを破壊するとなると、技術が必要で、そのための資金も人材も敵にはあるということだ。

「それで、友人の家にいるのも怖くなり、明るくなるのを待ってすぐに外へ出て、HERルームで助けを求めたの」

「彼女の部屋?」彼が眉をひそめた。そのかっこよさに、ホープはまた見とれてしまった。この人ったら、眉をひそめてもハンサムなんだわ。「誰の部屋なんだ？」

ああ、そうだった。HERルームのことを思うと、何だか元気が出る。大丈夫だ、という気になれるのだ。「HERルームという、私設の掲示板のこと。閲覧も書き込みも、私たちの仲間四人だけにしかできない仕組みにしてあるのよ。元々はNSAの同じ部署で働く三人で作ったものだったんだけど、あとでフェリシティにも参加してもらうようになった。オリジナルの三人というのが、私、つまりホープね、それにエマとライリーの三人で、その頭文字でHERになるわけ。掲示板を作ったきっかけは、地獄の使者みたいな上司がいたからよ。パワハラ、モラハラ、セクハラ、何でもあれよ。当時私たち三人は、ISISのコミュニケーション手段として把握されていたすべてを調べ、膨大なデータベースを作成している最中だった。当然だけど、ものすごく集中力を要求される作業なのに、作業ステーションの後ろに、いつもその男がいて、私たちの仕事ぶりを監視してるの。何かと言うと私たちの仕事にケチをつけ、ばかげたことばかりコメントしてたわ。私たちがデータベースのパラメータとするものの意味が、そいつにはまるで理解できなかったのね。女性全般をばかにして、セクハラそのものの言葉を投げつけては、私たちの仕事が成果を上げる瞬間を待ち構えているのよ。手柄を自分だけのものにしたいから」思い出すだけでも、また怒りがこみ上げてくる。彼女はルークにたずねた。「あなたはそんな上司の下で働いたことがある？」

「いちどだけ。陸軍の上官だ。だが、そいつは誰からも嫌われていて、そのうちワシントンに呼び戻されたよ。警察に入ってからは、そういう上司にはあたっていない」

「運がよかったのね」

「ああ。だが、君は運に恵まれなかった」

「そうね」当時の記憶がよみがえり、息が荒くなる。脳神経がどこかでぶちっと切れないように、彼女は歯を嚙みしめた。「そいつに知られないように、三人でコミュニケーションを取る必要があり、それで秘密の掲示板を作ったというわけ。作業ステーションのある部屋には、そいつが仕かけた監視カメラと盗聴器まであるんじゃないかと思ってた」

この話には、さすがにルークも驚いた表情を見せた。「まさか」

「あら、だってNSAなのよ。スパイの総元締めみたいなところだもの。警戒心が強くてノイローゼ気味の人もいっぱいいる。トイレにだって監視カメラや盗聴器があるんじゃないかと言われてる。まあ、AIが常に職員を監視してるのは確かね、二十四時間ずっと。とにかく、上司に知られることなくコミュニケーションを取るために、ダークネット上に掲示板を作り、いつでもメッセージを書き込めるようにしたわけ。そこに入るには、ゲームに勝たなきゃならないので、その上司には絶対に無理なの。さらにメッセージはステガノグラフィーを使って書き込まれるから、一見、そこにメッセージがあるとはわからないのよ。このアルゴリズムは私が書いたの。これでずいぶん仕事もはかどった。しばらくしてから、この掲示板の存在に気づいたフェリシティも参加するようになり、いろいろと教えてもらった」

ルークの顔が強ばり、頰の皮膚が引きつっていた。顎の筋肉が波打つのにつれて、こめかみのあたりがぴくぴくと動く。「そういうの、よくあるのか？　ＮＳＡで――ハラスメントは？」

彼女はあきらめたように息を吐いた。組み合わせた指を見ていたが、やがて手を離した。「ええ、しょっちゅうあるわ。でもＮＳＡには限らないの。もう慣れたけど、それでも……気に障るというか、すっきりしない気分。本当に一生懸命に働いてるのに、不当な評価を受けると、やりきれないわ」

彼は口元を引き締め、ぎこちなくうなずいた。

「何にせよ、ＨＥＲルームだと安心できた。フェリシティは正式にＮＳＡに在籍していたわけではないけど、一緒に仕事をしたこともあり、ＩＴ関係の人間なら誰でも知っていて、みんなが憧れる存在だから、ＨＥＲルームを通じて話ができてうれしかったわ。困ったことがあると、バットシグナルを掲示板に送るの。ほら、バットマンを呼ぶときに夜空に浮かび上がらせる信号、あれと同じよ。送ってすぐにフェリシティが応じてくれた。彼女がどこにいるのか知らなかったし、妊娠中だというのも初耳だった。おまけに切迫流産の恐れがあるからベッドから出てはいけないと命じられていただなんて本当に知らなかったから、申しわけなくて」

「双子なんだ」ルークの顔がわずかにほころんだ。「どちらも男の子だ」

「まあ、すてき！　さぞかし、ご主人には大事にしてもらっているんでしょうね？」

「ああ、もちろん。メタル――彼女の夫はフェリシティをすごく愛していて、フェリシティ自身が迷惑がるぐらい、彼女を大切に守っている。フェリシティは、彼のすべてなんだ。実は、今回の手配はすべてメタルがやった。ボストンの大通りで君を迎えに行った車も、プライベート・ジェットも、何もかもだ。フェリシティの友だちは、自分の友だちだと考えている。俺も同じだけど」

　彼の言葉の最後のほうは、ほとんどホープの頭には届いていなかった。彼女の耳に『彼女の夫はフェリシティをすごく愛していて』という部分が強く残った。そしてそのメタルという男性は、『フェリシティ自身が迷惑がるぐらい、彼女を大切に守っている。フェリシティは、彼のすべてなんだ』という事実に思いを馳（は）せた。フェリシティに嫉妬（しっと）を覚えることはない。いっさい。彼女の生い立ち、幼少期からおとなになるまでが、楽なものではなかったのは知っている。だから彼女が今後の人生を思う存分楽しみ、幸せに生きていくのは当然だと思う。

けれど……ああ。自分を愛してくれる人がいたら。本当に、心からの愛情を注いでもらいたい。愛されるとは、どんな感じなのだろう？ 自分に好意を持ってくれる友だちはたくさんいる。しかし、自分を心から愛してくれる男性にはいちども出会ったことがない。エマやライリーやフェリシティは、自分を愛してくれている。けれど、いつもそばにいてくれるわけではない。違う町に住んでいるのだから仕方ない。

ああ、今さら泣きごとを口にするなんて情けない。今は危機に直面し、友人を自分のせいで亡くし、アパートメントの管理人まで殺されてしまった。そしてこの勇敢な男性——陸軍で数々の勲章に輝いた兵士が目の前にいて、今この瞬間に誰かが自分の命を奪おうとすれば、身を挺してでも守ろうとしてくれる。

今考えなければならないのは、そういうことだ。愛だの恋だの、浮ついた感情に自分を失ってはいけない。

きっと疲れすぎなのだ。それで集中できないのだろう。体内に大量のアドレナリンが放出されたあとの虚脱感だ。それで頭がぼうっとして、不必要なことを考えてしまう。

「さて」彼女は背筋を伸ばして座り直した。「話は以上よ。私の知っているかぎりのことは、すべて話したと思う。ああ、もうひとつあった」惨めな気持ちを隠そうとしたのだが、どうしても声に出てしまう。「私の実の父親が誰かはまだわからないけど、私を殺そうとしているのは間違いないみたいね」

4

『私の実の父親が誰かはまだわからないけど、私を殺そうとしているのは間違いないみたいね』こんな悲しい宣言を聞いたのは、生まれて初めてだとルークは思った。この女性を殺そうとするやつがいることが、そもそも信じられない。ましてや実の父親が？

ソファの端にちょこんと腰を下ろした彼女は、今にも飛び立とうとする小鳥のように見えた。ぎゅっと抱きしめると壊れてしまいそうだ。はかなくきれいな存在。フェリシティから、ホープはとんでもなく頭がいいということだけは聞いていた——詳しく話を聞く時間がなかったのだ。フェリシティ自身が天才レベルの頭のよさなので、ホープも本当に賢いのだろう。

フェリシティは、ホープの外見についてはあまり話してくれなかった。しかし、その美しさは会った瞬間に気づく。美しさのレベルは相当高いが、彼女を取り巻く状況の危険度の高さもかなりのものだ。昨日襲われた顚末(てんまつ)を聞いて、心底ぞっとした。事情聴取の最中の警官の顔をしていたが、平静を装うのは難しかった。心の中では悲鳴を上げながら、無表情でいるのは本当に辛かった。

これまでのできごとを考えれば敵はかなり強力だ。その事実までは彼女にも説明した。黒幕は悪魔の化身みたいなやつなのだろう。そしてその黒幕を支える実働部隊も優秀だ。カイルという友人が殺されてから彼女の住居に殺し屋が現われるまで、三十分もかからなかった。つまり実働部隊は二チーム用意してあり、その両方がかなり有能な者ばかりだった。この事実が持つ意味合いは大きい。非常に深刻な事態と言える。

政府高官がかかわっている可能性も高い。ここまでの作戦を計画実行できるのは、アメリカ政府の正規軍の特殊部隊、CIAの特殊工作部門、それに民間軍事会社が数社。しかしそれができる民間軍事会社の本部はすべて西海岸にある。彼らがはたして東海岸で作戦を実行するだろうか？

いや、世界中どこであっても、ホープ・エリスの殺害計画は実行されていただろう。そう考えるとますます怖くなる。

この女性は、どうしてこれほどの敵を作ることになったのだろう？　資金、人員、武力にコネも、何もかも持っている相手を敵に回すとは。彼女は賢くて、感じのいい人だ。フェリシティもそう言っていた。ただ、そういう長所は、悪人どもを相手にする世界では、何の役にも立たない。おまけに敵のひとりは、実の父かもしれないのだ。

あるいは祖父かも。そのどちらかあるいは両方が、彼女を殺そうとしている。

ルークはこれまでの人生で、彼なりに厳しい事態と向き合ってきた。兵士や警察官であれば、やりきれない思いに打ちのめされそうになることもある。しかし、今のホープが味わっているような救いがたい辛さは自分には経験がない。彼自身は、最高の父親に恵まれたからだ。いかにもアイルランド人気質（きしつ）で、陽気で単純なところもあるアロイシアス・レイノルズは、三十五年間警察官として働き、夫としても父としても世界一だった。ルークの母が末期の癌（がん）を宣告されると、父は休暇を取り、ずっと妻に付き添った。母は父の手を握ったまま、安らかに息を引き取った。ルークが苦境に陥ったときも、誰が何と言おうが息子を応援し、励ましてくれた。結局、息子の巻き込まれた問題に心を痛め、そのストレスが原因で父はこの世を去った。父に会いたい。来る日も来る日も毎日、父を思って後悔の念が募った。父がルークに手を上げたことなど、いちどもなかった。当然、父が自分を殺そうとする、だなんて想像もつかない。

自らの生存を脅かされるわけでもないのに、親が冷酷に子どもの殺害を計画する、というのは自然の摂理に反する行動だ。彼女は強い恐怖を感じ、麻痺したようになっている。当然だ。

ホープが話を続けるあいだ、彼はその様子を注意深く観察していた。疲れ果て、怯えているが、話は首尾一貫していて、その語り口は上品でさえある。内容、話し方、話の構成、そのすべてが、この人は非常にしっかりしていて、知性あふれる女性なのだと伝えてくる。

そして偶然ながら、とびきりの美人でもある。男心をわしづかみにするといった美しさではない。彼女の美貌はそういった下卑たものではないのだ。強烈なセックスアピールで、欲望をかき立てる種類の女性ではない。彼女はただその場にいるだけ。ふと気づくと、完璧な肌、整った目鼻立ち、真っ黒のまつ毛に縁どられた緑の瞳がそこにある。彼女の美貌がこちらにアピールしてくることはなく、気づいてくれるのを待っている。しかし、ひとたび気づくと……。

降参だ。

この女性を殺したいと思う男がいることが信じられない。こんなに聡明で勇敢な娘がいたら、普通の男なら自慢したくてたまらないだろう。ルークには、彼女を亡き者にしようと殺し屋を送り込む父親、という概念がどうしても理解できなかった。軍人として戦争を体験し、警察官として残忍な事件を扱ったが、それでも彼女を殺そうとする意味がわからない。

軍人としても警察官としても、自分は優秀で最善を尽くしてきたと自負している。だから今は、この女性を守るためにできるかぎりのことをする。ＡＳＩ社が全面的にバックアップしてくれるのは本当にありがたい。会社には資金も人材もそろっている。

ASI社が支援を決めたのは、フェリシティが要請したからで、経営者を含め会社にかかわる全員がフェリシティに大きな恩義を感じているからだった。しかし、ひとたびホープという女性のことを詳しく知るようになれば、誰もが元々の理由なんて忘れ、ホープのためなら何でもする、と思うようになるはずだ。

青白い顔で、途方に暮れた表情のホープを見るのが辛かった。目の前の扉がいきなり開き、その先には地獄が待っていて、牙をむいたモンスターが彼女を地獄に引きずり込もうとしている、みたいな顔だ。何か日常的なことをするほうがいい。でなければ絶望のスパイラルに落ち込んでしまう。彼女には気を確かに持っていてもらわなければならない。彼女のIT技術に関する能力がどれぐらいのものかは知らないが、その技術で調べてもらわなければならないことがある。彼自身にはそういう能力がないから、彼女が精神的に追い詰められてしまうと、どうしようもない。このきれいな顔の奥にある頭脳が機能していないと困るのだ。

日常的なこと……普段、人は何をする？

食事だ。

彼は身を乗り出すと、彼女の膝に軽く手を置いた。彼女はびくっとして彼の目を見た。彼女の目が、心の中の恐怖と落胆を伝えてきた。

「なあ、そろそろひと休みしないか？　ここにいたら、絶対に安全だから。ここまでずっと必死で逃げてきたんだろ？　興奮状態だったから、そういうこともできたわけだけど、ちゃんとエネルギーも補給しないとな。このホテルには腕のいいシェフがいるんだ。ルームサービスでも頼まないか？」

　すると彼女は、弱々しいながらも笑顔でうなずいた。そんなに無理しなくてもいいのに、と彼は思った。彼にとってこれは会社から命じられた仕事だし、まあ、まだ社員ではないにしても、フェリシティの頼みをきいて、警護についただけだ。それなのに、彼女が必死で笑みを浮かべるのを見て、胸が締めつけられる気分だった。これほどひどい状況にありながら、彼女は自分を見失わないようにと懸命に頑張っている。特殊部隊の戦士や警察官にも通じる、崇高な精神を示しているわけだ。

「ほら」ルークは、手を伸ばしてルームサービスのメニューを取り、彼女の隣に座った。メニューを指差しながらたずねる。「肉は食べるのか？」こういう女性はたぶんベジタリアンだろう。せめて、ヴィーガンでないことを祈るしかない。ここのシェフは卵やチーズやバターをたっぷり使うのだ。しかし、彼女の言葉にルークは驚いた。

「もちろん！　ああ、お肉が食べたい！　大の肉好きよ」そして肉料理のところで指を止めた。「ステーキ！　お肉ならやはりステーキよね。ここのはおいしい？」

　これには自信を持って答えられる。「ああ、抜群に。俺もステーキにしよう。付け合わせのフライドポテトを大盛りにするかい？」

彼女はぎゅっと口を閉じて、考え込んだ。「そうね。でもバランスを取るために、サラダも頼むべきじゃない？　それで肉も油も帳消しにできるわ。少しはビタミンも摂ってておかないと」

「よし。サラダを頼むようなお利口さんには、ご褒美があってもいいだろう。そうだな、ブルーベリー・チーズケーキなんてどうだ？　おいしいぞ」

「ああ、すてき」彼女は目を閉じ、ゆっくりとほほえんだ。「ステーキに大盛りのフライドポテトにブルーベリー・チーズケーキ。動脈硬化が始まる音が聞こえそう。早く食べたいわ」

彼女が目を閉じているのをいいことに、ルークは彼女の唇を見つめ続けた。やわらかそうで、自然なピンク色。キスしたら気持ちよさそうな……。

おい！　俺はいったい何を考えてる？

それだけは、やめろ、と彼は自分を叱った。思いきり自分を蹴り上げたいところだ。いや蹴り上げるぐらいじゃ足りない。新兵時代の教官にしごかれたみたいに、頭がのけぞるぐらい激しく殴られないといけない。警護の仕事では、対象者と関係を持つことなど、絶対に許されない。関係を持てば、必ず誰かが命を落とす事態になる。気持ちの緩みが、警護対象者を危険にさらす。頭がいかれたとしか思えない。

俺はそんなばかげたことはしない――もういちど彼は自分に言い聞かせた。

「よし」立ち上がって、彼女と少し距離を空ける。「俺が注文しておくから、そのあいだにシャワーでも使ったらどうだ？　身の回りの品は何でも、そのスーツケースの中にあるらしいから。サマーという女性が用意してくれたんだ」

「会社の人？」

「みんなの友だちだな。フェリシティ自身が、今はあまり動き回ることもできないから、サマーに頼んだんだ。サマーは社員じゃないが、社員の奥さんでジャーナリストだ。彼女の書いた記事を君も読んだことがあると思う。以前は政治専門のブログを主宰してた。今はノンフィクション作家で、現在は二冊目を執筆中だ」サマーへの尊敬がルークの中でふくらんだ。信じられないな、と首を振る。自分にもいろんな能力はあると思うが、本を書くことだけは絶対に無理だ。ベストセラーになった一冊目のあと、また別の本を出版できるなんて。

ホープははっとして、立ち上がった。「サマーって、サマー・レディングのこと？」

「ああ、そのサマーだ。今はサマー・レディング・デルヴォーだが」

「私は以前、彼女のブログをいつも楽しみにしてたのよ。もちろん著作も買ったわ。iPadにも入れてある。とにかく、サマーにこの荷物のお礼を伝えてね」

「ああ、伝える。基本的には考えられ得るかぎりの必需品はそろえておいた、とサマーから言われている。君が……えっと、女性が必要とするものはみんなあるって。サマーがそう言ってたんだ」何だか顔が赤らむのを彼は感じた。

「わかった」ホープはスーツケースを引っ張って、ルークが示した寝室へと向かい、その後、寝室に付属したバスルームへと姿を消した。しばらくするとシャワーの音が聞こえた。このスイートルームのシャワー設備は信じられないぐらいすばらしく、シャワーヘッドが四つもある。そのうちのひとつからは、香り付きのお湯が出てくる。ラベンダー、レモン、バラと好きな香りが選べ、リラックスできる。

さらにお腹に食べものを入れれば、彼女も生き返ったような心地になるだろう。

注文したルームサービスが届くと、彼は部屋のテーブルに料理を並べた。カリフォルニア・ワインの赤の栓を抜き、空気に触れさせておく。テーブルセッティングが終わった頃、バスルームのドアが開き、ラベンダーの香りがふわっと部屋じゅうに広がった。そしてシャワーを済ませたホープがリビングに戻って来た。ああ。彼はしばらく言葉を失った。シャワーのおかげで、彼女の頬はバラ色に染まり、じゅうぶんな休養を取ったあとみたいに見えた。昼寝でもしたのと同じように元気が戻ったらしい。実際、シャワーを浴びたら爽快（そうかい）な気分になるものだ。

サマーが用意した服——水色のコットンのプルオーバー、紺のパンツに着替えていた。サマーよりもホープのほうがひと回りぐらい小さいので、少々だぶついてはいるが、そのせいで華奢な骨格がより強調されていた。今にも壊れそうで、強い風でも吹いたら飛ばされてしまうのではないかと心配になる。そして言うまでもなく、とても美しかった。

「さっぱりしたわ」沈黙を破るように彼女の声が聞こえ、ルークははっと現実に戻された。いつの間にか、彼女に見とれていた。顎をさっと手でこすって、だらりと舌が伸びていなかったかを確認する。

「う、うむ。本当にさっぱりしたみたいだな。すごくいい感じ……いや、つまり、シャワーで元気を取り戻したんだろうな、と思って。さ、ルームサービスが届いたぞ」見ればわかるだろう、このばか野郎、とルークは自分を叱りつけた。くだらないおしゃべりはやめよう、と心に決め、彼は彼女のために椅子を引いて、口を閉じた。

「ありがとう」座ったホープは、顔を上げて彼にほほえみかける。「あなたは座らないの？」

ああ、もう。美人と同じ部屋にいるだけで、ぼさっと突っ立ったままになってしまうとは。いつからこんな情けない男になってしまったんだ？　これまではそんなこといちどもなかったのに。今まではいつだって、自分自身の――分身のほうも、きちんとコントロールができていた。この先が思いやられる。なぜならもうすぐ社員になるASI社の仲間は、奥さんがみんな美人ばっかりなのだ。だから美女とはしょっちゅう顔を突き合わせることになるはずだ。警察官時代は、奥さんが美人で有名だったのは、バド・モリソン本部長だけだった。ただし彼の妻、クレアは莫大な資産を持つお嬢さまでもある。彼女の行動からは、気取ったお嬢さまという印象はまるで受けないが。何にせよ、美女と一緒に時間を過ごすことに、慣れておいたほうがいい。あたふたして、口もきけなくなるようでは恥ずかしい。

彼も椅子に座り、皿のカバーを上げた。ああ、いい匂い。ステーキとフライドポテトの香りが食欲をそそる。ホープがシャワーから出てきたときと同じように、嗅覚が喜びを伝えてくる。

彼女はテーブルに身を乗り出し、目を閉じてすうっと息を吸った。「うーん、最高。すごくおいしそう」

笑顔でそう言った彼女の手が小刻みに震えているのを見て、ルークはすぐに警護者モードに戻った。「いちばん最後に食事をしたのはいつだ?」強い口調になってしまった。彼女を責めているように聞こえたかもしれない。

「食事?」彼女は眉をひそめて、困った顔をした。〝食事〟という言葉の意味が理解できないようにさえ見えた。きょろきょろと視線を動かし、自分の行動を思い出そうとしている。「えーっと、食事と言えるかどうかはわからないけど、カイルからの電話を待つあいだに、プロテインバーを食べたのが最後かな。結果を早く知りたくて、そのちょっと前から胃が食べものを受け付けない感じだったの。結局、カイルとアパートメントの管理人が殺され、そのあとは、とても食事なんて――ジェット機に乗ったあとは、すぐにぐっすり寝てしまったし」

「この料理は、残さず全部食べるんだ」彼は真剣に言った。

「はい、ママ」ホープはやれやれ、という顔をしたが、それでも和やかな雰囲気だった。

　彼はワインのボトルを手にして、彼女のグラス、そして自分のグラスにもワインを注いだ。彼自身は、ほんの唇を湿らす程度にしておこうと思っていた。ここは安全だが、気を緩めるのはまずい。「ナパ・バレー産のいいワインだ。ナパには行ったことがあるかい？」

　彼女はワインを飲んで、ほうっと息を吐いた。「ほんと、おいしいわ。いえ、行ったことはない。実は今日まで、シカゴよりも西に来たことがなかったの。さっきも言ったように、スタンフォード大学に行くつもりだったのに、親に大反対されたから」

　彼女はグラスを置き、遠い目をした。そして強く頭を振った。「その理由は、まったくわからないまま。二人が、ボストン近郊の大学にしろって半狂乱になったから、私もあきらめた。そのときは私も、もしかしたら……ひょっとして両親は、私が遠くに行くのをさびしがっているのかな、と思ったものよ。おかしな話よね。私が寄宿学校にいる何年ものあいだ、まるで会いに来なかったくせに。結局ハーバード大学に入学したけど、在学中、その後MITで大学院にいるあいだも、同じボストン近郊にいるのに、いちども会っていないの。だから私といつも会いたいという理由ではなかったはずよ。とにかく、西海岸に私が近づくのが嫌だったんだと思う」そこで彼女がこちらを見た。「ねえ、いつまでそのシャツを着ているの？　中はずいぶん暖かいけど」

「銃を携行してるからだ」ルークは、彼女の表情の変化を観察していたが、一瞬感じた軽い恐怖感をうまく隠していた。「銃は常に身近に持っているし、寝るときもすぐ手の届くところに置いておく。銃を見たら君が怖がるのはわかっているから、シャツで隠して見えないようにしている」

彼女は探るような目で彼を見ながら、しばらく黙っていた。「あなたが銃を持っているのは、私のため、私を守らなければならないからでしょ。それを考えれば、銃が見えても気にしないようにする。だからそのフランネルのシャツを脱いで。暑くて不快そうだから。それに、改めてお礼を言うわ。フェリシティから聞いたのよ。あなたが自分からこの仕事をすると言ってくれたって。あなたはまだ、彼女の会社の社員ではないんでしょ？　どういう事情なの？」

「話せば長くなるが」長くて、思い出すたびにはらわたが煮えくり返る話だ。「かいつまんで言うと俺は警察官――もうすぐ元警察官になり、その前は軍隊にいた。警察は今月末で退職する。まだ籍はあるが、残った休暇を使っているだけで、実際には仕事はない。ＡＳＩ社が俺を雇うと言ってくれて、二週間すれば、ＡＳＩ社のエージェントとしての仕事を始める。ただ、現時点では社員ではないんだ。まあ、言うなれば、ひとつの映画に出演した俳優が、次の作品の始まるのを待ってる感じかな。ただ仕事が、演じることではなく、現場で悪いやつをやっつけること、という感じだ」

彼女が首をかしげてこちらを見る。「でも、もっといろんな事情があるんでしょ？話せば長いって言うぐらいだから」

事情はある。ただこの話をする相手は、選んできたつもりだ。何度も話すのが辛い。

「ああ。ひどい事情なんだ。悲しい話さ」

「ひどい事情の悲しい話なら、いっぱい知ってるわ」彼女はまっすぐこちらを見ながら、やさしく先を促した。「話して」

一瞬ためらったが、すぐに話そうと決めた。発端(ほったん)から話したことはこれまでなかった。そしてふと気づいた。この事件のことを話した相手は、全員すでに事件の内幕を知っていた。事件とはまったく無関係な外部の人に、この話をするのはこれが初めてだ。もう今となっては、外部の人に話してみるのもいいのかもしれない。あのできごとを、客観的に見ることだってできるだろうし、何より、こちらの気持ちを思いやってくれる相手になら、話もしやすい。知性に輝く瞳に悲しみをたたえ、彼女はこちらを見ていた。彼の話を聴きたいのだ。この人なら大丈夫。心に溜まったものを吐き出そう。

「わかった。俺は十年間軍にいた。陸軍で、その大半はレンジャーとして過ごした。レンジャーというのは――」

「陸軍でも特に精鋭を集めた特殊部隊ね」彼女はやさしく彼の言葉を引き取った。「ええ、知ってるわ。その昔、陸軍レンジャーの基本信条（クリード）を暗唱していたものよ。NSAにいたとき、オレンソン大将から依頼があり、エマとライリーと私で開発を……」そこで、慌てて口を閉ざす。彼女が同僚と開発したのが何であれ、非常に高度な機密情報なのだろう。「開発したものがあったの」

彼は頬を緩めた。「オレンソン大将か。すごい人だろ？」

彼女も笑みを返す。「ええ。厳しいけどフェアな人だった。開発は順調に進み、将軍が現役を退く前日に完成したの。それで、私たち三人にディナーをごちそうしてくださったの。ところが意外なことに、大将はお酒に強くなくてね。ライリーに少し飲まされただけで、かなり酔っぱらっていらしたわ」

それを聞いて、ルークは大笑いした。オレンソン大将は実戦で多くの勲章を得たあと、米国陸軍の制服組トップとして指揮を執（と）った人物で、すばらしい人格者だが、かなりの堅物だ。肉体的には完全に非力な女性のITスペシャリストたちに、あの質実剛健な大将が酒を飲まされて酔っぱらったなんてけっさくだ。陸軍の人間なら誰もが大笑いするはずだ。今度レンジャー時代の元チームメイトに会ったら、必ずこの話をしてやろう。ビールをジョッキで最低二杯ぐらいはおごってもらえるだろう。ホープは上体を彼に近づけ、テーブルに肘を立てた。「それで——あなたはレンジャーだったわけね？」話の続きを促しているのだ。

「ああ。充実した日々だった。しかし、父が体を悪くしてね。狭心症だとわかった」

なるほど、と彼女がうなずく。「あなたとお父さまは仲がよかったの？」

かわいそうに——彼は胸が締めつけられるように感じた。彼女の声には憧れにも似た響きがあるのに、本人はそのことに気づいてもいない。

「仲はよかったよ。そのときは回復したんだが、これはそばに付いていてやらないといけないな、と思った。それで陸軍を除隊し、ポートランド市警察に入った。父はずっと警察官だったから、勝手知ったる……という感じで、すぐになじめるのはわかっていた。父の仕事ぶりを見て育ってきたんだから。それに父は、現在の市警のトップであるモリソン本部長とも仲がよかった」

彼女が注意深くこちらの表情をうかがう。そしてやさしい口調で言った。「あなた、警察の仕事も好きだったのね」

彼は軽く頭を下げて肯定した。「そのとおり。すごく好きで、やりがいを感じていた。二年ばかりパトロール警官として勤めたあと、昇進試験に合格し、殺人課の刑事になった」

「殺人課だったのね。きっと優秀な刑事さんだったんでしょうね」

彼は肩をすくめた。「まあ、何件もの事件を解決したのは事実だ。ポートランド市警というのはきちんと運営されている組織だから、仲間からずいぶん助けてもらえたことも大きい。ところが大変な事件に巻き込まれたんだ。女子大生が何度もレイプされたあと殺された。死体はワシントン・パークの茂みに棄てられていた」

ホープが大きく息をのむ。「その事件、覚えているわ。ニュースにもなったわよね――シグマ・ファイ・ファイブ事件でしょ？　犠牲者の女の子は本当にかわいそうだった。むごいとしか言いようのないことをされたのよね。しかも裁判で、担当の刑事は――」彼女が大きく目を見開いた。「あなただったのね！　あなたが担当の刑事だった」

今思い出しても、激しい怒りがこみ上げてくる。もうこの件に関する怒りはすべて出しつくしたと思っていたのだが、まだ残っていたようだ。「ああ、俺だ」

「担当の刑事は――あなたは、証言台で徹底的に糾弾された」

「捜査としては簡単だった。ＤＮＡが検出されたおかげで、事件はすぐに解決した。五人の被疑者は五人いたが、女子大生の体からは四人分のＤＮＡしか検出されなかった。五人目はただ、犯行時にそこにいただけだったんだ。それでも罪には問われるよ、現場にいて、他の四人を止めなかったんだから。しかし、レイプには加担していない。ところが犯人である四名は全員、父親が非常に有力な人物だった。現職の上院議員がひとり、IT関係の億万長者が二人、四人目の父親は有名な俳優だ。五人目の青年の父親だけが、一般人だった。こいつの父親は高校教師だったんだ。こいつはただ、そこに居合わせただけだったのに、すべての責任を押しつけられた」

「四人には何のお咎めもなしだったわよね。ええ、覚えてる。誰が見たって、四人が強姦と殺人の罪を犯したのは明らかだったのに」

「陪審員の目には、そうは映らなかったんだ。四人の父親は全米でも最高レベルの弁護士を雇い、すべての証拠に疑問の余地があると訴えた。魔法使いの秘密の呪文でもかけたみたいだった。その呪文のひとつが、俺の身にも降りかかったわけだ」

「そうだったわね。しばらく全米のニュースがこの事件でもちきりだった。普段なら犯罪事件の裁判が報道されても気にも留めない私が覚えてるぐらいだもの。いやおうなく、この事件のことを見聞きするようになっていた」

　ルークは歯ぎしりしたい気分だった。もうすぐ新たな仕事を得て、新しい生活が始まるのだから、そろそろあのときの感情は切り捨てようと決めていた。けれど、思い出すとまたもや怒りの炎が燃え上がる。弁護団は、ルークの軍歴までとことん調べ上げた。当然ながら、後ろ暗いところなどまったく出なかった。するとレンジャーで一緒だったとかいう男をどこからか見つけ出してきて、証言させた。証言によると、ルークは以前に上官の命令に背いたことがあり、武器庫から武器をたくさん盗んでいたそうだ。そんな事実はいっさいないが、非常にもっともらしく聞こえた。後日、ASI社の調査員が調べてわかったことがあった。仲間のジャッコの父親のダンテ・ヒメンデスは以前に麻薬取締局（DEA）の捜査官だったので、いろんなコネがあり、だからこそ見つけられたのだが、この証言した元レンジャーの銀行口座の残高が、突如十万ドル増えたらしい。

他にも弁護団は、すべての証拠に難癖をつけて追及してきた。DNA鑑定を担当した外部機関が怪しいとか、検死官に問題があるとか……。あらゆる証拠は、その能力を問われた。しかし、いちばん執拗（しつよう）な攻撃を受けたのは、ルークだった。時給何千ドルにもなる弁護士は、彼をいけにえとして選んだのだ。

ルーク自身、弁護士を雇わねばならなくなった。自分の貯金を使い果たし、さらに悪いことに父の財産まで食いつぶすことになった。祖母が残してくれたわずかな信託預金にさえ手を付けなければならないか、と覚悟したとき、やっと裁判が終わった。四人のレイプ殺人犯は、無罪放免となった。五人目の青年は故殺により十年の刑期で刑務所に入れられたが、おそらく四年もすれば出所するだろう。

ルークは重圧に押しつぶされる寸前だった。裁判が終わって二週間後、父は急性心筋梗塞でこの世を去った。基本的にはこの事件によって殺されたのも同然だ。バド・モリソン本部長は、この四人に対して宣戦布告する覚悟でいた。本部長が自分の職を賭して闘う気でいるのは、ルークにもわかっていた。この事件で、ルークはぼろぼろになった。本部長までサンドバッグ状態になるのだけは避けなければならないとルークは思った。この事件によって得た唯一の教訓は、世の中、金の力がモノを言うのだ、ということだった。財力には勝てない。この四人の家族の資産を合計すると、数十億ドルにもなる。だからこそ彼らは、自分たちなら何をしたって構わない、他の人間がどうなろうが、知ったことじゃない、と考える。本部長はこいつらを許せないと言って、あくまでも闘う姿勢を崩さなかったので、ルークが警察を辞めることにした。本部長は怒っていたし、その怒りをほうぼうにぶつけていたが、やがてルークがASI社に雇われることになった、と告げると、もう何も言わなくなった。ASI社で働くのはすばらしいとわかっていたからだ。

実は、裁判で自分の経歴にも傷がつき、一生それが重荷となって自分について回ると覚悟していたのだが、ASI社のボスも仲間たちも、真実をわかってくれていたから、それでいいと思った。

「気の毒に」彼女が自分の手を彼の手にそっと重ねた。ただそれだけのことだったが、気持ちが安らいだ。「地獄のような日々だったんでしょうね」

「地獄そのものだった。父を亡くしたが、実際は俺が殺したようなものだ。やりがいを感じていた職も失った。だがもうすぐＡＳＩ社員になれるんだ。あそこは最高の職場だから。四人の犯人たちだが、あいつらはサイコパスさ。いずれまた犯罪を引き起こすに違いないし、そのときはきっと法を欺くこともできないだろう。思い知ることになるよ」

「それならいいけど」

「まあ、俺はそれでよしとしている」心からそう思っていた。過去に振り回されるのはもういい。今は彼女のことに集中したい。彼女は今、危険な状態にあるのだから。

「さて、しっかり食べよう」

彼の目を探るように見てから、ホープがうなずいた。「ええ、そうしましょ」

彼女はおおいに食事を楽しんでいた。シャワーと温かな食べものをお腹に入れたことで、肌がつややかに輝く。口の両脇に刻まれていたしわも見えなくなっていた。ホープは、絶え間なくおしゃべりをしていなければ落ち着かない、というタイプの女性とは違うようで、そのことがルークにはありがたかった。やがてブルーベリー・チーズケーキをひと口頰張ると、うーん、と感嘆の声を上げた。

そのとき、ルークの携帯電話が鳴った。画面を見るとフェリシティからだった。

「悪い、この電話には出ないと。ああ、フェリシティ」

フォークを置いて、さっとこちらを向いたホープの目が鋭くなった。彼はスピーカーフォンに切り替えたが、ビデオ通話にはしなかった。ミネラルウォーターのボトルに携帯電話を立てかけ、両手を使えるようにする。

「フェリシティ」ホープは少し上体を前に倒し、興奮を抑えた調子で電話のマイクに話しかけた。「気分はどう？」

「ヤッホー」フェリシティの声が響く。言葉とは裏腹に、疲れた声だ。「まだひとつの体が、三人分養ってる。正直、大変なんだ。あなたのほうも、落ち着いたかなと思って。今何してた？」

「俺が、食べさせてるよ」ルークが答える。

「よかった。ボストンでは、友人が殺され、自宅にも殺し屋がやって来た。そんな状況で、長時間きちんとした食事をとれてなかった、そうだよね、ホープ？」

彼女はさらに身を乗り出した。フェリシティに対する感謝の念がその顔に広がっていた。ホープの気持ちはわかる。フェリシティは常に、自分のことなどあとまわしにして、他人を思いやる。「何もかも、本当にありがとう。お礼の言葉もないわ。正直、誰に助けを求めればいいかもわからなかった」

「いいの、いいの。うちの会社には、問題処理能力がめちゃくちゃ高い、正義の味方がいっぱいいるんだから」

「私には、そういう人が今まさに必要なのね」ホープがちらりとルークを見る。

ルークはふっと笑みを浮かべた。なるほど、うまい言い方だ。ＡＳＩ社には問題処理能力の高い正義の味方がいっぱいいる。

フェリシティが、疲れた吐息を漏らす。「ＤｏＳ攻撃を防ぎきれたら、すぐにそちらにも手を貸すから。狡猾（こうかつ）なやり方で、うちのクラウドサービスをクラッシュさせようとしてるんだ。ルークは知ってるよね、うちのビジネスのかなりの部分をクラウドサービスが占めてること」

もちろん知っている。現在のＡＳＩ社の売上の10％はクラウドサービスが稼ぎ出しており、その比率は増える一方だ。システム設計は、すべてフェリシティがやってのけた。

「つまり、ＡＳＩ社のクラウドサービスへのサイバー攻撃が続いてるってこと？」ホープの顔が曇る。「攻撃はどこから仕かけられてるの？」

「たぶん、ルーマニアからだと思う」フェリシティが重々しく吐いた息をマイクが拾う。「テイミショアラのマフィアだろうな。すごいハッカーがいるのは知ってる。とにかく、大規模な攻撃なんだ」

ホープはぴったりとテーブルに体をくっつけ、電話を手に取った。「攻撃の内容を教えて」

ルークがビデオ通話にしなかったのは、フェリシティへの配慮からだった。ここからはもう自分の出る幕はない、と悟った彼は席を立ち、食べ終えた皿をカートに戻して廊下に出し、ルームサービスのスタッフが自分たちを煩(わずら)わせることなく皿を下げられるようにした。彼があと片づけをしている背後では、二人が完全な専門用語で話を続けていた。

高等数学。まるで理解不能だ。彼自身、学校の数学の成績はよかった。しかしこういったきわめて高度な領域とはレベルが違いすぎる。ＡＳＩ社のクラウドサービスやネットワークのシステムは、すべてフェリシティが設計したもので、彼女の魔法の杖が効力を発揮するおかげで、月に三、四回はあるというサイバー攻撃もしのいできている。政府関連の仕事も多く、サーバーには機密情報が詰まっているためだ。とはいえフェリシティの魔法の杖の効力にも限界はある。だから、ホープが手伝えるのであれば、すばらしいと思う。

彼はまた、二人の会話に耳を澄ました。

「つまりね、パラメータはランダムに毎秒変更されるのよ。それを解読しようとすれば計算上では、量子コンピューターが必要になるわけ。設計はすべて自分のラップトップ・パソコンでアクセスできるから、あとで送っておくわ」

「最高！」フェリシティが安堵(あんど)の息を漏らすのが聞こえる。「それでうまくいけば、あなたには一生、頭が上がらなくなるな。使用料はいくら？　好きな金額を言って――」

ホープは、ちょっと待って、と両手を上げた。その姿はフェリシティには見えないだろうが、ホープの顔には強い困惑の表情があった。「だめよ、そんなこと言わないで！　あなたやあなたの会社には、お礼のしようもないのよ。私のためにここまでしてくれるなんて。かかった費用の一部だと思ってもらいたいの。実は――」彼女がルークのほうを見る。「私の明日の予定について、まだ聞いていないんだけど、もしここでじっとしているだけなら、私にも何か手伝わせてくれない？　あなたが終わらせなければならない仕事で、私にもできることをいくつか、こちらに送って。何もしないでいるのって、体がむずむずする感じだもの。あなたの役に立つなら、何だってするわ」

しばらくの沈黙のあと、フェリシティが言った。「うーん……」

「ＮＳＡに在籍したときの私のセキュリティ・クリアランスは知ってるでしょ？」どうにかフェリシティを説得しようとしているのが、ホープの口調からわかる。「最高レベルの機密にもアクセスできたのよ。でもまあいいわ。機密情報じゃなくて、普段の雑用的な仕事でもいい。何でもいいの。棚の調味料をアルファベット順に並べ替えるような単純作業でも。食器磨きとか、フロアのモップがけとか、ね、お願い」

この状況でなければ、笑っているところだ。しかし、笑いをこらえるのは大変だった。ホープは電話を持ったままソファに移動すると、背もたれに体を預け、片脚を座面に載せ、もう一方の脚をぶらぶらと揺すっている。私も映画に行ってもいいでしょ、と駄々をこねる中学生みたいだ。この無邪気さに逆らうのは難しい。

フェリシティも勝ち目はないと思ったようだ。「わかった。ホントにホントに気が進まないけど、今の状態で、この仕事量をひとりでこなすのが無理なのはわかってるから」

メタルの太い声が背後で何かを訴えている。

「今だけだもん」フェリシティが猛然と言い返す。「この状態じゃ、無理だっていうだけなの。だから、うん、少しばかり手伝ってくれるなら、うれしい」

ホープがこぶしを突き上げた。「やった！　じゃあ、まずファイルを送ってちょうだい。どんなものでも私が作業しておくから。本当にありがとう」

「ありがたいのはこちらのほうだから」フェリシティはまた、具合が悪くなってきたようだ。声に力がない。メタルが今にも会話を終わらせるのを察知し、ルークはホープの隣に腰を下ろした。「やってもらいたいのは、新しいＳＮＳアプリの世界での使用状況の解析。このアプリはフェイスブックに取って代わるものだと言われてるんだけど、そのセキュリティに不安があってね。大丈夫なものなのか、確認しておきたいんだ。データは数テラバイトにもなるんだけど」

「数テラバイトなら、朝飯前よ」ルークが立ち上がるのを見て、ホープも腰を上げる。

「さて、もう電話は終わりにしましょ。私のほうからはさっき言ってたセキュリティソフトを送るから、あなたはそのSNSのデータを送ってね」最後に真剣な口調で付け加える。「無理しないでね」

「うん、うちの夫にいつも言われてる。了解」電話はそこで切れた。

その場で立ったまま、ホープはルークを見た。何かを言おうとしていたのだが、口を開いた瞬間、大あくびになってしまった。

「なるほど、こちらもお休みの時間みたいだな」ルークの言葉に、彼女はフクロウみたいに目をしばたいたが、うなずいた。そして近くにあった自分のコンピューターを持ち上げた。フェリシティもそうなのだが、自分のコンピューターというものは、体の一部みたいなものなのだろう。小さい子が、気に入りの毛布がないと機嫌よく寝つけないのと、似た効果があるのかもしれない。

ルークはフェリシティを非常に尊敬している。どんな状況でもすばらしい仕事をすばやくやってのける。そしてにっこり笑って、完璧な結果を出す。彼女を知る人は誰もが彼女のことが大好きだ。と同時に、正直、彼女に頼りすぎだな、と罪悪感も抱いている。

フェリシティと同じような仕事をしてくれる人がもうひとり現われたのかもしれない。このしばらくのあいだだけだが、黒髪で緑の瞳、小柄な女性は、フェリシティと同じレベルの能力を発揮してくれるのかもしれない。そして二人とも同じように感じのいいすてきな女性だ。

それに、すごくセクシーな美女でもある。

最後の部分に関して、ルークはすぐに頭からその文章を消そうとした。理由は、下腹部にいっきに血液が集まり始めるのを感じたからだ。このスイートに自分と二人きりで、事実上閉じ込められることになった女性に対して性的な欲望を抱くなんて、申しわけない。彼女は命の危険があるからここにいなければならないわけで、しかも彼女の命を狙うのは、おそらく実の父なのだ。分身の勝手な動きは、何としても抑えておかなければ。これまで、仕事中に欲望を抑えておけなかったことなんてない。なのに、妖精のような目の前の女性のことは、気にかかってしかたない。

「じゃあ、寝るわね」もごもごと言って寝室に向かおうとする彼女の前に、ルークは立ちふさがった。どうしても言っておかねばならないことがあり、話のあいだはしっかりとこちらの言葉に集中してもらいたい。しばらくそのままの状態で、彼女がじゅうぶんこちらの言葉に集中できるのを待った。まず、彼女を安心させておく必要がある。

「さて、ホープ。よく聞いてほしい。ベッドに入れば、明日の朝は好きなだけ寝ていい。君が希望する時間に朝食を頼む。君の安全を守るため、最大限のことをしている。ここなら安心できる。何かあれば、ホテルの警備部門から俺に警報が入る。このフロアに誰かが来たとか、少しでも不審なことがあれば、知らせてもらえる。廊下側の外扉は強化素材だし、俺は武器を持っている。絶対に――こんな言葉はめったに使わないんだが、絶対、君に危害が及ぶことはない。俺が阻止する」

彼は厳粛な面持ちで、判決を言い渡すように彼女に告げた。

彼女は弱々しくほほえみ、冗談を言った。「人類が滅亡して、外の世界がゾンビだらけにならないかぎりは、大丈夫ってことね？」

「いや、その場合も俺が守る。ゾンビは頭を撃ち抜けばいいんだろ？　知ってるんだ。射撃の腕には自信があるから」冗談とわかっていても、彼は笑みを浮かべなかった。「ただまあ、今夜はゾンビに襲われることはないと思う。約束しよう。ゆっくりお休み」

彼女はうなずくと、自分の寝室へと歩き出した。

ふうっ。大きなため息が出たが、自分が息を詰めていたことにも気づかなかった。

かなり大変な仕事になりそうだな、と彼は思った。殺し屋が彼女を狙っているからではない。その部分なら、簡単に対応できる。

5

自分のために用意されたという荷物を、ホープはクローゼットなどにしまった。あのサマー・レディング・デルヴォーが用意してくれたとは驚きだが、痒いところに手が届くように、何でもそろっていた。一週間は、クリーニングしなくても着替えに困らないだけの衣類がある。足りなければネット通販で買ってもいいとルークが言ってくれた。購入には、会社のカードを使えばいいと言われた。注文したものは会社の本部に届けられ、そのあと誰かがホテルまで持ってきてくれるそうだ。服の好みに関して、サマーはホープと似ている。動きやすく、快適に過ごせるデザインで、素材の生地にこだわり、仕立てが丁寧な服。十二時間ぶっ続けで働き続けても、じゅうぶんおしゃれに見える服だ。

下着も荷物に入っていたが、ホープにはいくぶん大きい。それに新しい歯ブラシと歯磨き、最低限の化粧道具と、生理用品――えっ？　底に入っていた箱を手に取り、ホープは絶句した。コンドーム。しかもひと箱。

箱は十二個入りだから、彼女が今までセックスした回数よりも多い。コンドームの箱を手に、ばかみたいに突っ立っている。そう思うと、全身がかあっと熱くなった。めったに赤面することのない人間だし、何よりセックス関連のことで恥ずかしいと思った記憶もない。恥ずかしいと思うのはごくたまに、本当に珍しく、仕事上でミスを犯したときだけだ。セックスに大きな意味があるとは思えなかった。だから普段なら、にっこり笑って、その箱をスーツケースの底に戻していたはずだった。なのに、コンドームの箱を手にしたまま、間抜け面でその場に立ちつくし、体全体に熱がちりちりと広がるのを感じている。

理由は……つまりコンドームは、セックスする機会を意味し、これまで出会ったなかでいちばんセクシーだと思った男性がドアの向こうにいるからだ。ルーク・レイノルズ。歩くセックスアピールだ。

ホープはいわゆる〝男性社会〟で生きてきた。しかしその男性社会に、まともなオスはほとんど存在しない。男らしい男性となると、皆無と言っていい。Y染色体を持つというだけの人間で、彼らが興味を持つのは、データ、ソフトウェア、金の三つだけ。女性への興味があるとしても、それは優先順位のずーっと下位にあり、仕事が終わったあとで思いつくだけのことなのだ。そもそも、ほぼ全員が一日十五時間も働くわけで、そういう生活にセックスが入り込む余地はまずない。

ハーバードやMITの同級生、NSAや現在の投資ファンドの同僚——何の報告もなく姿を消しているから、このファンドは間違いなくクビになり、同僚でもなくなるわけだが——その誰からも、男性ホルモンを感じ取れなかった。こういった男たちを相手にするぐらいなら、ビデオゲームで遊んでいるほうがよほど楽しい。

ルーク・レイノルズは違う。まったく。会ってからずっと、彼は常に深刻な顔、真剣な表情だが、それでも単純にオスとしての魅力が全身からにじみ出ている。引き締まった体——もう少し脂肪がついていていいのではないかとも思うが——の魅力だけではない。いや、もちろん体もすてきだが、筋肉が彼の魅力のすべてではない。彼はあらゆる意味合いにおいて、本ものの男なのだ。最初にジェット機の中で起こされたときには慌ててしまったが、その後はずっと彼の存在が安心感を与えてくれた。オスとしての防御シールドを彼女の周囲に作り上げてくれたみたいだ。常に銃を携行する彼がそばにいれば、武装した殺し屋が来ても大丈夫、そんな気になれる。なにせ彼は精鋭のみが選ばれる陸軍の特殊部隊にいて、その後警察官になり、刑事として殺人事件を捜査していた人だ。本人も銃には自信があると言っていたぐらいだから腕は確かだろう。さらに、もっとも大事な点は、彼がホープを守る〝仕事〟を真剣に考え、非常に集中しているように見えること。

ホープが、彼の〝仕事〟なのだ。だから、そう、異性としての興味を匂わせることはない。体の接触が不必要に多いわけでもなければ、それらしき言葉を口にすることもない。理想的な紳士として、完璧に振る舞っている。ただ、どうしようもなくハンサムである事実はどうすることもできない。だからつい、見とれてしまう。ホープを守る人間として、彼をよこしてくれた。心から、本当に感謝している。けれど、警護者となるエージェントが、ここまでセクシーである必要はあるのだろうか？　こんなの……こんなのフェアじゃない。

確かにフェアではないが、人生というのはそういうものだ。もうずいぶん昔から、それぐらいわかっている。実際、ものごころついてからずっと、世の中の不公平さを思い知らされてきたような気がする。

彼女はコンドームの箱をスーツケースの底に戻し、その存在を忘れることにした。

私には用はないわ。

そんなことを思いながら、そして何層にも重なる不安を抱え、彼女はベッドに入った。マットレスの寝心地がすばらしくよく、極細の糸で織(お)られたシーツは、滑らかな肌触りだ。シーツをめくると、ふわっとラベンダーの香りがした。

心配ごとは山のようにある。謎の男たちが自分を探している。見つかったらすぐに殺されるだろう。自分の親とは誰なのだろう？　親、もしくはその家族の誰かが、自分を殺そうとしている。殺害命令は今も出されたままのはず。命令したのは、たぶん父。その父を調べようにも、手がかりはいっさいない。そんな不安を抱えて、寝られるはずがない。

そんなときは、目を閉じて、考えがあちこちへとさまようままにしておけばいい。彼女は目を閉じ、ふっと体の力を抜いた。

そしてまた目を開けた。大きな窓の全面を覆う、分厚いカーテンの裾から光が見え、天井には9：15という数字があった。時刻が映し出される仕組みになっているのはわかっているのだが、はて。数字を見上げる彼女の頭で戸惑いが広がる。ベッドに入って天井を見上げたときには、10：15という数字が見えたと記憶している。時空のはざまに落ちてしまい、時間が逆戻りしたのだろうか？

徐々に彼女の脳が機能し始め、たっぷり一分は経ってから、状況が理解できた。時間が戻ったのではない。翌朝になったのだ。つまり十二時間近くも眠ったわけだ。一日の半分を目覚めることなく寝続けたのは、いつ以来のことだろう？　違う。初めてだ。

彼女は頭の向きを左右に振ってみた。すてきな部屋だった。全体的に品よく調度され、小さな肘掛け椅子とソファのセットもある。バスルームが豪華だったのは昨夜から知っている。逃亡生活としては、実におしゃれだ。もし死ぬようなことになっても、

ＡＳＩ社の手配で、高級マホガニー材に真鍮の持ち手が付いた棺に入れて埋めてもらえるのだろう。ただ、その棺を見て、感銘を受ける人がいるとも思えないけど。

だめ、だめ。

そういうネガティブなことを考えてはいけない。陰気で鬱々とした考えにとらわれていると、気持ちまで陰鬱になってしまう。そんな気分になっても、何の役にも立たない。今必要なのは、すっきりした頭で、論理的に考えること。役に立つ、と言えば、フェリシティの仕事に手を貸す約束をしていた。彼女の役に立ちたい、と心から思う。

そこでホープはバラの模様の入った上掛けを払い、ベッドから出た。ささっとシャワーを浴び、ストレッチ素材の黒いジーンズに緑のコットン・セーターを着た。リビング・エリアへ、はだしの足を踏み入れる。

座っていたルークがすぐさま腰を上げた。ホープはびっくりして、いったい彼は何のために立ち上がったのだろう、と不思議に思った。どこかに出かけるタイミングだったのか？　それにしては、ずっと立ったままどこにも行こうとしない。ただホープが部屋の真ん中まで進むのを、輝くような水色の瞳で見ているだけ。

そしてわかった。彼が立ち上がった理由を。レディが部屋に入ったら、紳士は座ったままではいけないのだ。これまで彼女の同僚だった男性には、そういった古き良き時代の礼儀というものを持ち合わせていなかった。正確に言えば、どの時代の礼儀もなかった。ほとんどの男たちは、社会生活でどう振る舞うべきか、という作法を知らなかったのだ。

そして今初めて、有能でタフな男性が、自分が部屋に入ると立ち上がった。こういう行為は何だか……レディになった気分にさせてくれる。

彼が笑顔を向けてきたので、ホープも笑みを返した。

「ごめんなさいね、遅くまで寝てしまって」彼女が言うと、彼の顔から笑みが消えた。

「謝るなって言ったのに」彼が険しい顔になる。「遅くまで寝ていていいんだ。何の問題もない。たっぷりの睡眠が必要だったんだ。神経が張りつめた状態で、この数日間を過ごしてきたわけだからな。シャワーの音が聞こえたから、朝食を頼んでおいた。もうそろそろ――」そこでドアのチャイムが鳴った。「来たみたいだな」

彼が折りたたみ式のテーブルを広げ、椅子を置く。昨夜の夕食のときにも使ったものだが、朝食用テーブルとしてもぴったりだ。そのあと、見えない位置に隠れるようホープに手で示してから、廊下側のドアに向かう。ドアには覗き穴ではなく、映像モニターがあり、廊下の様子がわかるようになっている。彼女はまた寝室に戻り、隣の部屋の様子をうかがった。カートが入って来る音、低い男性の声のやり取り。そしてドアの閉まる音。

さらにしばらくしてから、ルークが呼ぶ声が聞こえ、彼女は再度リビングへ入った。

ああ、いい匂い。テーブルいっぱいにごちそうが並べられているだけでなく、カートもそのまま、テーブルには載りきらない皿が置かれている。

ポットが二つ——おそらくひとつはコーヒー、もうひとつは紅茶だろう。ミルク・ピッチャー、パンケーキとシロップ、全粒粉パンのトーストがたくさん、さらにソーセージ、スコーン、ヨーグルトのボウル。熱々のオートミールからは湯気が立ち、その上にブルーベリーが散らしてある。さらにクロワッサン、オムレツ、巨大な皿にはフルーツの盛り合わせ、バターとさまざまな種類のジャムの小瓶が並べてある。

一週間分の朝食でも、ここまでたくさんは食べない。

ルークはまだ立ったまま——ああ、そうか。自分が座らないと彼も座らないのだとホープは気づいた。腰を下ろして、ナプキンを広げる。分厚い生地の高級な麻だ。なるほど。

彼女が普段の朝に食べるものとはあまりにも違う。通常は流し台の前に立ったままヨーグルトを胃に流し込むだけだから。

「君が何を食べたいかわからなかったから、いろんなものを少しずつ頼んだんだ」ルークは彼女の反応をうかがいながら言った。間違ったことをしてしまったのではないかと、不安な様子だ。しかしホープのほうは、自分が何を食べるかを気にしてくれた人がこれまでいただろうかと考えてしまった。

「ありがとう、うれしいわ」彼女の言葉に、ルークの顔が明るくなった。「でも――こんなにたくさんの食べものをひとりで食べるのかと、不審に思われないかしら？」そして食器類を見る。「お皿もカップも、何もかも二そろえあるのよ」

「コーヒーにする、紅茶？」ルークがポットを二つとも掲げてたずねた。彼女がコーヒーのほうを示すと、そちらをカップに注ぐ。「この部屋の宿泊者として記録されているのは、アイダホ州から来たビジネスマン二人で、大きな肥料会社に勤めている。使用するクレジットカードも、その会社の名義だ。寝室が二つあるから、二人は広くて居心地のいい部屋に宿泊でき、会社のほうはスイートルームひとつのほうが、寝室ひとつの部屋を二つ分よりも宿泊費を節約できる、ってわけなんだ」

納得した彼女は、パンケーキに熱々のシロップをかけた。香ばしい匂いがたまらない。何もかもおいしそうで、天国にいるみたいだ。口に入れると、外はカリカリ、中はふわふわの完璧な焼き具合だった。シロップも、合成香料入りの人工的なものではなく、メープルの幹から採取された本ものだ。すべて新鮮で、自然の味がする。

「君と話したいって、朝早くからフェリシティがうるさくてね」彼女の皿にソーセージを取り分けながら、さりげなくルークが言う。他人に食べものを取り分けてもらうなんて、新鮮な感覚だ。もちろん、レストランのウェイターになら給仕してもらったことはあるけれど。「三回も電話してきた」

それを聞いて、ホープははっと顔を上げた。ルークの顔には緊張感も心配そうな様子もない。つまり緊急事態ではないわけだ。もしそうなら、起こしに来てくれていたはずだ。「何の話だか、知ってる?」

「うむ」彼の顔はまったく普段どおりだ。

「私――私、何か悪いことでもした?」

「違う」いつも深刻な表情のものすごくハンサムな顔が、ふっとほころんだ。たぶんほほえんでいるのだ。「実はその逆だ。君が送ったセキュリティソフトを、ハッキングすることができなかったらしい。フェリシティは、そのすごさに満足しつつ、悔しくてたまらないんだ。彼女がハッキングできないソフトなんて、そうないからね。君の技術に感心して――」そのとき携帯電話が鳴った。彼がちらっと画面を見る。「噂(うわさ)をすれば、だ」にやっとして、ホープに電話を渡した。

ホープは通話の形式をビデオ通話にした。画面上のフェリシティにほほえみかける。今朝はフェリシティの顔にも生気が戻り、ベッドに起き上がってもいる。話しぶりも昨夜よりずっと元気だ。

「おはよう! 私だって、自分の腕には自信があったんだけど、あなたの作ったソフトは、完全に新たなパラダイムだよね」

ホープはにっこりして、コーヒーを飲んだ。「まあね。基本は非対称鍵暗号なのよ。

それが毎秒変化するだけ」

「昨日言ってたよね。この暗号解読には量子コンピューターが必要だって。そのとおりだった。万一解読されたとしても……」

フェリシティが自分の作成したソフトのすばらしさを理解してくれたことが、ホープにはうれしかった。まあ、当然だ。フェリシティが理解できないはずがない。「技術的特異点（シンギュラリティ）が起きるまでは、大丈夫」

「シンギュラリティが来たら、暗号解読なんて意味はなくなる。そのときは、スカイネットが世界を支配するから」

ホープの顔に笑みが大きく広がった。〝スカイネットとシンギュラリティ〟は、ＨＥＲとフェリシティの四人のあいだで、よく使われる表現だった。シンギュラリティが起きる日が訪れれば、スカイネットが暴走してＡＩが人間を攻撃する——映画『ターミネーター』で描かれたようなことが実際に起きるのかは、ＩＴスペシャリストのあいだで好んで議論される話題だった。要するに、今のところは、ハッキングされる心配はまずない、という意味だ。

「そういうこと」

「あのさ、頼みがあるんだけど……このソフトウェア、うちの会社から使用料を取るつもりはないって話だったよね——」

「あたりまえでしょ、使用料だなんてとんでもない！」ASI社になら、喜んで無償提供する。システムとしてこのソフトを開発したものの、セキュリティとして怖いぐらいに厳重であるため、おいそれとは使用できず、売り先に悩んでいたのだ。合衆国政府には絶対に売らない。もっと情報公開が必要なのに、こんなソフトを使うと、闇に葬られる情報がますます増える。現在、いや、数日前までの勤務先だった投資ファンドにも必要はない。彼らは少しでも多く利益を上げるため、恥も外聞もなくお年寄りの資産にハゲタカのように群がるだけ。金の亡者にこのシステムを渡す気はない。だから、ASI社に使ってもらうのがいちばんいいように思えた。この会社はフェリシティのことも助けたし、昨夜寝る前に少しだけ調べたかぎりでも、多くの人を助けている。その中に、サマー・レディング、現在のサマー・レディング・デルヴォーもいる。まだ会ったことはないが、サマーもずいぶんホープを助けてくれている。画面でフェリシティがほほえんだ。同じ部屋にいるかのように感じて、ホープも何だかうれしくなる。

「実は、うちの会社はブラック社と共同で仕事をすることも多いんだ。最近もすごく助けてもらったことがあってね。内容は言えないんだけど、かなり重大な事件で、ブラック社が手を貸してくれなければ、深刻な事態になっていた。それでね、このシステムをブラック社も使っちゃだめかな、と思って。もちろん、使用料は好きなように要求してくれていいんだ。あの会社はこういうシステムを喉から手が出るぐらい欲しがってて、財務的な問題もないから、いくらでも払ってくれると思う」

「それは困る」

フェリシティは、きょとんとした顔になった。ルークも、さっとこちらを見る。

「困るって？」フェリシティが聞き返した。

「つまりね、使用料をもらうわけにはいかないってこと。無償提供するわ。あなたがブラック社に恩義を感じ、あなたの会社の危機に際して助けてくれたのなら――」

「最悪の危機だった」フェリシティが顔を強ばらせる。

「それなら余計に、お金をいただくわけにはいかない」

「それはどうも……気前のいい話ね」

気前がいいわけではない。ホープには、十回分の人生をまっとうしてもお釣りがくるぐらいの資産があるだけの話だ。フェリシティは、命の危険が迫った状況のホープを助けてくれた。通常はすぐに返事をくれるエマとライリーからは、なぜか応答がないまま。ホープからのSOSに気づけば、二人はすぐ手を差し伸べてくれるはずなのだが、今ホープを助けてくれているのは、フェリシティと彼女の会社だ。ありがたいことに、ASI社は警護という仕事に関しては最高だとわかった。そしてブラック社がASI社を助けたのであれば、ホープにとっても恩人と言える。

「ブラック社の役に立てればいいんだけど」

フェリシティが、にんまりした。「これならCIAにだってすごく役に立つよ。あそこの最近の情報管理はなってないからね。まるでザルだもん。でも、CIAには渡さない」

ホープも不遜な笑みを浮かべる。「そうね。一方、ASI社とブラック社から情報が漏れることはない。当面はね。現状のサイバー攻撃なら、じゅうぶん防ぎきれる」

「うん、そうだよね」フェリシティが大きく息を吐く。「さて、と。もうそろそろこれで電話を切らないと。メタルから許されてる仕事量を超過しそうなんだ」

背後で野太い声が唸った。びっくりしたホープがルークを見ると、彼はただ肩をすくめた。

「暗闇の世界に姿を消す前に言っておくね」フェリシティが続ける。話し始めたときより、声に張りがない。「あなたの両親について、ちょっと調べてみた」

「私の両親ではないわ」そこは、はっきりさせておきたかった。

「そうだった。えっと、あなたの両親のふりをしていた人たち。痕跡はサクラメントまでたどれた」

一瞬、ホープは何のことだかわからなくなった。「サクラメントって、何？」

「カリフォルニア州サクラメント。二人がそこにいた記録を見つけたんだ。その先はまだ時間がなくて。とにかくそのファイルを送る……今、送った」

すぐにフェリシティの顔が消え、何も映らなくなった画面を、ホープはそのまましばらく見つめていた。

カリフォルニア州。サクラメント。そんなところに、知り合いなんてまったくいない。

「セキュリティソフトの話だけど、どういうものなんだ？」ルークの質問の意味を理解するのに、一瞬時間がかかった。ホープの頭はカリフォルニアのことでいっぱいになっており、自分が開発したファイアウォールのことなど、完全に失念していたからだ。

「え、ああ……そのこと。DoS攻撃ってわかるわよね？ サーバーやネットワークに外部からアクセスが集中し、過剰な負荷でダウンすることがあるでしょ？ それを意図的に行なう攻撃よ。私が開発したのは、それを防ぐシステムなの。たとえば、外部とあなたのファイルのあいだに、道路があると考えて。その道路は片道一車線で、車はゆっくりと走る。だから反対側に行こうと思えば、タイミングを見計らいさえすればいい。若干の危険はあっても、可能よね」

彼は首をかしげて、熱心に耳を傾けている。このたとえ話がどう展開するのか、考えているのだろう。「うむ、それで？」

「今度は、その道路が二十車線の高速道路になり、トラックが高速でびゅんびゅん通過しているところを想像して。車間距離だって、バンパーがくっつきそうなぐらいしかない。ひとつの車線が空いた、と思ったら、どこからともなくいきなり別のトラックが突っ込んでくる。それを二十回繰り返すの。おまけに、毎秒ごとにそれぞれのレーンの状況が変わる――私の作ったアルゴリズムはそうなってるのよ。ファイアウォールとしてこういうものがある場合、それに対抗するには量子コンピューターが必要になる。量子コンピューターはまだ存在していないの。少なくとも実用化されたものはない」

ルークはしばらく考え込んだ。「そして、量子コンピューターが実用化されるようになる頃には、AIが進化し、サーバーなんて意味のないものになっているわけか。つまり、スカイネット、『ターミネーター』の世界だな」

彼女は満面の笑みを彼に向けた。「まさにそのとおり」彼が理解してくれたのは、本当にうれしかった。

「ASI社もブラック社も、君にはお礼のしようもないぐらいだな。コンピューターのセキュリティは人の命にかかわる」そこで彼が顎の先で彼女の皿を示した。「それ、もう食べないのか？」いつの間にか、食事の手を止めていたが、お腹の具合を考えると、もうじゅうぶんだ。満腹だと伝えるために、うなずき返す。

「よし」ルークが立ち上がった。「あと片づけは、ホテルのスタッフにまかせておこう。また荷造りしてほしいんだ。出したものすべて、スーツケースに戻してくれるかな?」

ホープはまだ自分のセキュリティソフトのことを考えていた。「え? 今、何て?」

ルークはやさしく彼女の肘に手を添え、寝室へと促した。「荷造りだ。頼む」

「これから、どこかに行くの?」ポートランドに昨日着いたばかりなのに、もう離れるのだろうか?

「ああ、サクラメントに行く」

6

ワシントンDC
ウィリアード・ホテル

「先生、お時間です」声をかけてきた個人秘書のリーランド・バートンの様子を見て、コート・レドフィールド上院議員は、やれやれ、と思った。リーランドは、フィリップ・パテックの高価な腕時計が自慢で仕方がないらしく、何かにつけて時計に目をやりたがる。今回は、かろうじてその衝動をこらえたようだ。まあ、こいつにしては頑張ったんだろう。まだ若いのに、リーランドの顔にはしわが多く刻まれ、心配するとそのしわが目立つ。あと三十年もすれば、こいつはいったいどんな顔になるのだろうと思う。まあその頃には、こんなやつに自分の周囲をうろちょろされることもなくなるだろうが。

リーランドは頭が悪く、ごく日常的な、決まりきった単純作業ぐらいしかまかせておけない。話すことも実にくだらないので、その内容には小指の先ほどの関心すらわかない。この男を〝個人秘書〟として採用したのは、昔ながらのコネ社会による要求があったからだ。リーランドの父親は中西部で地域密着型のラジオ局やテレビ局をたくさん所有しており、コートはまさに中西部での票が必要だった。中西部での支持がなければ、アメリカ合衆国大統領にはなれない。

コートは声の調子を整えてから、リーランドに指を向けた。コート自身、心配でいてもたってもいられない気分ではあったが、声にはまったく不安はにじまない。コートはCIAで作戦本部長を七年も務め、その経験から感情を隠すすべを、声に威厳を持たせる方法とともに学んだのだ。「バードはまだ到着していないのか？」

リーランドは携帯電話を確かめるふりをしてから、口を固く結んだ。リーランドの返事なら、コートにはわかっている。「はい、到着なさっていません」彼が丸顔をこちらに向けると、悲しそうな瞳が、潤んでいた。嘘のへたな人間は、嘘をつくとき必要以上に目をみはり、その後、やたらとまばたきをする。今のリーランドは、激しいまばたきで旋風でも起こしそうだ。「バードさんから、あの……メールがありまして……少し遅れるとのことです」これが嘘であることぐらい、オランウータンでもわかるだろう。

バード・レドフィールドが、父にメールを送ることはない。

今回は、コートもどうにかひとり息子を説得しようとした。必ず同席するよう厳命した。彼の所属政党に大口の献金をする人たちと会う際に、バードの存在が必要だった。息子の欠席は、イメージとしてよくない。いや、非常に悪い。今日、これからコートが何を宣言するかを考えれば、最悪と言ってもいいだろう。彼は大統領選挙への立候補を宣言するのだ。それが自分の天職だと、彼は信じていた。自分は大統領になるべくして生まれてきて、この国のリーダーとして君臨する運命にあると。ひとり息子は、戦闘で数々の勲章を受けた英雄だ。そんな人物なら、大統領選挙への立候補を宣言する父のかたわらにいるのは、当然ではないのか。ちくしょう。

なんで息子はここにいない？　理由はわかっている。父子の仲は円満とは言えない。それでも、こんなときぐらい……。バードはおとなになってから、ずっと任務に明け暮れていた。戦士なのだ。ＳＥＡＬｓの一員だ。常に難しいことをしろ、というのがあいつらの非公式のモットーらしい。ふん、くだらない。バードはずいぶん昔に父との縁を切り、レドフィールド家の資産とも無関係に生き、任務で忙しくしているようだ。母親のマディが死んだときも極秘任務でいなかったが、葬式には帰ってきた。母のマディとは連絡を取り合っていたようだ。マディ自身もコートとは疎遠になっており、乳癌で亡くなる前に、離婚を申し立ててきた。

マディの死後、コートは二度結婚したが、どちらの式のときにもバードは家に帰って来なかった。過去三十年間で、バードと面と向かって話をした回数を数えたら、片手でも余るぐらいだ。いずれの場合も、最後はバードが激しくドアを閉めて立ち去るという形で終わった。

愛される必要などはない。ただ父の言うことには従ってもらわねばならない。だから、バードのやつは今すぐここに来るべきなのだ。何十年も計画していたことが、やっと現実になろうとしているのだから。

こんな大切なときにさえ来ないというのは、つまり……あいつは大昔に起きたことの真相を知っているからなのか？　まさかとは思うが……。

そんな堂々めぐりの心配を、コートはぴしゃりと断ち切った。バードは知らない。あたりまえだ。そこは特に失敗のないようにした。いっさいのつながりはなくなり、秘密は三十年近くも守られてきた。そしてつながりを見つけた人物、DNA鑑定をしたやつは、死んだ。ただ、娘が……あの娘はなぜか死なずに生き残っている。

それももうあとほんの少しのあいだだけ。すぐにあの娘も死ぬ。二度目の死というわけだ。あの娘が生きていると知っていれば、もっと早い段階で始末しておけたのに。

なんでまた、あの娘は死ななかった？　あの娘を育てたのは誰だ？

調査しておくべきだった。検死局に人を送って、死体を確認しておけばよかったのだ。しかしあの当時はまだ今ほどの権力もなく、自分の手足となって動いてくれる者の数も少なかった。今は、じゅうぶんに人材をそろえている。ちょっとした軍隊だ。しかも非常に有能なやつばかり。特殊部隊にいた者を中心に採用したからだ。CIAの作戦本部長時代、特殊工作任務を通じてできたコネを最大限に利用した。軍団の全員が、今では完全にコートに忠誠を誓っている。まあ、払っている給料を考えれば、忠実に働いてもらわねば困る。

以前、自分のチームの人間をここまで優秀な兵士に育て上げるためには、訓練としていくらぐらいかかったのかを計算してみたことがあった。すべて合衆国政府の国防予算から支払われたわけだが、総額で一億ドルかかっていたことがわかった。

政府がそれだけの費用をかけて訓練した兵士たちが、今はコートひとりのために働いてくれている。

本来であれば、息子のバードもその経歴を生かしてくれるべきだった。特殊部隊の中でも最高の人材、伝説の英雄とさえ言われているのに。どうしてあいつは、ここにいない？　今、この場に。

息子の代わりに、ボディガード二人がコートの前を歩き、背後は三人が固めている。先に別の二人が広間に入っていた。万一、コートに対して罵（ののし）るような者でもいれば、ボディガードたちがそっとその人間を、そこから連れ出す。皇帝を守る近衛（このえ）兵みたいに、よく働いてくれる。

それでもやはり、息子は父のそばにいるものではないのか？　ちくしょう。あいつはどこにいるんだ？

　歯ぎしりしたいような気持ちを胸にしまい込み、コートは広間へと続く優雅な廊下を進んで行った。床には金糸で模様を織り込んだふかふかの絨毯が敷きつめてある。半分進んだところから、もう興奮した声が聞こえてきた。金持ちの男は、子どものようにすぐに興奮する。新しいおもちゃを与えられた彼らは、どれほど甲高く歓声を上げるだろう。

　しかし、あの娘はどこだ？　DNA鑑定をした男は、娘の名前をテストサンプルには記載せず、ただ番号だけで識別していた。

コートのDNA情報は、国家データベースからしばらく前に削除されていた。そこに罠を設置しておくように指示したのは彼自身だった。国家の安全にかかわる省庁でトップレベルにいる者は全部で十七名いるのだが、この十七名のDNAは、外部からのアクセスが可能なデータベースからは削除されている。ただ、削除のプロセスでファイルがあった場所に隙間ができてしまい、そこからたどっていけば、最終的にアクセスは可能になっていた。困難ではあるが、情報入手は不可能ではない。そこでコートは、万一誰かがこのDNA情報を照会しようと試みたとき、彼に知らせるシステムを作らせておいたのだ。ほとんど偏執的とさえ言える用心深さだったが、それにより、運よく事態を収拾するチャンスを得た。

ＣＩＡでいちばん信頼を置く技術者――この男はすでに裏でコートのために動くようになっているのだが――彼からの知らせを受けた時点では、まさか、そんなはずはないと、その意味することを否定する気持ちが強かった。コートのＤＮＡと照合できる、つまり部分的に同じＤＮＡ配列を持つ人間は、現在は息子のバードしかいないはず。最初は、たいして心配もしていなかった。誰かが気まぐれに調べてみただけだろう、と自分に言い聞かせた。

うまい具合に罠にかかった者を探り当てることができた。カイル・アッカーマンという遺伝子学の天才、最近、民間ＤＮＡ鑑定会社を設立してＣＥＯになった男だった。科学者を始末するのはたやすい。頭でっかちのやつらは、周囲のことに注意を向けない。アッカーマンも、自分の車が尾行されていることに気づいていなかった。目の前に車が現われたときは、もう手遅れだったというわけだ。

アッカーマンのデータ・ファイルをハッキングするのは、コートの技術者も少々苦労した。しかし、誰のためにＤＮＡ調査が実施されたのかを突き止めることに成功した。女性の名前がホープ・エリスだと告げられても、何の意味もなく、ふーん、と思うだけだった。しかし、女性がＮＳＡのデータ解析士だった頃の身分証の写真を見て、彼の心臓が大きく脈打った。息子のバードとそっくりだっただけでなく、コート自身の父の面影を見出すこともできた。レドフィールド家の血脈であることは、疑いの余地がなかった。間違いない。

そしてアッカーマンは、そのエリスという娘に電話している最中に始末することができた。

その娘——コートの頭の中では、自分の孫だという認識さえなかった——彼女も頭でっかちなITオタクだったはずなのだが、彼の軍団をもってしても、なかなか仕留められないのは驚きだった。彼女の個人情報には、工作員としての経験があるというような記述はいっさいなかった。もちろんNSAというスパイがうじゃうじゃいる機関で働いた経験はあるようだが、そのときも、データ解析の能力を買われていただけだったはず。実戦に関しては、現場経験どころか訓練すら受けたことがない。それなのに、見事に姿をくらました。

これは、彼女に手を貸す人間がいることを意味する。そうなると、事態は複雑になる。問題の深刻さも、どんどん増すばかり。できるだけ早いうちに処理しておくべきだ。つまり、今すぐに。

その娘は、母親ともども二十五年前に始末したはずだった。母親は、息子を騙したあばずれ女だった。今また、その娘を消す必要に迫られている。

それにはまず、居場所を探り当てなければ。

そして、バードにはいっさい知られないようにする。息子が真実を知ることを、コートはいちばん恐れていた。選挙戦のさなかに、ひとり息子が婚外子をもうけていた、という事実が明るみに出ることが問題なのではない。近頃では、それぐらいのことなら大目に見てもらえる。少しばかりゴシップ紙をにぎわすことになるかもしれないが、また別のスキャンダルが出てくる。大統領候補に、息子が認知していない孫がいた、ぐらいの話は忘れ去られる。そこで終わりだ。

それが問題なのではない。長い廊下を歩くコートの背中を冷や汗が伝い落ちる理由は、バードに真実を知られる恐怖。父が何をしたかを知れば、あいつは……。バードは、あのクソ女を愛していると言い張った。ばかばかしい。だからこそコートは、あいうことをする必要に迫られたのだ。それなのに、バードは父の行為の必要性を理解しようともしないだろう。あれ以前から、バードは父のことを非常に嫌っていた。その後は合衆国政府から最高の訓練を受け、優秀な兵士になった。わけなく人を殺せるバードが、父を殺さないとは断言できない。

止めなければ。あの娘には消えてもらう。昔のことが明るみに出ないうちに。

コートは扉の前に来ると足を止め、部下が扉を開くのを待った。この瞬間から、すべてのドアは彼のために開かれるようになる。

彼が姿を現わすと、歓声はどんどんと大きくなっていった。これぞ資金集めパーティーだ。ただし、今回集められる資金は、上院議員選挙のためではない。もっと大きな地位を目指す戦いだ。この部屋に集まった人だけで、数百万ドルの資金を調達できる。金持ちの匂いがする。クリーニングから戻ったばかりの服と、高価なコロンの香りだ。

そしてこの部屋のすべての人は、コートのためにここに来た。

彼の報道担当官が、マイクに顔を近づける。「さて、お集りの皆さま、長らくお待たせいたしました。次期アメリカ合衆国大統領、コート・レドフィールド上院議員の登場です。盛大な拍手でお迎えください」

拍手と歓声が最高潮に達した。

ポートランド

ホープは、妥協を許さない人らしい。

意外だった。ルークはこれまで、本当にさまざまな人と会い、さまざまな経験があるので、人と出会って驚くことはめったになかった。しかし、今回はびっくりした。

ホープ・エリスは華奢で美人で頭がいい。当然、押しの強いタイプだとは思わなかった。コンピューター関連の仕事をしている人で、押しが強いなんて、まずあり得ない。

だがいたのだ。ホープという人が。表面的にはともかく、中身は鋼鉄のような強さだ。

ホープは、フェリシティから頼まれた仕事を終えるまでは、絶対にここを出ないと言い張った。フェリシティの仕事というのは、銀の食器を磨く、みたいな単純作業ではない。どうやら非常に困難な、誰にとっても難問とされる作業らしい。

ホープは、その解決作業に没頭している。

ルークは、穏やかに、言葉を選びながら説明した。サクラメントに君の事件解決の糸口がありそうだよ、と。そして、ＡＳＩ社の社用ジェットが、二人の現われるのを待って、格納庫から出されていること、さらにはサクラメントでは、ブラック社が提供してくれた隠れ家に落ち着く手はずが整えられていること、などなど。

ブラック社のＩＴ部門は、彼女のセキュリティソフトの威力に圧倒された。その魔法のファイアウォールが無償で提供される見返りとして、ホープを助けるためならブラック社は何でもするとまで申し出てくれた。世界有数の警備・軍事会社までも自分の味方にし、多くの人たちを待たせたまま、肝心のホープはフェリシティから頼まれた仕事を終えると言ってきかない。

どういう状況なのかわかってもらおうと、彼は口を開いた。「いや、でも――」

「結構よ」彼女の口調は、特に強情を張っているという感じでもない。感情がまるでこめられていない。今の返事は、ウィスキーでも飲みますか、と言われて、いえ、結構よ、と答えるのと同じ感じだった。たいしたことではない。

実際は、たいしたことだったのだ。

彼女は朝食が終わるとすぐ、サイドテーブルを仕事用のデスクにして、その前の椅子に腰かけ、ラップトップ・パソコンで猛然と作業を始めた。コーヒーとマフィンでつかの間休憩することはあったが、またパソコンに向かっている。

その横でルークは……途方に暮れていた。これが彼女の生命にかかわることであれば、彼は任務の一環として、彼女を自分の肩に担ぎ上げ、無理にでもこの部屋から連れ出すだろう。しかし、今の時点では、この部屋にいても彼女の身に危機が迫るわけではない。どちらかと言えば、ここでじっとしているほうが、絶対に安全だ。

「ホープ、本当にもう出発しないと」もっともらしい口調で言う。苛立ちや焦りは、いっさい出さないようにしたが、それができた自分は我ながら偉いやつだな、と思った。

彼女がキーのひとつに触れると、パソコンの画面で鮮やかな色が躍った。まぶしいほどの色合いで、目がちかちかする。これが彼女のパソコンのスクリーンセーバーなのか、とぼんやり見ていた彼は、はっと気づいた。

「これ、〝裂け谷〟だ」『ロード・オブ・ザ・リング』の映画のシーンだった。

なにげない彼のつぶやきに、ホープはさっと顔を上げ、彼を見た。「そうよ」そして上から下へと全身をじろじろと眺める。「このシーンだけで〝裂け谷〟ってわかるなんて、すごく詳しいのね。スポーツマンタイプの人は、『ロード・オブ・ザ・リング』なんて興味ないんだと思ってた」

彼は少しパソコンに近づいた。「俺は十二歳のとき『指輪物語』と出あったんだ。当時の俺は、ちびで痩せてたから、七歳ぐらいにしか見えなかった。当然のように、いじめられていた。俺は『指輪物語』の世界に夢中になり、目立たないようにしながら日々を過ごしていた。やがて、突如、体が大きくなり始めて、いじめからは解放された。だから、ある意味では『指輪物語』に助けられたみたいなもんだ。トールキンが命の恩人、てとこかな。それから親父のおかげでもある。トールキンと親父がいなけりゃ、どうなっていたことか」

ホープは両手を膝にそろえて作業を止めた。「お父さんのことを聞かせて。すてきなお父さんの話が好きなの」

まあ、そうだろうな、と彼は思った。父親だと思っていた男は実の父ではなく、さらに彼女の話から判断すると、子育てには無関心だったようだ。さらに実の父は、彼女を殺そうとしているらしい。そんな彼女が、愛すべきすてきな父親の話に飢えているのは当然とも言える。

では、俺の最高の父親の話をしてやろう。父の思い出を語る機会があるのはうれしい。本当にすばらしい父だったから。

ルークはテーブルの端に軽く腰を下ろしてホープを見た。明らかに、彼の話に興味を持っている。ああ、本当にきれいだ——顔を傾け、知性に満ちた眼差しをまっすぐにこちらに向けて。緑色のレーザー光線を受けている気がする。

「俺の親父は最高だった」そう話を始めたところで、彼女の表情が陰った。

「そうだったわね。亡くなったって、言ってたわね」

彼はうなずくと、少し呼吸を整えた。いまだに父の死を思うと胸が痛む。「ああ、残念ながら」しかし、もうこれ以上同じ話はしない。自分が心労をかけたせいで父が死んだと、口にするのも辛い。今は悲しい話が求められているわけではない。「ともかく、それは俺が中学に入ろうかというときだった。俺はクラスでひとり、目立って小さい子だった。身長が伸びず、痩せていて、本の虫だった。成績はオールAだ。ビデオゲームや『指輪物語』、『ハリー・ポッター』なんかに夢中になっていた。体の大きいいじめっ子たちの格好の標的だった。そいつらのボスはルー・ギャレットという最悪のやつでね。顔に青あざを作って家に帰ることなんか、しょっちゅうだった。いちど、十針も縫う怪我をさせられたこともある。普通なら、そこで父親が相手の家に乗り込むとかするだろ？ いじめっ子の父親と話し、学校にも訴える。うちの親父はそういうことをしなかった。そもそも、親が出てきたら、いじめはさらにひどくなるもんだ。親父は自分の友人が経営するジムに俺を連れて行った。元海兵隊員のいかついおっさん、あだ名は何とハンマーだったよ」

「うわあ、大変」

「いや、そうでもなかったんだ。ハンマーはいい人で、俺をぎりぎりのところまで追い込むんだが、けっして無理はさせない。ちゃんと見抜いていたんだな。俺は週に三回ジムに通い、厳しく鍛えられた。それが七年続いたが、いつの間にか急激に背が伸び、体全体がひと回り以上は大きくなった。体重も増えたが、筋肉がつくようにハンマーは気を配ってくれた。いじめられなくなったのは、ジム通いを始めて一年経ったぐらいからかな。まあ、そういうわけで、俺は元陸軍レンジャーなのに『ロード・オブ・ザ・リング』にも詳しいんだ」

説明を聞いて、ホープはほほえんだ。「そのいじめっ子は、その後どうなったの？」

この話をするときは、つい楽しくなってしまう。「ハンバーガー店で、付け合わせにポテトはいかがですか、ってたずねる毎日さ」

「あら、まあ」ホープがあきれた顔を見せた。「めでたし、めでたし、ってとこね」

ここでルークは身を乗り出した。今の話で、ホープの顔から切迫感が消えた。よし。さて、次の段階だ。口調をさらにやさしくする。「ホープ、本当に出発しないと。サクラメントに行こう。フェリシティとの連絡は、メタルがシャットアウトしている。さっきメールで、フェリシティがやっと眠ったと言ってきた。当然、彼女の睡眠を妨げるようなことは、あいつが拒絶する。彼女が寝る前に見つけたのが、サクラメントに関する手がかりだ。情報は君のところに送られていて、これからサクラメントまでの道中で、どういうことかを調べればいい。でも、とにかく現地に行く必要があると思うんだ」

ホープは椅子ごとルークのほうに向き直った。真正面から顔を突き合わせ、彼の膝に手を置く。彼は反射的に自分の手を重ねた。小さくてやわらかい。しかし、わかっている。彼女は鋼鉄の意志の持ち主だ。

「わかるわ、あなたの言うことは。完全に。でもサクラメントで何が見つかるにせよ、過去三十年近くもずっとそのままになっていたのよ。一日ぐらい待ったって、どうなるものでもないでしょ。一方、たった今、この瞬間、フェリシティは私を必要としているの」彼が反論しようと口を開けると、彼女が片方の手を上げて制止した。「彼女の会社での立場が危うくなるとか、そういうのじゃないのはわかってるのよ。当然のことだけど、ＡＳＩ社に絶対に必要な人材だと、誰もが認めている。それは知ってるわ。でも、私はあの人のことを知っている。どんどん増えていく仕事量に、現在の彼女の状況では追いつけない。そのことがどれほど彼女にとって悲しいことかがわかるの。その仕事量の一部でも、私が減らしてあげられるのなら、それが私の最優先事項になる。だから私は先に彼女から頼まれた仕事を片づける。反論の余地はない。いいわね？」

「ああ」ルークはしげしげとホープを見た。瞳に知性がきらめく。すごく集中しているのだ。森のような緑色にところどころ鮮やかな黄色の斑点があり、どきどきするぐらいきれいだ。そのまま彼女の瞳の中に引き込まれそうになり、彼は一瞬自分がどこにいるのかも忘れそうになった。

ホープは反抗しているわけでも、無茶なことを言っているわけでもない。それはわかっている。彼に歯向かおうとしているのではなく、ただ、自分の主張を曲げないだけだ。絶対にフェリシティを助けるのだ、と決め、その意志は強固で揺るがない。

そして悔しいが、その心情は彼にもよく理解できる。体に叩き込まれたのと同じぐらい、しっかりとわかる。それは父の教えでもあった。忠誠心というのは絶対的で、何かの条件をつけられるものではない。自分の都合のいいときだけ、友だちに忠誠を尽くせるものでもない。いかなるときも忠誠か、あるいは忠誠ではないかのどちらかだ。忠誠を尽くすのが難しいときでも、忠誠心を失わないこと。難しいのならばなおのこと、忠誠を固く誓うべきだ。

やれやれ。「じゃあ、いいよ」

彼女は彼の膝に置いた手を引き、顔を上げた。驚きの表情を浮かべている。「いいの？」

ルークはうなずいた。「ああ」

「あなたは軍歴も長く、そのあと警察官だった。どちらも人に服従を求める職業よね」

少し返事に困って笑みを浮かべる。「そうだな」

「それなのに、自分の意見に服従されなくても、怒ったりしないの？」

「しない。言葉で説得しようとしたが、できなかった。言葉以外の手段で命令に従わせる気はない。そもそも、今回のことに関してすべてを決めるのは君なんだから」

「そういうふうに言ってもらえるのはうれしい。あくまでもサポートに徹してくれるということね。わかった、私のほうでも努力する。一生懸命頑張って、できるだけ早く終わらせるようにするから」

彼女の真面目すぎる言い方に、ルークはふと笑顔になりそうだったが、真顔を保った。「よし、早く終わらせてくれ」

ホープはうなずき、体の向きを変え……その瞬間、周囲に何があろうといっさい彼女の耳に入らなくなったようだ。ここまで集中力の高い人は初めてだ。兵士は――特に特殊部隊の兵士は、集中力を高める方法を知っている。実際、自分の生死がそれに左右されるから。作戦の説明、地図を見ながらの戦術の検討、実戦準備、すべてのプロセスにおいて集中していなければならない。

それでも、彼女のこの集中力の高さは――まさに異次元だ。少し前かがみにパソコンに向かうと、その中に入り込んでしまったかのようだった。ピアニストが鍵盤を叩くのと同じように、キーボードを操る。コンサートのときのエルトン・ジョンみたいだ。

彼女の世界から、ルークは完全に消えてしまったらしい。そばに人がいることさえ気づいていないとわかったあと、彼は他に自分が役に立てることはないかとリビングをあとにした。別の場所に移動して自分の銃を掃除し、短期の旅行用に荷物を詰め替え、自分のパソコンで書類仕事をいくつか片づけた。彼女のパソコンと比べたらおもちゃみたいなものなのだろうが、いちおう世間的には人気のあるブランドの最新機種だ。彼女のラップトップ・パソコンは、人類よりはるかに進化したエイリアンによって、その技術の粋を集めて作られたみたいな代物だった。

ランチをどうしようかな、と考えていたとき、満足げな声がリビングから聞こえた。リビングに戻ると、ホープがリターンキーを叩くところだった。

「終わった！」彼女はこきっと首を左に倒し、次に右に倒してから立ち上がった。ルームサービスのメニューを手にしたままのルークの前で、彼女はラップトップのふたを閉めた。「解決したのか？」

「ええ。ファイルはすでにフェリシティに送った。すぐにメタルを呼び出した。彼女と話せる？」

彼は携帯電話でメタルを呼び出した。すぐにメタルの、きれいとは言いがたい顔が画面に現われた。

「何だ」メタルは『指輪物語』の最大の激戦、ペレンノール野の合戦に際し、ミナス・ティリスを独りで守り抜こうとした、みたいな顔をしていた。さらに本や映画とは違って、モルドール軍に完敗して守護の塔を攻略された、といった感じだ。

「おう」メタルを見て、ルークは、こりゃ、ひどいな、と思った。しかし、いちおうたずねておこう。「元気か？」

「元気だと思うか？」喧嘩腰とも受け取れる言葉だが、威勢よく発せられたわけではない。メタルは、もうぼろぼろの状態なのだ。

気の毒に。

「フェリシティは、まだゲロゲロやってる。なのに仕事をするって、聞かないんだ」

そう言ってメタルはちらっと横を見た。きっとフェリシティがそこにいるのだ。つまり彼女は起きているわけだ。

「私と話せる？」ホープが声をかけ、ルークは電話を渡した。

電話に出たフェリシティに、ホープはほほえみかける。「聞いて。あなたは話さなくていいから」母親が子どもに言ってきかせるような口調だ。命令口調にしたいようだが、声がやさしくて命令にはならない。ただ、私は引き下がりませんからね、という意思は伝わってくる。「解決して、そのファイルを送っておいた。どうしても、と言うなら、自分ですべてチェックし直してもいいけど、あなたも納得できる結果になっているわ。でもそのままファイルをボスに送ってくれたら、私としてはうれしいわ。送ってすぐに体を休めてくれるのなら、すごく、すごくうれしい。あなたが送ってくれたファイルの中に、いくつか問題を見つけたの。コマンドサーバに関するところ。断片化されたファイルが修復されずに残っていたの。私のほうで最適化しておいたから、もう大丈夫。えっと……私はルークとこれからサクラメントに向かう。あなたが手がかりを捜し出してくれたおかげ。でも、メールで連絡してくれればいつでもあなたの仕事を優先する」

「ありがと」フェリシティの声が疲れている。「エマがサンフランシスコから連絡してきた。あなたのことを心配してたけど、ちゃんと面倒みる人がついてる、って言っておいた。何だか彼女も暇だから、仕事があれば送って、って言ってた。あなたも、もし何かしてほしいことがあるのならＨＥＲルーム経由で知らせてくれって。そういうわけで、彼女も手伝ってくれることになり、私はもう大丈夫。あなたもルークがいるから心配ないよね。じゃ、この辺で。私、ちょっと寝る」

「何年か寝ててもらおう」メタルの声が横で聞こえる。「双子が大学に行く頃にでも起こしてやるから」そう言うと、メタルが電話を切った。

ホープはルークに電話を返した。

「サクラメントに関して、もっと調べておかなくてもいいのか？」フェリシティは、ただ手がかりと言っただけだ。

「飛行機に乗ってから調べるわ」そう言ってから、彼女が眉をひそめて彼を見る。

「ＡＳＩの社用ジェットって、もちろんＷｉ－Ｆｉが使えるのよね」

飛行機には翼があるんでしょうね、と言うのと同じ調子の質問だった。

「もちろん」彼女の眉間(みけん)のしわが消えた。「食べものや飲みものの他、シャワー付きのバスルームまである」さらにちょっとした戦争を始められるぐらいの武器弾薬、戦闘用防護服や防弾着が五人分、ゾンビ世界になっても一週間は生き残れるサバイバルキットまで用意されている。

ＡＳＩ社の準備に、ぬかりはない。

「すてき。じゃ、行きましょ」彼女はもうパソコンをバックパックにしまい込み、それを肩にかけてドアへと歩き始めていた。

「何か忘れてないか?」ルークは彼女の腕に手をかけた。

彼女は確かめるようにバックパックに触れ、考え込んだ。「何かしら?」

「スーツケースだよ。サクラメントに何日滞在することになるかわからないんだから。中身はみんなサマーのものだが、向こうで身の回り品がないと困るだろ?」

「ええ」彼女がほほえむ。「じゃあ、あなたが荷物を運んできて。フェリシティから聞いたの。力仕事は、みんなASI社の男性にまかせておけばいいって」

確かにそのとおりだ。ルークは黙って、荷物を取りに向かった。

7

ワシントンDC
コート・レドフィールドの個人事務所

すばらしい夕食会だった。選挙資金として一千万ドル以上を調達でき、有力者からの支援も取りつけた。それでも、ああ、疲れた。

首都に借りている個人事務所に戻ったコート・レドフィールドはタイを緩め、少々クッションがよすぎる肘掛け椅子に腰を下ろした。ウィスキーを頼もうと声をかける前に、彼の手にはクリスタルのタンブラー・グラスが置かれていた。グラスにはシングルモルトが半分入っている。

顔を上げると、グラスを握らせてくれた男がそこにいた。頭の悪い個人秘書より、よほど気の利く男。緊急事態には、リーランドにうろつかれるより、頼りになるこいつがいてくれたほうがいい。コートがうなずくと、男も頭を下げた。

いやつだ。最高と言っていい。ローン・レズニック、海兵隊で大尉として務めたあと、CIAの特殊作戦チームに所属し、コートとはそこで出会った。CIAの作戦本部長時代、コートは優秀な人材と数多く出会ったが、その中の何人かは、業績が評価されず、安い給料に甘んじていた。宝の持ち腐れだと彼は思った。

彼らの潜在能力の高さを、コートは認めていた。厳しい訓練を受けた有能な男たちには、使い道がいくらでもある。じゅうぶんな報酬さえ払えば、どんなことでもしてくれる。コートはひそかに彼らを雇い、自分の〝軍団〟を作り上げていった。これまでのところ、少々の厄介ごとなら、軍団に命じれば何もなかったことになった。

彼には議会での友人も多かった。さまざまな話を耳にしてきた。人が、心の内をつい吐露してしまう男、それがコート・レドフィールドだった。いちばん秘密にしておきたいこと、けれど誰かに言いたくてたまらない途方もない妄想や、暗い欲望、真の恐怖、そんなことをふと語ってみたくなる男なのだ。昨夜も、照明を落とした個人事務所の片隅で、ウィスキーを何杯か飲むと、男たちがそんな秘密を彼に明かした。基本的には、これまで何度も聞いた話と同じだ。男たちは何かの問題を抱え、何かを欲しがる。コートの軍団であれば、問題を消し去り、欲望を現実にできる。敵だった男たちが、こちらの意のままに動くようになる。

代償を求められるわけではない。金による取引はなし。契約書のようなものはなく、ただ……了解が存在するだけ。男同士の暗黙の了解。理由を追及されることはなく、支払いが必要なわけでもない。

ただし、次にコート・レドフィールドが賛成票を必要とするとき、たとえばとある業界に税法上の優遇措置を認めたり、規制緩和を許可したりする法律を議会で通過させる際、この了解がものを言う。彼は莫大な資産をパナマとジブラルタルとセント・トーマスに隠し持っているが、これらが当局に見つかる心配はない。ライフスタイルは変えない。しょせん、いちどに運転できる車は一台なのだ。不動産も所有しているが、特に派手なものではなく、他人に注目されることはない。バージニア州のきれいな屋敷、カリフォルニア州サクラメントにある先祖からの地所、それにフロリダのコンドミニアム、それだけだ。車は頑丈なセダン車で年式も古い。服はすべて吊るしを買い、誂えたものはない。愛人は複数いるが、全員静かな暮らしを好み、口は堅い。金で買えるものはもうこれ以上必要ない。金があることで得られる権力が欲しいのだ。そう考えて、着々と権力基盤を築いた。そして軍団を作り上げた。軍団のメンバーは四十名、彼の命令で何でもする。全員が元軍人で、そのほとんどは特殊部隊に所属していた。いくつもの博士号を獲得した秀才と変わらない知性を持ち、数ヶ国語を話し、オリンピック選手なみの身体能力を誇る彼らは、日々、その命を賭して闘ってきたのに、給料と言えば銀行の窓口係と変わらないぐらい。職務上、重傷を負うことも多いのに、そんな場合もただ退役軍人病院に送られるだけ。以前の生活に戻ることはない。頭のいいコートは考えた。こういった男たちに、基本給として五十万ドルの年棒を記録に残らず、税金もかからない形で支払う。手厚い健康保険に加入させ、怪我や病気の心配もないようにする。するとと彼らは、コートに非常に忠実になり、給料以上の働きをしてくれるようになった。

彼はグラスを覗きこんだ。良心の呵責などいっさい持たずに殺害命令を出すことができるのがコートであり、良心の呵責をいっさい持たずにその命令を実行できるのが、軍団のメンバーだった。

「レズニック」

レズニックが顔を上げる。「はい」

「問題が起きた」

レズニックがうなずく。「我々は、そのためにお仕えしているのです」

「実は、少々込み入った話だ」

レズニックは、再度うなずいた。コートの軍団は、常に難問を処理している。全員、利口で無駄なことはせず、口が堅い。

二十五年前のやつらとは、大違いだ。コートの全身を、強い怒りが駆け抜ける。そもそもの発端はバードだ。息子はいつもどおり、コートの言葉などいっさい無視した。そこでコートは、急きょあまりなじみのない男たちをかき集め、問題処理チームを作った。チームの報告によると、問題は滞りなく処理されたということだった。それから数十年、処理が不十分だったという話はどこからも上がってこなかった。二日前までは。あのときのチームの処理が完璧だったら……。

彼はいつの間にか、こぶしを強く握りしめていた。息遣いも荒い。レズニックが首をかしげてこちらの様子をうかがっている。やがてコートは落ち着きを取り戻した。ちくしょう。興奮することなんてめったにないのに。自分に我を忘れさせてしまうのは、バードだけだ。息子のことを思うと、一瞬ではあるが、怒りが爆発しそうになる。

自分で最後まで確認しておくべきだった。何にせよ、今あのときのことあれこれ後悔しても仕方ない。当時のチーム・リーダーは死んだ。レズニックはあの頃まだ高校生だったはず。もう過去のことなのだ。昔話のまま忘れ去られるべきだった。

ああ。「問題があってね。さっきも言ったが、込み入っていて慎重に対処する必要がある。立候補表明をしたあとだからな」

レズニックの目がきらりと光った。その理由はわかっている。現在彼は、コートの私設ボディガードであり、軍団のリーダーだ。今でもコートは、元CIA作戦本部長という肩書を持つ上院議員で、上院軍事委員会の委員長であり、その私設軍事チームのリーダーというのは、根っからの軍人であれば非常に魅力のある立場だ。しかし、アメリカ合衆国大統領の右腕となれば、まったく別の意味を持つ。要するに、アメリカ政府がバックについている、ということになるからだ。このままでいけば、レズニックは世界でいちばん大きな力を持つ軍人となる。そして厳しい軍の規律に煩わされることもないのだ。この男が興奮するのも当然だろう。

「これだ」コートはレズニックにUSBメモリを渡した。レズニックがメモリを見ようと顔を近づけると、ブロンドの髪が額に垂れた。メモリの外側は、特殊なチタン合金でできている。中のファイルを開いた三十分後にメモリ本体が発熱し、内容は消し去られる。しかし外側のチタン合金は熱の影響を受けない。外見的には普通のUSBだが、汎用性はない。「必要な情報はすべてそこに入っている。ファイルを開いて三十分後に自動消滅する」

関係者の名前にできるだけ匿名性を持たせたほうがいいか、何度も考えた。今レズニックに渡した情報は、C-4プラスティック爆薬十トン分と信管をセットにしたような爆弾だ。いつ爆発するかもわからない。この中のファイルの内容が、ほんの一部でも公になれば、コートの人生は終わる。政治生命だけでなく、生きてもいられないだろう。何よりバードに知られてはいけない。もちろん他の誰にも知られたくはないが、息子の耳に入ることだけは、避けなければ。

結局ファイル中の名前はそのままにしておいた。すべての情報がこのUSBメモリに入っている。レズニックなら大丈夫。こいつはこれまで何度も、信用できる人間であることを証明してきた。このファイルの中身は、基本的に二十五年前の交通事故は殺人で、それを指示したのは自分だと自供しているようなものだ。きちんと仕事をやってのけるために、レズニックにはできるだけ多くの情報を与えてやるべきだ。

「絶対に、人目に触れさせてはいけない内容だ」できるだけ気持ちをこめないようにコートは言った。それでも、何らかの感情が声に混じったのだろう。レズニックがまた、鋭く顔を上げた。

「了解しました。私なら絶対に口外しませんから」

ああ、そうだろうとも。こいつは金で動く男だから。人はセックス、金、権力のうちどれか、場合によっては三つすべてのために動く。セックスで動くやつがいちばん情けない。そういうやつらの欲望は、長持ちしない。残るのは金と権力で、この二つを手に入れたいと望むのは、社会的に何の問題もない。貧困家庭に生まれたレズニックは、懸命に金を貯め込んできた。彼にとって金は何よりも大切なものなのだ。その気持ちは、けっして自分には理解できないのだろうな、とコートは感じていた。コート自身は旧家の出身で金に不自由したことがなく、おとなになってからもずっと給料のいい仕事に就いてきたからだ。コートにとって、金は権力を得るための手段でしかない。ただの道具、それだけだ。一方、レズニックにとっては、命より大きな意味を持つのだろう。

レズニックが貯め込んだ金は、本人にとっては資産と呼べるものなのだ。コートから得ている給料は、他では絶対に稼げない。この給料をあきらめるぐらいなら、こいつは自分の肺を胸から切り取って差し出すだろう。

だから、この男は口外しない。絶対に。

思いがけない不運に見舞われることもあるが、レズニックに関しては、失敗など考えられない。また、レズニックがバードのことをひどく嫌っているのも好都合だ。レズニックがバードに真実を話す恐れはない。実にうまい話だ。この世でいちばん真相を知られたくないのが、息子であるバード・レドフィールドなのだ。

ただ、バードは父の招待を無視し、選挙戦への協力を拒否してきたぐらいだから、近づいてくることもないだろう。任務で国外にいるのかもしれない。

「カリフォルニアには、誰がいる？」

コートの唐突な質問に、レズニックは眉をひそめた。「工作員はそうたくさんいません。四人ですね。ホーキンス、ピータース、コルッチ、リーです。何名必要なんですか？」

ああ、いまいましい。エリスなんて、たかが若い女ひとりじゃないか。ＩＴスペシヤリストでデータ解析士、当然、軍による訓練経験はない。ところがボストンでコートの軍団の工作員の攻撃をかわして逃げおおせた。きっと強力な味方がいるのだ。その援護を受け、地上からこつ然と姿を消した。

けれどこの女が調べを進めていけば、どうしても行ってみたいと思うはずの場所がある。

コートは、効率と秘密保持のバランスを考えた。軍団は、何人かのチームを組んで行動することに慣れているが、今回はデリケートな内容が絡む。自分の血縁を殺すことに、とまどいや嫌悪感を覚えるものがいるかもしれない。誰もがレズニックのように冷酷ではないから。よし、当面は、レズニックひとりにやらせてみよう。もう少し人数が必要な場合は、すぐに援軍を送り込めばいい。

「できるだけ多いほうがいいんだが、とりあえずは待機させておけ。緊急案件にあたっている工作員を除き、全員をこの作戦に投入する。飛行機で待たせておけばいい。今回の作戦は、おまえがリーダーとして責任を持つんだ。できれば待機させた者を使うことなく、おまえひとりで解決してほしい。作戦の背景や情報はすべてそのＵＳＢメモリにある。明日にはサクラメントで仕事を開始するように。到着したらどこに行き、何をすべきかは言わなくてもわかるはずだ」

レズニックの大きな手が、ＵＳＢメモリをしっかりと握りしめた。今になって、これでよかったのか、とコートの心に迷いが生まれていた。そのUSBメモリは、銃から彼の胸を目がけて発射された弾丸のようなものだ。今のところは、胸から数センチのところで止まっている。長い間誰にも知られることのなかった秘密がそこにある。この秘密が表ざたになれば、大統領選挙どころではない。彼のしたこと、これからすることは、犯罪であり、刑務所送りは免れない。そして息子には知られてはならない秘密でもある。二人が疎遠であったのは、幸運としか言いようがない。

ふと机の近くの本棚に置かれた銀のフレームの写真立てが目に入り、コートの中でまた激しい怒りが燃え上がった。海軍士官用の正装をしたバードの写真がそこにあった。分厚い胸にはたくさんの勲章が飾られている。これは最後に撮影された公式の写真で、海軍上層部からの命令により、バードも渋々ポートレート写真の撮影に同意したのだった。この写真のバードはまだ若くて、非常にハンサム、彼の人となりをそのまま映し出している――つまり、寸分の隙もなくヒーローなのだ。父親ならみんな、こんな息子を持ったことを自慢したくなるだろう。コートの政治家としてのキャリアには、こういう息子がいることが大きなプラスになっていたはずだった。

適当な時期にバードが退役してくれていれば、いっそうプラスだっただろう。そしてふさわしい女性をめとり、子どもを持っていたら。軍服姿のバードの横にもうひとつ写真を置けたのに。バードとにこやかにほほえむその妻、その子どもたちの写真。

そうだな、ばかみたいな犬がいてもいいかもしれない。丘上の緑の芝生に座って、独立記念日の花火が上がるのを待つ息子一家。

そんなものは夢物語だ。現実にはバードはいつまでも海軍を辞めず、外国での特殊任務に励み、自分の存在を世間から隠そうとしている。かなり遠くから息子の姿をとらえた写真は、この数十年で何枚か見たが、すべて任務の最中のものだった。野生動物みたいな、タフで恐ろしい男。ひげには白いものが混じり、屋外生活の長さにより陽焼けした肌にはしわが目立つ。写真からでも臭ってきそうな戦闘服。そんな汚らしい男の写真を飾るわけにはいかない。そういった写真のバードはただ人殺しが得意なやつにしか見えない。実際、そのとおりなのだ。

あの女のせいだ。あのあとバードは結婚どころか、女性と真剣な付き合いすらしなくなった。そもそも女性と付き合うことさえなかったのかもしれない。息子は、くそいまいましい海軍と結婚したのも同然だ。

そこでコートは、理想の息子像を勝手に創り上げ、それを選挙の道具として使った。実際にはその場にいない、姿を現わすことのない存在。そして、バード・レドフィールドの海軍での任務を、公式に非公開とした。

そうすれば、息子がコートを憎んでいることも秘密にできる。

あの女とその子どもを消し去れば、息子は自分のところに戻ってくると思っていた。

だが、そうはならなかった。バードはさらに怒りっぽくなり、父をいっそう避けるようになった。そして、何を言おうが、顔色ひとつ変えない男になってしまった。もしかしたら、自分があのとき実際に何をしたのか、息子に知られてしまったのかと怯(おび)えていた時期さえあった。実の父親を殺すようなことまでは、いくらなんでもしないだろう――いや、あいつならそれぐらいするのでは……そう思って、コートはびくびくしながら暮らしていた。本当のところは、今でもわからない。

邪魔者を取り除くことで、父子の絆(きずな)を確かなものにするはずだった。金目当てで息子に近づいた、あのゴミみたいな女さえいなくなれば問題は解決すると思っていたのに、結局コートとバードのあいだには大きな壁ができてしまった。山のように高々とそびえる壁は、もうどう頑張っても乗り越えられない。

コートは金持ちだ。ものすごい資産がある。もちろん富のほとんどは隠してあるが、バードもリッチになれるのだとはっきりと伝えてある。軍でキャリアを積むだけでは、とうてい手の届かない額になる。それでもバードは、父の資産に手を付けることにも、その一部を譲り受けることにもまったく興味を示さなかった。軍での給料ですら、ほとんど手つかずのまま銀行口座で増えるばかりなのだ。バードは、禁欲的とさえ言える質素な生活を送っている。国内にいるときは基地内の独身将校用のアパートメントで過ごし、海外派遣されているときも、前線基地の営倉(えいそう)で部下の兵士たちと一緒に寝起きする。自己名義の不動産はなく、コートが不動産を息子に残すつもりだとそれとなくほのめかしても、完全に知らん顔される。バードが求めるものを、コートは与えることができない。いっさい、何ひとつ。

息子は軍での昇進さえ求めていない。本来であれば海軍大将になっているべきだし、本人がほんの少しでも望みさえすれば、問題なく大将になれていた。バードは望まなかったのだ。彼の昇進を期待する声も大きいのに、変わらず前線で危険な任務に就いている。

さらに、父親の政治的野望には、まったく無関心——と言うより、ふん、くだらない、とばかにしている。あるとき、コートもつい腹にすえかね、怒りにまかせてバードに言ってしまった。私はいずれ大統領になる、アメリカにおける軍の総指揮官は大統領なんだ、だからおまえは私の指揮系統に入るんだぞ、と。

バードは冷たく父を見据えて言い返した。「俺があんたの指揮系統に入ることはない。万一あんたが選挙に勝ったら、俺は軍を辞めてブラック社で働く」

バードがブラック社で働くようになれば、コートは息子に対する影響力を完全に失ってしまう。ブラック社は世界でも有数の民間警備・軍事会社で、創設者でありCEOのジェイコブ・ブラックは元SEALsだ。バードとブラックは長年にわたる親友だった。コートがCIAの作戦本部長だった頃、少々後ろ暗い仕事をブラックに頼もうとしたことがあった。ブラックはにべもなく断るだけでなく、下院の行政監視委員会に報告してやると脅(おど)してきた。

レズニックやその部下たちは、断らなかった。これが、自分だけの軍団を持とうと決めるきっかけにもなったのだ。自分の軍団なら、何だって命令できる。

「他に用がないようでしたら」レズニックの声が平板(へいばん)に聞こえる。コートが物思いにふけっていることに気づいたようだ。息子のことを考えると、ついあれこれ悩んでしまう。ただ、何を考えているのか、他人にはわからないだろう。

「ああ、もうない。サクラメントに向かってくれ。必要ならば、人員を投入しろ。だが、必要なければ、おまえひとりで実行してもらいたい」

レズニックが立ち上がる。「承知しました」

「ああ、それから……」

「はい、何でしょう？」

「今回のおまえの任務だが、関係者はすべて始末しろ。特に……主要人物は。これですべてを終わりにしたい。いいな？」

「もちろんです」

レズニックが部屋を出て行った。

コートはがっくりと頭を垂れた。過去がそっと手を伸ばして、自分を引き下ろそうとしている気がする。もめごとは地中深くに埋めたつもりだったのに、いつの間にか大きなうねりとなって地上に姿を現わしたのだ。気をつけないと、このうねりにのみ込まれてしまう。震える息を吐き、彼はしばらくうなだれたままだった。

こうなっては、少しの失敗も許されない。

8

ポートランド

前日とまったく同じことを、逆の順序でした。

ホープは例のスパイの秘密道具みたいなもので――つばが広くて秘密の光線の出る帽子をかぶり、かっこいいハイテクのサングラスをかけ、トイレットペーパーを何枚にも重ねて靴の中に入れて歩き方を変え――身支度したあと、顔を上げないようにと注意を受けた。顔を上げない、という簡単な言葉を、彼女が理解できないとでも思っているのか、ルークは同じことを百万回ぐらい言った。

それからもうひとつ、とルークは付け加えた。手のひらは内向きにしておくように。衛星写真の解析度は驚くほど高く、指先がきれいに撮影できれば、指紋も採取できる。警察でインクパッドに指先を転がして指紋照合できるのと同じらしい。

歩き始めると、広いつばが目にかぶさってきて、顔を下に向けておくのはなかなか難しかった。なるほど、それでルークはしつこく注意していたわけか。しかし、頭を下げた状態では、視界に入るのはスニーカーの先ぐらいだ。

その上、彼女はキャリー付きのスーツケースを引きずり、バックパックを背負っていた。ルークが紳士としてのマナーを守らなかったわけではない。彼は、よくこんなものを持ち上げられるな、というほど重いスポーツバッグを左肩から吊るし、左手で自分のスーツケースを引っ張り、ドアを開けるのもエレベーターのボタンを押すのも彼女にさせた。それにはちゃんと理由がある。右手をいつでも使えるように空けておかねばならないからだ。危険を察知すればすぐに腰に差した銃を手にするのだそう。

問題は、荷物を引きずり、ずり落ちる帽子をかぶり、大きすぎるサングラスをかけ、歩容を変えるためにトイレットペーパーを丸めて靴底に敷いた状態で前に進もうとするのは、見知らぬ惑星を歩くような気分だということ。ゲーム好きのホープは、惑星を進むサバイバルゲームでもよく遊ぶ。その世界に入ってしまった気がして、つい、獰猛(どうもう)な歯を持ったモンスターが触手を伸ばして自分を襲ってくるのではないかとあたりを見回してしまう。

しかし、あたりを警戒するのは、ルークの仕事だ。

二人は半地下にある駐車場に、何ごともなく到着した。車に乗り込んでシートベルトを締め、ああ、やれやれ、これで煩(わずら)わしい帽子を脱ぎ、邪魔なサングラスを外せる、と思った。

「人を欺くことには向いてないみたいだな」ルークが横目でこちらを見る。

「だめね。ソーシャル・エンジニアリングというか……こっそり個人情報を引き出すのも、うまくないの。友だちのライリーはそういうのも平気だけど私はだめ。とにかく——」彼女は顔をそむけたが、ルークなら声にこもる真剣さに気づいただろう。

「嘘が嫌いなの。人を騙すとか、そういうのが許せない」

これまでの彼女の人生は、嘘で固められたものだった。子どもの頃から、何となく自分の生活が欺瞞に満ちていることに気づいていた。だからそういうのが許せない。

ルークはかなりスピードを出していたが、無謀な運転はしなかった。見知らぬ道を車が走り抜けていく。ホープはポートランドについてまったく何も知らない状態で到着し、ホテルの部屋にいただけなので、何も知らないままポートランドを出て行こうとしている。市の中心街は比較的小さいようで、すぐに緑の多い郊外に出た。商業便で混み合う空港には向かわず、昨日とは別のプライベート機の発着場へ行くらしい。

空には低く雲が立ち込め、ぽつん、ぽつんと雨粒が落ちる。今のところは何とか持ちこたえているが、間もなく激しい雨が降り注ぐのは間違いない。太平洋岸北西部は、雨の多いことで有名だ。ボストンのように寒くはないが、湿気が多い。ボストンでは昨日、この季節最後の雪がちらついた。ついチェックしてしまったが、ホームシックにかかっているわけではない。むしろその逆だ。やっと西海岸に来たのだ。そして気づいた。ボストンを離れることへのさびしさがないと。思えばあの街をふるさとだと感じたことはなかった。ポートランドに来ても、ボストンにいるときと変わらない。どちらもきれいな街だが、自分とのつながりを感じない。NSA勤務のときは、ボルティモアに住んでいたが、そこでも同じだった。自分にはルーツがないのだ。その土地との絆がなく、腰を落ち着ける場所という感覚がない。これまでいつもそうだった。自分には何かが欠けているように感じていた。たいていの人は、ふるさとだとか、ここが自分のいるべきところだという感覚を特定の場所に対して抱く。彼女の心にはその概念がなく、ずっとそこを埋められずにきた。幸運なことに、これまで彼女の周囲にいたのはみんなコンピューターへの愛着が強い人ばかりで、そういう人たちは通常、ふるさとへの強い――あるいは弱くても――想いなど持っていなかった。現実世界とのつながりが希薄(きはく)な人たちばかり、たいていは引きこもりに近い状態でコンピューターだけを相手に成長し、ハッキングを覚えるといった少年期を送っていた。第二次性徴の頃には性的な興味も持つようになるものの、生身の相手ではなく仮想現実で欲求を満たす。

車の速度が上がり、ホープは体を背もたれに押しつけられた。ゆったりしてやわらかな座席だ。窓の外には、それまでの郊外の大邸宅から、立ち並ぶ家が小ぶりに変わって、芝生も荒れているのがわかった。道路の舗装もあちこちはがれている。そんなことを思っていたら、いきなり目の前に滑走路が開けていた。ここがどういう場所かも知らない。普段の彼女であれば、前もって調べておくのに。携帯電話の地図アプリだけでなく、パソコンも常に現在地をフォローするようにプログラムしてあるので、自分が今どこにいるかは簡単に把握できる。パソコンのプログラムは、本来盗難防止策で、こうしておけば、盗まれた場合でも追跡できるからだ。まあその前に、パスワードがわからないはずだから、盗難されても被害は大きくない。

つまり、ちょっとその気になれば、この発着場がある場所の名前ぐらいは調べられる。だが、わかったところで何になる、と彼女は思った。

ルークが連れて行ってくれるところに、行くだけだから。

そういうのは新鮮な感覚だ。彼女は、自分の行動を他人まかせにする女性ではなかった。しかし、普段の自分では考えられない状況に投げ出され、自分の能力では何もできないこと以外には、何をどうすればいいかもわからない。こういうときは、何をなすべきかをきちんと心得ているルークのような人に、すべてをゆだねるのが得策だ。

雨がとうとう本降りになってきた。あたり一面がグレーのシーツをかけられたようで、視界も悪い。ワイパーは高速で動いているのだが、それでも雨をはじくのに間に合わない。雨は車の屋根を叩き、道路に水しぶきが上がる。空は低く、青みがかった濃い灰色になってきた。

　悪天候で車を運転するのがホープは嫌いだが、ルークは雨が降っていることにすら気づいていないように見える。彼はそのまま誘導路に車を乗り入れ、小さなビジネス・ジェット機に横づけして停めた。乗って来たのと同じジェット機かどうかはわからない。尾翼に機体番号が書かれているが、ボストンからこちらに来たときは動揺も激しく、疲れていて、機体番号まで気づかなかった。

　車の助手席側のドアが、移動式で覆いのあるタラップのちょうど真横になるように停められていて、ホープは、車から降りるときもジェット機に乗り込むときも、濡れずに済んだ。これなら誰にも目撃されない。双眼鏡を使っても、ホープだと断定するのは無理だろう。

　そのあとルークはもう少し車を前に出し、スーツケースとスポーツバッグを手にすると、雨の中タラップへとダッシュした。そしてホープのすぐあとからジェット機内に入った。乗るときに一瞬、ホープはジェット燃料の臭いを感じたが、機内に足を踏み入れた瞬間、高価な革製品の匂いに包まれた。自動空調の機内には、何となくその場の雰囲気には不似合いなレモンの香りも漂う。

　彼女が席に着くと、ルークが隣に腰を下ろした。

　それまで、絶えず油断を怠らない戦士だった彼は、タラップから機内までのどこかの時点で、感じのいい旅行仲間へと変わっていた。ホテルの部屋を出ると同時に、彼の緊張感が伝わってきていた。不安を感じているのではない。彼は生身の人間とは思えないぐらい、落ち着いていた。しかし、周囲の状況の変化には細心の注意を払っていた。歩き方さえ、変わったのだ。競歩みたいに足の裏を地面から離さないようにして、次の瞬間にはいつでも走り出せる体勢にしていた。ガン・スリンガーと呼ばれる歩き方で、すごくかっこいい。水色の瞳が警戒しながら周囲を見回しているが、異変を察知するとコンマ何秒かで銃を腰から抜き取り、すぐに構えられるようにしているため、こういう足の運びになるのだ。古き良き西部劇で保安官が同じ歩き方をしていた。ルークがこういうふうに歩くと、本当にセクシーだ。

彼の全身から男性ホルモンとフェロモンが放出されている。彼自身は、まったく意識していないのだろう。いつだって、俺の準備はできているぞ、来るならかかって来いと、少しばかり挑発的な彼の心意気をホープは感じた。

『OK牧場の決斗』みたいだわ、と彼女は思った。対決するのはクラントン一味ではないけれど、私たちの敵も闇の中からこちらを銃撃してくる、同じように卑怯なやつらだ。相手が誰であれ、ルークは真っ向から対決しようとしている。

しかし今、機内では警戒感による緊張は消えている。彼は腰を下ろすなり、ほうっと小さく息を吐いた。顔も強ばった表情ではなくなり、魅力的だった。もちろん、さっきの銃撃戦ならいつでも応じてやるぜ、という雰囲気もすてきだったが。

頭を座席の背に預け、しばらく目を閉じている。

そこでホープは、ふと思った。「あなた、昨夜一睡もしてないんじゃないの?」思っていたより、詰問口調でたずねていた。

「少しは寝たよ」彼は目を閉じたままそう答えた。

嘘であるのはわかったが、あえて指摘しなかった。彼は一睡もせずに、私の安全を守ろうとしてくれたのだろうか?

彼が目を閉じたままなので、ホープは遠慮なく彼の顔を観察した。本当に整った顔立ち。いわゆる典型的なハンサム、という顔だ。この顔ならモデルにでもなれる。顔の形がきれいで、目を開けると強い色彩の水色の瞳がある。まっすぐな鼻、高い頬骨、尖った顎、金色の無精ひげが鋭い印象をやわらげる。

けれど、ホープがすてきだと思うのは、造形的な美しさではない。この顔に表われる彼の人格、意志の強さであり、さらにハンサムなのに虚栄心がないところだ。彼の顔には新しくできたと思われるしわもいくつかある。

ホテルからの車中では、ルークの存在をより大きく感じた。彼自身が自分を大きく見せようとしていたのだろう。今はもう、ホテルにいるときと同じ。エンジンがかかって離陸準備のために滑走路へと移動していくプライベート・ジェットの機内ではリラックスできるらしい。絶対とは言えないまでも、この状態であれば、まず殺し屋が目の前に現われることはないはずだから。この警戒網を突破してくるのは、事実上不可能だろう。

警戒態勢に入ったり、リラックスしたりというのは、どうすればできるのか、ホープにはわからなかった。肉体的に危害を加えられる可能性など、これまでは考えたこともない。彼女にとっての危機とは、光ファイバー・ケーブルを通じてモニター上に現われるものだ。その危機は、地球の裏側に住むハッカーから始まったものだったりする。カイルの死の瞬間の音声を聞き、殺し屋がアパートメントの建物に侵入し、自分の部屋へ向かってくるところを映像で確認した。それ以来アドレナリンが体内に放出され続け、どうやって止めたらいいのかもわからない。ピリピリした神経を鎮めるには、何をすればいいのだろう?

仕事だ。仕事をすれば、いつでも気持ちが落ち着く。そのときの精神状態がどうであれ、ひどい孤独感にさいなまれるときでさえも、仕事をすれば気持ちが安らぐのがわかった。今も、仕事をしてみればいいのかもしれない。フェリシティの仕事依頼リストに、今ホープが取り組めそうな案件がひとつあった。セキュリティの問題というより、ホープの本職であるデータ解析に関する内容だ。

三十分ばかりで問題が解決した。彼女はよし、とほほえんだ。これでフェリシティがしなければならない仕事が、ひとつ減った。彼女は結果をすべてファイルにしてHERルーム経由でフェリシティに送った。
〈投稿者：ホープ〉フェリシティ、今は寝てるわよね？　頼まれていたデータ解析よ。解析内容の詳細も添付しておいた。
返事はすぐに来た。
〈投稿者：フェリシティ〉ありがと！
やれやれ。
〈投稿者：ホープ〉ちょっと、あなた、今は眠ってるはずでしょ？　ご主人からパソコンは取り上げられたんじゃなかったの？
〈投稿者：フェリシティ〉うん、没収された。これはベッドで毛布をかぶり、携帯電話から送ってる。
ホープの顔にも笑みが広がった。
〈投稿者：ホープ〉さっさと寝なさい！　ご主人に言いつけるわよ。
〈投稿者：フェリシティ〉げーっ！　あなたまで裏切るわけ？
〈投稿者：ホープ〉早く寝なさいって。
〈投稿者：フェリシティ〉もう寝たよー
そこで通信が切れた。

ホープは横のルークを見た。深い眠りに落ちているらしく、分厚い胸が軽く上下するほかは、彼の体はピクリとも動かない。

彼の肉体のすべてが、彼女にとってなじみのないものだった。新種の男性に出会ったようなものだ。彼を見ていると、美とは完全な対称形である、という理論にも一理あるように思ってしまう。彼女がこれまで知り合いになった男性たちは、こんな体ではなかった。彼らには全員、どこかしらバランスの悪いところがあった。たとえばカイル——ああ、ごめんなさい。あんなことになるなんて——は、極端ながに股で歩き、妙に肩幅が狭かった。投資ファンドの同じフロアにいる同僚も、いろんなパーツのふぞろい感を抱えていた。大きすぎる目に高すぎる鼻だとか、体が片方に傾いているとか。

ルークは異なる種類の生きものだ。彼を創造した神だか自然だかは、ずっと造形的な才能に恵まれていたように思える。贅肉のない細身の全身、幅広い肩、長い指のきれいな手。すべてが完璧で、完全な左右対称。難を言うなら、今は少し痩せすぎということぐらい。ただ、ごく最近に辛い体験をしたのだから仕方ない。

あのひどい話を直接彼の口から聞けてよかった。フェリシティが何も言わないでいてくれたことをありがたいと思う。ゴシップは嫌いだから、人づてに誰かの噂を聞きたくない。誰かが、自分の話を知ってもらいたいと思う場合は、直接知ってもらいたい相手に話すはずだ。ルークがホープに話してくれたように。

ホープ自身、自分の問題を人に打ち明けることはめったにない。そういうのに慣れていないのだ。現在彼女が抱えている問題は、フェリシティと彼女の会社の人全員に知られている。まだASI社員でもないルークも知っているし、おそらくはブラック社の人たちもみんな事情を説明されているのだろう。

そう思うとぞっとする。

ただ、それをどうすることもできない。過去に戻って問題を消し去ることはできず、人生のすべてのことと同様、とにかく前に進むしかないのだ。

彼女は目を閉じ、少し自分の状況に集中してみようと思った。具体的には、ルークのことをあまり意識しないでおこうという意味だ。隣の席の彼は、まったく動かずにいる。熟睡しているのだ。それなのに、彼女の意識はいつの間にか彼のほうに向けられている。どうしてだろう？　彼がブラックホールで、何もかもをその重力の強さで吸い込んでしまうかのようだ。身動きもしない大きなその体から、熱が伝わってくる。

自分だけが五感すべてで彼の存在を意識してしまうのなんて、不公平な気がする。彼の体の細胞が自分の皮膚に侵入してくるようにさえ感じる。彼の匂い――石鹸と革の匂いがする。目を閉じていても、自分のすぐ横に彼がいるのがわかる。そこで重力が変化するから。

男の子にのぼせ上がった経験なら、前にもある。けれど、今の気持ちと比較すると、ほんわりと心が温かくなった、ぐらいのものだった。インフルエンザが軽症で済んだ、みたいなもので、ただ遠くから見て憧れるだけだった。それから映画スターに何度か。さらに勤務する……していた投資ファンドの副社長。彼はフランス人で、会社幹部が集まる会議で年に二度見かけるだけだった。大好きなＳＦ作家。彼女の買った彼の著作本にサインしてくれた。それぐらいだ。

そういった人たちは、普段の生活で気軽におしゃべりする相手ではない。けれど彼は、今この瞬間も隣にいて、動くたびに手が触れ合う。

ああ、だめ。気が散る。集中力には自信があったのに。作業する際は特に。大学の研究室でも、ＮＳＡでも、投資ファンド会社でも。だからこそ、データ解析士としてホープは優秀なのだ。

ところが今はまるで集中できない。伝説の集中力は、あふれ出るホルモンにどこかへ追いやられている。隣の席の男性のことを想ってしまうから。彼はただ、純粋に職務の一環としてそばにいてくれるだけなのに。ホープがのぼせ上がっていると知れば、迷惑がるに違いない。

目の前のことに集中して、と彼女は自分を叱咤した。気が散った自分を叱ることなんて、めったにない。ただ無理もない気がする。現在抱える問題が大きすぎるから、集中が途切れるのだ。十八時間続けて仕事しているときと似た状態で、体に力が入らず、ぼんやりとして、外が昼なのか夜なのかもわからない。あの感覚を思い出す。

仕事だ。作業すれば集中力も戻る。だからいつも仕事に没頭した。

そうやって作業を続けているうちに、フェリシティのファイルをまたひとつ片づけた。そうすると集中力が戻り、フェリシティが見つけてくれた手がかりをじっくり考えられるようになった。

フェリシティは、実に多くのことを見つけてくれていた。彼女のハッキング能力が高いのは言うまでもないが、狡猾だということもわかった。一見すると何でもない情報も、裏側を覗くようにして、他の情報との一貫性を確認していた。まあ、当然だ。フェリシティの両親はともにロシアからの亡命者で、米国で証人保護プログラムを適用され、偽名で暮らしていた。彼女も欺瞞に満ちた暮らしの中で成長したのだ。だから、偽情報に触れると第六感みたいなものが働くらしい。

サクラメントの情報は本当にかすかなつながりでしかなかったが、確実に手がかりと呼べるものだった。彼女の両親、ニール・エリスとサンドラ・エリスがボストンで銀行口座を開くとき、照会先としてサクラメントの人物を記入していた。二人の銀行口座はこれ以前には存在しない。ボストンだけでなく、マサチューセッツ州のどこにも、二人共同の、あるいはどちらかひとりが銀行口座を持った記録がないのだ。フェリシティは徹底的に調べていたが、どこにも見当たらなかった。ところが二人とも出生証明書ではボストン生まれとなっている。

最初の銀行口座開設申込書で、ニール・エリスは身元照会先にカリフォルニア州サクラメントの人の名前を記入していた。不思議だ。サクラメントに限定しなくても、カリフォルニア州のどこにも何のつながりもないことになっていたはず。しかし、きちんとそこにあったのだ。身元照会人は、市の端にあるトレーラー・パーク、〝ハッピー・トレイル〟という施設の管理人、バーナード・テラーという男性だった。しかし不思議なことに、この申し込み書が提出されて二日後、テラー氏の名前は削除され、代わりにボストンに住む男性の名前が書き込まれた。こちらの記録もフェリシティは調べたが、この男性が実在した痕跡はどこにもいっさい見つからなかった。とにかく、フェリシティの綿密な作業ぶりには感心した。本来紙の文書に記録されていたものがデジタル化された際に、削除されずに残っていたキャッシュを彼女は調べたのだ。

そういうわけで、サクラメントとのつながりは確実に存在する。だからルークと二人で、それを確かめに行くのだ。

両親とされてきたエリス兄妹の情報を詳しく読むのは、これが初めてだった。他のことを一切忘れ、彼女は自分の心臓がゆっくりと確かな鼓動を打つのを感じた。ゆっくり息を吸って、吐いて。指先の力を抜き、頭を空っぽにして。

「――十分後だ」

ゆっくりと顔を横に向けた。首の筋肉が木になってしまったように、うまく動かない。少しずつ、音が聞こえたほうを向く。何かが今にも弾けそうな感覚がある。

「ホープ?」ルークがぎゅっと眉根を寄せた。「――丈夫か?」

耳を通りすぎる言葉の一割しか脳に届かない。

ルークが彼女の肩をがしっとつかんだ。あとになって思い出すと、そのときのルークの力の入れ方は、前線でともに戦っていた戦友を、まだ生きてるかと確かめるような感じだった。

彼が少しだけ彼女の肩を揺する。「ホープ?」

ハッピー・トレイル・パーク。バーナード・テラー。バーニーおじちゃん?

頭の中を、さまざまな思いが断片となって駆けめぐる。理性的な思考回路を落ち着いて働かせることに慣れていた彼女にとって、それは恐ろしい体験だった。理性をもってアプローチすれば、知識となることは多い。彼女の頭の中は、常に整理されていて、断片が飛び回ることはない。

今、彼女の頭の中で暴れている思考には、論理的なところがない。音とか形ではなく、映像として残る記憶のように思える。どこかから切り離されたような断片が、目の前を飛んでいる。そうかと思えば、突然消えてしまうので、それが何だったのか見きわめる時間もない。公園、ぶらんこ、ジャングルジム。プール。男性の話し声。背後に、友人同士の楽しそうな会話、そしてブロンドの女性が現われては消える。胸がぎゅっと締めつけられる。また。もういちど。脈が速くなり、痛いほどだ。彼女は自分の胸元を押さえた。何だろう、この痛みは。心臓麻痺でも起こしたのか？

「ホープ」

ぼんやりとした目を見開いて、ルークを見た。胸が苦しい。喉が詰まる。筋肉が動かない。だめ、息ができない。深く息を吸い込もうとするのに、ぜいっという音が聞こえ、胸がさらに痛くなるだけだ。

「おい」ルークが体を近づける。「どうした？」

彼の顔が目の前にあった。距離が近すぎて、他のものは何も見えなくなっていた。透きとおるような水色の瞳がじっとこちらを見ていた。瞳の奥底から彼がこちらを見ているので、彼には自分に何が起きているのかわかっているのかもしれないと思った。彼女自身には、何が何だかわからなかった。

呼吸しようとしていたのだが、空気が入ってこない。

するとルークが肘掛けを上げ、上体を倒してそっと彼女を抱き寄せた。どうしていいかわからず、彼女はそのまま凍りついていた。彼はただしっかりと抱きしめるだけ。彼の分厚い胸が上下し、強く落ち着いた彼の心音が聞こえた。一分経過したが、二人とも言葉を発しなかった。

突然、彼女の胸の中で何かの鍵が外れたかのように、すっと息ができるようになった。彼女が深く息を吸い込むと、気道が音を立てた。ルークは顔を下げ、彼女の頭のてっぺんに額を添えた。いつの間にか、彼女の腕が彼の体に巻きついていた。昔からいつもそうしているかのように、ごく自然に、さりげなく。ルークにもたれかかると、時間が止まったように思えた。自分が直面する問題のことなんか、頭から消えた。どうしてもわからない謎があることも、記憶にないはずの映像が浮かぶことも、危険な男たちに命を狙われていることも、サクラメントで何があるのかという不安もみんな忘れていた。

いっさい、何もかもが消え、頭が空っぽになっていた。ただ感じるだけ。ルークの筋肉は温かで頑丈(がんじょう)で、それなのにしなやかだ。心臓が確かな鼓動を刻んでいる。彼の背中に回した腕からも、その筋肉の頼もしさを感じる。こうしていると、絶対に安全だ、悪いことなんて起きない、という感覚に包まれる。もちろん、ジェット機の中にいるのだから安全なのはわかっている。けれど、彼に抱きしめてもらっていると、大丈夫だと実感できる。

呼吸が穏やかになり、脈も落ち着いてきた。頭の中に正体不明の映像が浮かんで怖い思いをすることもなくなった。何の映像だかわからないのに、まぶたの裏に次々と浮かんで、どきどきした。

ルークが腕の向きを少し調整し、ホープはすっかり彼に体重を預けられるようになった。さっきまで、北極からの突風に吹きさらされているかのように、全身に寒さを感じていたが、今はゆっくりと体が温まっていく。背中さえも、回された彼の腕の周囲から熱が広がっていく。冷たく強ばって、まったく身動きできなかった体から、緊張が解けてきた。服越しに、皮膚を通じて、温かみと平静が体にしみ渡っていく。このまま動きたくない、永遠にこうやっていたい、彼女はそう思った。

どれぐらい時間が経ったのだろうか？　時間なんてどうでもいい。この姿勢を続けていたいだけ。こうしているのは……ビーチで休暇を楽しんでいる感覚だ。波に揺られて、ふわふわと漂う感じととても似ている。違いは白い波のあいだを浮かんでいるのではなく、確かな鼓動の響く分厚い胸の上に載っているだけ。

顔の下でルークが動くのを感じた。彼がそっと肩を押した。

あっ、嫌！　ルークが離れていく！　彼に体を預けるのはこんなに気持ちいいのに。でも――当然だわ。このままじっとしていたいけど、一生彼の胸にすがりついているわけにはいかない。彼の胸は本当に気持ちいいけれど、時間的制約、みたいなものは何にでもあるものだ。制約がなければ、一生こうしていたい。

彼は両腕を伸ばして、少し体を離した。そうだろう。こんな気持ちいいことが、長く続くはずがない。目は閉じたままにしておこう。目を開けたときに見えるものが怖い。感じのいい男性、とてもハンサムな人が、困り果てた気持ちを隠そうとしているところを目にするのだ。いいおとなの女性をなだめる役目なんて、勘弁してくれよ、という思いが、隠し切れず彼の顔に表われているに違いない。やさしく、礼儀正しく、二人のあいだに距離を置こうとするのだ。彼の手は、ためらいがちではあるものの、ホープの体を起こそうとしているのは間違いない。

ああ、仕方ないわね、そう思いながら彼女は目を開けた。そこにあったものは――熱だった。炎が熱く燃え上がる彼の瞳に、欲望が満ちていた。顔を強ばらせ、目を少し細めると、彼が体を倒して来た。顔が近づき、そして唇が重なった。

彼がキスしたのだ。

そして……うっとりするようなすてきなキスだった。

もちろんホープも、キスされたことはあるが、こんなキスは初めて。濃密で欲望に満ちて、足の先まで快感が走る。唇を重ねているだけなのに、全身にキスされているみたい。まるで――まるで脚のあいだもキスされているかのような感覚がある。口の中で彼の舌が動いたとき、その部分が鋭く収縮したのは、少しばかりショックだった。うなじは彼の大きな手でしっかりと覆われている。逃げようとする彼女を止めようとしているのかもしれないが、それはない。逃げるなんて、絶対にない。どちらかと言えば、もっと彼に密着したいのだ。彼女は腕を伸ばし、彼の首に巻きつけて、口をもっと大きく開いた。鼻が彼の頬に押しつけられ、呼吸が難しいが、それでもいい。彼の吐く息を吸うから。

ルークが顔を上げ、その一瞬、彼においていかれるのではないかと、ホープはパニックを起こしかけたが、彼は顔の向きを変えて、また唇を重ねてきた。このほうが濃密なキスになる。

頭に深い霧が立ち込めた状態だったが、不思議な音が聞こえた気がする。自分の鼓動が耳にうるさかったが、それでもやっぱり音がした。そして急な衝撃を感じ、二人の体が離れた。彼の顔はひどく紅潮(こうちょう)している。頬が赤く、唇が濡れて少し腫(は)れぼったい。私とキスしたからだ! こんなことも初めてではないだろうか?

どうして二人の体が離れたのだろう?

「何が起きたの?」自分の声に、ホープは驚いた。ひどくセクシーでものうげだ。ハスキーな低音で、自分がこんな声を出すはずがない。そう思って周囲を見渡した。

ルークが、ホープのこぼれた髪を耳にかき上げてくれた。そして呼吸を整えて言った。「着陸したんだよ」

9

カリフォルニア州、サクラメント市

タラップのすぐ下にブラック社の車両ＳＵＶが待っていた。二人はこれから手がかりのトレーラー・パークを訪れ、その後、ブラック社が所有する隠れ家へと向かう。万事、順調だ。

しかし、ひとつ順調ではないことがある。彼は仕事における規則を破ってしまった。いったい、俺はどうなってしまったんだ？　とルークは思った。彼女にキスするだなんて。キスしてはいけないことぐらいわかっている。規則の遵守は、ＤＮＡレベルで自分の体に刻み込まれている。この規則は絶対であり、確認するまでもない。警護対象者にキスしてはいけないのだ。

普段なら、そんな規則を思い返す必要さえなかった。これまでに警護任務に就いたことは四度あったが、対象者はいずれも男性、年齢は六十歳を超え、体重も標準をオーバーする人たちだった。この人たちにキスしたいという誘惑はまず、起きない。

しかし、ああ、ホープは誘惑そのものだ。キスするつもりなんて本当になかったのに。いつの間にか唇を重ねていて、気づいたときは遅かった。それに、うむ、いちどキスし始めると、やめるのは無理だった。あの状態で唇を離すなんて、頭がどうかしている。あのやわらかな唇に触れていたいと思わない男なんていない。小柄だが女性らしいふくらみのある体を抱きしめたくない男がいるはずがない。

彼の体に埋め込まれたはずの警戒信号は、すべてスイッチが切られていた。あのとき、飛行機がハイジャックされ、パイロットが操縦席からパラシュートで緊急脱出し、犯人が自分の頭に銃口を突きつけていたとしても、気づかなかっただろう。実際、飛行機が着陸してやっと彼女を抱く腕を緩めることができた。ASIの社用ジェットなのでパイロットも社員なのだが、コックピットから出てきたパイロットに目撃されていたら、かなり恥ずかしいことになっていただろう。本部への報告書で、ルーク・レイノルズは、さかりのついた犬なみに興奮し、むさぼるように警護対象者にキスしていた、と記されていたはずだ。

ジェット機が誘導路へ移動し、機体が停止するまでのあいだに、どうにか興奮を鎮めなければならなかった。至難の業(わざ)だった。

これではいけない。ホープの命を脅かす謎を探るほうが、彼女にキスするより重要なのだ。つまり――仕方ない、認めよう。彼女とベッドをともにする、という考えが頭をよぎったのも確かだが、そういう考えも捨て去ろう。

とにかく、最初にしなければならないことがある。

ホープの姿を周囲から見えないようにしながら、車に乗せること。助手席に座らせてドアを閉めてから、後部座席に荷物を入れる。スポーツバッグはかなり重い。拳銃――グロックが一丁、短機関銃――Ｍ４カービン一挺、閃光弾がいくつか、防弾チョッキ――これはルーク用とホープ用にひとつずつあるが、実際に必要になった場合、小柄な彼女は重く感じるだろう。それでも重くて不快なほうが、死ぬよりもはるかにいい。赤外線温度感知装置付き暗視ゴーグルとカミソリなみの切れ味に研いである戦闘ナイフも入っている。さらにスミス＆ウェッソン社製タクティカルナイフがブーツに仕込ませてある。銃にはそれぞれ、十箱分の予備の弾丸も用意し、もしもの場合に備えた。

ジェイコブ・ブラックが経営する会社なのだから、このＳＵＶにも何もかも用意してあるはずだ。ないのは原子爆弾ぐらいのものだろう。正式にＡＳＩ社員になった時点で、ＡＳＩ社やブラック社の車両装備については、入念な説明を受けることになっているが、このＳＵＶについては、使用に際して特別に装備内容を教えてもらっていた。実はステルス型のドローンまで積んである。ちょっとした攻撃が可能な爆発物も搭載されているそのドローンは、高度二万フィートを二十四時間連続飛行できる。

運転席側のスライド式のドアを閉めると、ぼん、という低い音が響き、しっかりと装甲装備されていることがわかった。攻撃に関しても、防御においても装備は完璧だと思うと、気持ちが少し明るくなる。どんなやつらを迎え撃つことになるのかわからないが、これで準備ができたと思えるからだ。

横目でそっとホープの様子をうかがう。着陸の前、彼女はこらえきれなくなった感情をいっきに吐き出してしまった。気持ちを抑えておけなかったのは彼のほうも同じだ。任務中なのにあんなまねをしてしまうなんて。しかも、女性に近づくのが初めてみたいに、激しくキスした。砂漠でオアシスに出会ったら、あんなふうにむさぼるように水を飲むのだろう。

どうして衝動を抑えられなかったのか。セックスに飢えているわけでもない。確かにしばらくセックスしていないが、女性と付き合う余裕なんてずっとなかった。血の匂いを嗅ぎつけたら嚙みついて放さない弁護士と闘い、これまで間違ったことなんてしていないとわかってもらえるよう努力し、さらに父の死を悼む日々だった。どうしても、という場合は、どこに行けば女性と出会えるかもわかっている。バーやクラブに行けば、たいてい女性のほうから自分に近づいて来る。頭脳明晰できれいなデータ解析士が、建物の下敷きになったみたいに落ち込んでいるからと言って、彼女を相手にする必要はないのだ。そもそも、自分の好みのタイプは彼女のような女性ではない――と思っていたし、今の彼女は多くの問題を抱えている。問題のある女性とかかわりあうと面倒だということぐらい、わかっている。ただでさえ、ルークの人生は面倒なことになっているのだ。

それでも彼女から離れることができなかった。重機で引っ張ったって、抱きしめたままだっただろう。

彼女が窓の外へと顔を向けたので、横目で様子をうかがうことができた。ホープがITの天才であることは、フェリシティから聞いていた。大学も大学院も抜群の成績で卒業し、どんな仕事でも、たとえ非常に競争率の高い職であっても、彼女が選びさえすれば問題なく採用された。成功の階段をどんどん駆け上がり、転職でさらに高いレベルにつながる地位を得た。それなのに今の彼女は、親とはぐれた迷子みたいだ。

体格の大きな男性用に作られた座席に、ぐったりと沈み込んでいる。成功した頭のいい美人が、打ちのめされ、傷ついた子どもみたいに見える。

それに……血のつながった実の父親が、彼女を殺そうとしているかもしれないのだ。暗闇から、彼女目がけて飛んでくる銃弾は彼女の父が撃ったものである可能性がある。実の父親に命を狙われていると考えなければならないのは、大きなストレスだ。強いストレスで、神経衰弱になる人は多い。実際、軍などで訓練を受けていない一般人の場合、まともではいられなくなる。

車を出す準備はできたが、彼は一瞬ためらった。「大丈夫か？」

彼の静かな問いかけに、ホープは、何が大丈夫なの、と聞き返しもせず、ただうなずいた。

大丈夫なはずがない。見ればわかる。

これまで、いろいろと辛い経験もあるルークだが、いちばん傷つくのは裏切りだ。しかも本来自分を大切にしてくれるはずの人から裏切られた場合、立ち直るのが難しい。この数ヶ月、ルークは本当に辛い日々を送った。一時間七百ドルも請求するようなやり手弁護士を相手に闘いを強いられた。闘わなければ、すべてを失うのは明らかだった。それでも、そんな闘いの日々、ポートランド市警のトップであるバド・モリソン本部長が全力で自分を支援してくれた。仲間の警察官や、ＡＳＩ社全員の支援は、温かな手で背中を押してもらっている感じだった。

もちろん、父もそばにいてくれた。息子に対する絶対的な愛情が揺らぐことはなく、最期まで彼を応援してくれた。心臓はストレスには耐えられなかったが、意志は貫いた。愛情を持ち続けたまま、心臓が止まった。一方、ホープの父は、娘を殺そうとしているようだ。その事実を受け入れるのは、どう理屈をつけたところで、やはり辛い。

彼はまたホープのほうを見た。こんなにきれいで、しかも頭もよくて、彼女を助けようとするいい友だちもいて――そのうちのひとりは、命を落としてしまい――こんな女性を娘に持ち、殺そうと思えるものだろうか？

殺人者の頭の中はわからない。とにかく、自分が警護しているあいだは、彼女には指一本触れさせない。これからもずっと。

車を出し、ジェット機から離れる。フェリシティが見つけた手がかりを、ホープはたどったようだ。そこで何かを見つけたのか？　それなら俺が調べてやろう。どうすれば調べられるのか、今はさっぱりアイデアが浮かばないが、刑事としては優秀だったのだ。現場に出れば、何かわかるはず。優秀な刑事は、現場の証拠を見逃さないものだ。

これまでのところ、具体的な手がかりとして名前が出たのは、〝ハッピー・トレイル〟というトレーラー・パークだけだ。トレーラー・ハウスを半恒久的に置いておける低所得者向けの居住地で、飛行場とは市街地をはさんだ反対側にある。情報としてはそれだけ、しかも二十五年前の話だが、他に手がかりらしきものもない。

ダッシュボードのナビシステムは、市街地を突っ切って行くルートを推奨するが、中心部を迂回（うかい）して郊外を通る行き方もある。

ルークはどちらにしようかと悩んだ。市街地を行けば、郊外へ迂回するより防犯カメラなどに映る可能性が高くなる。しかし所要時間をかなり短縮できる。

ブラック社の車両には、カメラに映らないような対策が施されており、車両登録も幽霊会社の名義で行なわれている。スモークガラスは、中を覗くことができないよう、特殊なフィルムを貼りつけてある。もちろん違法なものではなく、その効果はルークも実際に確認した。ＡＳＩ社の車両にも、すべて同じフィルムが貼ってあるからだ。このフィルムを貼ると、中からの視界はいっさいさえぎられることがないのに、外からは中が見えなくなる。

ホープは自分のパソコンを取り出し、ルートをたどり始めた。パソコンに映し出されるのは俯瞰(ふかん)映像で、リアルタイムのものらしい。自分たちの乗るＳＵＶが走っているのがルークにもわかった。映像はきわめて鮮明、倍率も非常に高く、詳細まで映し出されている。

「君はドローンを飛ばしたのか？」驚いて彼はたずねた。

「違う」彼女は画面から顔も上げない。「私が飛ばしたんじゃない」

「君じゃないって――」ああ、なるほど。事情がのみ込めて、彼は口を閉ざした。彼女が飛ばしたドローンではなく、誰か第三者が所有するドローンがこの上空にあり、彼女はそれをハッキングしたのだ。

ルークには到底考えられない話だ。㈠上空にあるドローンを見つけ出し、㈡それをハッキング――そうとしか考えられない――する作業をわずか数分でやってのけるなんて、絶対無理だ。横に座っている女性は、闇の魔法の教授みたいなものなのだ。そう思うと何だかおかしくなり、彼の顔にも笑みが浮かんだ。そうだな、この人は間違いなくサイバースペースの魔法使いだ。ラップトップ・パソコンに顔を近づけている姿は十二歳の子どもみたいで、魔女というイメージはそぐわないが。

車は旧市街に近づいていた。このあたりには、ゴールドラッシュの時代の建物も現存する。カリフォルニア州都であるサクラメント市は、元々金鉱を求める人たちの賑わいから生まれた町で、サクラメント川沿いに発展した歴史を持つ。車は制限速度を守りながら旧市街を抜け、観光客向けの土産物店やおしゃれなレストランの前を通りすぎる。

ふとホープが顔を上げ、場所を確認する。背筋を伸ばして、あたりを見回すのだ。

横目でその様子を見て、彼は声をかけた。「どうした？」

「どうしたって、何が？」彼女は、質問に驚いているような顔を向けてくる。

彼は警戒感をにじませてたずねた。「何か気になったのか？　おかしなものでも見かけたか？」

彼女が首を横に振る。いいえ、とも言わず、ただ頭を空っぽにしたい、という感じで。「何か見たとしても、それがおかしなものだって、どうやって判断できるの？　ここに来たのは初めてなのよ」それだけ言うと、彼女はまたぷいと窓の外を向いてしまった。
なるほど。彼は口を閉じた。彼女が今何を考えているにせよ、いろいろ複雑なことなのだろう。彼自身はシンプルな男だ。ホープをこの町に案内し、その間警護する。それだけだ。この町には彼女にかかわる謎があり、それを解く鍵を握るのは自分ではない。助けることならできるかもしれないが。謎が解けたときに、ホープ・エリスが生きているように全力を尽くすだけだ。

ワシントンDC

コート・レドフィールドは携帯電話の画面を見た。レズニックからの知らせがあることを期待したのだが、何もない。ホープ・エリスという娘は、地上から完全に姿を消し、消息は全く不明だ。まずい。しかも、最悪のタイミングだ。盛大に寄付をしてくれる有力者でいっぱいの部屋で、事実上の大統領選出馬宣言をしたのに。一週間以内に、公式な出馬宣言を行ない、選挙戦をスタートさせる。彼の武器は清廉潔白であることで、当然ながらマスコミは私生活を徹底的に調べ上げるだろう。これまでも、資産を隠しておくことに、かなり気を使ってきた。しかし、これからはフェレットみたいにちょこまかと動くオンライン・ジャーナリストとかいうやつらの目もごまかさなければならない。あいつらは頭がどうかしているのかと思うほど、あちこちを嗅ぎ回る。いくらじょうずに隠しても、誰にも見つからないよう細心の注意が必要だ。見つかれば、誰にどんな脅しをかけられるかわからない。

それだけでも神経を尖らせていなければならないのに、この問題だ。スタッフ全員が、有力者から資金を調達できた上に、事実上の出馬宣言をしたことで波に乗ろうとしているさなかに。スタッフは、コートが選挙戦に集中するものだと考えている。あたりまえだ。しかし、この問題を引きずったままでは、選挙戦どころではない。何十年も計画していた夢が実現しようというときに、この問題がすべてを台なしにしてしまう。

それよりさらに恐ろしいことがある。選挙戦をあきらめる以上に恐れていること。息子だ。バードに知られてはならない。

この何十年、ホープ・エリスという娘の存在を知らずにコートは暮らしてきた。娘は二十五年前に死んだはずだった。ちくしょう。間違いないな、と念を押したのに。だから、間違いないと思った。娘の母親は死んだ。だから娘も死ぬべきだったのだ。サクラメントに住むきれいな女の子の存在は、ちょっとした厄介ごとで済むはずだった。たいした意味もない女。血気盛んな青年が、欲望の処理相手として利用する存在。

ところが息子ときたら、あんな女に執着しやがった。貧困層の代名詞でもあるトレーラー・パークに住むゴミみたいな女なのに。それを知ったコートは、手を打たねばならなかった。父親ならそうするものだろう？　あんな女とかかわったのでは、息子の人生はめちゃめちゃだ。そこで女には、バードが死んだと伝えた。

ところがそれから五年後、恐ろしいことが起きた。バードの活躍が新聞に取り上げられ、女が手紙をよこしたのだ。無視してもしつこく手紙を送ってきて、その中にバードの子だという女の子の写真が入っていた。手紙はすべてコートが先に手に入れたが、もっと強い措置が必要だと痛感した。ふさわしい人物を選んでひそかに指示を出し、目立たぬように金を渡して問題は解決した。問題なんてなかったことにできたのだ。バードが事情を知るすべはない。そうして、毎日の生活は続いた。コートは政治・行政の世界で頭角を現わし始めた。知事となったあと、CIAの作戦本部長、そして上院議員。そして今や、国のトップである大統領の座にいちばん近い男とまで言われている。民衆は、過去数年間の政治的混沌にうんざりし、確かな実績のある人間に、リーダーとして国を率いてもらいたいと望んでいる。彼には実行力があり、その政治的手腕をもってすれば、嵐の中を航行してきた船みたいなこの国でも、無事に港へと導くことができる。もちろん、彼にとって大統領職に就く目的は、権力を味わいたいことと、裏金をたんまり貯め込みたいからだが、そんなことはたいした問題ではない。彼を大統領にすることはこの国にとってプラスであり、彼の支持者はそれを感じているから応援してくれるのだ。そうなるために必要なのは、本当にときどきでいいから、息子がそばにいてくれることである。

バードだ。彼の息子は兵士として本当に優秀だ。何と言っても海軍ＳＥＡＬｓなのだ。一年の大半を海外で過ごし、国を守るために働いている。最高だ。あらゆる意味合いにおいて、文句のつけようのない息子。おまけに、任務のために遠くにいる息子を思うと、愛情を感じるのもたやすい。同じ部屋にいる場合、そう簡単な話ではないが。

本来ならバードは、選挙戦の道具として、切り札にもなる存在だった。選挙参謀は、バードの利用をあきらめきれずにいる。真っ白な海軍将校の正装のバードは、さっそうとして見栄えがいい。だから勲章授与式のときの写真は、選挙戦でおおいに利用させてもらう。それについては、計画どおりだ。

彼は書斎として使っている部屋の机の前に座り、胸をこすった。大惨事が起こる前触れを感じる。貨物列車の脱線なみの破壊力がある惨事。計画だけでなく、人生も終わりにしてしまうインパクトのある重大事。殺害指令を出すしかなかった。自分の孫娘を殺さねばならないとは。

実に残念だ。つかの間ではあるが、コートは無念の思いを噛みしめた。バードはいちども結婚しなかった。今後も妻を迎えることはないだろう。レドフィールド家の血は、ここで絶える。そう思うと、さすがのコートも感傷的になってしまう。

孫か。孫娘。ホープ・エリスに関する報告書を手にし、孫であるこの女性の有能さに感嘆した。外見を気にかけるタイプではないらしく、しゃれた服装の写真はなかった。それでも、間違いなくレドフィールド家の顔だ。レドフィールド家の緑の瞳、青く光って見える漆黒の髪、繊細な顔立ち。何より、天才的に頭がいいのだ。ＭＩＴの大学院を終了したのが二十一歳のとき……。

知性あふれる美人。孫娘として紹介すれば、選挙戦には理想の小道具になったのに。聡明で美しい孫娘と一緒に選挙戦に臨む自分のＴＶコマーシャルが頭に流れる。ＩＴスペシャリストの孫も、私を助けてくれています――実は、ＳＮＳでのキャンペーンにＩＴスペシャリストの助力を必要としているところだったのだ。彼女なら理想のＳＮＳキャンペーン・マネジャーになっていただろうに。

残念だ。

いっそのこと、ホープ・エリスを孫だと認知することさえ考えた。婚外子は今や問題視されなくなっている。レドフィールド家のような名門一族でも大きなマイナスだとは見なされない。実際、現在生まれてくる子どもの約半数は婚外子なのだから、眉をひそめる者はいない。このエリスという娘は非常に賢く美人で、しかもＮＳＡに勤務していたこともある。つまり愛国者だ。うまくいく。自分ならうまく民衆を言いくるめられる。いや、むしろメディアは好意的に扱ってくれるだろう。大統領候補が、やっと見つけた孫娘と抱き合う姿がニュースで流れれば……民衆の感情を揺さぶれる。

問題は……バードだ。あのばか野郎は、おそらくあちこちから詳しい情報を集め、いずれコートが二十数年前に何をしたかを見つけ出す。バードは絶対に、父を許さない。

ああ、残念。彼はまたホープ・エリスの写真を見た。レズニックが居場所を突き止めたらすぐ、この娘は地上から消える。誰にも知られることなく。実に残念だ。

10

サクラメント

「ここよ」ホープが突然背筋を伸ばして言った。「右に曲がって」

ルークは車の速度を落とし、右折した。目の前に広がるのは、雑草の生い茂る空き地でしかなく、ナビの案内では、右折するのはまだ数十メートル先のはずなのだが、おとなしくホープの指示に従ったのだ。

つまり、ただの雑草地へ乗り入れた。

車は装甲車で防音装備もすぐれているが、普通の車両であれば車の底に絡みつく雑草がちぎれる音、ボディをこする小枝の音が大きくて、はらはらしただろう。車は溝に落ちさえしたが、その地点を脱出すると――ホープの指示に従ってよかった、と彼は思った。雑草が舗装を突き破って伸びてはいるものの、トレーラー・パークの引き込み道路らしき場所に出たのだ。

ホープはパソコンの蓋を閉じ、身を乗り出して車の進む方向を見始めた。もう携帯電話の画面やナビのモニターは必要ないらしい。ただまっすぐに前を見ている。

車が走る路面は、どんどんまともな道路らしくなっていく。ナビの案内どおりのところに出たようだ。柳やオークが密生して頭上の太陽をさえぎる道を抜け、カーブを曲がると……あった。『ハッピー・トレイル・トレーラー・パーク』。カーブを曲がり切ったところで、道の両側に木製の太い支柱が建てられ、道路をまたぐアーチに木のプレートが打ちつけてあった。トレーラー・パークの表示はプレートにペンキで書かれていた。周囲に柵はあるがあちこち壊れ、草も伸び放題。この周辺できちんと人の手が入っていることを感じられる箇所は、このプレートだけだった。

ハッピー・トレイルとは名ばかりで、ハッピーな感じはいっさいない。最初、ここは元トレーラー・パークで今は住む人もいないのか、とルークは思った。ただよく見ると、生活している痕跡はちらほらとある。たくさんはないが。タイヤ止めブロックに乗り上げた車だとか、スプリングが飛び出た状態で枯れた草の上に放置されたソファだとか、あふれ返ったゴミ箱とか。小さな区画のそこかしこに草が燃えた跡もある。通路をうろつくネズミは、あたりの様子を気にする泥棒を思わせる。

運転席側の窓を開けて、臭いを嗅いでみた。埃、燃えたゴム、広葉樹と、かすかにソーセージも臭う。誰かが怒鳴り、別の人が怒鳴り返す。遠くで犬が鳴く。断末魔の悲鳴みたいな騒音のあと、かろうじてかかる車のエンジン音。ＡＳＩ社やブラック社の車両では、あんな状態のエンジンなど考えられない。

音や臭いは確認したが、人はどこにも見当たらない。ただゴミと岩があるだけ。つまり、荒れ果てた場所だ。

「停めて」ホープの声がした。彼に身構える暇も与えず、彼女はシートベルトを外し、ドアを開けた。彼がブレーキを踏むのとほぼ同時に、彼女は車から飛び出した。ブレーキがよく利く車でよかった。

「待ってくれ」厳しい口調にならないように気を遣いながら、通路をどんどん先に進む彼女に、どうにか追いつく。やめろ！　彼女を警護するのが俺の仕事だが、近くにいてくれなければ守ることはできない。

もう少しゆっくり歩いてもらおうと、彼はホープの肘をつかんだ。しかし、彼女が歩を緩める気配はない。彼のほうが力が強く、背は高い。肉体的には彼女より大きいのだ。さらに厳しい訓練に耐えて特殊部隊に在籍した元軍人でもある。それなのに、彼女を押し留めることはできなかった。これ以上引っ張ると彼女の腕にあざでもできそうだと判断し、彼は自分も早足で歩き出した。

ホープは、頭の中で爆弾が破裂したみたいな表情だった。大きく見開いた彼女の目が緑のヘッドライトみたいにぎらつき、吸い込まれそうだった。埃だらけの通路を進むと四つ角に出た。交差する道路も同じように埃っぽい。交差地点の中央には小さな円があった。そこまで来ると、ホープはぴたりと止まった。急な動きで足元の埃が舞い上がった。

彼女は眉をひそめ、ルークを見上げた。「この場所、見覚えがあるの。どうして？　私、頭がおかしくなったの？」

「デジャヴみたいなものなんじゃないか？　ここに来たのは初めてなんだろ？　ここと似た場所を覚えてるとか？」

「そうじゃない。はっきり、この場所を知ってるの。〝トレーラー・パーク〟という場所に来たことはない。ここだけじゃなく、他の町でも。こんなに荒れ果てたところに足を踏み入れた経験がないの。そもそも、カリフォルニアに来たのはこれが初めてなのよ」

彼は肩をすくめた。命を脅かされるという強いストレスで、彼女は幻影を見ているのかもしれない。ストレスは、人間の精神も肉体もむしばむものだ。中東の前線基地で、頭が完全にいかれた兵士を見たことがある。タリバーンはエイリアンだと叫び声をあげ続けたのだ。ただ、総合的に判断すれば、その兵士の言い分も、あながち間違っているとは言えない。

ホープは神経をすり減らしてきた。それでも彼女の目を見れば、狂気のかけらなど微塵もないことぐらいはわかった。

「じゃあ、ここに来たことがあるんだよ」彼はやさしく応じた。「ただそのことを君自身が覚えていないだけで」

それでも彼女は首を振る。「ロッキー山脈を越えたのは、昨日が初めてだった。言ったでしょ、シカゴより西には来たことがなかったって。だって、うちの両親が——」そこで彼女ははっと口をつぐみ、首をかしげた。自分の言葉の意味に初めて気づいたのだ。「両親は——」考えながら、言葉をつなぐ。「——私を西海岸には来させないようにした。自分たちも、西部には行かなかった」

ルークは彼女の肘をしっかりとつかんだ。痛くないように気を付けながら、それでも先へ進むよう促す。「このあたりを、もう少し歩いてみよう。何か思い出すことがあるかもしれない」

「そうね」言いながらも、ホープは動こうとしない。ただ周囲の景色をじっくりと見ている。ルークは何も言わずに、彼女のそばで待った。この光景を目にする彼女は、彼と同じ感想を持つはずだ。貧困と衰退、もうどう頑張っても這い上がれない人たちの住むところ。壊れたトレーラーには、さすがに人は住んでいないようだが、中央通路から三つ入った区画には、風に舞う洗濯ものが見える。トレーラーの屋根に針金をかけ、反対側の先を近くの木に巻きつけただけの物干し場だ。あたりを見渡しても、他のトレーラー・ハウスはすべて無人のようだ。とても人が住める状態ではない。どこからともなく、猫が現われた。トラ猫で毛艶もよく、誰かに大切に飼われているのだろう。首輪もしている。この荒廃した場所で大切にされていると感じさせる、唯一の存在だ。

ホープは、舗装されていない道の両側に植えられた生垣をじっと見ていた。木々は密生して高く伸び放題、枝同士があちこちで絡まり、剪定などまったくされていないので生垣の向こうに何があるのかもほとんどわからない。突然ホープが生垣に向かって突進した。「プールだわ」

まずい！　ルークは慌てて彼女のあとを追った。密生した木々の向こうに何があるかわからない。錆びた釘みたいなものが地面から突き出ているかもしれない。ルークは破傷風の予防接種を受けているが、ホープについては不明だ。

ああ、どうしよう。

彼は枝をかき分け、彼女のあとを追った。ポキポキと枝が折れる音がした。木々を抜けると、そこは同じように荒れ果てて痩せた地面があるだけだった――違う、プールだ！　彼女はこのことを言っていたのだ。目の前にあるものは、今はプールとは呼べないだろうが、かつてはまさしくプールだったことがわかる。コンクリートにひびが入り、底には穴が開き、腐敗した葉っぱや枝が積み重なっている。反対側には飛び込み台まであった。これももちろんひび割れている。何だか不思議な気分になる。ホープは円形のプールの周囲を、ぼう然とした様子で歩き始めた。プールの底の深かった側には泥が溜まっていて、彼女はそれを見下ろす。ルークは彼女から離れないよう、ぴったりとそばを歩いた。何だかホラー映画の一シーンみたいだ。ホラー映画なら、この場面で主人公の目に映るのはなみなみと水をたたえたプール、だが現実には腐った葉っぱと泥がひび割れた底面に溜まっているだけ。そして青いプールにあの台から飛び込んだつもりの主人公はコンクリートに激突する、そんなところだろう。

映画でなくてよかった。危険な飛び込みをする気配はホープにはない。ただ、円形の子ども用プールの周囲をぐるぐる歩くだけ。まともな造りのプールだったことは、この状態からでもわかる。プールの縁は、青と白のモザイク模様のタイル張りだったらしく、きれいだったはずだ。今はタイルもほとんどない。

「ここよ」黄色のスーパーマーケットのチラシと葉っぱをホープが靴底で横に動かす。「ここに大きなひびが入ってた」

彼女の言葉どおり、モザイクタイルの下地になるセメントに、亀裂が入っていた。こうなれば、気の済むまで彼女のしたいようにさせるしかない。彼女の言葉を聞き、彼女の行きたいところに一緒に行くだけだ。彼女はやがてプールから離れ、また別のひと気のない道路に出た。道路と言うより、轍（わだち）のあとがあるだけの場所だが。轍の両側に錆びたトレーラーが並んでいた。安もので大昔からそこにあるという感じ。ほとんどのトレーラーは完全にがらくたと化しているが、いくつか人が住んだ形跡を感じられるものもある。ただ、現時点での住人はいないようだ。錆びだらけのがらくたのあいだを進んでいくと、疥癬で毛がほとんどない犬が錆びた檻の中で、激しく吠えてた。あの犬はいつからあの檻に閉じ込められたままなのだろう。ふとそう思ったルークは、鍵を開けて出してやりたい衝動に駆られた。しかし、犬は牙をむき出しにして、頭を垂れ、うーっと唸りながら二人の様子を目で追っている。親切心で外に出してやることが賢明な行為とは思えなかった。それに、ルーク自身は犬の扱いについて経験がある――中東での任務の際、軍用犬に助けられたことは何度もある――ものの、ホープは犬には不慣れかもしれない。あの犬が攻撃的だった場合、嚙みつかせるための腕に巻くパッドもない。

ただ、ホープは犬のことなんか眼中にないようだ。彼女が何に注意を払っているのかはわからない。彼が知らない秘密の任務があり、彼女がひとりでそれを遂行しているみたいな感じだ。彼女は、トレーラー・ハウスに住んでいる人がいてもいなくても、まるで気にしていないようで、区画を囲う色褪せた木材を指でたどっていく。トレーラーが六台置かれて一区画となり、外部との境界を示すのだが、古い木材が小さく割れて彼女の指に刺さらないかと、見ているルークはひやひやしていた。ただ、何を言っても、彼女の耳を素通りするだけだろう。

彼は携帯電話を出して、このトレーラー・パークについて調べてみた。ときどき画面から視線を上げ、彼女が無事かを確認する。その際は何らかの危険が差し迫っていないか周辺もさっと見回すのだが、特に不穏な様子は見られない。遠くの大木の陰からスナイパーに狙われているのならどうしようもないが、人の重みや高性能のライフルによって動く枝や葉もない。最大の脅威はさっきの疥癬だらけの犬で、唸ったり吠えたりと大騒ぎだ。だがこの犬も檻の中にいるので大丈夫。彼はまた携帯電話の画面を見た。ホープやフェリシティみたいなITの天才ではないが、彼自身もIT関連の機器の取り扱いは得意なほうだ。ホープとフェリシティは、この分野における海軍SEALsや陸軍レンジャーみたいなものなのだから、比較にならない。何にせよ、まずは一般に公表されている記録を調べればいい。ハッキングだとか機密書類を見るとか、そういう話ではない。

〝ハッピー・トレイル〟は法人として一九八〇年に設立された。その後十年ばかりはトレーラー・パークの開発と運営で堅実に利益を上げ続けた。ところが一九九一年を境に業績が悪化し、その後数年は赤字経営となった。税務署への最後の申告では、利益はたったの一万五百四十六ドル、青息吐息という感じだ。そして一九九七年に火災が起こる。ホープが六歳のときだが、彼女は六歳時には、エリス夫妻――実際にはサンダーソン兄妹――の娘としてボストンで暮らしていた。

このトレーラー・パークに来ても、何かがわかるという可能性は低かった。しかしホープの反応から、彼女は小さい頃ここに住んでいたように思われる。どうしてここからボストンに行くことになったのか、まだまだ謎だらけだが、必ず理由があるはずだ。

ルークは次に死亡広報を見始めたが、ホープが急に動きを止めた。その場に立ちつくし、肩を落とす姿は、疲れきっているように見える。無理もない。彼女にとって、これは荒れ果てたトレーラー・パーク跡地を歩くだけのことではないのだ。一歩一歩が、過去を探る旅なのだ。

彼は、青い顔をして体を震わせている彼女に近づくと、そっと彼女の腕に手を置いた。心の中で、これは彼女に触れる口実ではない、と弁解しながら。違う、絶対に。

だんだんと精神的な疲労が大きくなったのだろう。この場を離れ、気持ちを落ち着かせたい。そして彼女の得意なことをしてもらおう……オンラインでの調査だ。その間、自分は食事を用意しよう。お茶をいれ、過去の記憶から回復する時間を与えるのだ。きっと心に大きな傷を残すような記憶だったのだろう。ここに来た意義はあった。

しかし見つけるべきものは、もう見つけた。この手がかりを追えばいいことは、はっきりとわかったのだ。ただここにいることで、ホープは精神的に消耗してしまう。立ちつくしたまま死んでしまうのではないかと心配になるほどだ。

ここにあったかもしれない証拠は、もうずいぶん昔に消えてしまっているだろう。彼は踵(きびす)を返し、SUVが停めてある入口のほうへ歩き始めた。初めて見る大きな道路に出て、その道を横断し始めた瞬間、ホープが体を強ばらせ、彼の手を振り切った。そしてすぐにその新しい道を歩き始めた。ふう。やれやれ。ルークはあきらめの心境で、彼女を追った。彼女がどういう衝動に駆られたのかはわからないが、何としてもこの道を進みたかったのは明らかだ。その意思を尊重しよう。ホープは躊躇することもなく、まっすぐに道路を進む。頭上で太陽が照りつけるがときおり木々が光線をさえぎり、日向(ひなた)になったり陰になったりを繰り返し、彼女がスポットライトの中を歩いているように見える。ステージに立つスターみたいだ。いや、彼女はいろんな意味で、本当に星のように輝く人だ。ルークの知る彼女は、かなりひどい状態になってからだ。命を狙われて、必死で逃げてきた。危険が消えたわけではない。しかも、自分の人生は虚構(きょこう)の上に成り立っていたと知った。

そんな状態なのに、彼女は変わらず輝き続ける。太陽が彼女の真上にだけ光線を注いでいるかのように、その高い知性が光るのだ。目的意識があるからだろうか。とにかく、彼女は陽の光を浴びて輝いている。

自分が勝手にそんなふうに思ってしまうだけなのだろうか？　スターに憧れるのと

同じように、彼女を特別視しているのか？　特別の人であるのは確かだ。美人で、ものすごく頭がよくてセクシー、だから……ああ、そうか。俺は彼女に惹かれているんだ、とルークは気づいた。これまでこんなに強烈に女性に惹かれたことはなかった。彼女に恋をしていると気づくのは、怖くもある。彼女は警護するという仕事の対象者で、仕事と個人の感情をごっちゃにしてはいけないからだ。ただ、今後に期待がふくらむ。そう、彼女はいずれ、仕事とはかかわりなくなるのだ。そうなれば……。

おっと。彼女のキュートなヒップによだれを垂らし、デートに誘う計画を考えているあいだに、彼女はずいぶん先のほうまで行ってしまった。気づいた彼は足を速め、彼女に追いついた。だめだ。間違ってる。時と場所をわきまえろ！　ホープはとてつもない危険に巻き込まれているのだから。ただ、楽しんでいる場合ではないのはわかっていながらも、彼はつい、うきうきした気分になってしまう。さまざまな危険は承知しているのだが、それでも……晴れやかな気持ちだ。ここしばらく、灰色のどんよりした世界で、希望もなく、その日その日をやり過ごしていた感じだった。裁判からずっとそうだった。レイノルズ家の人間だというプライドだけで、くじけずに毎日ベッドから起き、仕事に向かい、食べ、体も鍛え、ちょっとはテレビも見て、新聞を読んだ。ごくたまには、友人とビールを飲むこともあったが、そうした行動のすべてが、何の意味も持たなかった。いわゆる幽体離脱的な感覚で、何も考えず、感じてもいない自分が、何かをしているところを冷めた目で見ていた。色のない、味のない、何もない世界で。

今、深く息を吸うと、森の香を感じる。足元は埃っぽいが、新緑が芽吹き、道端に雑草が花を咲かせるのが嗅覚でわかる。体からは無駄な力が抜け、細胞がまた活動を始めた感覚がある。難しいことがあるのはわかるが、挑戦が楽しみでもある。最後にはホープを勝ち取れると思うと、わくわくする。ホープを狙うやつらがいなくなったら、たぶん……よし。飛行機で彼女はキスを返してくれた。それは断言できる。彼女のほうも、自分と同じ気持ちなのだと思う。彼女の過去に何があったのか、二人で探り当てるのだ。そして解決できれば、明るい未来が開ける。

二人でともに支え合う未来が。

希望を持って未来を考えられるというのはいいものだ。暗澹たる気分になるよりはるかにいい。その未来は、生まれて初めて夢中になった女性と一緒に分かち合う。

道路を進むと、森がどんどん深くなり、やがて二人は崩れかけたような木の小屋の前に出た。壁全体がこけら板張りだが、板はすべて、非常に年数が経ってグレーになり、また乾燥のため反り返っていた。火事にでもなったら、派手に燃え上がるだろう。かなり年配の風変わりな男が、崩れかけのポーチに腰を下ろしていた。映画の——サスペンスものではなく、コメディタッチのものに登場する爺さんみたいだった。長く伸ばした白髪を後ろで緩くひとつにまとめ、たぶん百万回は洗濯したであろう、ゆったりしたシャツを着て、ぶかぶかのズボンをはいていた。最近急激に体重を落としたのだろうか。

老人は、二人をじっと見ていた。立ち上がることもなく、無視するわけでもない。小屋から数メートルのところでルークは足を止めた。ホープが自分の左側にいることを確認し、右手はだらりと体の脇に垂らしておく。これで一秒以内に銃を握れる。実際に測ったことがあるので、一秒かからないのはわかっている。

「やあ」ルークは老人に声をかけた。

「おう」老人は荒廃しきった暮らしをしているのだろうと思っていたが、そうでもなさそうだ。トレーラー・パーク全体が荒廃し、いっさい手入れされていないので、この老人も似たような暮らしをしているのだと考えた。しかし老人は、ぶかぶかではあっても清潔な服を着ているし、目にも知性が感じられる。「何か用かい？」

ルークはホープの肩に腕を回して抱き寄せた。彼女が震えているのを知ってまずい、と思ったが、平静をよそおった。

「ああ、ちょっと聞きたいことがあって」さりげなく、気楽な口調で笑顔を向ける。潜入捜査をしたこともあった彼は、別人になりきる自信もあった。今彼が演じているのは、ものごとを深く考えない、気楽な男だ。平均的な人間、適度に感じよく、人畜（じんちく）

無害なやつ。「俺はうちの家族史を調べていて、あちこちの親戚を捜し歩いてるんだ。違うことを書いたんじゃ、しょうがないからな。ともかく、一族の多くがこのサクラメントで暮らしてた。苗字はサンダーソンだ。俺はフィアンセと一緒に、そのサンダーソン家の人たちを捜しにやって来たってわけだ。最近見つけた手紙の中に、その一族の名前があったんだ。たぶん引っ越して――そうだな、一九九五年か九六年頃にここを出て行ったんだと思うが、引っ越し先がわからなくて。思い当たる人物はいるか?」

「まあな」老人が立ち上がった。非常に痩せているが、動きは俊敏だ。一歩前に出ると、手を胸元まで上げ、親指を人差し指にこすり合わせた。なるほど、金次第で話すということか。

いいだろう。情報が得られるかもしれないし、無駄かもしれない。何にせよ、払ってみなければわからない。彼はホープから少し離れ、右側のポケットから百ドル札を一枚取り出した。すぐに使えるようにしたキャッシュは右ポケットに入れてあり、普通は右手をこういうことのためには使わないのだが、相手は老人だし、武器を持っていないのは明らかだ。ライフルを隠し持っているとしても、室内にあるはずで、ポーチから取りに戻るには時間がかかる。

ルークは半分に折りたたんだ百ドル札を二本の指のあいだにはさみ、老人に示した。

老人はゆっくりとポーチの段を下りてくると、奪うようにお札を取り、自分のシャツのポケットに入れた。

「サンダーソンってか？」ルークを見てから、ホープに視線を向けて何かを考え込む。

「ああ、そういう家族がいたな。八〇年代から九〇年代の半ばにかけてかな。親は大麻の常習者だったが、売人ではなかった。子どもらはまともだった。頭がいいってわけじゃないが、ドラッグをやるようなこともなかった。中学ぐらいのときに、何か悪さをして警察の厄介になったことはある。高校はちゃんと卒業したよ。その後、親がメキシコに逃げちまったんだ。子どもらは短大に行くことになってたんだが、失踪時」老人はまたホープを見て、怪訝な顔をした。ホープは少しルークのほうへにじり寄る。無意識の行動だ。つい彼女を抱き寄せたくなったが、どうにか気持ちを抑えた。

「失踪時？　親の失踪か、それとも子どもたちも消えたのか？」

「子どもらさ。言っただろ、親のほうはメキシコに行ったたって。大麻が安いからな、あっちのほうが。子どもらはどこへとも知れず、ふいっといなくなった。子どもらって言っても、もうその頃には子どもじゃなかったけどな。二人とも二十歳は超えてた。ただ二人そろって――」老人が、ぱちん、と指を鳴らす。「こんなふうに、突然消えたんだ。そのあと、どちらの顔も見ていない。あれは、事故のあとだったかな」

ホープが一歩前に出た。彼女の体から緊張が伝わってくる。こぶしも握りしめている。「事故って何？」

ルークは、もう一枚百ドル札を出し、指にはさんで見せた。

老人はじっとホープを見ていた。そして目を大きく見開くと、そのあとは、いっさいの表情を消し去った。もうしばらく二人を見てから、最後に少し名残惜しそうにホープに視線を戻し、ルークが差し出した金を受け取ることもなく、二人に背を向けた。ポーチに上がり、小屋の中に入ると、ばしん、とドアを閉めた。ドア枠の周囲のこけら板から、埃が立った。

「おい！」ルークは大声で男を止めようとした。ちらっとホープを見てから、ポーチの段を駆け上がる。ドアを力まかせに叩くと、大量の埃が舞った。ドアの上の壁から、木くずや漆喰がぱらぱらと落ちてくる。何を言ったわけでもないのに、この風変わりな老人は突然口を閉ざしてしまった。どういうことだろう？　最初の百ドル札は喜んで受け取った。ほんの少しおしゃべりするだけでもう百ドル稼ぐ機会を、どうして自分から拒否するのだろう？

それからかなりの時間、彼はドアを叩き続けた。しかし何の反応もない。ドアを蹴破ろうかとさえ思ったが、生まれつき遵法精神の高い人間なので、その誘惑には負けなかった。警察官時代にドアを蹴破ったことはある。しかしその際は正当な理由があった。今は理由も令状もない。老人はもうこちらに協力する気はないわけで、力ずくで口を割らせるようなまねはしたくない。

仕方なくルークは、ただ立ちつくし、古ぼけたドア板を見つめていた。苛立ちだけが残った。

「ルーク」ホープのやさしい声に振り返ると、彼女の姿に胸が締めつけられる思いがした。彼女は傷ついた迷子の子どもみたいに見えた。「ドアを開けてもらえるとは思わないし、もう話もしてくれないんじゃないかしら」

ああ、そのとおり。老人がドアを開けることも、話をしてくれることももうない。蹴破るようなことはしないが、そこまではいかなくても、無理にドアを開けさせたところで何も得るものはないだろう。彼にできることは何もないのだ。

「それに、君は疲れてるみたいだしね」彼はやさしく言葉を返した。

彼女はこくりとうなずいた。「ええ、すごく」

こもれびがまだら模様の影を作っていたが、やわらかな風に枝が揺れ、午後の太陽がさっとホープの顔を照らした。ルークはただ、その姿に見入ってしまった。疲れきって意気消沈しているのに、それでもはっとするぐらい美しい。スポットライトのような陽射しが、周囲の森の緑を背景にして、彼女の真っ白で滑らかな肌、繊細な面立ち、深い緑の瞳の見事な取り合わせを際立たせる。すぐに太陽は木々に隠れ、そこに立っている美しく若い女性が、目の下にくまを作っているのが見てとれた。

よし、ここにはまだ調べておかねばならないことがある。けれど、今度探るときは、彼女を連れて来るのはやめよう。ここにいると、彼女の精神的負担は大きくなるばかりだ。銀行のセキュリティ強化のためブラック社のエージェントが四人、近くの都市に滞在しているのは聞いていた。そのチームから何人かこちらに来てあの老人の口を割らせてくれるかもしれない。ルーク自身はホープの見ている前で手荒なことはしたくなかったが、ブラック社の人間ならプレッシャーのかけ方も知っている。何にせよ、彼女はもう限界だ。ここから出ないと。彼女とこの場所にはつながりがある。それは間違いない。今の段階では、それがわかっただけでもよしとしよう。一歩前進したわけだから。

「何が食べたい？」彼の質問に、疲労と失望に打ちひしがれていたホープが、はっと顔を上げた。

「え？」こちらに向けてくる顔が、本当にきれいだった。

「隠れ家に着いたら、おいしいものを注文する。近所で出前してくれる店は、すべて俺のパソコンに入ってるんだ。ブラック社の連中がファイルにして送ってくれた。基本的にどんな料理でもそろっている。まともな食事にするほうがいいと思うんだ。さて、何料理がいい？　ヴィーガン向けのレストランまであったぞ」

おお、嫌だ、と思ったが、ルークは嫌悪感を隠した。彼女は肉料理も食べる。それはわかっているが、女性はヴィーガン料理が大好きなものだ。彼女が疲れて食欲もないのなら、そういうものを食べるのもいい。彼自身は、仲のいいエージェントから聞いたイタリアンの店から肉を頼む。すごくうまい、という話だった。

「どういうものを食べたい？」

「炭水化物」彼女が宣言した。「大量の炭水化物。肉。それからデザート」わずかだが、笑みさえ浮かべる。「食事の話をしたら、急にすごくお腹が空いてきちゃった」

「よし」彼はそっとホープを元来た道のほうへ促した。彼女がつまずき、ルークは彼女の腰に腕を回して支えた。願ってもないチャンスだった。「炭水化物に肉だな、了解。悪者から君を守ることに成功しても、飢え死にさせちゃ、ボディガード失格だからな」

11

ワシントンDC

「うむ、うまくいきましたね」コート・レドフィールドの選挙参謀、スコット・ペトリエは、タブレット端末を手にそう言った。この男はゴルフ仲間からの推薦で大統領選のために雇ったのだが、実に有能で、コートも満足していた。有能なだけでなく、プラスになると判断すればどんなことでも利用するので、彼が選挙活動を指揮するようになってから、コートの支持率は毎週一パーセントずつ上昇し続けている。

コートは今、CNNとのインタビューを終えたばかりだったが、質問はすべてど真ん中の直球、バットを出すだけでホームラン、といった好意的なものばかりだった。ペトリエがどんな手を使ってこういう質問を仕込んだのかはわからないが、インタビューはのぼせ上がったファンにやさしく対応してあげる調子で、これなら支持率もまた跳ね上がるはずだ。

波に乗ってきたぞ、と彼は思った。周囲の雰囲気から、間違いなくそれを感じる。サーフィンしていると、大きな波に押し上げられていくのに似た感覚。あのいまいましい問題さえなければ、選挙戦に集中できるのに。ホープ・エリスなどという女の存在なんて、思い出したくもない。何十年も前に死んでいたはずなのに。ちくしょう！

さらに気がかりなのは息子のこと。あいつに真相を知られてはならない。

着替えに入った部屋まで、ペトリエはついて来た。チェックリストを確認しているらしい。「こちらを」彼がタブレット端末を差し出し、よく見えるように画面を傾けた。「インスタグラムとツイッターで、トレンド上位に来てます」

何だこれは？「♯」印のあとに、言葉や文章がある。もう疲れていたので、コートには象形文字の羅列にしか見えなかった。こういうことには弱いのだ。紙に書かれた文字でないと、うまく読めない。ペトリエやもっと若い世代とは違う。しかし、SNSやネットの噂をくだらない、と切って捨てることはない。選挙戦でコートのライバルと目されていたレックス・ヘンリーという候補者が、メディアからの総攻撃を受けたのを忘れるわけにはいかない。特にインターネット上での叩かれ方はひどかった。レックスは、うっかり『ウォークマンを聞いている今の多くの若者』と口を滑らせてしまったのだ。それ以来彼は、〝化石になりそこねた恐竜T・レックス〟というあだ名で呼ばれることになったのだが、そのあだ名をこっそり広めたのはペトリエだった。

ペトリエは民心を操る天才だ。

そういったわけで、コートは写真を撮られるときは、スマートフォンかタブレット端末を手にするようにしている。「すばらしい」それだけ言うと、コートは差し出された端末を横へ押しやった。彼が腰を下ろすと、すぐにメークアップ軍団が押し寄せて来る。ハエみたいなやつらだ。そう思いながらも、メークアップ用のケープを首に巻かれ、女性の担当者からクリーム状のものを顔に塗られる。女性は非常に胸が大きいのだが、あえてそのあたりから目をそらすようにした。テレビカメラ用のドーランが拭き取られていく。こういうのは大嫌いだが、メークアップ担当の人間とは口をきかなくていいのが救いだ。

ペトリエがあたりをうろついている。メークアップ担当者たちのあいだを行ったり来たりして、こちらと話す機会をうかがっているのだ。愚か者め。こっちが何のためにおまえを雇ったと思っている。こういうくだらないことに巻き込まれないようにするのがおまえの仕事ではないのか？

コートとしては、レズニックの任務の進捗状況を早く知りたい。

メークアップ担当者たちの仕事は速かった。ケープがさっと取り去られ、コートは立ち上がると大きな声でペトリエに伝えた。「報告書はメールで送ってくれ。私は家に帰らなければならないんでね。妻の体調がよくないんだ。私の最優先事項は妻だから」

ペトリエは視線を落としてタブレット端末を見た。うなずくとその場を立ち去っていく。今のコートの言葉は、周囲の人に聞かせるためのもので、これもペトリエのアイデアだ。実際にはコートの妻は元気そのもの――彼女の最優先事項は、夫が大統領候補として党の指名を得られなかった場合、離婚することだ。できればホワイトハウスでファーストレディとして君臨したいらしいが、コートが選挙に負けたときに備えて、すでに離婚専門の弁護士に書類をまとめさせている。彼女は三度目の妻で、四度目はとてもじゃないが無理だ。彼の〝売り〟は道徳的価値を守ることであり、それが現在の世論にうまく受け入れられているのだから。波に乗れているのも、そのおかげだ。

だから、自分と妻の絆の強さをことあるごとに強調するようにしている。この三番目の妻は、南部のど田舎出身の強欲な女で、バードが嫌うのも無理はないが、息子が継母を嫌うのは、イメージとしてはよくない。バードは二番目の妻もひどく嫌っていた。最初の妻、つまりバードの母の死の責任はコートにあると思い込んでいるせいだ。

バード。コートの最大の心配は、息子のことだった。レドフィールド財閥の跡取りなのに、一族とは完全に縁を切りたがり、特に父とはいっさいのかかわりを持ちたくない男。コートの影響から離れるために海軍に入った息子。

三度の結婚なら、選挙の票には影響しない。三回結婚して当選したやつはいくらでもいる。そもそも、いまどき誰だって最低いちどは離婚してるじゃないか。コートの知る範囲では全員離婚歴があり、それが普通だ。それで得票数が減ることはない。ところが不仲の子どもがいることを、選挙民は嫌う。最後に残った家族絡みのタブーだ。つまり、子どもに信頼されないような人間をどうして信用できる、というわけだ。

カリフォルニアのあのくそ女がバードの前に現われてから、コート父子の関係は常に緊張感をはらむものとなった。バードなら、どんな女でも選べたはずだ。名家の令嬢、有力なコネのある一族の娘、バードはどんな女とでも結婚できたし、そういった娘の両親なら、結婚によって名門と縁続きになるありがたみも理解してくれただろう。おまけに義父となるコートが、出世街道を走っていることは明らかだったのだから。実際、その後のコートは州議会議員、知事、ＣＩＡ作戦本部長、上院議員を経て、いよいよアメリカ合衆国大統領となるわけだから。

そのコートのひとり息子なのだ。理想の結婚相手だと誰もが思う。

バードは非常に女性にもてた。若い頃の彼の前には、美人、金持ちの娘、いわゆる高嶺の花と言われる女性が、列をなすような状態だった。女性遍歴を自慢するような男ではないが、そういう女たちと息子が体の関係を持ったことも知っている。ただし、特別な存在となる女性は現われなかった。そしてあるとき、バードはゴミみたいな女に夢中になった。ルーシー何とかという娘だ。トレーラー・パークに住んでいるなんて、最貧困層じゃないか、とコートは思った。しかし彼女が死んだあと、バードが女性と真剣な関係を持つことはなかった。いちばん本気になった関係と言えば、海軍だけだ。息子は海軍にすべてを捧げるようになった。

海軍のことしか頭にないバードは、何年も姿を隠したままのことさえあった。コートが上院議員になっても、いやすべての情報活動を知るはずのCIAで、全世界のスパイを支配している作戦本部長のときでさえ、息子の行方を調べることはできなかった。息子の軍歴を大まかに知るぐらいがせいぜいだった。バード・レドフィールドは特殊部隊の現場指揮官として、極秘任務に明け暮れており、任務の内容はCIA作戦本部長にも、上院議員にも秘匿されていた。もしかしたらバードは、過去二年のあいだずっと、ワシントンDCからいちばん近くにある軍の基地にいるのかもしれないが、何の連絡もないから、それすらわからない。今となっては公式な手段で息子の行方を調べることもできない。息子に居場所を教えてもらえない父親なんて、どこにいる？実際のところ、息子がどこで何をしているのか、把握していたことなんてほとんどない。わかっているのは、息子がSEALsで活躍し、二人のあいだにはどうしようもない溝ができていることだけ。

息子が昇進を拒否しているのは間違いないだろう。前線で任務に就くかぎり、父と顔を合わせなくても済むから。どう考えたって、どんな基準をあてはめたって、バードはとっくに大将には昇進していて当然だった。戦闘経験が豊富、軍での評価も高い、おまけに海軍の顔として大将にしておきたいような外見にも恵まれている。背が高く、幅の広い肩、すっと伸びた背筋、そして風雨にさらされしわは目立つものの、本来非常にハンサムだ。実はバードを昇進させようと、コートが裏で動いたこともあった。それでも息子は大佐どまりだった。何年、大佐のままなのだろう。せめて准将ぐらいになってもよさそうなものだ。

考えられる唯一の理由は、バードが前線への配属を希望していること。ワシントンに戻って国防総省の幹部になるより、そちらを本人が望んでいるから。ちくしょう。勲章をいっぱい胸に飾った白い海軍の正装の息子と並んで立つ自分の写真は、どれほど好印象を与えるだろう。国に尽くした英雄を息子に持つ、大統領候補なのだ。

それが実現することはない。二人のあいだには山のように大きな問題が存在し、二人きりで同じ部屋にいると、必ず喧嘩になってしまう。バードを遠くで眺め、いい息子を持ったなあと愛情をこめてつぶやくことは可能だ。息子が任務などで外国にいるときは、本気でそう思う。しかし、近くにいるとそんなわけにはいかない。父のひと言ひと言に、バードはいちいち突っかかってくる。

　少年時代からバードは反抗的だったが、それはまあよくあることだ。本格的に憎み合うようになったのは、バードがあのゴミみたいな女と出会ってからだ。息子がサクラメントで出会った女と真剣に交際していると知ったときのショックは、何十年経った今でも覚えている。セックスしたければすればいい、そのあとすぐに捨てるのなら何の問題もなかった。まあ確かに、写真で見るかぎり、女は非常にきれいだった。だが、トレーラー・パーク？　無理だ。息子は女に夢中になり、何も見えなくなっている、そう判断したコートは、自分で手を打った。必要な措置だった。うまく解決できた、と思っていたのに、それから五年後、女はまたバードに連絡を取ろうとしてきやがった。しかも、子どもまでいると。娘だと言われても、最初は嘘だとコートは思った。女が行きずりの男と関係を持ち、できた子どもをバードの子どもだと言い張っているだけだろうと。

　女はしつこく何度もバードあてに手紙を書いてきた。手紙が一通もバードの手に渡らないようにできたのは、ほとんど奇跡と言っていい。そしてその手紙の中には子どもの写真もあった。子どもは、バードに生き写しだった。

　当時ＣＩＡ作戦本部長だったコートは、女が国家機密を盗んだことにして、殺し屋を二人差し向けた。話をでっち上げるまでもなかった。殺し屋は自らを高価な武器だと認識しているので、理由なんてどうでもよかったのだ。銃を構え、狙いをつけ、撃つ、それだけだ。二日後、警察の報告書を入手した。サクラメントで死亡事故が発生し、若い女性ともうすぐ五歳になるその娘が命を落とした、と記されていた。

その後、自分の軍団を作ろうと決めた。コートの命令でしか動かない、私的な傭兵グループだ。この決定は、我ながら秀逸だったと今でも思う。軍団が役に立ってくれたことは、数えきれないぐらいある。そして、サクラメントのゴミみたいな女とその娘のことなんて、それ以来頭から消えていた。

機密扱いになっているコートのDNAを探る遺伝学者がいると知っても、気楽に構えていた。ところが、その遺伝学者がコートのDNAと照合している女性がいると知り、女性の写真を見たとき、心臓が止まるかと思った。バードが女性だったら、こんな美人になっていたのだろう。バードとその女性が一緒にいるところを見れば、誰だってこの二人に血のつながりがあるのはわかる。間違いなく父と娘だと。

ときおり、コートの心に無念の思いがこみ上げる。後悔はしていないし、あのときはああすべきだったと自信を持って言える。そもそも、どんなことに関しても、後悔はしない主義だ。それでも、このホープという娘を自分の孫だと言えれば、とは思う。天才レベルのIQ、ハーバード大学卒、MITで修士号、データ解析の第一人者——

コンピューターのことなんてコートには何が何だかさっぱりわからないが、とにかくそういう方面にすぐれた才能を持つ。経歴にシミひとつなく、駐車違反の切符さえ切られていない。

本当に残念だ。人生とはこんなものなのだろうが、ずいぶん残酷なめぐり合わせだ。ホープ・エリスの母親がバードの妻に、つまりコートの義理の娘になることなんて、あり得なかった。しかしこのホープという女を孫として紹介できるのなら、選挙戦には大きなプラスだ。

そんなことを今言っても仕方ない。

この娘が彼の孫になることはない。孫として認めたら、何十年も実の娘の存在を知らされていなかったと知ったときのバードの反応が怖い。徹底的にもめることになる。さらにバードはばかではない。ちょっと調べれば、父親が何をしたかもわかるはず。そうなれば……。

ぞっとする。

バードはずっと厳しい訓練をこなしてきた。その訓練の本質は、人を殺すことだ。射撃の腕は抜群、素手で格闘する技術にすぐれ、死をもいとわない男たちのリーダーを務めてきた。つまり冷静に、確実に人を殺せる男であり、そのための技術も手段も豊富に持っている。

父が何をしたかを知ったとき、バードが父を殺さないとは断言できない。後悔という感情を持ち合わせないコートだが、子どもまで殺すという命令を出したのは失敗だったかもしれないと思う。母親がひとりで車に乗っているときに、車ごとぶっ潰(つぶ)せと言っておけばよかった。そうすれば子どもひとりが残り、バードは子どもの面倒をみるために海軍を辞めるか、少なくとも、前線で任務に就く生活は終わりにしていただろう。バードみたいに能力のあるやつなら国防総省で簡単に職を見つけられ、育てた娘は美しくて頭のいい女性へと成長していたはずだ。

ああ。夢のような話だが、現実はそううまくいかなかっただろう。バードは職業柄、神経質なぐらい警戒心が強い。あのゴミ女が死んだと知れば、すぐにその真相を探るはず。

だめだ。選択肢はなかった。運命のいたずらで、子どもは死ななかった。成長して、実の父とその家族を見つけ出そうとしている。あの娘が利口なら――どう考えても、非常に頭がいいようだが――必ず、いずれはサクラメントに手がかりがあると知り、あのトレーラー・パークを訪ねるはずだ。

そこをレズニックが襲う。

悪いな、お嬢ちゃん。さすがに、一抹(いちまつ)の寂しさは禁じ得ない。なぜならこのホープ・エリスという女性は、コートの唯一の孫であり、今後他に孫ができる可能性はないのだ。それでも、この娘を消しておく必要がある。
あとで、レズニックに状況報告を求めることにしよう。

サクラメント

隠れ家というものが、こんなに居心地のいい場所だとは思わなかった。サスペンス映画などでは、登場人物は無味乾燥な地区にある何の変哲もないアパートメントなどに匿(かくま)われることが多い。壁の塗料はあちこちはがれ、空っぽの冷蔵庫だけがある場所。ゴキブリなんかがいるかもしれない。あるいは陸の孤島みたいな場所にある、老朽化して崩れかけた、長年誰も住んでいない農場のはずれの納屋とか。

ルークが案内してくれた家は、サクラメントの中心街――たくさんのレストランや画廊、時代の先端をいくような店の並ぶ地区にあった。大きな区画の周囲に生垣があり、木々の手入れも完璧だ。生垣の内側には柵があり、守衛のいる正門を通過しないと中には入れない。正門を入ると、落ち着いて感じのいい街並みがあった。

さすが、ブラック社。

ここまでの車中、ホープはずっともの思いにふけっていた。実際のところ、何かを思っていたというのではなく——頭の中にさまざまな映像が入り乱れていただけだ。体の中で音叉が鳴らされ、共鳴が止まらないような感じで、映像が次々に現われる。その振動によって、体がばらばらにされてしまいそうな気がした。震えを隠そうと座ったまま体を硬くしたが、うまくいかなかった。ルークは車内の温度を上げ、彼女の側の座席ヒーターを入れた。寒くないのに、彼女の体は冷えきっていた。

普段の彼女なら、問題にぶつかったとき、その解決法を考える。しかし、今回はどうすれば何が解決するのかもわからない。解決への糸口がどこにも見えない。漠然としたイメージの、どれを糸口としてたどるべきなのだろう？　映像は浮かんだ瞬間に消えてしまい、自分の記憶かどうかも定かではない。ただ、フラッシュが連続的に光り、そのたびに違う場面がちらつく。プールに浮かんだ真っ赤な浮き輪。補助輪のついた青の自転車。長い毛足の小型犬。きれいな女性の姿。女性の顔が一瞬見えかけるのだが、思い出そうとすると消えてしまう。すると、鼓動が速くなり、心臓麻痺を起こしてしまうのではないかと怖くなる。本当に意味がわからない。

目的の——ブラック社が手配した隠れ家は、こぢんまりした一軒家が並ぶ通り沿いにあり、家の周囲には芝生が植えられていた。通りから玄関までは曲がりくねった通路を歩くようになっている。ルークが車の前部を道路に向けて駐車したときには、あたりはもう暗くなりかけていた。彼はすぐに外には出ず、携帯電話を取り出し、アプリを開いて何度かタップしている。

「それ、何なの？」

「この家周辺の監視カメラの位置を示した地図だ」ほとんど上の空といった感じで、ルークがホープの質問に答えた。「このアプリを使えば特定のカメラだけスイッチを切ることができる。よし、もういいぞ。玄関までのカメラのスイッチを切った。家の中に入ったら、またスイッチを入れるんだ」

「見せて」

彼は反論したそうに眉を上げたが、それでも電話を渡してくれた。「いいよ」

ホープは、ざっとアプリの設計を確認した。単純だが、効果的だ。彼女なりに、少し改良を加えた――ここまで通った道にあるカメラを地図上でわかりやすく示したのだ。「これでいいわ」画面をタップする。「この区画に入る前、正門のところのカメラを忘れていたわよ。このカメラも切っておいたほうがいいでしょ？　それからここまで来た道をアプリに覚えさせた。同じカメラをいちどに切って、また入れることも、タップ一回で可能にしたの。同じルートを使うかぎり、いちいち通る道のカメラを気にする必要はなくなる」そう言って携帯電話を返したが、彼が奇妙な表情を浮かべる。

「どうしたの？」彼は無言でこちらを見つめるだけ。水色の瞳が、ヘッドライトのように自分に向けられている。

何か、おかしなことでもあったの？

ルークが喉の奥から変な音を出した。「このアプリ、前から使ってたのか？」

何と不思議な質問だろう。「いえ、ないわ。もちろん」

「そうだと思ったよ。このアプリはブラック社が特別に開発させたもので、俺たちだって、今回初めて使わせてもらったんだ。これを使いこなすためのトレーニングまであって、俺たち全員、何とか基本を理解するのに午前中いっぱいかかった。君は二秒ぐらいで、何もかも理解できた」

彼女は肩をすくめた。「だって――複雑なアプリじゃないわよ」

彼は首を振り、あきらめたような笑みを浮かべた。「複雑だよ。使いこなすのは難しい。だが、君はすぐに仕組みを理解し、俺のミスを見つけ出した。おまけに、改良まで加えるなんて。今後、俺はただ武器担当と荷物運びに専念するよ。頭脳労働は君にまかせた。俺は力仕事だ」

彼の言葉に、ふと笑みがこぼれた。久しぶりに笑った気がする。何か気の利いた言葉を返そうとしたのだが、代わりにお腹が鳴った。

「もうひとつ仕事があったな。君を食べさせることだ。おいで、中に入ろう」

家の内部は、高級ホテルのスイートルームと変わらぬ豪華さだった。ポートランドで滞在したホテルのスイートルームと同じように、ここにもバスルーム付きの寝室が二つあり、さらにダイニングと、驚くほど何でもそろったキッチンがある。まあ、キッチンを使うのはホープではないが。彼女がキッチンに立っても、何の役にも立たないことは自分でよく知っている。

彼女の目の前で、ルークはまずカーテンを閉め、荷物を脇に置いてから、電灯をつけた。すると、魔法の王国が現われたような魅力的なスペースがそこにあった。眠れる森の美女がキスで目覚めたときは、こんな感じだったのだろう。

キスで目覚めたと言えば……ホープにとって、この数日間は身の毛がよだつような恐怖の体験だ。その中でひとつだけ熱い気持ちで思い出せることがある。あのキスだ。熱情にあふれ、生命力に満ちたあの瞬間が、彼女の中に強烈な印象を残している。みぞおちにがつんとパンチをくらったかのような、でもまったく痛みはなく代わりに全身に不思議な感覚が広がるのがわかった。どういった感覚かを言葉にできないのだが、体が軽く、自由になり、生きている実感がわいた。そう感じたのはあのキスの瞬間だけだったが、それでもはっきり覚えている。

それ以外の時間は、暗闇とむなしさでいっぱいだったから。

彼女は部屋を見回した。「ここ、本当にすてきね。隠れ家なんて、陰鬱な場所だと思い込んでたわ。疵だらけの中古家具しかなくて、ハエの死体がそのあたりに転がってる、みたいな」

「ああ、だがここは違う。ブラック社の所有だからな。ブラック社の本部はサンディエゴにあるし、ここは州都だから、社員が出張で滞在することも多い。その際、この家を利用するんだ。大ボスであるジェイコブ・ブラックは、少なくともカリフォルニアにいるあいだは、居心地よく安心できる場所を自分の部下に提供したいんだろう。ブラック社のエージェントは、この世の果てみたいなところに行かなきゃならないことも多いから」

「どんな人？」ホープはソファに腰を下ろし、自分の隣をぽんぽんと叩いて、並んで座るよう彼を促した。

ルークは携帯電話を手にしたまま座った。細身だと思ったが、彼が座るとソファがいっきに沈んだ。見た目よりも体重があるのだろう。彼は監視カメラをまたオンにする作業を終え、顔を上げた。「誰が？」

「ジェイコブ・ブラック。ある意味、伝説の人よね」

「ああ、伝説だな。俺は数回会っただけだが、社交辞令とかくだらないおしゃべりはなし、要件だけを正直にずばりと伝える」

「大金持ちで、正直に話す人って、彼ぐらいじゃないかしら」

「彼は大金持ちになりたくてなったわけじゃないからな。民間警備・軍事会社の経営者としてものすごく能力が高いから、結果として大金持ちになっただけだ。いまだに前線にも頻繁に出るが、自分のところのエージェントとまったく同じ生活をする」

「ブラックさんと話す機会があれば、私がお礼を言ってた、と伝えてね」

「ああ。だが、みんなが君を助けたいと思っているからな。感想として言わせてもらうと——」彼がホープの顔を見つめる。怪我でもしていないか、調べているようにじっくりと。

「どんな感想？」

ルークは自分の考えに納得したかのようにうなずいた。「君を狙っているやつの正体はまだわからないが、おそらく政府のかなり高い地位にいる人間、もしくは民間警備・軍事会社の経営トップにいるやつに違いない。これは俺だけじゃなくて、ＡＳＩやブラック社の他のやつも同じ考えだ。民間警備・軍事会社で、これだけの規模の作戦を実行できるのはおそらく十人、全員が男性だ。十人全員を知っているが、よくない噂のあるやつもいる。しかし、君みたいな若い女性をここまで執拗(しつよう)に狙うなんて——」ルークは理解できない、と首を振った。「かなり特殊な神経の持ち主だよ。政府の人間であれば、強大な権力を持つ地位にいるやつということになる。君はおそらく、ハチの巣をつついてしまったんだよ、ハニー。偉いやつがそういうことをするなんて、俺たちは許せないんだ」

『ハニー』と恋人みたいに呼ばれて、彼女は真っ赤(まっか)になってしまい、顔をそむけた。

「多くの人を巻き込んでしまって、本当にごめんなさい。フェリシティに助けを求めなければよかったのね。私ひとりで――」

ルークの顔が恐怖に引きつる。「何てことを言うんだ！」

そして彼女の手を取り、唇をそっと押し当てた。唇も、指先が触れる彼の顔も、温かい。彼女の全身に温もりが広がっていく。手のひらにキスしてから彼は手を放したが、ホープはそのキスを手のひらに閉じ込めておきたくて、指を閉じてこぶしにした。

「君が悪いやつのレーダーに、たまたま引っかかっただけのことだ。民間人か政府の人間かは関係ない。悪いやつが悪いのに決まってる。俺たちの多くが、悪いやつに引っかかってきた。ＡＳＩ社で同僚になるマットってやつはＳＥＡＬｓ――元ＳＥＡＬｓで、まあ、陸軍の俺から言わせれば天敵なんだが、特に仲がいい。こいつはとあるＣＩＡの工作員が不正に儲けようとしているところを邪魔してしまったんだ。このＣＩＡ工作員は、地上最低の男でね。マットの人生を台無しにしようとしただけでは足りずに、国内の主要都市のひとつに毒をばらまこうとした。危ないところで阻止できたが。マットはみんなの助けを借りて、以前よりも充実した生活が送れるようになった。だから、君のこともみんなで助ける。君に悪いことが起きないように、みんなで努力する。俺もみんなの助けを借りる。俺たちはチームだ。君には俺たちが味方についたんだ」

ホープは彼の顔をじっと見ていた。彼の言葉に耳を傾け、彼が言葉にしていないことを読み取った。今のは彼の本心からの言葉だ。そして、それは人生を狂わされてしまった人の本心から出ている。彼も、理不尽に人生を狂わされたらどういう気分になるか、自分のこととして理解している。

「そう思えるのはうれしいわ」本当にうれしかった。チームがいる。チームのみんなが自分の味方をしてくれる。NSAでエマやライリーと一緒に働き、強い絆ができて以来の感覚だ。その後、フェリシティがアドバイスをくれるようになり連帯感もさらに増した。あの頃は、ほぼ日常的に徹夜が続き、障害を抱えているのではないかと思うぐらい非社会的なオタクがいっぱいいる職場で、いつ戦争が勃発してもおかしくないような危機を回避するために働いていた。それでも三人ともその激務に耐えた。しかしそういうストレスが、静かにみんなの気力を奪っていった。ある日、ものすごく不快で頭の悪い男が上司としてやって来て、それから一週間もしないうちに、三人ともNSAを辞めた。ダークウェブに作った私設掲示板はそのままにして、互いに連絡を取り合ってはいたが、実際に一緒にいないことで自分の仲間という感覚は薄れていった。チームとしての連帯感を持つ喜びを、彼女は久しぶりに思い出していた。

「俺が今言ったこと、口だけだと思ってるのか？」ルークが顔を曇らせる。ああ、どんな表情をしてもハンサムな人だ。眉をひそめても、ほほえんでも、考え込んでいるときでも、運転中も、彼の頭の中をよぎるのが何であれ、とにかくかっこいいのだ。何をしていてもこんなにきれいに見えるなんて。きりっと引き締まった顔立ちに、水色の瞳、贅肉のない細身の体。古代ローマの彫刻を思わせる。ローマ皇帝はこんなふうだったのだろうか？　もちろん、治世をきちんと行なった、いい皇帝だ。いや、皇帝というより古代ローマ軍の将軍のほうが似合うかも。そうだ、今にも走り出そうと前肢を高く上げる悍馬にまたがり、剣を頭上に突き上げる将軍だ。

「――と思うか？」え？　彼の質問をまるで聞いていなかった。

「何を？」

「君は疲れてるんだな」彼の言葉に思いやりがにじむ。「それに食事も必要だ」そのときブザーが鳴り、彼がほほえんだ。「ちょうどいいタイミングだ。俺が注文したものを、気に入ってくれるといいんだが」

家の玄関は二重ドアになっており、どちらにも別々に鍵がかかる。ドアのあいだには少しスペースがあり、宇宙船の入口――一方のドアを開けるときにはもう一方を閉めて、空気が漏れないようにする――みたいな構造になっている。ルークは室内にホープを待たせて内側のドアを開け、外のドアへと進んだ。用が済んで彼が室内に戻るときは、「ひげ剃りと散髪」と叫ぶので、そこで初めて彼女は内側のドアを開けて、彼をまた迎え入れる、という手順を決めておいた。外側のドアは、屋根のあるポーチにつながっている。くぐもった会話がかすかに聞こえたあと、彼が合言葉を叫んだので、ホープは内側のドアを開けた。

ルークは大量の食べものを室内に運び入れた。フットボール・チーム全員を満足させられるぐらいの量だ。彼のあとからダイニングへ入った。あらかじめ、テーブルマット、皿、ナイフやフォーク、グラスなどは用意しておいた。彼が料理を皿に盛りつける。

「野菜をたくさん頼んでおいた。昨夜はステーキだったが、毎日肉ばかり食べたくないかもしれないな、と思って」

「お肉はしょっちゅう食べるわ。毎日でもいいの。大好きだから」彼がパッケージを開ける様子を見守る。「何もかも、おいしそうだわ」

顔を上げたルークが、屈託のない笑みを見せてくれた。こんなに晴れやかな彼の笑顔なんてめったに見られないのだが、彼が頻繁に笑顔を見せないのはいいことだな、と結論づけた。彼の笑顔はまぶしくて、じゅうぶんわかっていることだが、改めて何てハンサムな人だろうと思ってしまう。ああ。

「選り好みはしないんだな」

「何の？」

「つまりな、君の……えっと、君みたいな……つまり、体型の女性は、好き嫌いが多いか、小食か、その両方かだろ」

彼女は腰に両手を置き、反抗的に顔をしかめた。「あら、私みたいな体型ってどういうこと？　私ががりがりに痩せてると指摘しているわけ？」

ブロンドのひげがかなり伸びてきていても、彼の顔が赤くなるのがわかった。いや、まさか、彼が顔を赤らめる？　こんなに強そうな人が？

「違う、そうじゃない！」彼が必死で弁解する。「君は理想的な体型だよ。スタイル抜群だ。俺が言いたかったのは、ただ――」

ホープは声を上げて笑った。「冗談よ。からかっただけ。ええ、あなたの言うとおり、私はかなり痩せ型だと思う。理由は食事の機会を失うことが多いからなの。食べるのは大好きだし、好き嫌いもないわ。でも仕事に没頭し始めると、時間を忘れるのよ。ふと気づくともう真夜中、ってことが多くて、経験上、そんな時間に食事を提供してくれるお店で出てくるものって、かなりまずいの。熱々のものなんてまず無理、何より脂っこいのよ。それから、食料品を買いに行くのもいつも忘れてしまう。常備品としてミルクは冷蔵庫にあるから、シリアルぐらいは食べるけど、買い置きしてある食料なんてまったくない」

彼が不思議そうにたずねる。「料理はしないのか？」

「まったくしない」彼女は悪びれることもなく言いきった。「料理の仕方を習ったことだってないの。私の……母もまったく料理しなかった。あの人がキッチンに立っている姿なんて、いっさい記憶にないわ。うちでは料理人を雇っていて、その人からキッチンには立ち入ってくれるな、と言われていたから。そのあと、私は寄宿学校に入り、そのまま大学に行ったでしょ。働くようになってからも、職場には常にカフェテリアがあったから。それに――」彼女はテーブルを示した。「いつでもテイクアウトや出前を利用すればいいわけでしょ？　あなたは料理するの？」

「もちろん」ルークは、なおも大きな保温ケースから容器を取り出していた。「母が亡くなったあと、俺のために父は料理を勉強した。俺の家がコックを雇えるほど裕福じゃなかったっていうのが最大の理由だが、それでも父はかなり料理がじょうずになったんだ。ただし、作れるメニューにはかぎりがあった。親父が作ってくれたものはそれなりにうまかったんだが、俺としては、もっといろんな料理を食べたくなった。それでイタリア料理、メキシコ料理、タイ料理を自分で勉強したんだ。それほど凝ったものが作れるわけじゃないが、でも基本的な料理なら大丈夫だ。今夜はイタリア料理の気分だったから、近くのイタリアン・レストランに注文した。ブラック社のエージェントで一緒に訓練を受けたやつがいるんだが、そいつが勧めてくれたんだ。ブラック社の人間は、この隠れ家を利用するとき、よくその店に注文するそうだ。伝統的なイタリア料理で、すごくおいしいと聞いている」容器の並べられたテーブルに体を近づけ、深く匂いを吸い込む。「マッシュルームのリゾットと、揚げポレンタ、野菜炒め、チキンのカッチャトーレ、タッリャータ・ステーキ、トマトのバジルソースかけ、パンナコッタ、みんなおいしそうだぞ」

ホープも身を乗り出したが、実は恐る恐るだった。ひどく疲れたとき、よく食べものの匂いで胸がむかつくことがあるのだが、礼儀上、喜んでいるふりぐらいしておくべきだと思ったからだ。どんなにお腹が空いていても、胃が食べものを拒否してしまうのだ。そして今、ものすごく疲れているのはわかっている。疲労困憊だ。神経が張りつめ、あと少し引っ張ればぷつんと切れそうなところまできている。くたびれ果て、今日一日のことを振り返ってみることもできない。あのトレーラー・パークに行ったとき幻影のようなものがちらついたが、自分がどうしてあの場所に見覚えがあるのか見当もつかない。あり得ないことだと思いながらも、自分が昔、あの場所にいたことがあるとしか考えられない。あそこに関する知識が頭のどこかにあるのは間違いない。しかし、それがどうやって自分の頭に入り込んだのかがわからない。そんなことを思っていると、嵐の海に放り出されたような気分になる。

テーブルの上に身を乗り出したとき、彼女の胃は完全にどんな食べものも拒否するモードだった。ところが――本当においしそうな匂いがする。この匂いに反応しない人がいるとは思えない。当然、彼女の胃もすぐさま歓迎モードに切り替わり、一刻も早くこの食べものを摂取してくれと、猛烈に訴える。

「うわあ。おいしそう」

「だろ？」容器から食べものを取り分けていたルークが顔を上げ、唇の一方だけを少し上げてウィンクした。

だめ。そんなことをしてはいけないわ。左右非対称に唇を持ち上げるだけでもすごく魅力的なのに、青空みたいな瞳でさらにこちらを惹きつけ、ウィンクまでするなんて。反則だ。彼女はその場に立ちつくして動けなくなり、今日一日の疲れや、豪華な食事のことも忘れてしまった。頭が空っぽになった状態で、ただ彼を見つめるだけ。思考は停止し、ホルモンの働きが活発になる。女性としての欲求が突然大きくふくれ上がり、全身を駆け抜けていく。

ついさっきまで全身が悪寒（おかん）に震えていて、熱いシャワーでも浴びないとこの冷えは消えないだろうと思っていた。今は温かい。いや、ほてっている。頭のてっぺんからつま先まで、熱くてたまらない。

　その感覚が、彼女をその場から動けなくした。魔法の呪文で体が麻痺したかのように、動くことも話すこともできない。だからただ、ルークを見つめている。思考能力というものが残っていれば、こんな状態を恥ずかしいと感じるはずだが、今は何も考えられない。今はルークがいるだけ。視界のすべてが彼であり、吸い寄せられるように手が伸びるので、彼に触れないでいるには、こぶしをきつく握っておかねばならない。彼の感触がどうだったか、はっきり覚えている。暖かな鋼鉄だ。これまで触れたことのあるどんな人も、ルークのような感触ではなかった。彼はまた、いい匂いがする。石鹸と、かすかに革製品の匂い。

自分が彼を見つめている姿を、彼が見ている。けれど、動くことはできない。息をするのもやっとなのだ。その場の空気が変わる。今にもショートして火花が散る感じ。ホープ自身が放電している感じだった。

手が震え始め、止めようとしても止まらない。自分の体が何かに乗っ取られたみたいで、脳からの指示が指先までまったく届かない。激流に投げ込まれた小枝みたいに、なすすべがない。

彼が大股で近づいてきて、彼女の手を取った。彼の手は大きく、腱が目立った。サイズとしては彼女の手の倍ほどもある。明らかに異なる性別の二人の手が重なっている。彼女の小さな手は、キーボードの上で忙しく動くのに適している。その他の目的で使われることは、ほぼない。一方彼の手は、力強くて陽に焼け、小さな傷痕がいくつもある。この手がやってのけることは、たくさんあるのだろう。

まず射撃だ。銃の扱いは得意だと彼自身が言っていた。それに料理。運転もじょうずだ。この手を使って他にもじょうずに……。

彼女の目の前に、ぱっとイメージが浮かび上がった。映画のシーンをつなぎ合わせたような画像は、ルークの手が自分の肩に置かれ、そのまま滑り落ちるように乳房を包むところ。頭がおかしいんじゃないの、と自分でも思いながら、彼の手の感触を肌が伝えてくる。

乳房が重く感じられる。彼がそこに触れているように。

頭の中の画像が、今度はベッドを映し出す。自分が裸で横たわり、ものほしそうな顔で両脚を大きく広げて、腕を高く突き出しているところ。記憶にあるかぎり、こんなあられもない姿態(したい)を見せたことはいちどもない。もっとも近い格好(かっこう)と言えば、小学生のときの夏休みのキャンプで気温が三十五度を超えていたときだが、それはセックスを求めていたのではなく、暑くてたまらなかったからだ。男女の睦(むつ)みごととはシーツの下で、できれば暗いところで行なうべき作業であり、こんなふうにあからさまに相手を誘うものではない。

セックスに。そうこれはセックスを誘っているのだ。精神的に疲れきっているため、想像力だけが先に進んで、ルークとのセックスの場面を思い浮かべてしまったのだ。そう、二人はセックスする。それは、絶対に間違いない。

「どうした?」突如浮かび上がった妄想にふけっていた彼女は、彼の力強い声にはっとした。妄想ではない、想像したのだ。そしてあの映像は、もうすぐ現実のものとなる。

体は大丈夫なのだろうか? 気づけば震えは止まっていた。彼女は自分の状況を分析してみた。今は人目をしのんで逃げている。実の両親が誰なのかさっぱりわからない。けれど、カリフォルニア州サクラメントのさびれたトレーラー・パークに関する記憶がなぜかある。カリフォルニアに来るのはこれが初めてだったはずなのに。

ここまでがマイナス面だ。

プラス面を考えてみよう。自分のそばには、ハンサムな男性がいる。自分を守り、助けてくれる人だ。彼は実質的にはポートランドに本部のある警備会社の優秀なエージェントであり、その会社は全社態勢でバックアップしてくれている。さらに世界でもトップクラスの強力な軍事・警備会社までもが協力してくれている。

目の前には見ているだけでもうっとりする、すばらしい料理が並んでいる。そのあと、間違いなく実際にうっとりできるすばらしいセックスが待っている。

「何でもないの」彼女はそう答えて彼に笑みを返した。「さ、食べましょ」

料理は口に入れるたびにますます食欲をそそられ、評判どおりのすばらしさだった。小さなテーブルの向かい側に座る女性も、同じぐらい彼の欲望を刺激する。何かを口にするたびに、満足感が広がり、ホープにほほえみかける。すると彼女も笑みを返してくれる。

ルークはセックスしたかった。通常の彼は、食欲よりも性欲を満たすほうを優先する。なのに今、口いっぱいにイタリア料理を頬張っている。どうしてだろう、と彼は自問した。彼女を腕に抱き上げ、大急ぎで彼女の寝室に――あるいは自分のでもいい、そういうことにこだわりはない――入り、彼女の服をはぎとって、押し倒す。彼が今本当にしたいのは、そういうことだ。

彼女もその気になっている。言葉で確認したわけではないし、実際にベッドに連れて行くときには、必ず合意の言葉を聞くつもりだが、彼女の目がセックスを受け入れていると伝えてくる。

なのに、何をぐずぐずしている?

「ほんとに、最高だわ」リゾットを口に入れると、彼女が言った。「こういうのが必要だったのね」彼女の顔には赤みが戻り、緑の瞳はきらきらしている。

そう、これこそが理由だ。今はまだ、セックスの時間ではない。ホープにはこういう時間が必要だ。普通の生活を実感し、できれば仲間がいるという認識を持つこと。もちろん、彼女をベッドに連れて行きたいし、これほど強烈な欲望を抱いた女性も、記憶にない。そして、ホープという女性の人間性も好きだ。ものすごく。彼女は打ちひしがれた様子だった。あんな姿は二度と見たくない。彼女は本来、才気（さいき）にあふれ、潑剌とした人なのだ。彼女には、いつも今みたいな感じでいてほしい。おいしいものを食べ、幸せそうにリラックスしているところ。

「ほら」彼は揚げポレンタをつまんだ。「あーん、して」

彼女は素直に口を開けた。ポレンタの味を噛みしめる彼女の瞳がうれしそうに輝く。かわいいピンクの唇が丸く開いた瞬間、ふとあそこに自分の――だめだ。いいおとななんだから、欲望や衝動はコントロールしておかないと。今はいい。幸せそうな彼女の顔を見ているだけでじゅうぶんだ。テーブルの下で大きくなろうとするものは、無視しておこう。「うまいか?」

彼女はふっと息を吸って、満足げにうーん、と声を漏らした。自分が上になって、彼女のその声を聞く瞬間を想像して、ルークもうめき声を上げそうになったが、どうにかこらえた。

「ああ、最高。でも、あなたと一緒にいるこの二日間ほどで、過去一年間に食べた量よりたくさん食べてる気がするわ」

彼女の言葉を聞いてうれしくなり、ルークはステーキをひと切れ、フォークに取った。よし、それでいい。俺はこの人の幸せの源になるぞ、そう思った。おいしい食べものとセックスで、彼女を満ち足りた顔にしておきたい。セックスでは彼女の恍惚の表情も見たい。彼はホープの視線を避け、自分の皿を見下ろした。コンピューターとばかり向き合って人付き合いは得意じゃないと言いながら、彼女はこちらの目を見るだけで頭の中まで見抜いてしまうからだ。今の自分の状態を知られるわけにはいかないのだ。

現在の彼は、危機的状況にあった。気持ちが盛り上がり、もうすぐベッドでいい思いができるという期待でいっぱいのハッピーな男、という状態ではない。一触即発というか、今にも爆発しそうなのだ。もしそういう事態になれば、とても恥ずかしい。高校生のとき以来、そんな情けない経験はない。だから、危機を回避するため、できるだけ、性的刺激は減らすようにした。別の欲望を満たしておけばいい、と考え彼はひたすら食べ続けた。食べることは問題ない。だが、彼女と話すのとか、彼女に触れるのとかはまずい。彼女と話すと、頭の中で期待がふくらむ。彼女にどんどん魅力を感じ、強く惹かれていく。触れるのは当然――あり得ない。いちど触れたら、もう止まらなくなる。

マナーぎりぎりのところで、できるだけたくさん食べものを口に詰め込み、話ができないように、手も伸ばせないようにした。

彼女はもっとゆっくり食べていたが、食べる量が彼よりははるかに少ないので、先に食べ終えた。彼女が食事を終えたとわかった瞬間、彼は皿にフォークを落としてしまった。かちゃんと大きな音がした。彼の皿にはまだ食べものが残っていたが、もうどうでもよかった。

彼女も同じ気持ちなのだ。彼女もわざと彼のほうを見ないようにしているが、彼が他のところを向いていると、ちらっと盗み見してくる。しかし周辺視野が鍛えられている彼は、彼女の様子がよくわかる。彼女の手がまた震えていた。彼女もフォークを置いたが、彼のように音を立てず、上品に皿に戻した。

そして二人とも顔を上げ、見つめ合った。どちらもこのあとどうなるかがわかっている。けれど、どちらもそれを言葉にできずにいる。

「さて」彼は口を開いたものの、その先が出てこない。まずい。どういう言葉で伝えればいいのだろう？

「さて」彼女が同じ言葉を口にした。

しーん。

「このあと、したいことって――」いや、こんな言い方はないだろう。〝このあと、したいことって、セックスだよね〟違う。しかし、他に何と言えばいいのだろう？頭の中を風がびゅうびゅう吹き荒れているみたいで、何も出てこない。あるのは欲望だけ。

しかし、心配には及ばなかった。言葉は必要なかったのだ。

「いいわ」彼女がそっとつぶやいた。

12

寝室まで彼が運んでくれた。ホープの寝室だったが、そちらのほうがダイニングから近かったためだろう。

おとなになってから、誰かの腕でどこかに運ばれたことはない。いや、実際は、子どもの頃も抱っこされたままどこかに連れて行ってもらった記憶はない。とにかく……最高の気分だ。空を飛んでいるみたい。どこかに行きたいと思っただけで、何もしなくてもその場所に行けるのだ。ルークが彼女の体を抱き上げ、運んでくれている。呼吸を乱すこともなく。まったく普通に、本を小脇に抱えてどこかに行くみたいな感じで。

ホープの体の右側は彼に密着していて、温かさと頼もしさを感じる。バランスを取るため、彼の首に腕を巻きつけているが、前腕に彼のたくましい肩の筋肉が触れる。互いの顔はぴったりくっついている。

うーん、すてき。自動運転車なんて、もう要らない。どこかに行くにはこれがいちばんだ。

二人で寝室のドア枠を抜けたとき、何か特別な線を越えた気がした。食事をする場から、陰のある寝室へ。これから起こることへの期待とその覚悟を意識する。全身が期待に震えるのに、なぜか驚くほどの落ち着きも感じる。こうなるべくしてなったのだ。こんな感覚は生まれて初めて。運命論者ではないのに。なぜなら、これまでの人生で手にしたものはすべて血のにじむような努力で勝ち取ってきたから。毎日少しずつ前進し、そのために、入念な計画を立てた。

これは違う。気楽に構え、自然体で臨めばいい。こうなるべくしてなった。流れに身をまかせよう。

しかし、ルークはどうも気楽な様子には見えない。引きつったような顔は、どこか痛いところでもあるのかと思うほど。寝室の中に進み、彼がそっとホープの体を床に下ろしてくれた。片方の腕は、彼女を抱き寄せたまま。かなり身長差のある二人の体が、ぴったり寄り添った形になる。すると、互いの体の違いを彼女は改めて意識した。彼のほうがうんと背が高くて力も強いが、不安はいっさい感じない。どちらかと言えば、自分が彼に力を与えている気がする。

彼がホープを見下ろしている。顔を強ばらせ、きっかけを捜しているのだ。

「キスして」小さな声で訴えた。

彼の瞳がきらりと光る。「もちろん」そう応じると、彼が唇を重ねてきた。たっぷりと。むさぼるように。どこからどこまでが自分の口なのかがわからなくなるぐらい。彼女の腰に腕を回し、彼は少しだけ彼女の体を持ち上げた。唇をもっと密着させようとしたらしい。ああ、いい感じ。彼女は彼の首に回した腕に力をこめ、乳房を彼の胸板に押しつけた。どくん、どくん、と伝わるリズムは、彼の鼓動だ。自分の心臓の音ではない。現在、彼女の脈拍は一分間に千回ぐらいの速さになっているから。

彼の舌がホープの口の中を舐めていくと、彼女の体に電気が走った。頭の先から足の裏までびりびりとショックを感じ、脚のあいだの筋肉が奥に向かって収縮する。ぎゅっと強く。この調子でいくと、ベッドにたどり着く前に、刺激が強すぎて死んでしまいそうだ。

ルークが顔を上げると、暗い部屋に水色の瞳が輝いた。かげりゆく光のせいで、彼が異次元から来た人みたいに見える。鋭く尖った頬骨、きらきら輝く瞳、白い歯が際立つせいだ。彼が抱き寄せる力を少し緩めると、ホープの足はまたちゃんと床についた。滑り下りる際に、巨大なまでに勃起したものをこすりつける形になり、彼がはっと息をのんだ。

「ごめんなさい」小声で謝る。

彼がにやりと笑った。深刻な表情から、瞬時に何かを面白がる様子に変わる。「問題ないさ」静かにつぶやいてから、彼がたずねた。「俺たち、何で小声で会話してるんだ？」

普通の声で話せないのは、つまり……これが記念すべき瞬間だという気がするから。人生における重要なことが起きようとしている。彼女は人生の岐路に立ち、ルークの存在する毎日という道をこれから歩き続けるのだ。そんな決意にも似た考えを意識しながらも、その気持ちを言葉にすることはできない。彼女はただ、首を振った。

ルークがまっすぐに彼女を見つめる。「ホープ。君が欲しくてたまらないんだが」

「だが？」それを否定する言葉が続くのだろうか？

「ああ」ルークがふっと息を吐いた。彼女の肩に置いた手に力が入る。「説明したいんだが、懸念が大きくなるばかりで」

意味がわからず、彼女は視線を下げた。うむ、確かに大きくなるばかりのものがそこにある。

意外なことに、ルークが明るく笑った。「そうだな、それも大きくなってる。しかし——ああ、どう言えばいいんだ。つまり、フェリシティからは、君はすごくかわいいと言われた。そうじゃないだろ？　君はかわいいだけじゃなくて、非常に美しい女性だ。それで——俺は失敗したんだ」

ホープは彼をじっと見ていた。彼の話は支離滅裂だが、どういう内容にせよ、賛成してあげるつもりだった。やはり体の関係を持つのがまずい、ということであれば、笑顔で彼を見送り、独りになった部屋で、天井を見ながら惨めな気分で一夜を過ごす。ただ、その気持ちを彼に知られるのは嫌だ。

「いいのよ」彼女はほほえもうとしたのだが、口元がわなわなと震える。

「いや、違うんだ」彼がため息を吐く。「そういうんじゃない。今も言ったとおり、君がかわいいとは説明されていたんだが、俺としては考えもしなかったんだ。つまり、これは仕事だし、俺は任務に集中する」

どういうこと？「え、ええ」

「うぐ」ルークが首を振る。「だから、俺が言おうとしているのは、俺は身辺警護という任務に備えて自分の荷物を用意した。楽しむための旅行じゃない。君が美人だなんて、俺は考えてもいなかった」

まだ何のことかわからないが、何か問題があり、それはホープの責任だ、ということなのだろうか？　彼女は眉をひそめ、返事をしようと口を開いたが、先に彼がまた言葉を発した。

「俺、コンドームを持ってないんだよ、ハニー。すまない。ずっと――長いことご無沙汰してるから、今手もとにあったとしても、使用期限が切れてるんじゃないかと思う。何にせよ、今はまったくないんだ。使用期限切れのものすらない」

「あの、それなら……」見上げると、彼が難しい顔をしていた。眉間のしわさえ、すてきに見えてしまう人だけど。「実は、私の荷物を用意してくれたサマー・レディングさん……よね？　彼女がスーツケースの中に入れておいてくれたの――その、コンドームも」

ルークが目を大きく見開いた。表情がぱっと明るくなっている。「そうなのか？」

「そうなの」

「今、あるのか？」

「ええ、でもあなたがその手を放してくれないと、取ってこられないわ」

彼が手を放し、ホープはスーツケースに駆け寄った。底にあるのはわかっていたので、すぐに取り出せた。さまざまな色が鮮やかで、おまけに匂い付きだ。匂いまで付いているんだわ、と思っていると、ルークが彼女の手から箱をもぎ取り、彼女の体を抱き上げてベッドに横たえた。いや、ほうり投げた、というほうが正しいか。マットレスで、彼女の体は数回跳ね上がった。彼の手が震えている。彼女の手も震えていた。

「よし！」ルークはベッドの横に立ち、ホープを見た。すごく欲しかったプレゼントをもらった子どもみたいだ。「サマー、感謝するよ！　箱ごとだなんて、最高だ」

ホープはほほえもうとしたが、筋肉にうまく指令が伝わらないようだ。熱が全身に広がり、脳まで溶かしてしまったのかもしれない。呼吸できることさえ奇跡だ。

体を近づけてきた彼の背後から光が当たり、ブロンズ像みたいに見える。オリンポスの神々の像だ。彼の手が伸びて、彼女がはいていたジーンズのボタンを外すと、ぞくっとした感覚が彼女を貫いた。彼の指の背が、お腹にそっと触れると、そこからさらに熱が広がる。彼はベッド脇に座り、自分のほうへ近づけた彼女の体からジーンズを脱がす。そっと、彼女の脚をむき出しにしていき、ヒップに手を置く。普段ホープは白いコットンのスポーツ用ブラとパンティを身に着けるのだが、サマーが用意してくれたのはもっとセクシーなもの――いわゆるランジェリーと呼ばれるミントグリーンのレースの紐(ひも)だけみたいなパンティと、おそろいのブラだった。

ルークはウエストゴムに指をかけ、そのレースの紐を引き下ろし始めた。ゆっくり、ゆっくりと。脚を滑らせていく。

ホープの視界にあるのは、ルークの目だけだ。炎が燃え上がるのが見える。レースのパンティがやっと足先から抜け、床にほうり投げられる。

「脚を開いて」

「はい」息が漏れるだけ、聞こえるか聞こえないかの声だった。二人はまたささやき声になっていた。部屋が静かなので、かかとがベッドカバーをこする音まで聞こえる。

腰から下は裸で、完全に彼を迎え入れる状態になっている。

ルークが勢いよく息を吐いた。「君のセーターとブラを脱がすか、自分の服を脱ぐか、いちどにはどっちかひとつしかできない。悪いけど、もうあまり時間がないんだ。セーターとブラは自分で脱いでくれないか？」

できるかどうか自信がなくて、彼女は指を動かした。どうにかなりそうだ。「わかった」

少しだけ上体を持ち上げ、彼女はセーターを脱ぐと、ベッド脇にほうり投げた。服を粗末に扱ったことをサマーが許してくれるといいが。

ルークはいつの間にかTシャツを脱ぎ捨て、ジーンズから脚を出そうとしているところだった。「ブラだ」彼女が忘れているとでも思ったのか、全裸になるようにと促す。

忘れてはいない。ただ指先に力が入らないのだ。背中でホックを外すという作業に、時間がかかってしまう。やっと外れた瞬間、同時に彼がブリーフを取り去り……うわあ。

すごく大きい。勢いよく屹立して、お腹にぴったりとくっついている。先端部が深い赤色で、光っているように見える。

こんなのは初めて。現実に、こういうペニスが存在するなんて。

彼のすべてが美しい。ギリシャ彫刻みたいだ。ただし、彼の体には、大理石の冷たい白ではなく生き生きした色がある。そして勃起している。全身がしなやかでたくましい筋肉に覆われ、体脂肪率はすごく低いに違いない。肩幅がとても広く、これぞオスの見本だ。彼の手が足首に置かれるのを感じる。温かい。ホープはベッドの上で大きく脚を広げた。早く彼を迎え入れたい。だから、これまで誰にも見せたことのないような格好をしても、恥ずかしいという感覚さえわいてこなかった。彼のほうも、自分が目にするものが気に入っているらしく、ホープがさらに脚を開くと、彼のペニスがぴくん、と反応した。これ以上勃起することなんてあり得ないと思っていたのに。彼女の性器も反応した。強く収縮し、濡れてくる。頭でいろんなことを考えなくても、体が勝手に反応しているのだ。これまでなら、いろんなことを想像して、無理に興奮状態にしなければならなかったのだが、ルークを見るだけで、気持ちが昂ってくる。

そして彼が上に乗ってきた。刺激が強すぎる。体の前の部分がすべて彼に触れていて、その感触が本当に気持ちいいのだ。全体が温かな鋼鉄で、真ん中に太くて熱い鉄の棒がある感じ。彼が頭を下ろして、ホープの首を舐める。ああ、すてき。首筋は性感帯だとどこかで読んだのだが、実際にそう思えることはこれまでなかった。しかし、耳の後ろを舐められ、唇で軽く皮膚をつままれると、電気ショックを受けたかのように体がびくっと不随意(ふずい)に動く。ああ、もうだめ。

いつの間に装着したのかわからないが、彼はもうコンドームをつけていて、彼女の脚のあいだで態勢を整えていた。硬い毛の生えたたくましい腿が、彼女の脚をもっと開かせる。その間も、彼は耳にキスし続け、彼女の全身に快感が駆け抜ける。

「いいんだな?」

何がいいんだろう? 何でも構わない。彼がいいと思うことなら。構わないどころか、喜んで受け入れる。彼が求めるものが何であれ、これから実現するのだ。ただし、キスで口がふさがっているので、その思いを言葉で説明できない。そういうときは、別の方法で気持ちを伝えればいい。彼女はルークのヒップを両側からつかむと、自分の腰の位置を高くして彼に押しつけた。これでわかってもらえたようだ。彼は喉の奥から低い声でうなると、ひと息に腰を突き下ろした。

ほんの少しだが、痛かった。彼を受け入れやすいように、ホープは腰を左右に揺する。

「すまない」彼が苦しそうにつぶやいた。

ホープの首に顔をくっつけている彼が何かをしゃべると、彼女は肌に彼の吐く息を感じる。そのあと彼は、顎の線に沿うように軽くキスを続けた。彼の唇は、ホープの顔の輪郭をなぞりながら上下に動く。やがて、ホープの唇を捜し当てたところで、彼の口は動くのをやめた。高校生が初めてのデートで交わすような、やさしく心のこもったキスを彼がする。彼女の中へ力強く突き立てられるペニスと大きな違いで、まったく異なる二人の男性が、上と下で彼女とセックスしているように思える。

彼は動こうとしない。すっかり濡れていた彼女は、彼に動いてほしくなった。早く。そこで顔の向きを変え、彼の顎を噛んだ。

「ルーク、レンジャーは先を分け入って進むんじゃないの？」

「ああ、そうだ」彼は濃密なキスをすると、腰を動かし始めた。

ローン・レズニックは、とある雑草地に車を乗り入れた。昔は車路として使われていたのだろうが、現在は草が伸び放題でそこに路地があると見つけるのさえ難しい。『ハッピー・トレイル・トレーラー・パーク』という文字も消えそうなアーチ型の板の下を通り、でこぼこ道を進んだあとエンジンを切った。その先は車の通れる道はない。

なるほど、コート・レドフィールドが俺を来させたかったのはここか。車から出る前に、まず周囲の様子をうかがう。彼は状況認識能力がすぐれているのだ。うん、俺は何だって優秀だがな——そう思うとレズニックの心に怒りがぶり返す。合衆国政府は彼の才能をまったく評価してくれなかった。激しい怒りの炎が一瞬舞い上がるのを待ち、彼はすぐに気持ちを鎮めた。なぜなら今の彼には政府の軍なんてどうでもいいからだ。海兵隊を追われるようにして去ったあと、彼はＣＩＡ工作員として秘密作戦部門で特殊任務をこなすようになった。部門のトップとして任務を指揮したのが当時作戦本部長だったコート・レドフィールドだった。やがてコートは政府機構の指揮系統とは無関係の、私的な軍団を持つようになった。ごく少数の精鋭が、コートの命令だけに従う組織で、給料は以前の十倍、守らなければならないルールはひとつ、何があっても任務を遂行することだ。くだらない制約に縛られなければ、レズニックは必ず仕事をやり遂げる。

こうやって、レズニックはコート・レドフィールドの私的傭兵軍団のトップになった。するとコートのやつが、何とアメリカ合衆国大統領に立候補するという事態になった。コートはいわゆる〝情報通〟で、汚いことも平気でする。だからきっと大統領になるだろう。そうなればレズニックは、世界一の権力者の右腕ということになる。もしかしたら、コートの息子代わりになれるかもしれない。バード・レドフィールドのやつときたら、父親とはいっさいかかわりを持ちたくないらしい。レズニックに言わせれば、愚の骨頂(こっちょう)だ。レズニック自身の父親は飲んだくれの乱暴な男で、定職に就くことができず、周囲の人間が父の失敗の代償を払う、というのが日常だった。あの息子がコート・レドフィールドをあそこまで嫌う理由は謎だが、そのおかげでレズニックにチャンスが生まれたとも言える。

俺のような息子がいれば、どんな男でもみんなに自慢したくなるだろう。まあ、俺のろくでなし親父は別にしてだが。とにかく、コートからの命令は必ず忠実に実行し、なくてはならない男と彼に思わせる。そうすればいずれ上流社会の仲間入りだってできるだろう。何と言っても、アメリカ合衆国大統領がもっとも頼りにする男なのだから。

カリフォルニアの陽光を浴び、ハンドルに置いた手をぶらりと下げ、彼はしばし妄想にふけった。金と権力が、思うがままに手に入る生活。女もだ。女というのは金と権力のあるところに群がるものだ。エサ箱に集まる豚と一緒だ。女も豚も、そういうふうにできているのだ。

今後の自分は、成功への階段を一直線に上がるだけ。

コート・レドフィールドの軍団に参加してから、国内にある銀行預金はずいぶん残高が増えた。しかしそれは、国外にある分の数パーセントでしかない。ワシントンDCに自分名義のコンドミニアムを所有しているが、その他にアルゼンチンの牧場、西インド諸島のアルバにはビーチに面した別荘、アルバニアのティラナにはホテルまである。架空の持ち株会社を作って、その会社の名義にしてあるので、所有者を調べてもレズニックまではたどり着かない。そのやり方は、レドフィールドがじきじきに教えてくれた。

こんなもので満足はしない。これからもっともっと富を築く。ただ、失敗さえしなければいいのだ。彼はこれまでに――いちどだけ失敗したことがあった。軍にいたときで、危うく軍法会議で罪を追及されるところだった。結果として、あれでよかったのだと今は思う。あんなことがあったおかげで、コートの目に留まり、拾い上げられたのだから。

そのコートが、もうすぐ世界一の権力者になる。万事、順調だ。

いかん、いかん。ここに来た目的を忘れるな。輝かしい未来を夢みて、ぼんやりしている場合ではない。しかし、周囲のうらびれた様子を見ると、逆説的ではあるが、つい希望に満ちた未来を思い描いてしまう。彼が生まれ育ったのは、まさにこの種のトレーラー・パークだった。そして、目の前にあるようなどうしようもない貧困状況から抜け出した自分は、ずいぶん出世したものだ、と実感する。こういった場所では、未来への夢など砂まみれになって踏みにじられ、そんなものがあった、ということさえ忘れられる。

レズニックは車から降りると、ズボンのウェスト部分にコルトM1911をはさんでから、ジャケットで隠し、ごく薄手の射撃用グラブをはめた。拳銃からはシリアル番号など出所が特定されるようなしるしがすべて削り取られており、また弾丸の装塡の際も、ラテックスの手袋を使った。万一の場合でも、この拳銃をレズニックと結びつける証拠はなく、さらに銃も分解し、部品はそれぞれ数キロ以上離れた場所に廃棄するつもりだ。

こういった銃を手に入れるのは、コネさえあれば簡単だ。どこから買えば、いちばんアシが付きにくいかは、彼のボスが判断する。

実際、あらゆるものをふんだんに調達できる。武器弾薬、身分証明書、必要な道具、金、パスポート。何だって手に入る。最高だ。レズニックが気をつけるのはただ、しくじらないこと。

武器の一部となり、狙い、撃つ。

レズニックは慎重に周囲を見回した。防犯カメラはない。比較的広い道路を外れると、ずっとカメラらしきものはなかった。市内からの道路には三ヶ所カメラがあったが、ここはゼロだ。何せ人がいないのだから、カメラの必要もない。

人影は見かけなかったが、住人がいるのはわかっている。錆だらけの形式の古い車が、車止めに置いてあるが、実際に公道を走れそうな自動車も数台駐車してある。古くてぼろぼろだが、明らかに今も使われている車だ。

トレーラーにはすべて鍵がかけてあるが、あちこちに生活の営みが見られる。木切れをくべてバーベキューでもしたのか黒く焦げたドラム缶があり、物干し代わりにトレーラーから近くの木に渡されたビニール紐には、シミだらけのシーツが風にはためいている。崩れ落ちそうなポーチにディスカウント店で売っているデイジーの鉢。中に人がいるのかもしれないが、アルコールかドラッグかの影響で、寝ているのだろう。

こういうところに住む人が、どういうものか、レズニックは知っている。自分の家族を思い出せばいいだけだ。トレーラーの内部がどうなっているか、見なくてもわかる。どんな臭いがするのかも知っている。たいていは窓にビニールシートを張って、ガラス代わりにする。住人たちはすべて薬物依存で、感情のコントロールができず、精神疾患を抱えている。法に触れることをする頭のおかしい人。自分もそういう人間のひとりだった。今は違う。彼が育ったトレーラー・パークは、ここよりもほんの少しましだというぐらいで、希望のかけらも感じられない醜い場所だった。十年前なら、こういう場所を歩くとぞっとした。自分の育ったあの地獄に引きずり戻されるような気がしたからだ。今は何も感じない。こういった場所に心を乱されはしない。もう別人になったのだ。希望のない、醜く朽ち果てていくだけの場所とは、いっさいかかわりのない人間になれたのだから。

俺は戦士だ。現在はトップレベルのセキュリティ・コンサルタントであり、いずれは合衆国大統領の右腕になる男だ。もう、いつも腹を空かせた痩せっぽちの少年ではない。どこの店に雇われても長続きしないアルコール依存症の自動車修理工、ジンボ・レズニックとは無関係だ。あいつはいつも息子を殴ってばかりだった。あの暴力男を恐れていた少年は、もうここにはいないのだ。

彼は背筋を伸ばし、敷地内を系統立てて歩き始めた。まず、北から南、そして東から西。トレーラーから出て来る者は誰もいない。人声さえない。遠くで犬の鳴き声が聞こえるだけ。

敷地内をくまなく見終えたあと、彼はいつしか埃っぽい道路が交差している地点に出ていた。通りのひとつを行くと食堂兼雑貨屋みたいな店のあるところに出る。もうひとつの道の先には小さなプールがある。あった、と言うべきか、現在はコンクリートにひびが入り、底には緑色のヘドロのようなものが溜まっている。手がかりとして教えられたのはこのトレーラー・パークだけなのに、さらなる情報を得られていない。このあとどうすればいいのか、まったくわからない。つまり、ここでどうにか情報の断片をかき集めるしかない。わかることだってあるかもしれない。レドフィールド上院議員をがっかりさせるようなことだけは、絶対にしてはならない。

もういちど、視界を四分割してあたりを見てみる。ひと気がなく、静かで、荒れ果てた場所。こんな場所に何かを期待する者がいるのだろうか？　街全体が死んでいるのに。いや、ここで生活する者もいるわけだから、管理人みたいな人間も存在するのではないか？　場所代を徴収するとか、喧嘩があったら仲裁に入るとか、そういうやつだ。

レズニックの育ったトレーラー・パークでは、管理人はとにかく乱暴なやつだった。

管理人と言うより、用心棒と呼んだほうがふさわしい。水が出ない、というときにあいつを呼んでもどうにもならない。しかし、場所代を支払わないと、あいつの存在を痛いほど思い知らされる。ああいう人間が、この場所にもいるはずだ。トレーラー・パークに管理人を置くことは、たぶん法律で定められていたはずだ。そういう人物を捜せばいい、と決めたレズニックは、そのまま歩き続けた。やがて雑草だらけでかつては道だったらしき場所を進むと、ぼろぼろの小屋が見えてきた。根本的な修理が必要で、最低でも、壁は塗り替えるべきだ。ぽつんと森に近いところに建ち、トレーラーが並ぶ区画からは少し離れている。ここまで来る人間は、まずいないだろう。何かの用事でこのあたりに来ていて、偶然この小屋の前に出てしまう、ということはない。周囲には少しでも意義のありそうなものなど存在しないのだから。

レズニックにとっては好都合だ。

木の板が壁に打ち付けてある。ほとんど消えそうな文字が書かれていた。『ハッピー・トレイル・トレーラー・パーク、管理人』こんなゴミ溜めみたいなところの管理人だなんて、人に知らせたいやつの気が知れない。自慢できることなど何もないのに。

両手をさりげなく脇に下ろし、ゆっくりとポーチへのステップを上がる。ズボンにはさんだ拳銃には、誰も気づかないだろう。足首のホルスターも、上着の右側の内ポケットにはさんである熱可塑性（カイデックス）の合成樹脂のカバー入りの飛び出しナイフも、外からは見えないはずだ。ナイフは研いで外科用メスなみに鋭利にしてある。

ぎいっと音を立てて、ドアが少し開いた。入口のすぐ内側に男が立っている。陰になって顔まで見えない位置取りは、意図的なものだ。

男とレズニックはしばらく相手を観察していた。互いに、相手が何者なのかを考えているのだ。男は背が高く、非常に痩せた年寄りだった。ほとんど栄養失調の状態みたいだが、おそらく彼の面倒をみてくれる人間が誰もいないのだろう。この男ならきっと何らかの情報を持っている。それを何としても聞き出さなければ。拷問か、言葉巧みに騙すか、それとも買収するか。方法を考えよう。

「何が欲しい？」男が言った。〝どういうご用ですか？〟という質問すらない。「あんたを相手にするほどこっちは暇じゃないんだ」

ほう、そうですか。商売繁盛とは、結構なご身分ですな。管理もずいぶん大変でしょう。

「時間は取らせない」彼は両手を見えるようにしたまま、ゆっくりとシャツのポケットから写真を取り出した。彼がここに来た理由だ。最初に写真を見たとき、その意味がわからなかった。何だ、ただの若い女じゃないか。世の中にたくさんいる普通の女。まあ、普通の女よりは美人だが、きれいな女はどこにでもいる。上院議員はどうしてこの女に固執するのだろう？　この女が何かを目撃したのか、盗み聞きしてしまったとか？　以前の性交渉を理由に、上院議員から金をゆすり取ろうとしているのだろうか？　まあ、理由は何でもいい。上院議員はこの女の死を望んでいる。そうであれば、レズニックとしてはこの女を殺すのみ。

そして、はっと気づいて、写真をもういちどよく見た。ああ、なるほど。事情がわかった。

この女は、コート・レドフィールドの息子、バードにそっくりなのだ。おそらく二十数年前に、バードのやつが使ったコンドームが不良品だったのだろう。

レズニックはよく見えるように写真を掲げた。左手で。右手は指を開いた状態でゆったりと脇に垂らす。いつなんどきでも銃に手が届く態勢だ。銃を使う必要がなければいいのだが。今の段階では。

老人の顔が険しくなる。「そりゃ、何だ？」そう言ってレズニックの左手を指差した。

レズニックはさらにもう数歩老人に近づいて、肩の高さで写真を見せた。この距離なら、写真の顔まではっきり見えるだろう。

老人は首を振ったが、こっそり足を後ろに下げようとしているのをレズニックは見逃さなかった。リューマチらしい潤んだような目が大きく見開き、口の周りが引きつっている。

「この女性を見たことがあるかい？」

「ないね。そんな女を見たことなんて、生まれてからいちどもない」老人は今や、はっきりと背を向けようとしている。ドアを勢いよく閉め、レズニックを拒否するのだろう。こんなドア一枚で拒絶できるはずもないが。基本的にはただのベニヤ板だし、古くて強度も落ちている。風が吹いても壊れそうだ。

老人が室内に戻ろうとさらに数歩退いたが、閉まろうとするドアにレズニックが手をかけた。はるかにすばやくて力もある彼に老人が抵抗できるはずもない。抵抗しようもない。抵抗しても無駄だっただろうが、レズニックはその暇さえ与えなかった。すぐにキッチンの椅子に座らせ、カウンターにあった粘着テープで老人を縛りつけた。こういう便利なものがない場合には、流しにかけてある汚らしいタオルや、電気コードを使うつもりだった。どんなものでも拘束具として利用できる。レズニックはそういった訓練を受けてきたし、訓練成績も優秀だった。何にせよ、老人は抵抗する力もなく、怯えている。このまま椅子に縛りつけておき、威圧して口を割らせてもいい。

しかし、それでは時間がかかる。こんなところに長くはいたくない。時間の無駄だし、気が滅入ってくる。

老人の息が上がっている。レズニックを家に入れないようにと押し返しただけでも、疲れてしまったようだ。額から汗がしたたり、胸が大きく上下する。まいったな、とレズニックは思った。うかうかしていたら、この老人は情報を聞き出す前に、勝手に死んでしまいそうだ。だめだ、それだけは避けなければ。

彼はさりげなく、拳銃の銃口を老人の膝にくっつけた。老人の表情がみるみる凍りつく。よし、それでいい。これでこの偏屈老人も、こちらの話をちゃんと聞く気になっただろう。膝に銃弾を撃ち込まれるとどういうことになるか、こいつはちゃんと知っているのだ。銃口をさらに強めに押しつけ、本気だぞと伝える。

「いいか、俺が知りたいのはこういうことだ。その写真の女は、ホープ・エリス、彼女はここに来たんだな？　ああ、お前の態度からわかるさ。それでだ、女がいつここに来て、何を言ったのかを知りたい。正直に答えるほうが身のためだぞ……」にやりと笑って、老人の潤んだ目を見下ろす。恐怖で老人がぜいぜい息をするのが聞こえる。

「ま、その先は言わなくてもわかるだろう。さあ、話すんだ」

それから十五分後、レズニックは小屋をあとにした。

ホープ・エリスは昨日ここに来た。老人は女を追い払った。女には連れがいて、老人の説明だと『背が高くて強そうな男』だったらしい。何者だろう？　恋人か。だが、レドフィールド上院議員から渡された情報には、恋人の存在は言及されていなかった。背が高くて強そうでも、そうでなくても、とにかく誰のことも書かれていなかった。つまり、不確定要素が増えたことになる。恋人は銃を持っていなかったようだ。持っていれば、老人に銃口を突きつけていたはずだ。

しかし、重要な点は、あの偏屈じいさんがホープ・エリスを認識したことだ。名前はホープ・エリスではなく、キャシー・ベンソンだと言っていたが。二十五年ほど前、シングルマザーと二人でここに住んでいた小さな女の子で、交通事故で死んだはずだと思っていたと。時期については定かではないとも言っていた。他にも引き出した情報はあったが、真偽のほどはかなりあやふやだった。しかしひとつだけ、じいさんがはっきり覚えていたことがあった。女の子が死んだことだ。その子は黒髪に緑の瞳、細面で、将来とても美人になるだろうなと思っていたそうだ。昨日来た女がまさにその女の子の数十年後の姿だった。そして写真の女と同一人物だった。それは間違いない。老人はそう言った。

すべて話し終えたときには、老人は泣いていた。レズニックには捕虜を尋問した経験が何百回もある。捕虜が恐怖で泣きながら話す場合、その情報の信ぴょう性には疑問が生まれる。助かるためなら、どんな嘘でもつくからだ。

今回もそういうことであれば、運が悪かったとしか言いようがない。

この老人からもう聞き出せることはないと結論づけると、レズニックは飛び出しナイフを手にして、老人の第二と第三肋骨のあいだに正確に突き立てた。ナイフは直接心臓を切り裂き、見る間に老人は死んだ。ほとんど即死に近く、こんな慈悲深い殺し方をしたことを感謝してもらいたいものだと思った。すばやく、死に方としてはむごたらしいものではない。胸腔(きょうくう)部分に血が留まるので、外に血しぶきが飛び散ることもない。

小屋に入ったときから、レズニックは安くてアルコール度の強い酒の壜(びん)が並んでいることに気づいていた。壜の大半は空だったが、四分の三程度残っているのもあった。レズニックが来なければ、これも夜までには空になっていたのだろう。彼は慎重に死体をベッドに運んだ。寝乱れたままで臭いその場所に、残っていた安ウィスキーを全部かけ、汚らしい毛布を死体にかぶせると、火を放った。火が燃え広がるのを見届け、小屋全体が燃え始めるのを確認してから外に出た。

消防隊が到着すれば、常識的に考えて当然の結論に達するだろう。今は景気も悪い。貧困にあえぐひとり暮らしの老人が、酒を飲みすぎるのはよくあることだ。酔っぱらって安タバコに火をつけ、全身が火だるまになった。このタバコも小屋にあったものをレズニックがベッドに置いたのだ。さらに、マッチ箱をベッド近くの床に捨てておいた。

現場検証は三十分、せいぜい一時間で終わるだろう。全米の平均的な都市はどこも予算不足だ。サクラメント市も例外ではなく、すべての公的機関が慢性的に人手不足である上に、警察官も消防士も安月給で働かされている。彼らはここに来て、唯一考えられ得る結論に達する――悲しい事故、さびしい老人が酔っぱらって寝タバコをした。これ以上調べることはない。さっと現場を見て終わりだ。

検死には約五千ドルもかかり、その費用をカバーする保険はない。このじいさんには真相究明を求めて騒ぎ立てる家族もいないだろうし、検死費用を負担する者もいない。検死したところで、胸のあたりが激しく燃え黒焦げになっているので、刺し傷があったことまではわからないだろう。焼死体というのは、おぞましいものだ。工作員時代に何度も見たことがあるが、グロテスクだし、臭いがひどい。焼死体を丁寧に調べようとするのは、かなりの経験がある、優秀な検死官だけだ。

さあ、じいさんから聞き出せることは聞き出した。もうここを出よう。ナンバープレートは前にも後ろにも、泥を塗っておいた。車種は黒のシボレー・サバーバン。何百万台も走っている車だ。まあ、確かにこれほど貧しい地域に大型SUVを乗り回す人間がいるのか、という問題はあるが、それについては対応策がある。上空にミニ・ドローンを飛ばして、このあたりの航空映像を撮影するドローンを妨害しておいた。自分の通る道だけ、ミニ・ドローンによる映像で上書きし、自分の車を消し去るのだ。

このトレーラー・パークを出ると、十数キロ先で高速道路に乗れる道がある。来るときに使ったルートは車線の多い主要高速道路で、その監視カメラは、シボレー・サバーバンを運転する自分の姿をとらえていただろう。ただ別の見方をすれば、ホープ・エリスが映像として記録されている可能性もある。彼女に同行した謎の男も一緒に。

彼は運転席に座ると、即座に問題解決に取り組んだ。主要高速道路の監視カメラは三ヶ所、そのGPS座標も正確にわかっている。三つともサクラメント市交通局が管理するもので、つまりたいしたサイバー・セキュリティ対策は取られているはずがない。彼の確信どおり、十五分もしないうちに携帯電話からシステムに侵入できた。ホープ・エリスが男と一緒にここに来たのは昨日。そこでレズニックは前日の朝九時からの分の映像を再生し始めた。ここからいちばん近いところにあるカメラは、高速道路の降り口ランプをとらえてはいない。そこでランプの少し手前で方向指示器を出す車に注目した。レズニック自身は、ぎりぎりまで方向指示器を点灯（てんとう）しない。習慣的なものだが、常に尾行を警戒しているので、自分がどの方向に行こうとしているかを早くから周囲に知らせたくないのだ。見ていくと、彼と同様に直前に指示器を点灯する者もいるが、大多数のドライバーは、ランプに入る数十メートル前あたりで指示器を点灯していた。

午前九時から午後五時までのあいだで、二百二十台の車両が降り口ランプに入った。このすべてを携帯電話で調べるのは無理だろう。大きくてきれいな画像のモニターで調べても時間がかかる。

モーテルに引き上げることにした彼は、ドライブスルーのファストフード店に立ち寄った。宿泊先のモーテルは、身分証明を求められず、防犯カメラもスイッチが切られたまま、ドライブスルーの窓口では野球帽を目深にかぶり、顔が防犯カメラに映らないようにした。モーテルに戻ってチーズバーガーを食べると、彼は本格的に仕事に取りかかった。

四時間かけて、彼は狙いを四台に絞った。そのうちの三台は助手席には誰も乗っていなかった。またナンバープレートを調べても、三台はサクラメント市内に住む個人が所有する車だとすぐにわかった。残るは一台。この車は所有を法人で登録してあり、それがどういった会社なのかが、どうしてもわからない。

ふうむ、怪しい。法人登録の車両。その法人とは、西インド諸島に本社を置く正体不明の会社。さらにその会社そのものが、また別の持ち株会社によって所有されている。経験上わかる。ここからいくらたどっても、意味のある情報にはたどり着けない。何かを知りたいと思うのなら、この車そのものを追跡したほうがてっとり早い。

時間はかかる。サクラメント市の交通カメラすべてを調べる必要があるだろう。その調査を簡単にするプログラムはあるが、それでもすぐには無理だ。

それから五時間、近くの食堂からフライドポテト添えのステーキを頼み、食事後また映像のモニターを始めた。たぶん徹夜になるだろうなと覚悟はしていた。それでもいずれはホープ・エリスと連れの男を見つける。そしてばらす。レドフィールド上院議員からの指示はきわめて明確だった。女を殺すのだ。

コート・レドフィールドにとって、女を消すことは非常に重要なのだ。レズニック自身にとっても同じだ。この任務を成功させれば大統領の右腕としての地位は確かになるとわかっている。世界一の権力者が自分のバックについている、と思うと興奮を禁じ得ない。大統領だなんて、トレーラー・パークで育った少年にはとうてい手の届かない、遠い遠い夢の世界だった。そんな自分がここまで来たのだ。

だから、ああ、もちろんだ。この任務は必ず成功させる。ホープ・エリスの寿命が尽きるときは、刻々と近づいている。

13

ルークとのことをどう考えればいいのだろう？　こういう……ことになるなんて。今、彼の顔が目の前にある。悩みごとでもありそうな顔をしていても、すごくハンサムだ。こんなに深刻そうな表情なのに、それでも完璧に整った顔立ちに見えるのは、なぜだろう。ホープの知る、いわゆる〝男前〟という人たちは、たいてい笑顔か、ちょっとすねたような顔か、もしくはその二つの中間のどこかの表情を作っていた。そういう人たちを見かけるのは、映画の中とか、高級ファッション誌のグラビアとかだけで、直接ハンサムな人を肉眼で見ることなんてなかった。目の前すぐという距離で見ることなんて、なおさらあり得なかった。

本当に目の前。ひと晩じゅう、ずっと互いの顔をくっつけていた。さらに、大部分の時間は彼を自分の体の中にも感じていた。彼がどんな匂いなのかもわかった。石鹸と男らしさの混じったうっとりする香りだが、常習性があるから禁止薬物に指定すべきだろう。X染色体を二つ持つ種類の生物なら、この匂い物質にきっと依存症になる。

絶対、法律で規制するべきだ。

地球上の男性がみんなこの匂い物質を持っていたら、仕事する人なんてひとりもいなくなるに違いない。金輪際、誰も働かなくなる。女性はただ、うっとりとして、ぼんやり笑ったまま男性に触れるだけになる。

自分にルークを独占できる権利があるわけではないが。彼は……自分にとって、どういう存在なのだろう？ 体の関係を持ったあとでも、悲鳴を上げて逃げ出したりはしなかった。そして、何度も体を重ねた。それは事実だ。もちろん、これまで関係のあった男性にベッドから悲鳴を上げて逃げ出された経験があるわけではないが、たいていは、男性たちは彼女自身に興味があったというよりは、アルゴリズムというか——自分が正しくできたかどうかを気にしている節があった。彼女のほうも相手に感情をかき立てられたことはない。これまで四人、いや三人の恋人がいたが、誰に対しても圧倒的な満足感を得ることはなかった。四人目は体の関係は持ったのだが、恋人というほどの心の結びつきはなかった。彼のほうは恋人になろうと努力していたようだが、どうもうまくいかなかった。

とにかく、全員、ルークとはまったく違う。

四人とも、最終的にはホープをベッドに残して立ち去った。ルークはそばにいてくれる。ただ、現在はホープのそばにいることが彼の仕事なのだから当然とも言える。

結局はそういうことなのだろうか？　仕事だから、こんなにぴったり離れずにいるだけ？

「どうかしたか？」

太い声が聞こえ、あれこれ考えていたホープはびくっとした。彼の肩に顔を埋めていてよかった。赤くなっているのを知られずに済む。

どうもしない。いや、いつになくいい気分だ。セックスというものの本質がやっとわかったように思える。これまでずっと食品サンプルのフルーツを食べていたのに、本もののリンゴを手渡された感じ。みずみずしくて甘い、実際のフルーツ。

おいしい食べもの。

まだ頭がぼんやりしているが、それでも彼の今の言葉についてじっくり考えてみた。私はどうかしたのだろうか？　普段の自分と違うのだろうか？

もちろん！　これまでにないぐらい最高の気分だ。

「いい気分よ」笑みがこぼれる。笑顔になるようなことなど、まるでないのだけれど。仲の良い友人が殺された。理由はホープの過去を知ったから。アパートメントの管理人も、同じ理由で殺された。何か恐ろしい秘密に満ちた過去が自分にはある。その内容はまだわからないが、ひたひたと彼女自身にも忍び寄り、隙さえあれば彼女の命も奪おうとしている。

それなのに、笑顔になっている。

これまで出会った中でいちばんすてきな男性の腕の中にいるから。その男性に夜どおし愛され、それでも今もまだ強く抱き寄せられている。濃密な時間のあと、彼の体のすべてがわかった気がする。自分の体についてよりもっと彼の体を知っている。肌の匂い、彼女が動くたびに腕にぎゅっと力を入れて引き寄せようとするところ、キスのときの彼の味、いくぶん濃い色の胸毛が光にきらめくところ、腕の毛はもっと明るい金色であること。

彼は信じられないぐらい強い。筋肉に触れると、太い木の幹みたいだ。温かな大木。こうしていると、おとぎ話のお姫さまになった気がする。お城の外ではドラゴンが火を噴いていても、魔法で守られているから中にいれば大丈夫だという感覚。

するとルークが少し体を離し、顔を下げて視線を合わせてきた。彼女は穏やかな心境でその眼差しを受け止めた。「ほんとに、大丈夫か？」

「ええ」言葉と一緒に、満足のため息が漏れる。ホープは彼の肩に頬を寄せた。実際に大丈夫なのだ。自分には計画性があるほうだと思っている。たくさんのデータを解析する職業柄、彼女は常に、頭のあちこちに遍在（へんざい）するデータを再構築して意味のあるものにしようとする。その際、時間軸は特に気にかける要素となる。ものごころついたときから、この時刻には何をするか、ということをいつも考えて行動してきた。しかし今は、計画性に縛られない場所にいる。過去も未来もなく、たくましい男性の腕に包まれているこの瞬間が永遠に続くように思える。

そもそも、このたくましい腕が彼女の思考をすべてはぎ取ってしまったようだ。現在は何も考えなくてもいいけれど。考えるのは男の人にまかせておこう。

え？　今頭に浮かんだ内容が、自分でも信じられない。すばらしいセックスをひと晩体験しただけで、石器時代の女になってしまったみたいだ。一万年ぐらい、精神構造が退化したのか。

けれど――こんな感じになるとは想像もつかなかった。抱きしめられることの重要性が、やっとわかった。彼女には両親からハグされた記憶はない。親友であるフェリシティやエマやライリーとは会えば抱き合うが、最近、直接会う機会もなかった。男性と付き合った経験も豊富ではないし、その数少ない恋人は誰もスキンシップを喜ぶタイプではなかった。ひとりはまったく触れることもなかったのに、ある日突然、彼女に突進してきて抱きついた。頭の中でふくらんだ妄想を抑えきれなくなり、思いきった行動に出たらしい。その後、その男性は猛然とホープの服をはぎ取った。その姿は、留守番を言いつけられたばか犬が、クッションの中身を部屋中にまき散らすところを思い出させた。

とにかく、抱きしめてくれる人はいなかった。

そして今、抱きしめられる感覚に、彼女はうっとりしていた。彼女のほうからは何もしなくていい。ルークに寄りかかり、できるだけ彼と体を密着させる姿勢になるだけ。二人は互いに相手の体の匂いをまとっている。耳に彼の鼓動が心地よく響く。肌にも心臓の動きが伝わる。彼の長くたくましい腕が彼女の背中を覆い、その手がヒップを、反対側の手が頭を撫でる。

こうしていると安全だ。そんなふうに実感したのは生まれて初めてのように思う。世間というものは、彼女に対してときに残酷、常に冷淡で無関心、隙あらば彼女に襲いかかろうと牙をむいてくる。今は彼が自分の前に立ちはだかって、世間から彼女を守ってくれる。

ルークはホープに対して、残酷でも冷淡でも無関心でもない。少なくとも今は違う。そして彼女の求めるのは現在の安心感だ。

「大丈夫でよかったよ」彼はホープの頭のてっぺんに軽く口づけしてから、また枕に頭を預けた。「実は、あの、俺、最近あまり……実戦経験がなかったもので、やり方を覚えているか、最初は不安だったんだ」

彼女のお腹の底から笑い声が飛び出した。

「そんなに笑うなよ」ものうげにそう言うと、彼がホープの髪をくしゃっと乱す。

「笑いたくもなるわよ。爆笑ものだわ。だって私自身、あなたよりもっと経験がないはずだし、それに……これまでの私の彼氏って、コンピューターとしか付き合いがないような男性ばかりだったのよ。生身の女性に何をすればいいのか、わかってなかったみたいなの」

彼が撫でていた手を止める。「そいつは妙だな」

今度はホープが眉をひそめた。「妙って？」

彼はまた上体を起こす。「君は美人で頭がいい。どんな男だって、君をベッドに誘おうとするはずだろ」

彼女はルークの胸筋の縁を指でなぞった。すてき、これこそ胸の筋肉だわ。左右の筋肉のあいだにくっきりとくぼみができるのが不思議。ふわっと生えた金色の毛が全体の印象をやわらげている。毛は下向きの矢印みたいにまっすぐ……その……矢印が示す場所も、すてき。「そんなに褒めてもらえるのはうれしいけど、お世辞なんて言わなくてもいいのよ」

「えっ？」彼が大きくまばたきする。驚いているようだ。「お世辞じゃないよ。ホープ、君は鏡を見るってことがないのか？　鏡を見ればセクシーで……とにかく完璧な女性が映ってるはずだ。ＡＳＩ社の仲間の奥さんや恋人も美人ぞろいだが、君だって負けてはいない。どうもこの会社は女性に関してすごい幸運に恵まれてるみたいなんだ」

「フェリシティは美人よね」

「君のほうがきれいだぞ」彼の言葉にびっくりして、ホープは顔を上げた。法律で決まってるんだ、みたいな言い方だったが、彼の顔にもその気持ちが表われ、強情そうに口を結んでいた。彼が宣言した内容はばかげているが、あえて反論はしない。ホープを褒める意図は明確だし、事実ではなくても、うれしい。人から自分の外見を褒められたのは、これが初めてだったから。頭がいいと言われたことは何度もある。それにゲームの腕を称賛されたことも。しかし美人だなんて――いちどもなかった。

ところがルークは、なぜかホープを美人だと思い込んでいる。彼こそ、外見的に完璧なのに。まあ、褒め言葉はそのまま受け取ることにしよう。彼女の人生は根底からひっくり返されてしまった。だからこそ、この瞬間を大切にしたい。もう少ししたら、二人ともベッドを離れなければならない。そして彼女の過去という謎を解く作業を始める。実の親が誰なのかを探り出すのだ。この作業がハッピー・エンドにつながるとは思えない。それだけは確信できる。めでたしめでたし、なんてあり得ない。自分のせいで罪もない人が殺されたのだ。幸せになっていいはずがない。つまり、近い将来には苦悩と悲しみの日々が彼女を待っている。それでも今だけは違う。今は温かさと力強さに包まれている。そして腿に当たる棒のようなものがどんどん大きくなっているところから判断すると、セックスの歓(よろこ)びを得られるようだ。

二人の目が合うと、その瞬間火花が散った。大容量の電流が二人をつなぎ、分子レベルで互いの細胞が溶け合ったように思えた。それほど深く濃密な絆だった。それまでホープを見る彼の目はやさしかったのに、今ではその眼差しが突然鋭くなり、顔に緊張が広がっている。これが何を意味するか、二日前にはわからなかった。彼女が難解な数式を解くのと同等の困難な軍事的問題の解決に、彼は取り組んでいるのかな、とでも推測しただろう。

今はわかる。彼のこの顔は、非常に特定の、そしてたったひとつのことを意味するのだ。何もかも忘れるほど強烈なセックスを体験する。これから、すぐ。

ルークは少し体の向きを変え、彼女の上にかぶさった。うん、これがいい。正常位がいちばん好き。こういうのはつまらない、と主張する人もいるようだが、ホープは彼の体を上に感じたかった。この体勢に飽きてしまう人の気持ちがまるで理解できない。腕を彼の首に巻きつけ、互いの体を近くに感じると、興奮する。嵐のような快感の中で、最終的には彼の肩にしがみついてしまうのだが、そうでもしていないと体がどこかに飛んでいってしまいそうに思えるからだ。

こんなにほっそりして見えるのに、実はルークの体はかなり重い。その重みをどっしりと自分の体全体で受け止める感覚が、本当に心地よい。幅の広い彼の肩が、降りかかってくる世界じゅうの危険をブロックしてくれるようにも思える。

ホープが反射的に脚を広げると、彼はごく自然に自分の位置を定めた。ここにいるのが当然だという感じで、するりと彼女の中へ入ってくる。そこで歓迎されるのを、ちゃんとわかっているのだ。

目の前にある彼の顔がほほえんでいた。端正な顔立ちに影が差し、危険な雰囲気が出る。悩みの多い真面目な人という感じではなく、情熱と欲望だけが伝わってくる。そう、それこそホープが求めるものだ。

彼女が少し腰を持ち上げると、彼の口が下りてくる。かちりと音が鳴ったのではないかと思うぐらい互いの唇が完璧に重なり合う。こうやってキスし合うために二人の唇はある。そのために作られた気がする。二人は同時に息を吐き、そして笑い出した。するとお腹が触れ合う。

「これじゃ――」ルークがそう言ったときだった。彼の携帯電話が鳴り、地獄が始まった。

二人は顔を見合わせ、音が響く中でしばらく動けずにいた。ルークは打ちのめされたかのように、がっくりと首を垂れた。「電話に出ないと」申しわけなさそうに言う。「あの呼び出し音は、ＡＳＩ社のオフィスからなんだ。何かわかったことがあったのかもしれない」

「そうね」ホープは横を向いた。自分の目に浮かんでいるはずの失望を彼に見られたくなかった。結局、これはかりそめの暮らしだ。彼と愛を交わすことなんて、二度とないのかもしれない。

彼女の全身が、彼が離れていくことに抵抗した。ルークが体を起こし触れ合う感覚がなくなると、突然氷のシーツをかけられたかのように体が冷たくなった。さっきまでたくましい男性の筋肉をつかんでいた手は空っぽだ。彼女は代わりに毛布を握りしめた。

やがて彼女も床に落ちていたセーターとジーンズを取った。昨夜、ベッド脇に脱ぎ捨てたままの状態だった。

彼はベッドから下りると、ナイトスタンドに置かれていた携帯電話を手にした。すぐ横には拳銃もある。彼が常に手の届くところに置いておくことには、気づいていた。彼女がラップトップ・パソコンを手放さないのと同じだ。彼は大急ぎでTシャツとジーンズを身に着けた。

電話のモニターを見る彼の顔に緊張が走った。真剣な表情が戻っていた。「フェリシティ、どうした?」

ホープは驚いて、彼のほうを見た。会社のオフィスからの電話だと彼は言っていたが、フェリシティはオフィスにいるのか?

フェリシティの声が響く。「ホープの携帯に電話するのは危険だと思って、あなたにかけたんだ。彼女と代わってくれる？」

「ああ、もちろん」ルークが電話を差し出す。「スピーカーフォンのままで話してくれるか？」

一緒に話が聞けるようにはしたが、ビデオ通話にはしなかった。ただ、ルークとホープが、早朝からすごく近い距離にいることは、ポートランドでもすぐわかったはずだ。

それでもフェリシティはあてこすり的なことはいっさい言わなかった。ただ、心配そうで疲れた声だ。「ホープ、聞こえる？ うちのシステムが襲撃されてるんだ」

ホープは顔を曇らせ、結局ビデオ機能をオンにした。フェリシティの顔が青白い。

「またDoS攻撃？」問題ではあるが、フェリシティをここまで憔悴（しょうすい）させるほどではないはず。

画面のフェリシティが首を振った。「マルチベクトル型ネットワーク層大規模DDoS」

分散型サービス拒否攻撃（DDoS）となれば、事態は深刻だ。「ASI社が攻撃を受けてるの？ あなたの会社が？ どうして？」

フェリシティが下唇をぐっと突き出す。「社内の——私の調べでは、あなたと関係あるみたい」

ホープはルークを見た。その瞳が強い懸念を示している。そしてまた彼女は画面に話しかけた。「私と?」

「うん、攻撃の中で、うちの会社の過去二日間の活動記録を調べられた形跡があって――」フェリシティが口ごもる。めったにないことだ。彼女は常にずばりとものごとを指摘するのに。

「それで?」

「あなたの名前が検索されてた。それだけが目的みたい。攻撃でうちのシステムをダウンさせ、その間にあなたに関する情報を探り出そうとしたんだ。こっそり捜されたから、見つけるのも難しかった」

「どうやって――」ホープは口がからからになるのを感じた。「私がASI社の支援を受けてるなんて、どうしてわかったのかしら」体の奥から震え始めるのがわかった。芯から凍り始め、体全体に冷たさが広がっていく。昨夜感じた温かみが、すうっと消えていく。宇宙に飛び出したロケットから熱が奪われていくみたいだ。体の中は暗く酸素のない宇宙みたいな感覚だが、これはものごころついたときから意識していたことだった。この二日だけ、別の空間にいたのだ。

フェリシティが首を振る。「どうやったのかはわからないし、敵が誰なのかも不明だけど、あなたの友人全部を狙ったみたい。エマとライリーのところもハッキングされたんだ。被害があったかどうかまではわからないけど。二人の現在の勤務先も、現在DDoS攻撃を受けてる最中」

「ひどい」そんな——仲のいい友人だったカイルが殺されたことにももちろん責任を感じた。その上さらにフェリシティとエマとライリーにまで迷惑をかけ——万一、この三人の身にも何かがあったら、その原因が自分だとしたら……。温かくてどっしりしたものを両肩に感じ、ホープはびくっとした。ルークの腕だった。見上げると、彼の真剣で心配そうな顔に、怒りが見て取れた。すごく怒っているようだ。

「ちくしょう！」彼の頬の筋肉が小さく歪む。「どこからの攻撃か、調べる方法はないのか？」

「ない」フェリシティが悲しそうに言った。「いろんな場所から一斉に——」

ホープははっと背筋を伸ばした。「待って。方法はあるかも。データストリーム上の基本定数を捜すプログラムを開発したの。DDoSは、通常時間の経過とともに増大していくでしょ。攻撃はいつ始まったの？」

「四時間前。みんな寝てる時間だね。東海岸でもまだ午前五時だもん。私もベッドにいた。攻撃を受けた場合は警報が鳴るようにしてたんだけど、午前二時〇七分に警報が鳴った」

「ごめんなさい、フェリシティ。何より体を休めなきゃならないときなのに。私のせいで……」

フェリシティが顔の前で手を激しく振り、猛然と否定する。「違う、あなたのせいじゃない」

「ああ、そのとおり」ルークが吠えるように言った。「悪者のせいだ。君のせいじゃない」

ホープは深く息を吸い、しばらくそのままで待ったあと、ゆっくりふうっと吐き出した。NSA勤務時代にヨガを習っていて、そのとき教わったリラックス法だが、実のところヨガは長続きしなかった。仕事のストレスが大きすぎて、ヨガではとても解決できそうにないと思ったからだ。

「OK、フェリシティ、攻撃の最初の五分間の記録を送ってくれる？　記録されてるわよね？」

「もちろん。でも、いいとこに目をつけたよね。最初の五分間は、ボットネットがじゅうぶん構成できてないだろうから」

「ええ、それでね、私の開発したプログラムっていうのは、定数へのデータ・ダイブをするの。ボッツは変化するけどコマンドやコントロール構造に定数があるでしょ。私が設計したのは、低いシグナル比を持つデータの大量流入における定数を見つけるツールとしてのプログラムなんだけど、今回みたいなDDoSの送信元を割り出す用途でも使えると思う。とにかく、やってみて。今すぐ、プログラムを送るわ」

「現在は、送信元は巧妙に隠されてる」フェリシティはまだ半信半疑のようだ。「世界じゅう、あちこちのIPを使ってね」

「ええ、もちろん。でも私のプログラムを試してみて。少し時間はかかるかもしれないけど、いずれ送信元は割り出せると思うから」

「つまり、これもエリスさんの発明した新たなプログラムということですか？」新しい声が聞こえた。深みのある低音が魅力的で、スピーカーまで振動したように思える。男性が顔を見せた。顔じゅうの傷痕が醜く目立っている。フェリシティからは、ASI社の経営陣について簡単に教えてもらっていたので、ホープにもすぐわかった。この人はダグラス・コワルスキ氏だ。社の主要メンバーからは〝シニア・チーフ〟と呼ばれているらしい。海軍時代の階位だと説明されたが、ホープにはそれがどのぐらいの地位になるのかはわからない。ただ元々かなり恐ろしい人相の上に、ケロイド状に引きつったたくさんの傷痕のせいで、極悪非道のギャングだと言われても信じてしまいそうだ。それでもこの人は間違いなく正義の味方であり、またフェリシティによれば、とてもいい人だそうだ。

「ホープと呼んでください」

コワルスキ氏の声は神様みたいに強く響く。神様からエリスさんと敬語で話しかけられるのは、どうも居心地が悪い。

彼は軽く頭を下げると、ホープを正面から見据えた。目の前に彼がいるような気分だった。この人が自分の味方になってくれてよかった、と彼女は思った。敵に回せばすごく怖そうで、朝ごはんにして食べられてしまいそうだ。

「では、ホープ。今そこでフェリシティが――」横にいるフェリシティを示す。画面からは集中した彼女の顔が半分だけ見える。自分のコンピューターでホープが送ったプログラムを試している最中なのだ。「大騒ぎしているが、あの反応から判断すると、すばらしいプログラムのようだね。うちの社に売ってもらうことはできないだろうか？　売るのがだめなら、使用料を払うのでリースしてもらえないか？　俺の理解では、このプログラムがあれば、対抗できるんだよな、その――」横目でフェリシティを見る。

「DDoS攻撃」心ここにあらず、といった調子でフェリシティが答える。コンピューターの画面を見たままだ。

コワルスキ氏がうなずいた。「そう、それを防ぐとか」

「まさか、とんでもない」ホープは、ちょっと待って、と両手を上げた。「こういう話、前にもしたんです。ASI社は、私を助けてくださってるんですよ。私がどういった理由で狙われているのかを探るために手を貸し、そのおかげで私は今も命を落とさずにいるんです。ＡＳＩ社がサイバー攻撃を受けているのは、私のせいです。だから私が開発したプログラムなら、何だって好きなように使ってください。これまでに開発したものも、今後開発するものも、ＡＳＩ社から使用料をいただくつもりはありません」

彼はしばしうつむいて何かを考えていた。問題を嚙み砕いているかのように、顎が何度か動く。やがて顔を上げ、彼がまっすぐにホープの目を見た。「よし、ではこういうのはどうだろう？　うちで仕事をする気はないか？」

ホープはあっけにとられた。「今、何と？」

「仕事だよ。つまり、ＡＳＩ社での職を君にオファーしてるんだ。君はＡＳＩ社のために働き、会社は賃金を支払う。ここにいるフェリシティが君を褒めちぎっている。彼女みたいな人が言うぐらいだから、君がきわめつきに有能なのは疑いの余地もない。さらに君からは、もうプログラムを二つ無償提供されたとも聞いた。そのどちらも、かなりの金額で売れるものだとか。それから、君は現在の仕事には満足していないんだよな？　うちで働くことに関しては、フェリシティがいろいろ説明してくれるだろう」突然彼の頰のあたりに、ほっそりと小さな親指が現われ、上を差した。すると彼の表情がふっと緩んだ。これがこの人の笑顔なのだろう。「条件は悪くないはずだ。

増大するIT関連の仕事すべてをフェリシティひとりで処理するのは、そろそろ限界だ。今だけではなくて、出産のあとも、双子だから育児にずいぶん時間を取られ、体力も消耗する。どうか君に入社してもらいたい」

脇腹を突かれて、ホープは床に転げそうになった。ルークが普段よりさらに真剣みを増した顔でこちらを見ていた。水色の瞳がきらきら輝いている。「働く、と言うんだ。きっと気に入るから。そうします、と言うだけでいい」

彼の顔から目が離せない。

「はい、そうします、だろ?」肩を押すようにして、返事を促す。

「えっと……はい、そうします」

ホープが言葉を発した瞬間、ルークはこぶしを突き上げた。コワルスキ氏――これからはホープも〝シニア・チーフ〟と呼ぶべきなのだろう――彼の口元が微妙に歪む。きっと彼のスマイルがこれなのだ。ホープはこれまで、コンピューターとの付き合いしか学んでこなかったオタク連中の表情やボディランゲージから、その気持ちを推し量る経験が豊富にある。軍人とオタクは、肉体的にはかけ離れた存在ではあるものの、ボディランゲージとしては似ているようだ。たぶん、どちらも感情を素直に表現するのが苦手なのだ。

「結構」シニア・チーフが言う。「現在、フェリシティの抱える仕事量は膨大だ。彼女と同等の能力を持つ人が入社することで、少しでも彼女への負担が軽減できればありがたい」

「同等に近い、といったところです」ホープは笑顔で彼の言葉を訂正した。

「聞こえたよ！」後ろでフェリシティの声が響く。「同等もしくは、私以上、なんだから」

そんなことないわよ、とホープは首を振った。

「とにかく、入社してくれてうれしい」シニア・チーフが話を続ける。「ここまでのところでも君を守ることは優先事項だったし、会社の人材や機材は遠慮なく使えるように手配していた。そこに関しては、社員となっても同じだ。今回のことが解決し、ASI社で働くとなったら、引っ越しもしないといけないはずだが、大陸を横断して住まいを変えるのは大変だ。時間もかかるだろう。そこのところは理解しているから、気にするな。ただ、君はこの瞬間からASI社員だからな」

ホープは驚いた。「あの、そこまでしていただくのは――」

彼はもう画面から消えていて、フェリシティのかわいい顔がモニターいっぱいに映し出されていた。顔色は相変わらず青いが、顔には面白がるような笑みが浮かんでいる。「今のがシニア・チーフ。彼とミッドナイトは、神様みたいなものなんだ。では、ASI社にようこそ！　すごくいい会社だよ」

軽い口調で言った彼女だが、よく見ると顔には疲労の色がありありと浮かんでいる。安定期に入る時期なのに、顔色が悪くかなり痩せている。この時期なら、体重がどんどん増えてもいいはず。気分が悪くなり、実際に吐くことも多いと聞いた。それでも以前と同じ仕事量をこなそうとしている。本来はベッドにいなければならないのに、今日もこうしてオフィスに来ている。朝二時に攻撃に気づき、すぐにやって来たに違いない。

それなら、信頼できる友人の差し出した手を、フェリシティも喜んでくれるだろう。少しばかり負担を減らすことができるのなら、ありがたいと思ってくれるはず。これまでにもずいぶんよくしてもらったフェリシティに、今こそその恩を返せるかもしれない。

それに――新しい仕事、だなんてわくわくする。新たな挑戦だ。それからルークと一緒に働ける。

最高だ。

彼は、ホープがASI社で働くことを勧めてくれたが、それはどういう意図があったからだろう?

でも……ルークの同僚になるのだ。

フェリシティが、モニター越しに少し首をかしげてこちらをじっと見ている。ホープの返事はひとつしかない。

「入社できてうれしいわ。いずれ、この――」現在の状況を表わす適切な言葉を求めて、ホープはひと呼吸待った。「今回のことにけりがついたら、すぐにポートランドに戻って、あなたの仕事のいくつかを引き継ぐ」

溜めていた息を吐き出したフェリシティの顔から、いくぶんなりとも思いつめたような表情が消え、彼女本来の表情に近くなった。「会社は、新規採用者用に、アパートメントを借りてるんだ。だから当面、あなたもそこに滞在すればいい。住居は会社が捜してくれるけど、自分が気に入るところが見つかるまでそのアパートメントにいられるから、慌てなくてもいいんだ」

ホープは自分の耳を疑った。転職経験があり、新卒で採用されたときも含めると、新しく雇用された二度とも引っ越しが必要だった。だが、NSAも投資ファンドも、雇用した人間がどこに住もうが、アパートメント捜しに苦労しようが、何の関心も持ってくれなかった。

「すごいのね、そこまで――」

「でしょ?」晴れやかな笑みを向けるフェリシティの顔に、安心感が広がっていた。友人とまた一緒に働けることを喜んでいるのは確かだが、自分が信頼できる人間に自分の仕事の何割かをまかせられることに安堵(あんど)しているのだ。ホープが来ることを、彼女は明らかに歓迎している。「すごくいい会社なの。あなたもきっと気に入るよ」そう言ったとたん、彼女の顔がまた真っ青になった。「うわっ、まずい。ちょっと失礼」

じゃあね、と声をかける暇もなく、電話は切れた。

「ゲロしに行ったんだ」ルークが心配そうに説明する。「こういうのがしょっちゅうあって、メタルはどうにか彼女に体を休めさせようとしているんだが、どうにもできずにいる」

かわいそうに。フェリシティは本当に大変な思いをしているのだ。ホープ自身はいたって健康で、これまでに嘔吐した経験も、たった二度しかない。はっきり覚えていて、あんな経験はもうご免だ、と思っている。ところがフェリシティは、一日に何度も吐いているらしい。しかも、その状態が何週間も続いているのだ。想像するだけでぞっとする。

ルークがかがみ込んで、軽く唇を重ねてきた。そして顔を上げ、何か違うな、と眉をひそめたあと、もういちどキスした。今度は長いキスで、何もかもがとろけそうだ。命を狙われる危険も、過去にまつわる謎も、DNAのことも――何もかも溶けてなくなった。彼に抱かれていると、恐怖や不安を思い出せなくなる。ホープが知覚できるのは、彼の唇のやわらかさとその周囲のひげがすこし彼女の口周りの肌を刺すことだけ。それから彼の舌がやさしく動き、彼女を支える手が頼もしいこと。

彼の全身がたくましい。この体にいつまでも触れていたい。ホープは、肉と血とホルモンだけでできた生きものになり、思考はいっさいなくなっていた、熱と欲望が燃え上がる。今、部屋で爆発があっても、気づかないのではないだろうか。そう思うと、この人は危険だ。

ルークが唇を離し、難しい顔で彼女を見た。「君は危険な人だな」

ホープは笑いながら、彼の肩を押した。「私もちょうど今、あなたのことを危険な人だと思っていたところよ」

「そうか?」彼がほほえむ。「まあ確かにな。射撃の腕には自信がある」

「そういう意味の危険じゃなくて。私の信じていた人生っていうものが、根底から崩れ落ちたわけでしょ。私はたぶん、犯罪者と血縁関係にあり、その犯罪者はおそらく肉親である私を殺そうとしている。私は自分が何者なのか、誰からも教えてもらえない。二分ぐらいの面接だけで、どうやら新しい仕事を得られたみたいだけど、それにはアメリカ大陸を東から西へと横切る引っ越しが必要となる。考えなきゃならないことが山ほどあるのに、私の頭にはあなたのことしかないんだもの」

彼に両方の二の腕をつかまれ、彼女はその場に立ちつくした。彼のたくましい胸に体を預けたい、そして何もかもを彼にまかせてしまいたい、という衝動に駆(か)られていたから、腕を支えてもらうのはいいことなのだろう。少しでも残った自制心をこれ以上失わずに済む。普段自立心の強い彼女からは、考えられない衝動だった。これまでは自分のことはすべて自分でしてきた。ずっと小さい頃から、自分の面倒を自分でみるのは、あたりまえのことだった。問題が起きたとき、誰かに頼ろうと思った記憶はない。

これまでは。

ホープを見下ろす彼が、不思議な表情になった。笑みのような、顔をしかめているような。

「どうしたの?」

問いかけると、彼は彼女の鼻先に軽くキスした。鼻先にキスされたのは初めてだった。子どもをいとおしむとき、あるいは大切に想っていることを示す行為だからだ。そんなやさしさに触れたことはない。

「これで俺たちは、同僚ってことだな」

「うむ、うん」

「職場でいちゃつくのは禁止なんだよな」

ああ、そうか。こういう経験も初めてだ。同僚に恋愛感情を持つ、なんてこれまでの職場でならあり得ない。ただ、一般的には職場恋愛は禁止とか、職場でいちゃいちゃしてはいけないとか、何だかわからない不文律みたいなのがあったはず。普通の職場はそういうものだ。

やっとこんなすてきな恋人ができたのに、職場では遠い親戚みたいな態度でしか接してはいけないのか？　なかなか難しい気がする。

「そうよね」

「ただし――」

ただし、何だろう？　その先の言葉を考えてみても、ふさわしい候補が見つからない。

「ただし、何？」

「カップルとして認めてもらえば、話は別だ。二人は真剣に付き合っている、と宣言すれば、とやかく言われることはない。フェリシティとメタルも最初からそうだった。やがて結婚するカップルとしてみんなに認められ、誰も何も言わなかったらしい」

彼女の頭で、いろんなことがぐるぐると回っていた。今の言葉は自分の聞き間違いだろうか。『やがて結婚するカップル？』彼はそう言ったの？

彼が長い指を伸ばして、ホープの顎を押し上げる。かくんと音がして初めて自分がぽかんと口を開けていたことに、彼女は気づいた。「頭がいいのに、こういうことに関しては鈍いんだな」

彼女はうなずいた。そのとおり。返事をしようにも、完全に彼の言葉を誤解している可能性がある。自分の理解が正しいのだろうか？

「真剣に付き合おう、カップルとして誰からも認めてもらおう、そう言ってるんだ。これからもずっと。二人で一緒に」そこで彼は顔を曇らせた。「ああ、だめだ。俺は何て口下手なんだ！　でも、俺の言ってる意味、わかってくれるよな？」

彼女はまたうなずき、ただ彼の顔を見つめた。

「で、返事は？」

彼女はまばたきもせず、ひたすら彼を見ていた。

「ホープ？」彼女の目の前で、彼が手をひらひらと振る。「どこに行った？」

どこにも行っていない。ただその場で固まっているだけ。やはり、これはプロポーズなのだ。結婚？　自分が夫を持つなんて、想像もできない。これまで真剣に付き合った人なんて――いただろうか？　そして、その真剣な関係を、友人や上司からも認めてもらうなんて。

その瞬間、彼女の全身を不思議な感覚が貫いた。電気のような感覚が神経を末端まで駆け抜け、その衝撃で皮膚から火花が出そう。

幸福感だった。純粋な喜びが、体の内側からほとばしる。将来のことなんて、じっくり考えてみたこともなかったが、今はその想像図が簡単に頭に描ける。フェリシティをはじめとする感じのいい同僚と仲よく働く自分、かたわらにはルーク。彼が自分にとってどういう立場になるのか——名称としては、婚約者とかそういうの？　要するに彼も一緒だ。会社の関係者はみんないい人ばかりとフェリシティが言っていた。つまり、ビルの中にいる人全員が友だちになるのだ。ルークも一緒に。ときどきは、仕事帰りに連れ立って食事やなんかに出かけるのもいい。週末もみんなで楽しんだり。ルークも一緒に。

ＡＳＩ社という共同体の一員となるのだ。彼と一緒に、そういう生活を楽しむ。

　バラ色の未来だ。そんな暮らしが自分を待っているだなんて、思ってもみなかった。けれど、その未来がはっきりと頭に描けた今となっては、どうしてもその生活を手に入れたいと思う。求める気持ちが強すぎて、自分でも怖くなるぐらい。不安でいっぱいになるのは、ひとたびその未来を思い描いてしまったら、もうそれ以外の生活なんて耐えられないと感じるから。バラ色の未来でなければ、荒涼（こうりょう）として寒々しい気がする。

　頭の中で勝手にその未来を作り上げてしまったのだ。そんなことをしたことなんてなかったのに。確実に手に入るものだけ欲しいと思うようにしてきた。手に入らないときに失望したくなかったからだ。そうすることで、落ち込むこともなかった。ところが、突然、そのメカニズムが完全に壊れてしまった。

思い描いた未来が欲しい。何としても。必ず。

その強い気持ちが怖いのだ。

「なあ」そう言って、ルークが抱き寄せてくれたのがありがたかった。彼の腕の中にぴたりと納まる感覚や、肌になじむ感触に安心する。一定のリズムで聞こえる彼の心音が力強くて頼もしい。「そう考えすぎるなよ。『真剣な付き合い』って言っても、俺はそう難しいことを考えてるわけじゃないし」本当に。怖くなったのか?」

「ううん」今後もうまくいくかどうかはわからない。関係になる、というのも悪くないと思えた。とにかくやってみよう。ルークとなら。他の人は要らない。

「よし」ぼそりと言うと、彼はさらに強く彼女を抱きしめた。

そのままじっと立っているうちに、ホープの鼓動も落ち着き、彼の心臓と同じリズムを打つようになった。彼のキスを髪に感じる。

「仕事のことだけど、きっとうまくいくよ。断言できる。みんなからお姫さまみたいに扱ってもらえるぞ」

その言葉に、彼女はほほえんだ。「フェリシティは女王さまみたいに扱ってもらってるものね」

ルークが彼女の頭のてっぺんに顎を載せる。「ああ。それも当然だがな。これまでの会社で君がどれだけ稼いでいたかは知らないが、ASI社の給料は、必ずそれより上だ。シニア・チーフとミッドナイトは、フェリシティの負担を軽減するための人材を捜してたんだ。まさにうってつけの人材――つまり君が現われた以上、あの二人が絶対に逃がさないぞ、と考えるのは当然だ。君がＡＳＩ社で働きたいと思えるよう、できるかぎりのことをするだろう。それから、どんな種類のハラスメントも、君は今後いっさい受けることはない。俺が保証する」

これまで仕事そのものはやりがいのあるもので、楽しかった。しかし職場での人間関係に恵まれていたとは思えない。ＡＳＩ社での仕事は、夢のようだ。仕事の楽しさに加え、居心地の悪さを我慢する必要もないのだから。

ルークのほうは、まだ彼女が不安を感じていると思ったのか、安心させるようにさらに近くに彼女を抱き寄せた。「それからさっきも言ったけど、給料はいいんだ。すごく」

彼女は大きく息を吸って、また吐いた。「お金のことは、いいの」

実際にそうだったのだ。年棒一ドルで雇うと言われても、それでお願いします、と答えていただろう。心配ごとは山ほどあり、特に何者かに命を狙われている、というのは大問題なのだが、お金については、まったく心配していなかった。

ルークも大きく息を吐く。その際の彼の胸の大きな上下動に合わせて、彼女の体も動いた。抱きしめるとき、もっと深呼吸してくれればいいのに、と思う。彼の胸が大きくふくらむ感じが何とも心地いいのだ。「今はそう思っても、金があると、いざというときには心強いもんだよ。実は――」彼が腕を伸ばし、少し距離を取って彼女の顔を見つめた。「いい機会だから言っておこう。俺にはまったくないんだ」

すてき。この人、どうしてこんなにかっこいいんだろう？　今は、勇猛(ゆうもう)なバイキングの戦士が、予期せぬやさしさを見せた感じだ。

「えっと……何を持ってないの？」

「金だよ」彼がほほえみ、その顔にうっとりしたホープは、会話の内容を一瞬忘れていた。どうしてお金の話をしているんだろう？　彼が苦笑いする。「今の時点では、貯金がゼロなんだ。弁護士費用ですっからかんになった。親父の貯金まで使い果たしたよ。おばあちゃんが遺してくれた信託預金はあるんだ。これだけは絶対に手を付けるな、と親父が厳しく言ってね。使わせてくれなかった。でも大丈夫。ＡＳＩ社からたっぷり給料をもらえるから、今年じゅうには、かなりの貯金もできているはずだ。心配することはない」

「お金のことを？」少々驚いて、ホープはそう確認した。「お金のことなんて心配しないわ。実は私――」その先を続けるのが何だか恥ずかしくて、言いよどむ。

彼女が言いづらそうにしていることに気づいたルークは、また彼女を抱き寄せた。

「実は、どうしたんだ？」

ホープという人間を形作る過去にまつわる、数えきれない謎のひとつがこれだった。

話し始めるにあたって、彼女はルークの両腕をしっかりと握った。彼の心の内を読もうとしたのか、彼の反応を感じようとしていたのかはわからない。指に感じる彼の筋肉は、人体模型みたいにきれいな形だった。これなら明確にわかる。同じように彼の感情もわかると思ったのかもしれない。

顔を高く上げ、彼の表情をじっと観察する。「実は私——」喉が詰まって声が出なくなり、いちど咳払いした。「私、お金持ちなの」

大げさな反応を期待していたわけではないのだが、それにしてもルークはほとんど関心がなさそうだ。ただ眉を上げるだけ。「君は金持ちなのか？　そりゃ、よかった」

「私が所有する銀行口座にどれだけお金があるか、想像もできないと思う。ＮＳＡ勤務時代から、お給料はすべて銀行に入ったまま、使うことなんてなかったの。その上、両親——とされてた人たちが亡くなったあと、ルクセンブルクに本店のある銀行のボストン支店から通知書が届いたわ。両親の遺産とは別に、私が所有する口座が二つあったのよ。両親の死後、すみやかに私にそのことを知らせる手はずになってたって」

さすがに彼も不思議に思い始めたらしい。「そいつは妙だな？」

「ええ、まさに。おかしなことだらけで、そもそもこの口座が開設されたのが、今から五年半ばかり前、どうしてそんな中途半端な時期に、どこかからこんなお金が現われたのって感じでしょ？　でも妙なのはその金額なの。ひとつの口座には約一千万ドル、もうひとつにはそのほぼ半分、およそ五百万ドルがあった。さらに変なのは、名義人よ。口座を所有するのは私なんだけど、名義人として、一千万ドルのほうはホープ・キャサリン・エリスと登録されていた」

「特におかしなことじゃないだろ？　間違いがないように、名義人としては本名を使う。君の両親が、フルネームで登録したんだろう」

「そこなのよ。私の名前じゃないんだもの」

彼は眉をひそめた。「君はホープ・エリスだろ？」

「ええ。でも私はホープ・キャサリン・エリスじゃなくて、ただのホープ・エリスなの。ミドルネームはなし。どうしてキャサリンというミドルネームが入ったのか、見当もつかない。とにかく、私はホープ・キャサリン・エリスではないの」

「でも、それがたいしたことかな？　銀行の記録係がミスをしたんだろうし、訂正を求めてもいいけど、きっと君の両親が自分たちの死後も君が不自由なく暮らせるように君の名義で資産を別に置いておいた。だから銀行から案内まで来たんだ。大きな問題はないだろ？」

まあ、そうかもしれないが……。

「もうひとつの口座の登録名義は？」

「さらなる謎よ」何だか落ち着かなくなり、彼女はルークから体を離した。この話をし始めると、自分の過去は謎だらけで、これではいつまでも答がないままだ、と悲観的になってしまうのだ。この銀行口座のことは思い出すのも嫌だ。どこからともなく自分の前に現われ、頭を混乱させる巨額の財産。そんなものを必要とはしないし、今までも自分が必要とする以上の収入があった。物欲が旺盛なほうではない上に、世間で必要とされるスキルを持っているために大金を稼ぐようになった。この二年ほどで、知らないあいだに数万ドル残高が増えていた。毎朝何を着ればいいか迷うのが嫌で、服はたくさん持ちたくない。フェイスブックの創始者と同じで、同じ色のTシャツを何十枚も持ち、そのうちの一枚を毎日着ている。大きな住居だと掃除するのが大変だから、こぢんまりしたアパートメントでいい。お金の使い道としては、友人との気楽な食事、映画を観て、本を買い、そしてIT関連の新たな技術が紹介されると、欲しくなる――それぐらいだ。すべての収入を使いきれるはずがなく、自分の支払い能力を超えるものは、欲しいとも思わない。

ルークも同じタイプだとわかる。自分の興味や関連事項として、お金や財産のことを話題にはしない。不運にも、貯金を使い果たす目に遭わされたが、ボディガードとしてきわめて有能なのはわかるから、稼ぎに問題があるとは思えない。年末までには、いくらか貯金もできると自信を持って話している。その話が信用できるのは、彼の人となりがわかってきたから。二人に共通するのは、派手な暮らしを求めず、日々を精一杯生きる人間だということ。彼も高価な衣服を見せびらかしたいタイプではなく、ただ着て快適なものを選ぶ。銀行口座の残高が十ドルだろうが、一千万ドルだろうが、彼の生活は変わらないだろう。そういう彼の生き方にホープは惹かれる。投資ファンドの関係で知り合った男性たち──弁護士が二人、金融関係が三人──ともデートしたことはあるが、その誰もが上昇志向が強く、お金に大きな価値を見出す人たちだった。金融関係の男性のひとりは投資アナリストで、ホープと職種としては同じだった。二人とも数字が大好きだったが、ホープの場合はデータフローそのものに興味を持っていただけで、そのデータで大儲けするとか、そういうことに強い関心があったわけではない。彼のほうはお金にとりつかれているかのようだった。食べるのも、寝るのも、息をすることさえ金儲けと切り離して考えることができず、基本的に会話のすべてが金儲けにまつわる内容だった。金融関係の人たちは、みんなそうなのだ。

そういうのが嫌で、結局どの男性とも深い付き合いには進まなかった。だいたいは一回食事に行くだけで、二度目のデートは断った。

自分がさほど世間のことをわかっているとは思っていないが、それでもホープに言わせれば、お金ほどつまらないものはない。まあ、興味のないスポーツの話ばかりされるのも辟易するが。とにかく、いくらお金があったところで、食べられる量には限りがあり、いちどに着られる服は一着だけだ。そんなわけで、両親が――今は彼らが本当の親でなかったこともわかったが――ホープに巨額の財産を遺したと知っても、うれしいとはまったく思えず、ただとまどうだけだった。そんな財産なんて必要ない。彼女が欲しいのは、答なのだ。

ルークに片方の肩を押されて、彼女ははっとした。彼女がもの思いにふけってしまっても、彼は別段怒ったり苛ついたりしない。そういうところも本当にすてきだ。

「さらなる謎って？」

「え？」

彼が笑顔を向ける。「今、言ってたぞ。もうひとつの口座の名義がさらなる謎だって。ひとつめのは君の名前で、存在しないミドルネームが入っているだけだった。もうひとつの口座はまた違う名義人なのか？」

「え、ああ、そうなの」彼女は自分のパソコンを抱えて、リビングへ移動した。ルークがあとからついて来る。パソコンで、ネットバンキングの画面を呼び出す。ルークが見ていても、気にせずパスワードを打ち込んだ。隠すまでもない。彼はこちらの指先ではなく、顔を見つめていたのだから。「そもそも、私に遺されたんだから、ひとつにしょ？　どうして二つに分けてあるの？　口座が二つあるのが変でしょ？　どちらも私に遺されたんだから、ひとつにしておけばいいと思わない？　しかも、一方がもう一方のちょうど倍になる額にして。

登録された名義のひとつは私の名前だけど、余分にミドルネームを入れてあり、もうひとつは――」

　彼女は体を少し起こして、ルークにも画面がよく見えるようにした。彼が目をすがめる。口座が二つ並び、残高が記され、その上に登録された名義。ホープ・キャサリン・エリス、そしてもうひとつは……。

「イモータルズ？」

「そう」ここで彼女も、いつも考え込む。「〝不死の者たち（イモータルズ）〟――ネットの検索エンジンでヒットしたのは、ギリシャ神話やバンパイヤものの映画が多数、曲の題名や、eスポーツのチーム名、さらにはアカデミー・フランセーズの会員の別名だったりもする。多種多様なイモータルズが存在するんだけど、そのどれもが私とは何のかかわりもないの」

「ちょっと待て」ルークはぎゅっと眉根を寄せた。「イモータルズか。ふむ。古代ペルシャの軍でイモータルズと呼ばれた部隊が存在したぞ」

興味を覚えて、彼女はルークを見た。「そうなの？　古代ペルシャのどの王朝？」

ルークが彼女の肩に手を置く。「約二千五百年前、アケメネス朝ペルシャだな。俺は小さい頃軍事史に夢中になり、いろんな本を読んだ。ほら、『300〈スリーハンドレッド〉』って映画があっただろ。あの頃の話だ。不死隊（イモータルズ）は恐れ知らずの男たちばかりの精鋭部隊で、ぴったり一万人の兵がいた」

「映画？　コミックというか、グラフィック・ノベルだと思ってた」

「ああ、そのグラフィック・ノベルを原作とした映画もあったんだ。とにかく、すぐれた戦士ばかり一万人をそろえ、ひとりが死ぬか深手を負って戦闘に参加できなくなると、すぐに新しい戦士を補充し、まるでこの部隊の戦士は誰も死なないみたいなイメージができたんだ」

「へえ、面白いわね。でも、それがいったい——」ふと彼女の頭にひらめいたことがあった。「今の話、もういちど聞かせて」

「古代ペルシャのイモータルズのことか？」

「ええ。特に、一万人の兵士が常にいる部分」

「うむ。イモータルズはアケメネス朝ペルシャ帝国の正規軍の一部であり、最前線で戦う兵士だった。定員は一万名、これはいかなるときも変わらず、その数を下回ることも多くなることもなかった。精鋭たる兵士だが、戦死することや怪我や病気で戦闘に参加できなくなる場合もある。その際はすぐに、次の兵士が補充されるんだ。補充のための予備隊みたいなのも用意されていて、その中からただちに次の隊員が選ばれ、一万人の定員は守られる。外部からは誰も死ななかったみたいに見えるから、イモータルズ、つまり不死の者たちと呼ばれたんだ。選ばれた新しい兵士も、前任者と同じ働きをするわけだからな」

「ああ、わかったわ！」彼女は金額の少ないほう、つまりイモータルズの口座記録も画面に出し、二つの口座残高を並べた。「この口座が開設されたのは、五年半ばかり前だってさっき言ったわよね？　大きいほうは最初、ぴったり一千万ドルだったのに対して、もう一方は最初からこの端数がついてたの。でもヨーロッパやアメリカじゃ、口座維持手数料がかかる。どちらも利子がつかない口座だから、入金がなければ残高は減るはずよね？」

ルークがうなずく。

彼女は現在の残高を指差した。「金額の大きいほうの口座を見て。開設当初に残高一千万ドルで設置された口座の残高は、今では九百八十九万七千四百四十五ドルまで減っている。ところがイモータルズのほうは、最初から金額が変わっていない。ほら、ここ」

「ほんとだ。つまり、残高をこの金額にしておくよう、わざわざ口座維持手数料相当分が入金され続けているわけか。なぜだろう」

「つまり、この口座は、お金を私に渡すこと自体が本来の目的ではなかったということよ。別の口座を設ける必要なんてないでしょ？　この口座は、数字そのものに意味があると考えるべきじゃないかしら」

彼女は頭の奥のどこかで歯車が回り始めるのを感じた。間違いやすいソフトウェアの問題を解決したときとか、わかりにくいデータのパターンを見つけ出したときと同じ感覚。ただし、今回のほうが強く感じる。心臓が胸で脈打つのを意識しつつ、大地が呼吸し始めたようにも思う。無限の宇宙のどこかにある星たちに呼応するように。ここに真実がある、はっきりとそう感じる。

自分の痕跡を隠すため、彼女はトーアを開いて調べ始めた。そしてここまで暗号化すれば大丈夫と確信してから、イモータルズの残高の数字をそのまま打ち込んだ。数字を三桁ごとに区切るコンマも一緒に、そのまま。

すると黒い画面に緑のURLが現われた。暗い背景に光がちらつく様子が、鼓動のように思える。何だか危険そうだ。

「待ってくれ」ルークが彼女の肩を軽く握ると、画面に近づいた。彼女のすぐそばに彼の顔があり、そこから体温が伝わってくる。横目で見ると、陽焼けした頬はうっすらと雲がかかったみたいになっている。もう少し時間が経つと、顔全体が金色のひげで覆われるのをホープは知っている。彼にキスしたい欲求が募り、自分の体が椅子に縛りつけられているところを想像した。そうでもしていないと衝動に負けてしまう。

彼は立ち上がって部屋から出ると、自分のラップトップ・パソコンを手に戻って来た。電子機器に関しては、常に最新最高のものしか使ってこなかったホープは、彼のパソコンを見た瞬間、ふん、と鼻で笑ってしまいそうになった。

「聞こえたぞ」ルークは笑顔を見せ、持ってきた自分のを彼女のパソコンの横に並べておいた。見るからに、まったく別ものだ。同じ〝ラップトップ・パソコン〟というくくりで表現していいとはとても思えなかった。

「何も言っていないわよ」

「言葉ではな。ただ、何を言いたいかははっきり聞こえた」

恥ずかしくて赤面してしまう。「えっと、あの――」

彼は屈託（くったく）なく笑った。「いいんだ。俺は自分のパソコンで魔法を起こすことを求められてはいないんだから。君とは違う。それに正式に社員になれば、ＡＳＩ社から新しいラップトップ・パソコンが支給されることになっている。もう会社に用意してあるんだ。フェリシティがこれなら大丈夫と言ってくれたやつだ。これは個人で使用してきた古いもので、フェリシティが引き取り、処分してくれることになるだろう」

安楽死ね、でなきゃパソコンがかわいそう、とホープは思ったが、そこまでは言わなかった。

「そっちの画面と同じところまで、俺のパソコンを操作してくれないか？　クリックだけすればいいようにしてくれれば、あとは俺が引き受ける。誘導されたこのリンクをクリックしたら、パソコン自体を破壊するようなウィルスに感染させられ、結局何もわからずじまい、ということになるかもしれない。君のパソコンには最高レベルの魔法がかけてあって、侵入しようとするウィルスなんか呪い殺してしまうんだろ？それはわかってるが、リスクはある。それならもうすぐ処分するパソコンを使うべきだ」

もっともな意見だと思ったホープは彼のパソコンを操作してトーアを開き、さっきと同じように数字を入力したが、その際銀行口座を確認せず、画面を見たままだった。そしてまったく同じ黒字に緑のURLが現われる画面にたどり着いた。

「うわあ」視界の隅に彼の驚きの表情が確認できた。「数字をそのまま覚えてるのか？」

「だってたかが七桁よ。子どもの頃、円周率を記憶するコンテストで優勝したこともあるの。そのときは小数点以下二百まで言えたわ。私って数字に強いみたいね」

「確かに強いな」彼は割り込むようにしてパソコンの前に陣取った。「では、ここからは俺が」

ホープ同様、ルークも謎解きに夢中になり始めている。このURLが無意味なサイトにつながっているのなら、大騒ぎした自分がばかみたいだ。しかし、何でもないとは思えない。何かはわからないが、何か大きな謎が解き明かされる気がする。

「クリックして」彼女の言葉どおり、ルークが指を動かす。

黒い画面が消え、男性が現われた。杖をつき数歩ごとに足を止めて休む。ホープが息をのんだ。「この人！　これはフランク・グラースよ！　五年前に亡くなった。彼の闘病生活の最後のほうだわ」確かに、男性は非常に弱っていた。痩せ細り、髪が抜け落ちている。非常に高価そうな服を着ているが、だぶだぶだ。ルークが考え込む。「あのフランク・グラースか？」少し身を乗り出して画面を注視する。「ああ、確かにそうだな。だが、最期がこんなにひどい状態だったとは。知らなかったよ」

「死ぬ直前の半年間は、いっさい自分の姿を撮影させなかったからよ。理由はわかるわよね。悪性度の高い脳腫瘍が見つかり、それが浸潤性だったから外科手術も不可能だった」

　フランク・グラースは伝説の人物だった。ほとんど独りでAIと量子コンピューター理論を完成させ、彼のおかげでそのどちらもが製品として販売できる、もしくは製品化できるめどがついた。彼は完全に無一文の学生から、世界有数の大金持ちになった。それ以上にすごいのは、コンピューターというものに革命的な変化をもたらしたことだ。彼のおかげで人類はさらなる知識を得られるようになった。人間の限界を飛躍的に拡大させた人なのだ。彼の訃報に触れたときの悲しさは今も覚えている。ホープはその死を悼み、近くの教会で開かれた一般向けの追悼集会に参加した。

ルークの古いパソコン画面でも、映像はきわめて鮮明だった。高画質の映像がグラース氏の体の衰えを残酷なまでにはっきりと伝えてくる。それは明らかにかなり年老いた人の姿だったが、ホープの記憶では、彼が亡くなったときにはまだ六十歳にもなっていなかったはずだ。

グラース氏は辛そうに息を吐くと、また足を止めた。杖を握る手がぶるぶる震えている。頭を垂れ、地面を見る。次に顔を上げたときはほほえんでいたが、悲しそうな表情だった。

「ハロー、ホープ」彼がこちらに語りかける。「謎を解いたんだね。おめでとう。君がこれを見ているのは、私が死んで何年になる頃だろうなぁ。私はフランク・グラース、君の伯父さんだ」

14

ワシントンDC

サクラメントにいるレズニックのところに、自分も行くほうがいいだろうか、とコートト・レドフィールドは自問し続けた。あの街がすべての始まりだ。今度こそ終わりにし、終わったことを自分の目で確かめたい。サクラメントに帰るのは、昔へのタイムトラベルみたいな感覚だった。しかし懐かしさをこめた肯定的な意味合いはない。特にあのトレーラー・パーク！　あんな場所は大嫌いだ。ゴミと無関心と後悔の念が満ちている。一方、ワシントンDCにはいつも権力の匂いが漂う。彼が大好きな匂いだった。力のある人間が、力を誇示して生きる街だから。政治の中心であり、辺鄙（へんぴ）な場所とは違う。

彼は歴史書を読むのが好きで、特にローマ史が気に入りだ。上院議員の生活は愉快なものとは言いがたかった。上院議員を取り巻く人間ときたら、ばかが多すぎる。しかし上院（セネート）という古代ローマを起源とする言葉の概念は好きだ。本来は貴族などの上流階級から、さらに選ばれた上級市民を意味するのだから。古代ローマは都市国家から始まった共和制であり、自分がそういった共和国家の上級市民だと考えると楽しい。古代ローマでも、地方長官ぐらいのほうが、実際は楽で贅沢な暮らしを送れたのだろうが、本ものの権力を持とうと思えば、ローマにいる必要があった。彼がワシントンDCにいるのと同じだ。いずれは皇帝となり、国家を共和制から帝政に移行させるためには、首都に――ローマやDCにいなければならないのだ。

サクラメントみたいなしなびた町には、帰りたくない。本来の地元ではあるが、カリフォルニア州で彼の所属する政党が勝つ見込みはないので、直接遊説することもないか、と考えていた。副大統領候補を行かせておけばいいだろう。

あれこれ考えたあと、結局コートはワシントンDCに留まることにした。今は回線のセキュリティが万全であることを確認した上で、レズニックとビデオ会議を行なうところだ。レズニックは軍隊で言うところの〝整列休め〟――つまり、足の開き方などは〝休め〟にならいながら、命令を聞くための〝気を付け〟の態度でいること――の姿勢を保っている。ああ、かわいいやつだ。犬みたいに忠実で……ちくしょう、どうして実の息子は、こういう態度で父親に接することができないんだ？　レズニックのやつはただの使用人だぞ。国のトップに立とうとする父親、想像を絶する権力を手にするはずの父親がいるのだから、バードだって、従順にそのかたわらに寄り添うべきじゃないか。SEALsなんて、ローマ帝国ならたかが近衛兵(プラエトリアニ)じゃないか。あんなもの、辞めてしまえばいいのに。

回線の接続を確かめると、レズニックが口を開いた。

「おはようございます、上院議員。女のいる場所がわかりました。間違いないと思います。男も一緒です。女はホープ・エリス、本名キャサリン・ベンソンであると確認が取れています。二人の居場所にはドローンを飛ばして監視を続けています。確認は取れましたが、攻撃は夜まで待つ予定です」

コートの顔に、笑みが広がる。笑顔になるなんて、何日ぶりだろう。「でかしたぞ」

「光栄です」レズニックが頭を垂れる。彼なりの恭順(きょうじゅん)の意の示し方だ。

「終わらせろ」重ねて言う。「関係者全員だ。ただし、誰にも見られるなよ」

レズニックがまたお辞儀した。レズニックがボスをどう思っているか、彼自身の心の中まで、コートにはわかっている。

御心(みこころ)に従います――そういうことだ。

ルークは元陸軍レンジャーだ。ASI社はほとんどのエージェント、さらには経営者までが元海軍SEALsなので、いかにSEALsは戦士として有能か、という話ばかりを聞かされ、ちょっとうんざりすることもある。しかしレンジャーの訓練だって、世界でも指折りの厳しさだと言われている。レンジャー・スクールと呼ばれる養成コースは、六十二日間の地獄だ。レンジャーの制服は流した血で勝ち取り、射撃テストの合格証には血と汗と涙が代償として必要だ。

その合格証を得るため、ルークは一日二十時間以上も練習した。平均睡眠時間は三時間半ぐらいだった。五十キロ近い装備を担ぎ、標的があちこちに設置された森林コースを三百キロ以上歩く。毎日、実弾射撃演習があるのだが、参加者全員が二チームに分けられ相手チームから襲われる。当然、警戒を緩める暇はなかった。

本当に厳しい訓練だった。

その後三度戦地に赴き、そこでは残酷な戦闘場面も見てきた。自分に向けて銃弾が撃たれることなんて、しょっちゅうだった。その結果、どんなことにも動じない男になった。自分はショックとは無縁だと思っていた。しかし、今の彼は完全にショック状態だった。椅子に腰かけていてよかった、と思う。みぞおちにどかっとパンチを打ち込まれたみたいだ。

ホープのほうもひどい状態だった。何かのスイッチが切れたかのように、ふらふらと立ち上がる。その顔から完全に血の気が引いて死人みたいな色になり、いっさいの感情が消えていた。

「嘘よ」彼女がぽつんとつぶやいた。

パソコンの動画が何を伝えているかなんて、もうどうだっていい。まずホープの精神状態を確認しなければ。ショックが強すぎると、人は死に至る。それがわかっている彼は、彼女を守ることを最優先に考えた。激しく恋に落ちた愛する女性だが、戦場のチームメイトに対する連帯感みたいなものも抱くようになっていた。彼はパソコンに手を伸ばし、動画を一時停止した。

「座って」彼の言葉に、ホープがゆっくりと反応する。そろそろと顔を彼のほうに向けてくるが、視線がその動きにも追いついていない。脳からの指示が、うまく伝わらないのだ。おそらく、自分が立ち上がったことさえ認識していないのだろう。

「座るんだ、ハニー」彼は彼女の肩に手を置くと、そっと下のほうへ押した。またパソコンの前の椅子に腰を下ろすまで、彼女の体は抵抗していたが、やがて急に力が抜け、ぐったりと背もたれに体を預けた。見ると手が震えていた。

彼はグラスに少しウィスキーを注ぎ、彼女の口元に運んだ。

「飲むんだ」首を振って嫌がっていた彼女が、彼のほうを向く。視線が定まらず、状況が理解できていないのがわかる。外国語で話しかけられたみたいに感じているのだろう。彼女の手にグラスを握らせ、自分の手をその上から重ねると、また口のほうへ持ち上げる。「さあ」少し命令口調にした。戦場では部下にこうやって指示を出してきた。どうすれば人が命令に従うものか、彼にはわかっているのだ。

ごくっ、ごくっと二口でウィスキーを飲んでから、彼女が咳き込んだ。徐々に頬にも色が戻ってきた。

「よーし、それでいい」やさしく、けれどしっかりと彼女の肩をつかむ。俺がついているからな、というメッセージを伝えたのだ。「さて、続きを見ないとな。いいか？」

彼女は背筋を伸ばして、うなずいた。その姿を見て、すでに抱いていた彼女への尊敬と称賛の念がさらに増した。

「いいわ」彼女はそう言うと、自分でパソコンに手を伸ばして再生を開始した。

ルークは隣の椅子に座り、椅子ごと彼女に近づいた。もうこれ以上近づけないというところで、彼女の手を握った。小さくて氷のように冷たかった。

画面ではまたフランク・グラースが話を続ける。骨と皮だけの体、頭髪はほぼ抜け落ち、灰色がかった皮膚が、顎の下に垂れ下がっている。これまで瀕死(ひんし)の人間を数多く目にしてきたルークだが、そのほとんどが負傷により命が脅かされていた者で、病気により死にかけている人を見ることなど、めったになかった。画面の男は、死を目前にしているのだとひと目でわかる。頭蓋骨(ずがいこつ)の形まで皮膚の上に浮き出ている。

グラース氏について、知っていることはあまりない。彼自身はＩＴ業界と縁もゆかりもない男で、大富豪としてのフランク・グラースなら、当然その名前を聞いたことはあったが、特に自分に何かの影響があったわけではなかった。さらに彼が死んだのはルークが戦地にいたときで、本部からの通信でしか世の中の動きを知るすべはなかった。ニュースを見たり聞いたりはできなかったのだ。

しかしＩＴ関連のことに興味のある人たちにとって、グラース氏は大物中の大物、いわば神のような存在だった。その神さまがホープの伯父さんなのだ。

ホープは椅子にごく浅く腰かけ、画面に顔をくっつけるように見入っている。モニター光が彼女の青白い顔に反射していた。

「さて、私のかわいい姪(めい)の話をしようと思うんだが、まずは座らせてくれ」グラース氏は杖を架台式のデスクの脚に引っかけ、ローラーを滑らせて自分のほうに引き寄せた。「悪いね、近頃、体の調子がおもわしくなくて。ま、これを見ている段階では、君も事情はわかっているはずだが。私の死期についての憶測で、業界紙はにぎやかだよ。私が死ねば、グラース社の株価が大きく変動するのは避けられないからね。大儲けする者もいれば、大損するやつもいる」

この動画はスタジオみたいなところで撮影されたようだ。彼が座る椅子と移動式デスクの他には家具らしきものは見当たらない。茶色がかったグレーのようなスクリーンが背景に見えるだけで、場所の特定は不可能だ。ただ病気の男性が、椅子に座って話をしているだけ。

カメラは三脚で固定されているらしく、画面はまったく動かない。部屋には彼ひとりしかいないのだろう。

グラース氏がため息を漏らす。肺ががたつくような音が聞こえ、この人は本当に死にかけているんだ、と思い知らされる。彼は椅子の肘掛けに杖を掛け、血管の浮き出た手を膝の上で組むと、うっすら笑みを浮かべた。

「そろそろ、私の話を真剣に聞く気になってくれたかな？　これから話す内容はきちんと証明できる。私は君の伯父で、君の母親ルーシー・ベンソンは、私の妹だ。異父兄妹だから、苗字が違う――違ったんだ。私の血液サンプルを弁護士のモリス・キャノンに託してある。彼はマウンテンビューに事務所を構え(かま)ており、君の要求があれば、そのサンプルを君に手渡すよう指示してある。DNAを調べれば、これが真実であることはすぐに証明できるんだが、とりあえず今のところは私が嘘を言っていないという前提で話を聞いてもらいたい」

グラース氏の語る内容にはルークも大いに興味をそそられたが、ホープがこの話をどう受け止めているかのほうが気がかりだった。画面のグラース氏は一瞬話をやめ、ぜいぜいと息をしている。そのあいだ、ルークは彼女を見ていた。激しいショック状態からは脱したようで、今はただ映像に集中している。

集中しているだけなら、問題はない。もう大丈夫だろう。ルークも緊張を解き、死期の迫った男の次の言葉を待った。

「真相だ」苦しい息の中、グラース氏が続ける。「君にいつかは真相を告げる日が来るだろうと、私はずっとそのときを待っていた。永遠にだって待つつもりだった。しかし、もうあまり時間が残っていないとわかったんだ。私の頭の中で――」激しい咳の発作を起こし、彼が話を中断する。ひどい咳が立て続けに出て、彼の体が震える。「すまない。肺に転移してね。君に真相を話す状況として、こういう形を予想していたわけではないんだ。直接君の目を見て伝え、話が終わったら抱きしめようと思っていた。しっかりとこの腕に」

グラース氏の姿が画面から消え、カメラは若い女性の写真をとらえた。いかにもカリフォルニアの女の子、という雰囲気の溌剌とした美人、ブロンドで青い瞳、豊かな髪だった。この女性には見覚えがない。だが、ホープも同様らしく、眉間にしわを作って考え込むだけで、何も言わなかった。

カメラがまた、グラース氏に焦点を合わせている。「ホープ、これが君のお母さんだ」

はっとしてホープのほうを見ると、彼女は息をのみ、彼のほうに手を伸ばしてきた。彼はすぐにその手を握りしめた。また彼女の手が冷たくなっていた。彼は一時停止ボタンをクリックした。

「大丈夫か?」落ち着いた声でたずねる。

彼女が現在抱えているストレスの大きさは、想像に余りある。突然命を狙われて慣れない土地に逃げてきた。自分の出自は完全な謎。自分が何者なのか、さっぱりわからない。そのあと、この動画を見つけ、IT界の伝説と呼ばれる男性が、自分の伯父だと名乗り、母らしき人の写真を見せられたのだ。この数分で彼女はげっそりやつれた気がする。

「わ、私――わからないわ」息を整えるのに懸命になっている感じだった。お腹を殴られて、その痛みから回復している最中の人みたいだ。「とにかく、何が何だか、さっぱりわからない」

ルークは、辛い経験はひとおもいに終わらせてしまえ、と考えるタイプだった。つまり、傷口に貼ったばんそうこうを、えいやっと一気に引きはがす人間だ。辛いことはさっさと終わらせるにかぎる。「最後まで聞こう」断固たる口調で彼が言うと、ホープがうなずき、また再生を始めた。

「ホープ、いや、本当はキャシーだ。君の出生証明書に記された名前は、キャサリン・フランセス・ベンソンだった。フランセスは母方のおばあちゃん、フランセス・コールドウェルからもらった。私たちの母は二度結婚して、最初の夫はトーマス・グラース、彼とのあいだに生まれたのが私、フランクで、二度目の夫、ボブ・ベンソンとのあいだに生まれたのが、君の母、ルーシーだ。どちらも離婚した。ベンソンは、私たちの母の銀行口座を空っぽにして家を出たので、母は仕方なく、ルーシーを連れてトレーラー・パークに移り住んだ。ハッピー・トレイルという場所だった。ごく短期間の予定だったんだ。ベンソンのやつが突然いなくなったとき、ルーシーは十六歳、私は二十四歳でスタンフォードの大学院生だった。学費は奨学金を得ていたが、自分と母とルーシーの生活を支えるため、アルバイトを三つもかけもちしていた。できるだけのことはしたつもりだが、学生だからたいした援助もできなくて、ルーシーも放課後や週末には働いていた。本当によく働く子だった」

そう言ってグラース氏がほほえんだとき、ルークにはIT業界の巨人の本来の姿が垣間見えたように思えた。そうだった。フランク・グラースの最初の成功は、新世代のコンピューター開発と、ちょっとしたプログラムによるものだった。雑誌の記事で読んだことがある。当時の彼は若きカリスマ、かなりオタクっぽい雰囲気はありつつも、背が高くブロンドで、整った顔立ちの魅力的な青年だった。この動画でこちらに向かって語りかける、髪がすっかり抜け落ち、骨と皮だけの背中の曲がった老人みたいな男性とはまったく違った。

「ルーシーは実に頭のいい子でね、ユーモアもあり、ずっとオールAの成績だった。ルーシーが高校を卒業した年に、母が亡くなった。ベンソンが出て行ったショックから立ち直れなかったんだ。一日じゅうタバコを吸い、浴びるように酒を飲み、破滅的な暮らしを続けたからね。ルーシーはどうにか母を助けようとしたんだが、母はただ死にたがっていて……結局死んだんだ。それでも、ルーシーの将来は明るかった。少しでも彼女とかかわりを持った人なら、すぐにわかったよ、この子は世間で認められる人物になるってね。それは私も同じだった。私もルーシーも、成功は目の前にあったんだ。ルーシーは卒業生総代に選ばれ、短大の夜間部に入って経営学を専攻した。そこでも抜群の成績を収めた。誰もが彼女の成功を疑わなかった」

ルークはそこで動画を止め、ホープの様子をうかがった。「大丈夫か？　いちどに情報が多すぎるんじゃないか？」

ホープは深く息を吸って、少しずつゆっくりと吐き出した。ストレスに対処しようとしているのだ。「確かに、情報としては多いし、これが——これが真実だと確認できたわけでもない。さっきの女性——写真の——私のお母さんだとかいう人、私とまったく似てないわ。すべてが荒唐無稽に思えて」

「ここでやめてもいいんだぞ。あとで見ても構わない」

「いえ、絶対に今見る」彼女が座り直した。「最後まで。フランク・グラースが何を言おうとしているのかはわからないけど、すべてを聞いておきたい。彼の話には現実感がないけど、でも本当の話だという気がする。人が殺される原因につながりそうな話だなと思える。とにかく、データがすべて、手に入る情報は、何でも手に入れておくべきよ」

ルークはうなずいて、また再生した。

データがすべて、確かにそうだ。軍隊で戦術を練るときも同じだった。情報不足は生命を危険にさらす。自分の苦い経験から、それは身にしみてわかっている。そして今は、ホープの、いやキャシーか、名前は何であれ、自分にとって大切な女性の命が狙われているのだ。彼女の本名が何であっても構わない。大切なのは、この女性の身の安全が確保されていること。彼女が無事でいるためには、戦術的な情報が必要で、それを得るには、今は亡き天才、フランク・グラース氏の話を聞くしかないのだ。

グラース氏はしばし頭を垂れていたが、また顔を上げた。そうすることで痛みを感じるのか、動きがぎこちない。「かわいい、大切な私の姪、キャシー——私にとっては、ホープではなくキャシーなんだ——私は君に真実を告げる日を待ち続けてきた。しかし、もう待てないことがわかったんだ。時間がない。医者の話では、私の余命はせいぜい三ヶ月ぐらいのものらしい。それだけもつかどうかもわからない。だから、今こうして記録しておかなければ、君に真実を伝える機会を失ってしまう。

すべてはルーシーが二十二歳の夏に始まった。君のお母さんは、四年制の大学に転籍して優秀な成績で卒業したばかり、大学院に進もうとしていた。当時私とルーシーは月に一回、あるいは二ヶ月にいちどぐらいは必ず会っていた。ある日、週末を私の家で過ごすことになっていた彼女は、バスに乗った。私のところに到着した彼女の瞳には星がきらめいていたよ。本当にきらきらとまぶしいぐらい、全身が輝いていた。それまで、美人で頭もいいルーシーにボーイフレンドがいないのが不思議で仕方なかったんだが、彼女は誘いをかけてくる男には見向きもしなかった。ひたすら学業に励み、遊ぶことに興味を示さなかった。しかし、その日ルーシーは出会ったんだ……運命の相手に。次の派遣命令を待つ休暇中の兵士だった。この青年に彼女は夢中になり、相手も彼女に恋をした。私もこの青年に会ったことがあり、彼の気持ちはすぐにわかった。非常にいいやつだと思った。しかし、あまり笑うことのない青年でね。太陽みたいに明るいルーシーと、互いに惹かれ合うのが不思議なぐらいだった。青年は海軍ＳＥＡＬｓに選ばれたばかりで、当時はＳＥＡＬｓがどういうものかなんて、世間に知られてはいなかったので、調査能力には自信がある私は少し調べてみた。三叉のヤスの徽章だとか、今では誰もが知っていることぐらいの情報はすぐに入手した。そして怖くなったよ。進んで危険な状況に飛び込むことを職業にしているやつに、自分の妹は夢中になってしまったんだとわかってね。しかも、武力で問題を解決するわけだから。ただ、本当に恐怖を覚えたのは、この男がバード・レドフィールド、コート・レドフィールドのひとり息子だという事実だった。当時のレドフィールドは下院議員で、上昇志向が強く、野心に燃えていた。その後、知事になり、CIAの作戦本部長という職を経て、現在は上院議員だ。いずれは大統領の椅子も狙っているのではないか、という噂もある。とにかく、冷酷非情で、情け容赦のない最低の男だ」

ここでホープのほうが一時停止ボタンをクリックした。カーソルをそこに置いたまま、凍りついている。

彼女がしばらくぴくりとも身動きしないので、心配になったルークは声をかけた。

「ハニー、どうした?」

彼女は返事しなかったが、ただ息を深く吸って、また一時停止を解除した。

画面のフランク・グラースが話を続ける。

「コート・レドフィールドは、〝トレーラー・パークに住むゴミ〟同然の女性を――」グラース氏は震える手を上げて、指を何度か交差し、かぎかっこの部分が実際のコート・レドフィールドの言葉であることを示した。「――大事なひとり息子の嫁に迎えることを拒否した。結婚を認める気なんて、最初から毛頭なかったんだ」そこで画面が大きく揺れ、映像が編集されたことがわかった。次に現われたグラース氏はさっきと同じ姿勢で椅子に座っているが、セーターを着ていた。

「何度もすまないね。息が苦しくなって、撮影を止めなきゃならなかった。呼吸がどんどん困難になってくるんだ。よし、話の続きだ。ルーシーがバードと出会った翌年、彼は極秘任務を命じられ姿を消した。彼からの音沙汰はいっさいなかった。そしてある日、父親のほうがルーシーの前に現われたんだ」グラース氏の顔が強ばり、ほうれい線がくっきりと目立つ。「あとから聞いたところでは、ルーシーはその父親に恐怖を感じたそうだ。コートはばかでかい黒塗りの高級車で、ボディガードを二人連れてやって来た。ボディガードは見せびらかすように銃を携行し、家の外で気を付けの姿勢のまま待っていたらしい。レドフィールドは中に入ると、座りもせず、バードが戦死したとルーシーに伝えた。彼自身は二度とルーシーに会いたくないし、連絡もしてくるなと言った」グラース氏はため息を吐き、ぐったりと頭を垂れた。「その二日後、妹は妊娠していると知った」

ルークははっとして横を向いた。ホープは身動きせず、息さえ止めているように見える。これだ。彼女の身にこれまで起きたこと、今も直面している危機を説明する鍵はここにある。そしてその瞬間、グラース氏の話は心の痛む結末になると悟り、いたたまれない気分になった。

画面にまた新しい写真が映し出され、ホープが鋭く息をのむのが聞こえた。

「これがその青年、ハバード・レドフィールド、通称バードだ」カメラに映らないところで説明するグラース氏の声が聞こえた。

海軍の正装に身を包んだ青年の写真から、ルークがこの人物について読み取れることはたくさんあった。SEALsの徽章、すなわち規律正しい生活を送れる頭のいい男。胸にずらりと並んだ勲章の中に海軍十字章、シルバースターが確認できる。つまり、非常に勇敢で、実戦経験が多いのだ。若々しい顔が老人の表情をしているのは、若くして前線で活躍し、悲惨な場面を見てきた人間特有のものだ。肉体的にはじゅうぶん若く、身体能力に衰えは微塵もないのに、心のどこかが完全に若さを失ってしまった人。

画面越しに見る写真でしかないのに、この男性の存在感に圧倒される。細面の顔に険しい表情を浮かべ、非常にハンサム。黒髪に緑の瞳。そう、ホープとうり二つなのだ。ほんの少し釣り目なところも、筋の通った高い鼻も、輪郭のはっきりした唇も、何もかもが同じ。彼女と血縁関係があるのは、疑いの余地がない。

ホープは口に手を押し当て、凍りついたように画面を見つめている。ルークは彼女の手を取り、そっと自分のほうへ彼女の体を引き寄せた。彼女の全身が硬直して、こちらにもたれかかろうとしない。これでは実物大の人形を抱き寄せているのと変わらない。ショックが大きすぎて、彼女は何の反応もできずにいる。そういった状態の女性を抱き寄せることに気まずさを覚えながらも、ルークはあきらめなかった。彼女は人との触れ合いを必要としている。今腕に抱いているのは、最愛の女性というより、傷ついた同僚みたいな感覚だ。彼女は大きな傷を負い、血を流している。その血が見えないだけなのだ。

ルークは彼女のうなじに腕を回し、自分の体温で彼女に少しでも温かな気持ちになってもらおうとした。片方の手で頭を支え、もう一方を背中に当てる。頭と胴体という重要な器官のある場所を守るのだ。やがて彼女は彼の肩に頭を預け、ほうっと息を吐いた。

これじゃ、まだ足りない、そう思った彼は、彼女の体を椅子から抱き上げた。自分の膝の上に載せてぎゅっと抱きしめ、彼女の頭に自分の顎を置く。これで温かく感じてくれるはず。もう安全だと思ってくれるだろう。

ショックというものは、肉体的なものも精神的なものも、どちらも人の命を奪う。彼女の体では今、重要な器官を守ろうと心臓などに血流が集まり、結果として一瞬だが脳への酸素供給が間に合わず、彼女はぼうっとしてものごとの判断ができなくなっている。そっと、けれどしっかりと彼女の体を引き寄せて、こっそりと脈を測ってみる。三十秒で五十拍。頻脈(ひんみゃく)発作を起こしかけている。これはまずい。

「私、この人にそっくりなのね」彼女の息が、ルークの首に当たる。「これまで、誰かに似てるって言われたことがなかったの」

それを聞いて、ルークの胸が痛んだ。彼女がこれまでずっと独りぼっちだったことを、改めて思い知る。家族や親戚というものを知らずに、彼女は成長したのだ。ルークは父親似だとよく言われたが、父の父、つまり彼の祖父に生き写しだった。親戚のあいだで、よくからかわれたものだ。また、いとこのブライアンとも似ていて、違いは彼が黒髪であること。親戚を見回すと、同じDNAがあることをいつも感じた。別のいとこ、ロジャーは海兵隊に入り、射撃の腕を競い合った。体型もほぼ同じだ。メアリーというういとこは、同じ色合いのブロンドで、同じようにひどく歌がへただ。親戚が一堂に会すると、ルークとメアリーが一緒に昔ながらのロックを熱唱するのだが、伴奏はエミリー叔母さんのピアノで、これがまたどうしようもないぐらいへたくそだ。拷問にかけられた猫の集会みたいな騒ぎで、それを誰もが楽しんだ。

ホープが震えている。

ルークの中で、じりじりと怒りが燃え上がっていった。許せないほどのひどいことが、この美しい人に対して行なわれた。彼女は何もしていないのに。誰かの手で、彼女の人生は捻じ曲げられたのだ。自分に都合が悪いからと、おもちゃの人形を投げ捨てるような扱いをした。心ない人たちが、彼女をここまで傷つけた。その人たちとは、彼女自身の身内かもしれない。

ルークの少年時代とは、正反対だ。彼の周囲の人たちは、彼にすべての愛情を注ぎ、大切に育ててくれた。彼を苦しめた者もいたが、しょせん、関係のない人たちだ。できるだけ知らん顔をしていれば、それで済んだ。

彼女から低い声が聞こえた。悲しみを押し殺そうとするその声に、彼の胸が張り裂けそうになった。彼女は、強い心の痛みを抱えながら、それを隠そうとしている。自分のことを気にかける人なんていないと思い込んでいるから。

いや、いるぞ。俺は気にかける。すごく。

「なあ」ルークは低い声で彼女の注意を引き、さらに強く抱き寄せた。自分の体で温めてやれば彼女の体の震えが止まるのではないかと思ったのだ。彼女の細い体は硬直したまま動かない。「息を吸って」耳にささやきかける。「吐いて」彼女の体から、たくさんの呼気が排出され、次に大きく空気が取り入れられた。唇がわなわなと震えている。「そう、それでいいんだ。ゆっくり呼吸を続けて。今ショックで脈拍がいっきに上がってしまった。動画を止めようか？　少し何か腹に入れて、気持ちの整理をすればいい。いちどに多くのことを知りすぎるとショックだよ」

「だめよ」ホープは彼の胸に手を置き、体を起こした。首を振って目元にかかる黒髪を払う。瞳は潤んでいたものの、涙を流してはいない。「とにかく最後まで聞かないと。データが——」

「――すべて、なんだろ」ルークはほほえんで、彼女の顔を手のひらで包んだ。繊細な顔立ちだが、強さを感じる。自分の存在が根底からひっくり返った状態で、信じていたものが嘘だったと証明されたわけだが、それでも彼女は本来の自分を見失わずにいる。

レンジャー時代、彼のチームに配属されていた衛生兵を思い出す。訓練任務の最中、この衛生兵の妻が家を出た。妻に捨てられたと知って四日間、彼は深酒を続け、他の仲間が彼の代わりを務めた。もちろん、彼の手近に銃は置かないようにした。

「最後まで見ましょ。さっさと終わらせたほうがいい」彼女はそう言うと、自分の席に戻ろうとしたが、ルークはさらに強く彼女を抱きしめた。

「このままでいてくれ」自分の腕の中に彼女を感じていると、安心できた。

ホープはうなずくと、少し体の向きを変え、彼に抱かれたままでも画面が見えるようにした。そこで一時停止を解除しようと彼は手を伸ばした。しかし、彼女の手が彼を止め、彼女自身が画面をクリックした。

その行動を見て、ホープなら大丈夫だと確信した。これから動画で語られる内容は、おそらくまたショックなことばかりだろう。けれど、彼女には芯の強さがある。さらに大事なことがひとつ。彼女は独りじゃない。君には俺がついてるぞ、と彼は心でつぶやいた。

画面いっぱいにフランク・グラースの顔が広がる。さっきまででも、じゅうぶん瀕死の病人らしく見えたが、病状はさらに悪化したようだ。

「正直に言おう。私はルーシーに、お腹の子はあきらめろ、中絶手術を受けろと何度も説得を試みた。妹はそれまでも寝る暇がないぐらい働き、何とかＭＢＡを得ようと大学院に入ったばかりだった。貧乏学生がシングルマザーになると……不幸な結果になるのが常だ」

グラース氏は顔を上げ、疲れた眼差しでまっすぐカメラを見た。こちらにいる自分たちが見えているような目つきだった。

「しかしキャシー、いや、ホープ、今これを見ている君だ。ルーシーは君を非常に愛していた。そのことをどうかわかってほしい。君を身ごもったと知ったそのときからずっと、心からの、そして絶対的な愛情を君に注いだ。中絶の可能性だなんて、いっさい考えもしなかった。妹が母親でいられた時間は短かったが、本当にすばらしい母だった。心のすべて、ありったけの力で、娘を愛していた」

ルークは顔の角度を変え、ホープの横顔を見られるようにした。今のグラース氏の言葉が、ホープの心に深くしみ込んだのは明らかだった。もう我慢できなくなり、彼女はぽろぽろ泣き始めた。声を上げず、ただ頰を涙がこぼれ落ちていく。彼女はちらっとルークを見てから、また画面のほうを向いた。彼女の瞳に浮かぶ悲しみに反応してしまいそうになったが、どうにか自分を押し留めた。

慰めや同情は無駄だ。彼女は心の底から悲しみ、だからこそ涙があふれる。悲しくて当然だ。この事実をどうすることもできないのだから。彼女は、本来自分に与えられるはずだった人生を失った。なぜそうなったのか理由は不明だが、そうなったことは事実だと受け止めたのだ。

そうなった理由は、何だったのだろう？

グラース氏の話は続く。「ルーシーの生活は苦しいものだったよ。シングルマザーが大学院に通うんだ。私もできるかぎりの援助はしたが、私自身、当時はひどく貧乏だった。君は本当に愛らしくてね。周囲を明るくするような快活さがあり、みんなからかわいがられた。そして、子どもの頃から頭の良さが際立っていた。やがて、すべてがうまくいき始めた。ルーシーはMBAを取得し、私は——君もこの業界にいるんだから、私の会社のことは知っているだろう。君が四歳のとき、私は自分の会社を設立した。やがてルーシーと君をトレーラー・パークからまともな家に引っ越しさせられる資金も用意できるようになった。苦しい日々ももう終わり、そう思っていたとき、ルーシーが新聞でコート・レドフィールドの記事を見つけた。写真入りで、戦傷を負ったひとり息子に付き添う知事、という内容だった。

ルーシーが受けた衝撃はすさまじかった。バードが生きていると知り、軍気付で彼に手紙を送った。何度も。軍務郵便だけではなく、海軍にも連絡し、君の写真を同封した。だがいっさい返信はない。だから私はもうあきらめろ、返事なんか来ないさ、と妹に言った。そんなことを続ける彼女の精神状態が心配だった。私自身、見ていて辛かった。しかし妹は、絶対的にバードを信じていた。娘の存在を知れば、彼は必ず来てくれると。そして――」

彼の声が涙でくぐもった。喘ぐように深呼吸して、震える手で顔を覆う。

「そして、ルーシーと君の乗っていた車が、トラックに追突され、ぺしゃんこになった」

ホープのショックを和らげようと、ルークは彼女を抱く腕にさらに力をこめた。冷たくなっている彼女の手を自分の手で包む。どうやらこの先、グラース氏の話はさらに衝撃的になるようだ。

「大事故だと通報を受けた州警察の部署に、私の高校時代の友人がいた。彼からの電話で、私はこれが事故ではなく車を使った殺人だと知った。トラックはボディを補強して衝撃に耐えられるようにしてあり、路肩でルーシーの車を待ち伏せしていた。ルーシーの車が横を通りすぎる瞬間、猛加速して突っ込んだんだ。ものすごい力で押しつぶされたルーシーの車は原型を留めず、彼女は即死だった。しかし子どもはまだ生きているという。私はすがるような気持ちで、これからすぐにそちらに行くから、それまで何としても子どもを隠しておいてくれ、と友人に頼んだ。この男には感謝してもしきれない。今もその気持ちは変わらないし、彼の二人の子どもは大学まで私が学費を払った。もしあの男がいなかったらと思うと——」グラース氏はカメラのレンズをにらみつけた。「彼がいなければ、君は間違いなく死んでいた」

ルークはまた、彼女の手を握った。「少し休むか？　今の内容をきちんと整理する時間が必要じゃないか？」このまま話を聞き続けられるとは思えない。グラース氏の話によれば、どうやら彼女の父親が母親を殺害し、娘である彼女自身も殺すつもりだった。戦場ではひどい話も見聞きしたが、ここまでひどい話はなかった。本来は自分に愛情を注ぎ、いつくしんでくれるはずの男が、ためらいもなく自分を殺そうとしたのだ。そんな人間がこの世に存在すると思うだけで、吐き気がする。

「いいえ」ホープが落ち着いた声で答えた。「休まなくても大丈夫。最後まで聞きたいわ」

ルークは、カーソルを一時停止ボタンに合わせたが、もういちど確認した。「本当にいいんだな？」

「ええ、本当に大丈夫」

ルークが一時停止を解除すると、画面のグラース氏はまた動き始めた。実際は五年前から墓に入っているのだが。

「私はすぐに悟ったよ。君を生かしておくには、私が何とかするしかない、それもすばやく手を打つ必要がある。州警察の友人は、事故現場からかなり離れた――サンフランシスコに近い病院に君を運び入れた。彼自身にとってもリスクのある行動だった。君は頭を強く打ち、意識がなかった。途中で死ぬ可能性だって、じゅうぶんあったんだから。しかし、君を殺そうとした者がいて、そいつに君は事故では死ななかったと知られれば、いずれはまた狙われる。私は監察医や葬儀社やら、いろんな人たちに金を渡して、事故で母娘の二人が死んだことにしてもらった。葬儀では棺桶（かんおけ）を二つ用意し、ひとつは白くて小型の明らかに子ども用とわかるものにした。サクラメントにある聖ウルスラ墓地に行ってみればいい。小さな大理石の墓石が二つ並んでいるから。ひとつはルーシー・ベンソン、もうひとつはキャサリン・ベンソンのものだ。葬儀が執（と）り行われているのと同時刻、君は意識不明のまま、遠く離れた場所にある病院にいた。入院費用は、私がキャッシュで支払った。その頃、私の仕事は軌道に乗り始め、ものすごく忙しくなった。だから今思えば後悔の残る決断もした。何より若くて、そういう状況では何をすればいいのか、さっぱりわからなかったんだ」

　グラース氏はそこでカメラから視線を外し、咳き込んだ。

　ルークはホープの耳元で静かにたずねた。「君は、この当時のことを何か覚えていないのか？」彼女がかすかに首を振るのを肌で感じた。同時に彼女の悲嘆（ひたん）や苦悩も伝わってきた。第三者である彼でも、かなりショックな内容だ。当人であるホープは、足元から大地が崩れるほどの衝撃を受けているだろう。

グラース氏の話は続く。「ハッピー・トレイルでルーシーの近所に、ある兄妹が住んでいた。定職に就くことができないが、根は悪い人間じゃないから、ルーシーも親しくしていた。君が退院できるまでに回復すると、私はこの兄妹に金を渡し、どこかうんと遠くに、できれば東海岸まで君を連れて行き、父母として君を育ててくれたら、一生食うに困らないだけの収入を約束すると伝えた。今後いっさい、君がカリフォルニアに足を踏み入れることがないようにとも厳命した。三人分の偽の身分証明書を手に入れ、身元が疑われることがないように三人全員に時間をかけて生い立ちからの完璧なストーリーを作り上げた。

そして事故前の記憶が戻らない幼い君を連れたサンダーソン兄妹は、私の手配したプライベート・ジェットでサクラメントを飛び立ち、ボストンに落ち着いて、エリス夫妻と名乗った。ボブとレイチェルだった兄妹は、ニールとサンドラという夫婦に、君は二人の娘、ホープになった」そこでグラース氏が苦々しい表情を見せた。「君に謝らなければならないね、キャシー。あの二人は父親業や母親業においても失格だったな。君がどうしているかの報告は常に受けており、二人が君をほったらかしにしているのも明らかだった。そこで、全寮制の寄宿学校に君を進学させるように命じた。

君が十歳になったときだが、関係者全員、重荷がなくなったかのように安堵したものだ。当然のことだが、君はその名門校で頭角を現わし始めた。君がどうしているか、学業成績なども定期的に報告させていたから知っている。しかし、遠くで見守るだけなのが私にとってどれほど辛かったか、君には想像もつかないと思う。君は私と血のつながりのある唯一の存在なんだ。私はいちども結婚しなかったから、私の死後、君はかなり大きな遺産を受け取ることになる。ただし、すべてではない。私の会社にも運営資金が必要だ。会社が私の死を乗り越え、そこで働いてくれる者たちの生活を守るために、そうせざるを得ないんだ。君の成長をそばで見守ることができたなら、私はすべての財産をなげうっていた。しかし、そんなことをするのはあまりにも危険だとわかっていた。ルージーを殺したのが、バード・レドフィールドなのか、彼の父親なのか、どちらにせよ、いつでも君も殺す気だったんだから」グラース氏は肩をすくめたが、体力を使い果たした様子だった。「あの二人への憎しみは、とうてい言葉にできないほどだ。私から妹を奪い、あいつらのせいで君の成長をそばで見守る機会を失った。君は私の大切な姪なんだ。君の人生に、何らかの影響を与えたかった。なのに私にできたのは、せいぜいサンダーソン兄妹に何かを命じること、こっそり金を渡すことぐらいだった。それでも君は、自分ひとりの力で立派に成長した。褒め言葉をいくら使っても足りないぐらいだ。君みたいな姪がいることはひそかな自慢だ。しかし、これだけは言っておく——用心を怠るな。絶対に。警戒だけは忘れないよう、心に刻んでおいてもらいたい。コート・レドフィールドは今や上院議員だ。政治にはたいして関心がない私でも、あと何年かすればあいつが大統領選にうって出るという噂は耳にしている。息子に不嫡出子がいたことが表沙汰になれば、選挙戦には不利だろう。バードがその後どうなったのかは、まったくわからない。私が会ったときのあいつは、タフな男という感じだった。これまでの人生のほとんどを戦闘に明け暮れて過ごしてきたんだ。要するにコート・レドフィールドは冷酷な野心家であり、その息子は戦争で英雄となったが、そのことがコートの票集めの手段になっている。いちど殺人を犯してるんだ、もういちど殺すぐらい何でもないだろう。君の存在が大統領選にマイナスになれば、なおさら生かしてはおくまい。レドフィールドが本当に大統領になるのか、見届けられるまで私は生きられない。しかし、幼子を殺そうとしたやつにとって、成長した君は、以前にも増して生きていられては困る存在になっている。もういちど言う。コート・レドフィールドは情け容赦のないやつだ。バードもきっと同じなんだろう。こういう輩（やから）を敵に回してはいけない。できれば私も——」

動画が一瞬途切れた。再開した画面では背景が異なり、グラース氏は違う色のセーターに着替えていた。どれぐらいの時間が経過したのかはわからない。二十四時間後なのか、一週間経ったのか。「私も君のそばで、君の身の安全を守る手助けができればと思う。しかし、できないんだ。私にはどれだけ長生きしても使いきれない財産があるのに、来年までは生きていられないんだからね。今の私にできるのは、君の役に立つと思われる情報を提供をすることぐらいだ。コート・レドフィールドは、CIA時代に私設の軍隊みたいなものを作ったらしい。全員が特殊部隊出身の血も涙もないやつらで、レドフィールドの命令で彼の敵や邪魔になる人間を抹殺する集団だとか。モンタナ州選出のディーバー上院議員や、政治ジャーナリストのマーシー・ラモットも、こいつらに殺された。さらに噂によると、以前にブラック社と大きなもめごとを起こしたようだ。ブラック社は知ってるだろうね？　世界有数の民間軍事会社で、そのあたりのいきさつから、社のCEOであるジェイコブ・ブラックは、コート・レドフィールドを蛇蝎（だかつ）のごとく嫌っている。一方で彼は、息子のバードとも個人的に知り合いらしい。ただ、二人が友人なのか敵なのかはわからない。だから、情報が足りなくて行き詰まりになったら、ジェイコブ・ブラックと話をしてみれば、何かわかることもあるだろう。私の死後、頼れる人間を教えておこうと思って、コート・レドフィールドとのもめごとだけでなく、他にもブラックについてはいろいろ調べた。ジェイコブ・ブラックは信用できる男だ」

動画がまた途切れ、次に画面に現われたグラース氏は、ぶかぶかの分厚いスエットを着ていた。げっそりと目がくぼみ、生気が感じられない。顔を上げておくのも辛そうだが、カメラレンズに手を伸ばしていた。「失礼。内出血があったんだ。ああ、キャシー。君に会いたいよ。君を抱きしめ、君という奇跡の存在をこの目で確かめたい。本当に美しく成長したね。頭もよくて。何十年も前、悪いやつのせいで私たちの人生はすっかり形を変えてしまった。だから今も、君に会うことがかなわない」彼が疲れた息を吐く。「今後いつか、君はまた命を狙われるんじゃないかと心配だ。私が遺した金を使いなさい。君は伯父さんからも、もちろんお母さんからも愛されていたことを忘れないで。何の落ち度もないのに君は過酷な運命を背負わされた。かわいそうに。最後にひとつだけ。万一、コート・レドフィールドもしくはバード・レドフィールドに君の存在を知られる事態になったら」彼がカメラをひたと見すえる。周囲が黒くなった奥でその瞳がかっと燃え上がった。「逃げろ!」

15

このままどこにも行きたくない、じっとここにいたい、ホープはそう思った。ルーク・レイノルズのたくましい腕に抱かれ、彼の体温と力強さを感じ、その熱と温もりが骨の髄まで伝わっていく。自分の体には何度となく悪寒が駆け抜けていった。フランク・グラースの話を聞いたあと、生皮をむかれたような気分になった。全身がぴりぴりと痛み、ちょっとした攻撃にも耐えられそうにない。ああ、いつまでもこのままでいられたらいいのに。ルークの胸に顔を埋め、できれば彼の体の中に隠れてしまいたい。きっとどこよりも安全な避難所が見つかるはず。

しかし、そうはいかない。世の中はそう甘くないのだ。子どもの頃、両親が自分に無関心であると悟って傷ついたが、猛勉強してコンピューターに夢中になることで気を紛らわせた。進もうとした道が悪路であるとわかったから、路側帯にそれる、みたいな感じだった。両親はただ自分に関心がないだけで、肉体的な危険を感じることはけっしてなかった。

レドフィールド家というのは、危険人物ばかりのようだ。狂犬病の犬を相手にするような危険ではなく、足元にひそむ毒蛇に気をつけなければならないような危険。知らないあいだに飛びつかれる。

彼らの好きにさせてなるものか。

ルークが髪にキスしてくれている。頭のてっぺんに彼の唇の感触をはっきりと感じたわけではないが、わかる。彼が話すと、声を耳にするというより、胸からの振動で伝わってくる。「いやはや、実に……驚愕(きょうがく)の内容だったな。ここよりもっと安全な場所に移動しよう。それから——何をする気だ？」

ホープは彼の膝から下り、自分の電話に手を伸ばした。

「おい、ホープ」ルークが立ち上がると、彼の背の高さにホープは改めて感心した。そして力強い。それでも、力強さだけでは、どこからともなく忍び寄る毒蛇から彼女を守ることはできない。抜け目なく機知で対抗するしかないのだ。それならホープの得意とするところだ。肉体的な力強さでは劣るが、機知に富んだ対応策を考えることはできる。彼が見る前で、ホープは自分の携帯電話のセキュリティをさらに強化した。これで、この電話に対する攻撃も追跡もほぼ不可能だ。これまでは追跡するのがきわめて困難、という状態だったが、現在は追跡はまず無理だろう。すべての通信は衛星三機を経由する。若干タイムラグがあり、会話が行き違うが仕方ない。「それは何だ？」

彼女は検索し始めた。「連絡すべき人がわかったでしょ。私の――伯父さんがジェイコブ・ブラックと話をしろ、と言ってたから、そうするつもりなの。彼の電話番号を調べているところよ」

ルークは電話機ごと彼女の手を包み込み、検索をやめさせた。まっすぐに彼女の目を見て、彼女の心理状態を探っている。何を考えているのか知りたがっているようだが、今、自分の瞳に表われているのは思考ではなく、純粋な感情だろうと彼女は思った。

激しい怒りだ。

自分はあまり怒ることのない人間だと、彼女は思っていた。かっとすることもない代わりに、大げさな喜びをあらわにすることもない。何か不愉快な目に遭わされても、まあ、いいか、と忘れるか、相手の立場を理解しようとする。怒りにまかせて人に詰め寄ったことなど、いちどもない。実際、対立することが苦手な弱虫なんだと思う。幸運なことにいじめられた経験もないが、もしいじめに遭っていたら、引きこもりになっていただろう。ＮＳＡ時代の地獄の使者と呼ばれたあの上司に対してさえ、何を申し立てることもなく、ただ黙って職場を去る方法を選んだ。波風の立たない生活を求め、投資ファンド会社に転職した。心を煩わされることなく、独りで数字の分析に没頭できる仕事だったから。感情が暴力的なほど激しく揺さぶられることなんて、考えもしなかった。

ところが、穏やかな毎日なんて、幻想でしかなかった。今ならわかる。今の彼女は憤怒(ふんぬ)の炎に燃えている。怒りの炎の勢いはすさまじく、サクラメントの街全体を焼きつくしてしまいそうだ。これまでずっと、自分の生活は何かがおかしいと感じていたのだ。自分のために用意されている人生の型に、自分自身がしっくりと納まらない気がしていた。その感覚を誰かに伝えたことなどなかった。例外はフェリシティだけ。ワインをたくさん飲んでかなり酔っぱらったとき、その漠然とした感覚を打ち明けると、フェリシティは完璧に理解してくれた。

フェリシティ自身、壮大な謎に満ちた半生を歩んできた。出生のときは別の名前を持ち、少女時代を証人保護プログラムの中で過ごした。つまり、周囲の人々は彼女の家族が本来どういう人物なのかを知らなかったわけだ。家族全員で二度、完全に別の人間に成りすまさなければならなくなり、その都度名前も変えた。その結果、フェリシティは精神的な自分のルーツというものを完全に失い、常に冷めた目で自分を見るようになった。

ホープも似たようなものだ。これまでのすべてが嘘だった。誰かが——おそらくコートト・レドフィールドかその息子のバードか、あるいはこの父子が共謀して、ホープの母を殺すように命じた。ルーシー・ベンソンという女性をこの世から抹殺したのは、彼女の父、もしくは祖父なのだ。ルーシーの過ちはただ、バード・レドフィールドを愛したことだけなのに。おまけに、孫または娘にあたる幼児まで殺そうとした。五歳にもなっていないキャシー・ベンソンを殺して、いったい何を得ようとしたのだろう？ 世間体？ ルーシーはレドフィールド家から資金的な援助を求めていたわけではないとグラース氏——伯父も言っていた。

ルーシーは、我が子にできるだけのことをしてやりたい、とは考えていただろう。ただ、何より愛する人と連絡を取りたかったのだ。自分の子の父親であり、死んだと思っていた男性が生きていると知ったのだから。

どこまでひどい男なのだろう。自分にとって都合が悪いからと、罪もない人をハエでも追い払うみたいに排除するなんて。この世に存在する価値さえないやつ。ただ、これまでも無意識のうちに、そういう種類の男たちが存在することは感じていた。

ホープはグラース氏の動画を自分のパソコンにダウンロードすると、すぐにフェリシティ宛に送った。彼女はＡＳＩ社のエージェントに完璧に守られているから、とりあえず彼女の身の安全を心配する必要はない。そしてメールで、このファイルを社内でできるだけ多くの人たちに拡散して、と伝え、さらにＦＢＩのドン・テンプル捜査官にも転送するように頼んだ。ＮＳＡ時代に、サイバー攻撃を企てるテロリストを追跡するＦＢＩに協力したことがあり、その際ドンと知り合ったのだ。彼女の母を殺害し、当時幼かった彼女をも殺そうとした犯人、その犯人が今また彼女の殺害をくわだて、巻き添えでカイルとジェラルドまで殺した犯人、それが具体的に誰なのかはまだわからないが、そういう人間がいることを、絶対に世間に知らせてやる。ドンのことはよくわかっている。彼なら、相手がレドフィールド家の人間であろうが、ひるむことはない。

　頭に血がのぼり、頬が熱くなるのを彼女は感じた。さっきまでの悪寒はすっかり消えている。怒りの炎が、大きな熱のうねりとなって、全身を駆け抜けたからだ。

「すごい」ルークがつぶやく。「完全に吹っ切れたんだな」

「ええ、そうよ」猛然（もうぜん）とキーボードを打ちながら応じる。「私はまだ子どもの頃に、人生をめちゃめちゃにされた。そいつは母を殺し、今また私の友人やアパートメントの管理人まで殺害した。そいつとは、レドフィールド家の人間よ。この償いは必ずしてもらう」

「ああ、必ずな」ルークの大きな手が、キーボードを打つ彼女の手を包んだ。「ジェイコブ・ブラックの電話番号なら、調べる必要はない。俺が教える。明日はポートランドに戻り、レドフィールド家の父親のほうか息子か、どっちが君のお母さんを殺したのか、徹底的に調べよう」彼が問いただすような眼差しで、じっとこちらを見ている。表情は硬く、真剣だ。「どちらにせよ、四人を殺害しておきながら、その容疑すらかけられていない。もう許してはおけない。絶対に捕まえよう。約束する」

彼は真剣そのもので、今の言葉が本心からのものだとわかった。ずっと、ひとりで何もかもやってきたホープだが、ここに来て初めて、やっと……味方というものができた気がする。

その味方が愛する人なのだ。

そう思うと、きわめて不適切で、不謹慎でさえあるのだが、彼女は急に性的な衝動にとらわれた。要するに、全身が熱く燃え上がったせいで、興奮してしまったわけだ。以前のホープ・エリスは、おとなしくて控えめ、自分から男性にアプローチをかけることなんて絶対になくて、そもそも、性的な歓びと言えば、オンラインゲームでレベルが上がるぐらいのうれしさと同程度のものでしかなかった。今の彼女は新しいホープ・エリスだ。全身で強い性的欲求が渦巻き、その衝動に従って行動する積極的な女性なのだ。

「ルーク」声まですっかり変わっていた。低くハスキーな声を、自分が出したことが信じられないぐらいだ。

それがルークにも伝わった。鋭く彼女を見た彼は、何が起きているかを瞬時に悟った。

今聞いた話では、死というものを強く意識した。彼女自身の母、伯父、どちらも死んだ。けれど彼女は生きている。だから、生きるすばらしさを感じたい。

全身の細胞が、生々しい欲望を訴える。

その欲望をルークが感じ取った。はっきりと。目をすがめ、鮮やかな水色が線のように細く輝く。顔が強ばり、頬が赤黒くなる。ルーク・レイノルズはホープに欲望を感じ、彼の全身がその事実を伝えてくる。

二人の体は磁石のように自然に吸い寄せられていた。抱き合う瞬間に、かちっと音がするぐらい、二人の体の凹凸が完璧に収まり合う。昔からずっと、何万回もこうしてきたかのように。彼女がほんの少しだけ顔を上げ、ルークがごく微妙な角度に首をかしげると、二人の唇がぴたりと重なる。彼はどんな味がするのか、どんな匂いがするのか、そして彼の感触ももうわかっている。慣れ親しんだ感覚でありながら、触れ合うたびに新鮮で、興奮する。

彼がホープの片方の腕を持ち上げてから、少し後ろに下がった。「寝室までは、とてももたない」彼の声には切迫感がある。

興奮して何が何だかわからなくなりかけていた彼女は、彼の言葉がきちんと聞き取れなかった。寝室？　だめよ！　あんなに遠いところにあるじゃない！

「今すぐ」彼の下唇を吸いながら言った。「ここで」

体じゅうが燃えているみたいだった。激しく熱を放っている。世界には冷たく残忍なことがあるけれど、ここにだけは、二人のあいだには熱しかない。このまま床に崩れ落ちて、そこで体を重ねればいいとホープは思った。ルークは床ではなく、テーブルを選んだ。二歩の距離のあいだに、彼はホープの服をすべてはぎ取っていた。どうやってそんなことができたのかはわからないが、確かにほんの一瞬、唇が離れていた。そして胸元が涼しくなったな、と思ったら下半身も裸だった。はいていたズボンがどうなったのかは、わからない。さらに奇跡としか言いようがないが、ルークも裸になっていた。

彼の手がもどかしそうにホープの体を愛撫する。親指で乳首をこすられると、非常に敏感になっているので、痛みか快感なのかがわからなかった。手はお腹からさらに下へ移動し、手のひらを上にして彼女の脚のあいだを覆った。その場所は彼を求めて、すっかり濡れている。彼女は自分の手を重ねて、早く、と促した。

彼はふっと息を吐くと、彼女の体をテーブルの上に押し上げ、腿のあいだに立った。ああ、どうか、今すぐ。彼女の体は燃え上がりそうになっていた。

かすかな音がして、彼がコンドームの袋を破ったのがわかった。彼のほうは、それぐらいの理性は失わずにいたようだ。しかし、装着するために彼が離れるのが辛く、その時間がじれったく感じる。彼の全身に触れていたい。ルークは生きていることの証みたいな存在だ。温かくて、まぶしくて、生き生きしている。自分の中には死んだ部分があったのが、彼の存在により、完全に生き返った気がする。

ルークが入ってくると、彼女は快感にあえいだ。二人ともひどく興奮していて、長くはもたない。けれど、長時間である必要はなかった。互いにきつく抱き合った瞬間、彼女の体は収縮し始めた。そして彼もいちど、さらにもう一回強く腰を突き出したところで、ホープと同じ高みへと昇ってきた。

彼が、はあ、はあ、と荒い息をしながら、彼女の肩に頭を埋める。「次はちゃんとする。でもそのときは、ベッドでやらないとだめだな」

彼女は彼の頭を抱き寄せ、天井に向かってほほえみながら、朗らかに言った。「いいわよ。じゃあ、今すぐベッドに移動しましょ」

ルークはベッドであおむけになり、ホープを腕枕しながら、空いたほうの手に自分の頭を載せた。ホープ、俺の女だ。彼女は眠っているわけではないが、完全に起きているとも言えない。彼自身、快感が強すぎたため、今は全身がぐったりしてまるで力が入らない。彼女も同じだろうか。

今の気分は――うむ、最高だ。こんないい気分になったのは、本当に何年ぶりだろう。今は完全にリラックスして、最高のマッサージを受けたあとみたいで、体に力は入らないが、気分としては今からすぐマラソンでも走れそうだ。腕立て伏せだって千回ぐらいできるだろう。できるとは思うのだが、今の状態があまりに心地よくて、ベッドから出たくないし、何より、まどろむホープを邪魔したくない。ホープ——キャシーだ。ただ、彼女には希望という名前のほうが合っている気がする。今の彼自身が、感じること。未来への大きな希望だ。

フランク・グラースのビデオはＡＳＩ社に送られたあと、サマーが選んだ信頼できるジャーナリスト数名にも見せることになっている。現在はジャック・デルヴォーの妻であり、ベストセラー作家になったサマーだが、元々は『エリア８』という政治関連のニュース配信をインターネットで行なう記者ブロガーだった。今回の件で本来の彼女の記者魂は激しく燃え上がり、いわゆる〝ペンを剣として闘う〟姿勢を整えた——どちらかと言えば、両手に手榴弾を持って、タイミングを計っているといった状態か。

彼女がタイミングを間違えることはない。

もう大丈夫だ。

ホープの秘密は白日の下にさらされ、もはや悪事が行なわれた事実を隠し通すことはできない。つまり、彼女はもう逃げなくてもよくなるのだ。この話が公になり、コートもしくはバード・レドフィールドが彼女に手を出せなくなるまで、彼女の警護はさらに厳重になる。だからその間、彼女が心配することは何もない。やがて、彼女は日常生活を取り戻す。そこにはルーク自身がかかわることになる。議論の余地はない。ホープのいない生活なんて、もう彼には考えられなくなっていた。

もっと知りたい、もっとそばにいたい——これほどまでに魅力を感じた女性は初めてだ。天才的な頭脳と妖精のように繊細なかわいらしさを持つひと。彼女の存在自体が魔法みたいだ。あるがままの姿でこんなに賢く、美しい。過去数年、何人かの女性と付き合ったこともあるが、今から思えばデートは仕事、しかもうんざりするような作業だった。彼女たちの美への執着に触れることがないよう、否定的な感情を刺激することがないよう、絶えず気を遣った。常にきれいだよ、と言ってやらねばならず、逆にきれいだと言えば、猛烈に怒ったりすねたりすることもあり、自分の言葉の何が気に障ったのかもわからなかった。そういうことがあると、その女性と付き合うのはもう嫌になった。だから、自分のほうに大きな問題があるのだと思うようになった。自分の考え方が古臭いのかも、冷淡な人間なのかも、いや情熱が強すぎるのかも、融通が利かない、いい加減すぎる、多くを期待しすぎ、思い入れがなさすぎ……。何かが欠けているのだろうと。女性と確固たる関係を築き上げるのは本当に難しく、自分にはそのための能力がないのだ。そう結論づけるようになっていた。

ところがホープが現われた。彼女に対しては、自分の言動に神経質にならなくても構わない。強いて言えば、彼女がコンピューターの前に座り、闇の魔法で何かを取り出そうとしているときは、自分の存在を強固にアピールしなければ、注意すら向けてもらえないことぐらい。彼女が自分より頭がいいことも、ちょっとわくわくする。いや、非常にわくわくする。付き合う女性が自分より頭がいいと、エゴを傷つけられたように思う男もいるが、ルークは違う。射撃の腕は自分のほうが間違いなく上だ。人はそれぞれ異なる才能を持つもの、それだけのことだ。

彼女は命を狙われ、逃亡生活を続けているわけだが、それでも文句はいっさい言わない。辛い状況を受け止め、けなげに立ち向かう。これはルークの信条とも重なる。両親からそう教えられたのだ。困難には正面から立ち向かえ、文句は言うな。もちろんレンジャーになって前線地域にいるあいだは、食事にもシャワーにも砂が混じり、仲間とはかなり汚い言葉で愚痴はこぼしていたが、それらはすべて冗談として口にできた。実際の厳しさ、日々のしかかる危険への重圧について弱音を吐いたことなどいちどもない。仲間の誰ひとりとして、そのことに文句を言うやつはいなかった。勇敢で自己抑制ができる者だけが、レンジャーに選ばれたのだから。

ホープも同じ種類の人間だ。

彼女のおかげで、自分は人生を取り戻せた。彼女がマッチに火をつけ、彼の世界を照らしてくれた。だから、生きるためのさまざまな欲望がまたわいてきた。

食欲も含めて。不思議なことに、彼女と一緒にいると、腹が減る。例のシグマ・ファイ事件のあと、食欲というものを意識することがなくなっていた。何かを食べたいと思う気持ちが失せ、無理に喉に詰め込んでいた。ホープと一緒だと、食べものへの欲求が生まれる。むさぼるように。本能的な欲望は、食べものだけではなくセックスについても大きいのだが、とにかく彼女と一緒にいたい、という気持ちは強い。生きていたい、彼女とともに人生を歩んでいきたいと思う。

今後の人生について考えてみたのも久しぶりだ。自分の将来をどうするのか、肯定的に見とおすことができた。戦闘の最中には、将来のことなんて考えない。過去もない。今、この瞬間、生き残ることだけに集中する。生存本能が、脳の処理能力のほとんどを使ってしまうのだ。さらには自分だけでなく、部下を守ることも考えなければならない。

将来というものを考えるとき、それははるかかなたにそびえる未知の黒い山のような気がした。目の前にも山があり、それを乗り越えなければ、生き残れない。そんなとき遠くの山に登るにはどうすればいいか、なんて考えてはいられない。基地に戻っても、遠い未来のことを心配する者はいない。考えるのはせいぜい、次の任務について、次に巡回警備するときの危険について、ぐらいのものだ。

しかし今、自分の前にさっと未来が開けたのだ。そこは春の草原みたいにうきうきするところで、ユニコーンだの花だの蝶々などがいる。

自分の考えていることに、我ながらおかしくなり、ルークはほほえんだ。まあユニコーンだの花だの蝶々などは余計だったかも。しかし、ホープは必要だ。彼女が存在する自分の未来については考えられる。もしかしたら――うまく切り出すことさえできれば、一緒に住んでくれるかも。さらにひょっとして……結婚してくれるかも。そうなると最高だが、まあそこまでは求めるべきではないだろう。自分みたいな男は、結婚相手としての魅力はないだろうから。キャリアとしては、軍にいてそのあと警察官だっただけ。しかも、実際はそうじゃないと言い張ったところで、経歴としてはスキャンダルによって辞職を余儀なくされた元警察官でしかない。ずっと先になって、いつか人々が女子大生のレイプ殺人事件と腐りきった四人の学生のことを思い出すとき、ルーク・レイノルズ刑事の名前が話の中に出ることもあるだろう。しかし、彼の名はいつまでも、強引な捜査をした無能な警察の人間として人々の記憶に残ったままであり、あの刑事のせいで真犯人を無実にしてしまった、と語られる。本来の彼は正義感の強いきちんとした人間なのに、そんな事実は忘れられる。犯人の親が莫大な金を使って、彼に無能な刑事というレッテルを強固に貼りつけたせいだ。いちど貼られたレッテルをはがすのは、まず無理だ。

彼には金がないから。

確かに、もうすぐASI社から給料を、しかもかなりの金額をもらえることになっている。経営基盤のしっかりした会社で、社員全員いいやつばかり、すでに友人も多い。経済的には何の問題もなくなるだろうが、それまでには少し時間がかかる。

ありがたいのは、ホープは彼の現在の財政状況を気にしていないことだ。そういったことには、まるで関心がないらしい。レイノルズ家の人間と同じだ。ぱっと見に惑わされず、ものごとの本質を見抜く能力があるのだ。

ということは……彼女とこの先ずっと一緒にいられる可能性はかなり高いように思えてきた。一緒に住むのも夢ではなさそうだ。そして二人でASI本社オフィスのある、パール街まで毎朝通勤する。

最高じゃないか。

そう思ったとき、彼のお腹がぐうっと鳴った。

「聞こえたわよ」目を閉じたまま、眠そうな声で彼女が言った。その横顔を見下ろし、骨格の繊細さと、肌の滑らかさに見入ってしまう。これから一生、起きて最初に目にする光景なのだろうな、と思う。うまくいけば、この人をずっと独占できるのだ。

彼は、朗らかに笑った。彼の人生に新たに加わったことのひとつだ。朗らかな笑い声。「そうか？　君はどうする？　何か食べるか？」

彼女が深く息を吸うと、彼女のお腹も空腹を訴えた。小さくかわいい音が鳴る。

「どうやら、お腹が食べものを求めてるみたいね」

彼女がぱっと目を開け、二人の視線が絡み合う。彼の顔一面に笑みが広がった。自分の顔が何をしているのかを認識するのに、少し時間がかかった。満面の笑みという感覚に慣れていないのだ。ただ、この数日、この現象がよく起きている気がする。顔が筋肉痛になっている。

「パンケーキミックスと本もののメープルシロップがキッチンにあった。ミックスさえあれば、俺でもパンケーキは作れる」

彼女は考え込んだ。黒い眉のあいだに、小さな縦じわができる。「いったい今何時なのか、さっぱりわからないけど、もう朝ではないわよね？　朝食って言うより、夕食にふさわしいものを食べたほうがよくない？」

「ふーむ」すぐれた体内時計を持つ、ルークの体が伝える。午後八時十五分。「君だって、朝食向けの食べものを、夜食べたことぐらいあるだろ？」

「しょっちゅうよ。特に仕事が立て込んでくると、毎晩シリアルを食べてた。コーンフレークってすごく助かるのよね。朝でも昼でも、三食コーンフレークとミルクなんてこと、よくあったわ」

なるほど。しかし今後、夕食にコーンフレークはやめさせよう。ホープに一日三度、適切な時間にきちんとした食事を摂らせることを、俺の任務にしよう、と彼は心に誓った。

また任務ができるのは、何だかうれしい。

ルークはカバーをはねのけ、軽くシャワーを浴びようとバスルームに向かった。途中で着替えを手にする。そのとき背後で妙な音が聞こえたので、彼は肩越しに振り向いてホープを見た。

彼女はベッドに起き上がり、腰のあたりに毛布を巻きつけていた。彼女の視線はまっすぐ自分に、正確には自分のヒップに向けられている。どうやら、このヒップを気に入っているようだ。そんな彼女の姿に彼もそそられる。少し開いた唇で、ぽかんとこちらを見ているところ。なだらかな肩の線、ほっそりした胴体、華奢な鎖骨、形のいい小ぶりの乳房、そして興奮して尖った乳首。

その事実に気づいた瞬間、彼のペニスが勢いよく反応した。まったくコントロールできず、コントロールできるとも思えなかった。完全にぐったりと床を向いていたものが、一秒後には元気に天井を指している。どうにかしようとしても、そんな暇はなかった。さらに、体は半分ベッドのほうを向いているので、彼女から現在の状態が丸見えだ。

彼女の胸元が赤くなり、それが頬へと広がっていった。体の奥から湯気が噴き上がってきたかのように、彼女が鼻を広げて息を吐く。すると彼のペニスもいっそう大きくなった。彼女の顔が明るいピンク色になり、口元に笑みが浮かぶ。左の乳房が揺れ、鼓動が大きくなっているのもわかる。

二人の体が、勝手に語り合っている。言葉など必要なさそうだ。

ただ、いちおう言葉にもしておこう。そう思った彼は、彼女を誘ってみた。「どうしても食事――朝食だか夕食か、どっちでもいいが――にしたいわけじゃないんだ。シャワーだって特に必要なわけじゃない」声に願望がにじむのは仕方ない。今はただ、ベッドに駆け寄り、彼女に覆いかぶさり、するりと自分のものを彼女の中に滑り込ませたい。その気持ちが強すぎて、どうにかなりそうだ。彼女の体の中が俺本来の居場所なんだ。

彼女はふうっと大きく息を吸い、そして吐いた。艶っぽい唇が少し開いている。あの唇の感触が頭によみがえる。いや、ペニスのほうがあの口をよく覚えている。そんなことを考えていると、もうどうしようもなく気持ちが高まってきた。

彼女は何も言わず、ただ彼女の体がベッドの上からこちらの欲望を煽ってくる。こちらに来い、という意味なのか？　それなら答はイエスだ。彼は完全に彼女のほうを向き、自分のお腹にぴったりくっつくように天井を指す状態のペニスを彼女に見せた。ベッドに戻ろうと足を上げたとき、彼女の手が上がり、震える手のひらがこちらの動きを制した。

だめらしい。

残念。

「あなたを見ているだけで、こちらもその気になってしまうけど、今はだめよ。何かお腹に入れて、そのあとフェリシティに連絡しなきゃ。彼女から何も言ってこないから、少し心配なの」

もういちどだけ、トライしてみる。「シャワーを一緒に浴びればいいんじゃないか？ 時間短縮、資源の節約、一石二鳥だろ」

彼女がほほえむのを見て、彼は心にぽっと明かりがともったような気がした。そうだ、彼女はもっと笑顔になるといいんだ。そして考え、気づいた。自分もあまり笑顔を見せない人間だったなと。今は彼女が命を狙われているし、他にもさまざまな問題を解決するのが先決だが、その後、二人で将来をともにするようになれば、二人でいっぱい笑顔になろう。

彼女は毛布を体からはぎ取り、床にあった布を手にした。それが何なのかはわからないが、彼女の肌を隠すものであることは確かで、つまり、ルークの希望はここでついえたわけだ。

「じょうずな誘い方だこと。でもだめ。お楽しみはあとにしましょ」うう、やられた、という感じだ。彼女にも聞こえるようにわざとらしく大きなため息を吐き、ルークはバスルームに向かった。敗者らしくすごすごと、足を引きずるようにして。背後でくすくす笑う声が聞こえる。バスルームに入るときには実際は彼も笑っていた。

そう、これでいいんだ。もっと笑おう。

ルークはその存在が罪みたいなものだ。彼を見ていると自然に欲望がふくれ上がる。さっきはベッドから飛び出して、部屋の反対側にいる彼に跳びかかりたくてたまらなかった。その衝動をこらえるためにこぶしを強く握っていて、手のひらには爪の痕までついた。彼は本当に……すてきだ。見ていると房水が沸騰して眼球が煮え上がる気がする。背が高く、ほっそりしているけれど肩幅が広くて胸板が厚く、その下の腰にかけて非常に引き締まっている。全身のどこにも、贅肉のかけらすらない。文字どおり、理想の男性像だ。運動不足を認識している彼女は、フィットネスクラブに入会したこともあり、そこでは隆々とした筋肉を自慢げに見せている男性が何人もいた。そんな筋肉はにせものというか、取ってつけたもの、という感じがした。そのため、中には筋肉が大きく盛り上がりすぎて、腕をまっすぐ下ろせない、あるいはがに股でないと歩けない人もいた。ルークは違う。黒ヒョウのようにしなやかで、無駄な動きがない。それに彼の筋肉はしっかりと体そのものの一部として存在する本ものだ。彼自身が、本ものの男性だから。温かな心を持ち、自分の感情をさらけ出すことも恐れない。これまで職場で出会ったＩＴ系の人たちは、社会的な交わりというものが持てない場合が多かったが、ルークは正反対だ。本当の意味で、男らしい男。豊かな人間性、成熟したおとな、安定した人格、それがルークだ。それでも、今は問題解決に取り組むべきときであり、そのためにまず食事が必要だろう。食事を忘れて働き続けると、ミスをしがちになるのは経験上わかっている。それに、何か進展があったか、フェリシティに確認したい気持ちも強かった。

どうせ夜にはベッドに入るのだから。二人一緒に。そしてセックスする。昨日と同じように。ああ、すてき。考えるだけでもうっとりする。これまでの彼女は、いちど関係を持ってもその後は互いに二度目は結構です、という感じだった。ルークは違う。ルークとならいつでもその気になれるし、これからもずっとそれが続くように思える。たとえて言えば、蛇口をひねったらビールが出てくるみたいな。ビールを飲むより、はるかに楽しいけれど。

期待に全身が震える。自分の過去にはこんなにも暗い事実があったことがやっとわかった。悪事の張本人は実の父親または祖父だ。どちらもが加担していた可能性もある。レドフィールド家の呪いみたいなものだ。悪事の全貌を完全にさらけ出すには時間がかかるだろうが、自分の母を殺し、自分のことも殺そうとした犯人は必ず見つけ出す覚悟だ。罪の報いを受けさせなければならないのだ。そうすれば、これまでずっと彼女をつないでいた足かせが外れ、自由の身になることができる。

これからの人生は、嘘のない、いっさい隠しごとをしない日々にする。広々とした場所で太陽をいっぱいに浴び、何の影も見当たらない生活へと自分を解き放つのだ。以前とは異なる生活が始まる。新しい街に住み、新しい仕事を得て、人生をやり直す。そこでは新しい男性が自分のそばにいてくれる。

グラース氏の動画は衝撃的だった。しかし、実際にショックを受けたか、と考えるとそうでもない。自分の中の、おそらく細胞レベルの小さな部分が、ホープ・エリスという女性の人生にはどこかおかしいところがある、とずっと告げていたような気がする。人生のいちばん古い記憶は、ボストンで迎えたクリスマスだった。体調が悪くてずっとベッドから出られなかったのは覚えているが、何が原因なのかはわかっていなかった。クリスマスを前に、体がよくなってきたので、自転車が欲しいと、両親──実際はサンダーソン兄妹だが──に訴え続けた。するとクリスマスイブの朝、小さなツリーの下にぴかぴかの赤い自転車が置かれていた。当時ホープは五歳になったばかりで、それ以前の記憶はいっさいない。

フランク・グラースの動画は、闇夜に光る稲妻みたいなものだった。暗がりを一瞬明るく照らし、荒涼たる周囲の風景が目に映るが、その後また何も見えなくなる。けれど、その荒涼とした風景の中で起きたことはわかった。過去の悲劇と謎が彼女の人生に影を落とし、他の人と完全に打ち解けることができなかった。例外はフェリシティ、エマ、ライリーの三人の親友だけ。なぜならこの三人とも、奇妙な生い立ちを持っているから。

けれど甲羅のように背負っていた悲しい過去は、今ではすっかりなくなった気がする。身軽になり、どこにでも自由に行ける感じ。過去を変えることはできないが、未来は変えられる。

そして未来が姿を現わした。バスルームのドアを開け、こちらに歩いて来る。髪はくしゃくしゃで、洗練された雰囲気はないが、それがまさに彼女の好みなのだ。見た目を気にしすぎる男性は、どうも信用できない。彼はいつも清潔な服を着ているが、きれいにアイロンがかけてあるか、と言うとそうではない。少ししわのある黒のTシャツ、黒のジーンズ、黒のブーツ。髪はシャンプーのあとそのままにするので、乾くとあちこちが跳ねる。ただ、今日はいつもの無精ひげはなく、きれいに頬を剃ったようだ。金色の雲みたいなひげが、鋭角的な顔立ちを少しやわらかくしていたので、剃らないほうがいいかも。あとで彼にそれとなく伝えておこう。

それでも何度見てもどきどきするぐらいハンサムだ。おまけに、人柄も最高。本当にいい人。燃え上がる建物から人を助けたい、というときに頼りになるタイプの男性だ。

生まれてからずっと不運続きだったが、神様がそのお詫びのしるしとしてこんなにすてきな人を与えてくれたのかも。二人で新たな人生を歩み始めなさい、と。

いいわ、お詫びのしるしを受け取りましょう。

ルークがまっすぐに彼女のほうへ歩いて来る。その間、ずっと彼女を見たままだ。近づくと彼女の顎の下に指を置き、少し顔を上げさせるとやさしく口づけした。彼女の全身を温かさが包み、じんわりと肌に広がる。彼女は目を閉じ、そのキスを堪能した。これからこんなキスを何度もするんだわ、と思う。目を開けると、彼がこちらを見ていた。

「じゃあ、次は私の番ね。シャワーを浴びてくる。そのあと――」笑みが大きくなる。

「さっき、パンケーキの話をしてたわよね？　本当に作ってくれるつもりだったの？言ってみただけ？」

え？　彼の笑顔も大きくなり、ホープは息をのんだ。無精ひげに隠れてわからなかったが、彼の頬にはえくぼができるのだ！　えくぼだなんて、反則だ。えくぼなんかなくても、とんでもなく魅力的なのに。でも、やはりえくぼだ。

「もちろん本気だ。シャワーのあとはパンケーキをご用意しますとも。俺が嘘をつくと思うか？」

なっていた。

「いいえ」小さくそう言うと、彼女はまっすぐ彼の目を見た。すっかり真剣な表情に
彼が笑みを消す。その顔から強い意志を秘めていることがうかがえる。「ああ、もちろんだ。俺は君に嘘をつかない。君の人生には、これまであまりに多くの嘘があった。本来受けるべき正しい扱いをしてもらうべきなんだ」そして携帯電話を差し出した。フェリシティからのメッセージ着信がモニターに表示されていた。

ビデオ、見たよ。あなたのFBIの友だちにも送った。他にバドがビデオを見た。バドのことだから、大騒ぎになるよ。

「バドって誰?」

「警察のとき、本部長が味方してくれた話をしただろ? 俺のためなら自分を犠牲にだってしてくれていたが、俺がやめてくれと頼んだ。本部長は正義というものを信じているんだ。あの人にとっては神様みたいなものだ。その本部長の名前がバド・モリソンで、あの人なら他にも誰にビデオを見せればいいか、よくわかっているはずだ。たぶん自身のコネのあるFBIと連絡を取るだろうし、州警察にも知らせるはずだ。レドフィールド家はカリフォルニア州では力を持っているが、コート・レドフィールドは選挙戦の最中だから、今なら攻撃しようと思う敵も多い。本部長が信頼を置く人間にビデオを転送すれば、いずれ必ず真犯人を捕まえられる。君のお母さんを殺し、

君を殺そうとし、さらには君の友人まで殺した犯人が、その罪を償うときが来たんだ」

「私の知り合いのFBI特別捜査官にも動画を送るようにフェリシティに頼んだわ。そのモリソンさんとかいう本部長に、そのことも知らせておいて」

わかった、と伝えるルークの笑顔がまぶしかった。

彼女は大急ぎでシャワーを浴び、スエットの上下を着ると、キッチンへ向かった。ルークはまだパンケーキを焼いていて、焼き上がったものが何枚も重ねてあり、さらにフライパンに新しい生地を流し込んでいた。すべて真ん丸で、大きさも同じ。前にホープがパンケーキを焼いたときは、ゴジラの背中の尖った部分みたいだったのに。そして食べられたものではなかった。

食べてみると天国みたいな味だった。外はかりっと、中はふんわりして、考えればこのパンケーキを焼いてくれた男性と同じ——外見はタフだが、中身はやさしい。

そのときふと気づいた。「ねえ、モリソン本部長って、カリフォルニア州では捜査権限がないわよね。ポートランドでは警察組織のトップかもしれないけど、カリフォルニア州ではそのことに意味はないんじゃないの？　そもそも事件は大昔に起きたわけでしょ。罪に問えるのかしら？」

ルークが厳しい目つきになった。表情が鋭い。「殺人では時効が成立しない。百年前に起きたことでも、罪に問える。もちろんポートランド市警本部長にこっちでの捜査権限はないが、彼は警察組織で顔が利く。法執行機関では、非常に尊敬されている人なんだ。俺の事件でも、俺がやめてくれと頼まなければ、絶対に引き下がらない覚悟だった。あの人が俺と一緒に警察を辞めるつもりだとわかり、俺としてはそれだけは避けたかった。だが今でもあのときのことは悔しく思っているみたいで、だからこそ、今度は力のある人間を敵に回しても、ぜったいに引き下がらないだろう」

「ルーク」ホープは彼の手に自分の手を重ねた。力強さと同時に緊張感も伝わってくる。「コート・レドフィールドは本当に力のある人間よ。本ものの権力者を自分の支援者として抱えている。私はとりたてて政治に興味のあるほうではないけど、それでも次の大統領選挙で彼が勝つ可能性は高いと知っている。それが権力というものよ。市警本部長が太刀打ちできる相手ではないわ」

「まあ、最前線で闘うのはバドじゃないから。最前線でレドフィールドと闘う力のある人にコネがある、ということだ。それからサマーを忘れてはいけない。今は作家だが、本来は政治ジャーナリストだから、メディア関係の有力な知り合いも多い」

ホープはほほえんだ。「さっき『とりたてて政治に興味のあるほうではない』って言った理由は、政治って本当に理解不能だからよ。私には意味不明の世界だわ」

ルークがうなずいて同意する。

「ほとんど理解できないでいたけど、サマー・レディングの『エリア8』を読んでいるうちに、少しはわかるようになってきたの。その彼女も今はASI社の関係者なの？　社員？　どんな仕事をしているの？　ジャーナリストとしては非常に優秀だけど、警護のプロとかではないでしょ？」

ルークが手のひらを上に向け、しっかりと彼女の手を握った。「彼女は社員じゃないが、彼女の夫が社員なんだ。知ってるだろ、ジャック・デルヴォーだよ。デルヴォー一族も政治がらみの陰謀でこの世から抹殺されかけた。だからジャックも他人の人生をもてあそぶ政治家は絶対に許せないんだ。そういうやつらと闘うために生きていると言ってもいいぐらいだから。今回、君の話を聞いて、バドと同じように怒りに燃えている。必ず犯人は捕まえると言っているそうだ。ジャックだけじゃなく、ASI社の人間は全員が同じ気持ちだよ。もうひとりのボス、こちらが創業者なんだが、ジョン・ハンティントンもシニア・チーフと一緒に、レドフィールドのやつを法廷に突き出すと決めている。すごい会社だよ、ASIっていうのは。俺たち二人とも、まだ正式には社員になっていないのに、全力で君を守ろうとしてくれている。理由は君がフェリシティの友だちだから。もうすぐ君も社員になるが、当然家族の一員として扱われる」

『家族の一員』、その言葉に、ホープは胸がいっぱいになった。泣きそうになるのを懸命にこらえる。このサクラメントにある、とても居心地のいい普通の家で、自分にもやっと本ものの家族ができたことを実感した。ルーク、そして彼の同僚になる人たち。人生でただひとつ、いちばん強く望んでいたのが家族だったのだ。ただ、これまでは自分が家族を求めていることにも気づいていなかった。

求めている、では足りない。憧れにも似た気持ちで切望していた。もう独りぼっちではないと思うと……そんなすばらしいことが本当にあるのが信じられない。

しかし、今確かめておかねばならないことがある。

彼女は食べ終えたパンケーキの皿をテーブルの中央へ押しやり、携帯電話を取り出した。いちどぎゅっとルークの手を握ってから放す。「頼みたいことがあるの」

「何でも言ってくれ」

その言葉に少し引っかかった。「本気で言ってるの？　頼みが、たとえばこれからフッド山に走って登れとか……それに、もし百万ドルちょうだい、なんてことを言ったらどうするの？」

「俺がそんな約束を守れるはずがないと思って言うのか？　俺は走るのが得意だし、大好きだ。君の頼みであればフッド山に登るぐらい何でもない。まあ走ってという言葉の概念はいくぶん緩く見てもらわねばならないし、八時間ぐらいはかかると思う。だが、ああ、絶対に登ってくる。百万ドルに関しては、このあいだも言ったとおり、現在の俺はまるですっからかんの状態だ。だが君が望むのなら、これから十年、いや二十年後には、百万ドルを君に手渡す。ただそれだけのことさ。さて、何でこんな話になった？」

彼が何をたずねているのか、ぼんやりした頭でホープは考えた。そしてふと頬が冷たい気がして、両手で顔に触れた。指が濡れている。目から液体が漏れているのだ。ああ、これは、涙？　私は泣いているの？　私らしくないけど、何だか最近、すごくよく泣くようになった。

「私は絶対に泣かないの」動揺した彼女は意味なくそうつぶやいた。「絶対に。『レ・ミゼラブル』を観たときだって、泣かなかったぐらいなんだから」

「なるほど」ルークが頬を親指で拭(ぬぐ)ってくれる。「君は泣かない。わかったよ」

フェリシティ、エマ、ライリーの三人も、頼めば何でもしてくれるだろうが、ここまでのことは――これは高らかに愛を宣言したのと同じだ。自分のためにこれまで何かしてくれた男性がいただろうか？　本人の犠牲を必要とする何か困難なこと。考えたが、誰ひとりいなかった。

「ありがとう」

彼が体を近づけ、そっと口づけする。「何についてありがとうと言っているのか、さっぱりわからんが、うむ、そう言ってくれてうれしいよ」そして冗談めかして眉を上下に動かした。「女性に感謝されるのは、いつだって気分がいいものだ」

彼のこの態度と言葉の理由がホープにはわかる。たった今、彼女は感情的になり傷つきやすい部分をさらけ出してしまった。そんな姿がいたたまれなくなった彼は、空気を和ませようとしたのだ。タフな外見に似合わず、彼は本当に人の気持ちに敏感だ。

さっきのホープは、生皮をむかれたような、攻撃されるとひとたまりもない状態だった。突然皮膚をすべて剝がれて、自分を守る手段をすべて失っていた。さっきのあの瞬間、ちょっとしたひと言で、あるいはちょっと何かをされただけで、泣き崩れて立ち直るのに時間がかかっていたはずだ。反乱軍のシールドがすべて破壊され、デス・スターが攻撃を仕かけてくるといった瞬間だった。無防備でなすすべもなく。

ホープはいつも、頑丈かつ強固な防御で自分の身を守ってきた。思い出すかぎりずっと昔から、常に高くて分厚い壁を自分の周囲に張りめぐらせていたように思う。その壁は、自分の一部になっているように思えた。だが、実際は違ったのだ。あんな壁は人工的なもので、自分に正直に生きていなかったからこそ、そこに存在できただけ。

自分がこうなってしまったのは、金に目がくらんだ残酷な男、または男たちのせいだ。そいつが自分の母を殺し、生きる楽しみを自分から奪った。

ふん。もう思いどおりにはさせないわ。

「ジェイコブ・ブラックの電話番号ならわかるって、言ってたわよね？　教えて」

ルークが、びっくりして目を丸くしている。「何だって？」

「フランク・グラース——私の伯父さんは、彼と話をしろ、と言っていた。ブラック社はコート・レドフィールドと仕事のことですごくもめたことがあり、さらにジェイコブ・ブラック自身がバード・レドフィールドとも知り合いらしいから、何かわかることもあるって。ブラック氏は、バード・レドフィールド——私の父のことも祖父と同様嫌っているのか、父は本当に母と私の殺害を企てるような人なのか、彼の意見を聞きたい」

「おい、ちょっと待ってくれ。さっきは本気で言ってるとは思ってなかったんだ」ルークが思わず一歩後退した。「それって——大丈夫か？　もう少しいろんなことがわかってから——」

「待てないわ」一足す一は二になる、というのと同じぐらい自信を持って宣言する。これまで長く待ちすぎた。人生のすべての時間、待ってきたのだ。罪を糺したい。今すぐそのための行動を起こしたい。ポートランドに帰れば仲間が助けてくれるが、今ここでも情報収集を始めておきたい。仲間の援護があると思うと、さらに元気がわいてくる。ただ、このあとどうなるにせよ、自分にはどんな未来が待っているにせよ、バード・レドフィールドについてもっと知っておかねばならないと思う。今すぐ。じれったくて、うずうずする。過去はもう葬り去ろう。蛇が脱皮するように、彼女は古い自分の殻から脱け出したのだ。その殻は足元で粉々に崩れた。新たなホープが未来への一歩を踏み出す。以前とはまったく異なる未来に向かって。「もうこれ以上待てないの。ジェイコブ・ブラックが私の父を知っているのなら、彼の意見を聞いておきたい。私や母を殺すような人間なのか。私の記憶には、まだ大きなブラックホールがあって、その部分を埋めておかないと、次には進めない気がする」

ルークは口を固く結んで彼女を見ながら、その場に立ちつくしていた。

同意していないのは明らかだった。山のような反論が返ってくるのをホープは覚悟した。何を言われようが、気持ちを変えることはない。ただ、せめて彼の言い分にも耳を傾けよう。それぐらいは礼儀として必要だろう。彼が唾を飲み込み口を開ける。苛々と高鳴る鼓動の中で、ホープは説得の言葉を黙って聞く心づもりを整えた。ところが彼は、ただうなずき、自分の携帯電話を手にした。「わかったよ。君がそう望むのなら」

それを聞いて、また新たに涙があふれてきた。これまで自分のことを、絶対に泣かない人間だと思っていたのに。涙なんて、何の役に立つの、とホープはぐいっと頬を拭った。ルークに何か言われるたびに、ぽろぽろ涙をこぼしている。ルークへの感謝の言葉を胸の中でつぶやく。彼はホープの意見に賛成ではなくても、ホープの望みをかなえてくれる。彼女がしたいことなら、何でも手を貸してくれるのだ。彼がどうしてもだめだ、と言い張った場合には、自分で調べるしかないが、ずいぶん時間がかかっていただろう。彼はだめだとは言わなかったのだ。

ルークは自分の携帯電話を取り出し、連絡先のリストをスクロールしている。ホープははっとして叫んだ。

「あ、待って！」手を差し出して、電話を渡すようにと促す。「ちょっと貸してくれる？」

「ああ、もちろん」何のためらいもなく、彼は携帯電話を差し出した。そこそこグレードの高い機種だが、このまま電話するのは危険だ。居場所の特定を非常に難しくするアプリを開発していた彼女は、自分が使う携帯電話のすべて――だいたいが使い捨ての比較的安価なもの――に、まずそのアプリをインストールしてから使い始める。アプリの使用中は地上の基地局を使わず、要するに衛星電話と同じになる。一年前に開発したばかりのアプリだ。

「はい、これでいいわ」電話を彼に返しながら説明する。「特殊なアプリを入れたの。その電話は今、通常の携帯電話じゃなくて、衛星電話になっていて、地上の基地局を経由しないの。アプリをオフにしても、位置情報は高度に暗号化されて発信されるから、痕跡をたどるのは、非常に難しくなるわ」

彼が首をかしげてたずねた。「要するに、君の魔法の呪文により、俺の携帯電話は誰の目にも見えなくなったってことか？　電話自体が、強力な魔法使いに変身したわけだな」

「ま、そういうことね」

ルークはおそるおそる電話を手にした。突然牙をむいて嚙みつかれるのではないかと恐れているようだ。

「それから、ポートランドに戻ったら電話は変えてもらうわ。それって、原始時代の電話みたい」

「うっ……あ、ああ。最新機種なんだがな」

「石器時代かな」彼女は舌打ちした。もちろん洞窟で生活している人なら、これも最新機種だろう。「さ、ジェイコブ・ブラックよ。電話してくれるんでしょ？　発信者番号通知はそのままにしておいたから、誰からの電話か、先方にはわかる」

ルークはまたリストを出し、画面をタップし、スピーカーフォンにした。二度目の呼び出しで男性の顔が画面に現われた。

ジェイコブ・ブラックだ。

企業に関する噂話に興味があるわけではないが、ジェイコブ・ブラック氏が生きる伝説であることはホープも知っている。誰もが認める世界有数の、おそらくは世界一の民間警備・軍事会社の創業者であり、オーナーで、ものすごい大金持ちだ。会社は世界じゅうほぼすべての主要都市に支社を構え、規模としても影響力としても強大だ。しかし、そんな事実にひるむホープではない。IT関連で億万長者と言われる人たちと仕事をしたことが何度もあり、彼らはすべて子どもみたいなものだった。ただお金をたっぷり持つ子ども。技術的には天才だが人付き合いがほとんどできない人たちだった。

ジェイコブ・ブラック氏は、子どもには見えない。太陽を浴びて濃いこげ茶色に輝く細面の顔に険しい表情を浮かべている。ミラータイプのサングラスのせいで、未来からやって来たサイボーグみたいにさえ見える。背後には晴天が広がり、容赦なく照りつける太陽が痛いぐらいにまぶしい。その他のすべては、ほとんど色というものを持たない。街路、建物の壁、そして砂漠地帯用のカムフラージュ戦闘服も、褪せたような色ばかり。何か機械的な騒音がうるさい場所だ。

どうやら、ブラック氏は何か重要な用件の最中だったらしい。それでも表情にも声にも苛立ちは認められない。「ルークだな。ちょっと待ってくれ。ちゃんと話が聞けるところに移動する」画面が上下に大きく揺れ、ブラック氏が建物に入るのがわかった。重いドアを閉めると、カメラはまたブラック氏の顔に焦点を合わせ、画面が安定した。険しい表情のまま、彼がたずねる。「いいぞ、俺は何をすればいい?」

億万長者の戦士が言う言葉としては、非常に印象的だ。ホープの知るIT界の億万長者は電話に出ると第一声が「何だ！」だった。『俺は何をすればいい？』なんて、こんな物理的にも社会的にも力のある大金持ちにたずねられるのは、すごく不思議な気分だ。しかも顔色ひとつ変えず、面倒くさがっている様子も、もちろん苛立ちも伝わってこない。ルークが何を求めているのか、純粋に知りたがっている感じだ。

ルークのほうも単刀直入に話し始めた。「バード・レドフィールドという男性と知り合いだと聞きましたが、事実ですか？」

いきなり妙な質問だな、と思っただろうが、ブラック氏の表情は相変わらずだ。

「事実だ。バードは俺がＳＥＡＬｓに入って最初の部隊長だった」

「どういう人物です？」

「最高の人」ブラック氏の表情がわずかに変化した。少し眉根を寄せ、口元を引き締めている。「イラクでいちばん辛かった日々の上官で、本当に立派な人なんだ。あの人以上の男には会ったことがない。今でも仲のいい親友だ」

最後の言葉に力がこめられていた。その意図は明確だ。バード・レドフィールドは俺の親友だ、あの人のことを悪く言うやつなんて、俺は気に入らない。

ホープは少し気後れしていた。ブラック氏はおそらくアフガニスタン、背景の様子からは砂漠のある戦闘地域のどこと限定できるわけではないが、何にせよ遠く離れたところにいる。だから地球の反対側にいるホープに、物理的に何かをできるわけではない。それでも、彼と相対することをしり込みしてしまう。いっそう険しい顔になり、サングラスを取ったので、目元もはっきり見えた。真っ黒な瞳が、冷たく光っていた。

ルークはひるんだ様子を見せない。「わかりました。事情を説明します。あなたもご承知だとは思いますが、俺は現在、ブラック社の支援も受けて、とある若いITスペシャリストの警護任務にあたっています。実はバード・レドフィールドが、彼女の生物学的な父親だとわかったんです。彼女を産んだのは、バードがかつては愛したこともある女性で、サクラメントに——」

ブラック氏がルークの話をさえぎった。「その女性とは、ルーシー・ベンソンのことか?」

ルークは驚いてホープに視線を向けたが、すぐ画面に向き直った。「はい。その事実はDNA鑑定で証明されています」

ルークの言葉など、ブラック氏の耳にはいっさい入っていないようだった。「娘の——その女性の顔を見せてくれ」鋭い命令口調だった。「今すぐに」

ルークがまたホープを見て、彼女がうなずくのを確認すると、ブラック氏の電話で彼女の顔が画面いっぱい映し出されるようカメラを彼女に向けた。

「嘘だろ、信じられない!」ブラック氏が普段の話し方とはまるで異なる言葉を口にしたが、すぐに我に返った。「きわめて優秀なデータ解析士に、わが社のIT部門がすっかり世話になった話は聞いていたが、君の名前までは知らなかった。しかし、君はバード・レドフィールドとうり二つだ。バードは君の存在をまったく知らない。ルーシーは彼が命懸けで愛したただひとりの女性で、その後バードは誰とも真剣に付き合ったことがない。俺が聞いた話では、彼が戦場で負傷して入院中、ルーシーが一方的に別れを告げてきた。いっさい連絡も来なくなり、捨てられたと知ったバードは、彼女の意思を尊重しようとしたが、それでも彼女を想う気持ちは変わらなかった。今でもまだルーシーのことが忘れられずにいる。君が金を求めているのなら、バードは今着ているシャツさえも脱いで売り払い、すべてを君に与えるはずだ」

それを聞いて、ホープも冷静になれた。冷たい声で挑戦的に言い返す。「お金を求めているんじゃありません。一ペニーだって要りませんから。お金の心配は無用です。私はただ知りたいだけなんです。父が私を殺そうとしたのかどうかを」

ジェイコブ・ブラックという男性は、どんなことにも驚かないタイプに見えるが、今のホープの言葉にぼう然とした。「君を殺す？　バードが？」

ブラック氏が驚いているのは間違いない。ブラック氏もそうだが、ホープの父は人生の大半を戦士として過ごし、非常に危険な戦闘地域に派遣され、実際に人を殺したこともある男性だ。それなら、殺人だって可能なはず。エリート部隊の戦士は、端的に言えばプロの殺し屋なのだ。ただ、ここにいる戦士二人、すぐ隣のルーク、画面越しに向き合うブラック氏、二人ともがそういったエリート部隊の戦士だ。ルークは元特殊部隊の人間というだけでその後は警察官でもあり、ブラック氏だって現在は政府による正規軍にいるわけではない。それでもルークはすぐに警護任務のエキスパートとして仕事を始め、ブラック氏のほうは世界有数の民間軍事会社を率いる人間だ。この二人を前に、特殊部隊の人なら簡単に人を殺せるんでしょ、みたいなことはあまり言わないほうがよさそうだ。

「あなたはバード・レドフィールドのことをよくご存じのようですが、私は知りません。私が知っているのは、DNAにより、自分はレドフィールド家の人間であると証明できること、それがわかったその日に鑑定してくれた友人が殺されたことです。さらにその後、私の住むアパートメントにも、私の命を狙う人間が侵入してきました。私は監視カメラをモニターできるシステムを持っていたので、スキーマスクをかぶって武装した男たちが建物に入って来るのを見て、すぐに脱出、どうにか逃げ出すことができました。男たちが私の住居まで来ていたら何をしたか、想像できますよね。私を消そうと考えている人がいるんです。それから誤解を訂正しておきます。私の母、ルーシー・ベンソンからバード・レドフィールドに別れを告げた事実はありません。最愛の男性が戦死したと聞かされていたんです。彼の父――コート・レドフィールドが母の住まいまでわざわざやって来て、そう告げたんです。母のお腹にはすでに私がいたのですが、母はそのときまだ妊娠に気づいていなかったんです。それから五年後、ニュースでバードが生きていることを母は知りました。何とか連絡を取ろうと、何度も手紙を書き、私の写真も送ったんです。その直後、自動車事故をよそおって母は殺され、私は意識不明の重体になりました」

ブラック氏はまだ信じていないようだ。「それをすべて君が覚えているわけはないよな」

覚えていればいいのだが。「ええ、まったく記憶にありません。でも、さらに驚くべき事実があるんです。このことを知ったのは、とあるビデオを見たからで、そこで詳細を語ってくれたのはフランク・グラースです。彼は私の伯父だったんです」

ブラック氏の顔色が変わった。「フランク……ルーシーはフランク・グラースの妹だったのか？」

「父親は違いますが、ええ。血のつながった兄と妹です。ご存じだったんですか？」

「バードがルーシーのことを話してくれたのはいちどだけ、すごく酔っぱらったときだった。その際、ルーシーには父親違いのフランクという兄がいたと言っていた。コンピューターに夢中の変人だとかいう話だったが、それがまさか、あのフランク・グラースだったとは……」

「その当時は、まだあのフランク・グラースじゃなかったんです。ただ柔軟な思考と天才的な頭脳を持つだけの青年だったんだと思います」会話を本来の目的に戻したい。聞きたいことはひとつ。「つまり、二十五年前、母と私を殺そうとした人間がいて、母は死に私は瀕死の重傷を負った。伯父がすばやく手を回してくれなければ、間違いなく私もそのときに死んでいました。事故現場から遠く離れた病院へ私を運ぶように手配し、偽の死亡証明書を出してもらったんです。事故のせいか、私はそれまでの記憶をなくし、別の名前で他の場所で育てられました。最近になって友人がDNA鑑定の会社を立ち上げ、両親と似ていないと感じていた私のDNAを調べてくれたんです。DNAの一部を共有する大物がいると連絡してきた彼は、私のアパートメントに来る途中で殺されました。次に殺し屋が、うちのアパートメントの管理人を殺害し建物内に入って来たんです。それらすべてを計画したのは、私の父なのかもしれないんです。それでどうしてもあなたと話したかった。あなたと私の父が知り合いらしいと耳にしたから。あなたの知るバード・レドフィールドは人を殺せるのでしょうか？　こんなひどいことができる人なのかしら」

ブラック氏の顔が強ばる。「絶対にそれはない。何があっても、バードがルーシーを傷つけることなんてあり得ない。身体的に危害を加えないというだけでなく、精神的に傷つけるはずもない。さらに彼女が産んだ実の娘を殺す？　絶対にない。断言する。しかし、あいつの父親なら、それぐらいのことは平気でするだろう」

ルークがはっと鋭い視線を投げてきた。「コート・レドフィールドのことですか？」

「ああ、そうだ。バードは父親のことをものすごく嫌っていてね。憎悪していると言ってもいいぐらいだ。あの親父は頭がいかれてるんだ」

「その頭のいかれた男が、大統領選に出馬するため、着々と準備を整えているんですよね」ホープの口調に皮肉が混じる。「そして、勝つ可能性はじゅうぶんにある。これまでのことすべての首謀者は、躊躇なく殺人を命じる人物であるのは間違いない。その首謀者がレドフィールド上院議員だったとしたら、彼は私の存在を世間から隠したままにしておきたいはずだから、私は非常に危険な状態にあるわけです。それでも、もう逃げ回りたくないんです。そんな卑劣な男にびくびくしながら暮らすなんてまっぴら」

肩に頼もしい手の温もりを感じて振り向くと、ルークが抱き寄せてくれていた。彼の温かさが力を与えてくれる気がして、ホープは彼に体を預けた。

ブラック氏は彼女の言い分を理解したようだった。「了解だ。これからバードに連絡しておく。今ちょうどバードはアメリカ国内にいるはずだ。このあいだ話したときはそう言ってた。娘がいたと知れば、もう狂喜乱舞ってとこだろうな。それに、今度こそ絶対に父親を許さないだろう」

ルークがちらっとこちらを見たので、ホープは小さく首を横に振った。

「それはやめてください」ルークの顔に緊張が走る。「絶対にだめです。バード・レドフィールドに娘の存在をいつ、どうやって知らせるかは、本人であるホープが決めることですから。他の人間の口出しは無用に願います」

ジェイコブ・ブラック氏はものすごい大金持ちで、権力もある。彼の会社は規模や予算を考えれば、ちょっとした国家と同等であり、彼はその国家の帝王だ。対するルークには貯金も権力もない。それでも、ルークは引き下がらないだろう。今の彼には力がみなぎっている。

ブラック氏が、おい、待て、と両手を掲げる。大きくてタコだらけの、今も実戦から離れていない人の手だった。「わかった、わかったよ。だが、できるだけ早いとこ話をしてくれ。バードはおとなになってからの人生のほとんどすべての時間、ルーシーへの断ち切れない想いを胸にしまい込んで生きてきた。ルーシーが産んだ自分の娘がいるのなら、その存在を知る必要がある。君の――名前は何て言ったかな?」

「ホープです。ホープ・エリス。でもその人が、あるいはその人の父親が、私の母を殺したんですよ」ホープは鋭く言い返した。「私も一緒に殺すつもりだった。今また私を殺そうしているかもしれない人に、自分の存在を明らかにはできません。まず、母や友人を殺すように指示したのはバード・レドフィールドではない、という証明が必要です」

「いや、犯人はバードじゃない。だから早いこと、君はバードと話すべきだ」画面越しにも、ブラック氏の強い意志の力が伝わってきた。彼から発せられる磁力線が見えるような気さえする。いやはや、ものすごく威圧感のある人だ。それも空威張りではなく実際に力のある人。

「くだらない、そんなのこっちの知ったことか」突然ルークがジェダイ戦士みたいに画面の前に割り込んできた。ブラック氏とにらみ合いをする姿は、フォースの強さで相手を圧倒しようとしているかのようだ。「いつ話すかはホープが決める。それは彼女自身が、安全だと感じるときだ。一秒でも彼女を急がせるべきではないし、誰であれ、彼女に何も強要できない。あなたがバード・レドフィールドはいいやつだと言ってくれたとしても、それだけを根拠に彼女の安全を脅かすようなリスクは冒せない。昔いいやつだからって、今もいいやつだとはかぎらないからな。それは俺だけじゃなくて、あなただって身をもって知っているはずだ」

オス同士のにらみ合いは続く。牡鹿なら角を交えて戦っているところだろう。やがてブラック氏が角を下ろした。「バードは自分の娘を傷つけるようなまねは絶対にしない。娘の存在を知ったら、あの男がどれほど喜ぶか、その様子がありありと目に浮かぶ。とは言え、私の言葉だけでバードを信用できないという君たちの言い分も理解できるし、その気持ちは尊重しよう。彼女が今も命を狙われているなら、当然だ」

ルークはうなずき、全身にみなぎっていた緊張が少しほぐれたのがわかった。「では、彼に今の話はしないと約束してもらえますね？」

ルークの質問に、ブラック氏は軽くうなずいた。「約束する。代わりに、彼のプライベートな電話番号を教えよう。この番号にかければ必ず電話に出てくれるし、この番号でなければ連絡は取れない」

「ありがとうございます」その情報を心からありがたいと思っている自分に、ホープ自身が驚いていた。別世界に瞬間移動できる出入口（ポータル）のようなものだ。ポータルを抜けた世界で彼女を待ち受けているのは、死だけかもしれないが。いずれにせよ、その番号に電話をしたら、ものごころついてからずっと抱えてきた、この〝どこにも居場所がない〟という感覚は終わる。「その番号を教えてください」

「ショートメールでこの携帯電話に送っておく。それから、この件に関しては、俺を好きなように使ってくれて構わないから。バードとの面会を手配してほしければ言ってくれ。君の安全を確保するため、俺がその場に立ち会ってもいい。言ってくれれば、できるだけ早くそこに向かう。バードにはそれだけの恩があるんだ」

彼は今、明らかに戦地にいて、非常に多忙な人間でもある。その彼がここまで言ってくれるのは、バード・レドフィールドがブラック氏にとってきわめて重大な存在だという証明だ。

　もうこれで聞きたいことはすべて聞いた。ホープはもういい、とルークにジェスチャーした。

「わかりました」彼は携帯電話をまた自分のほうに向けた。「忙しいところをお邪魔しました。いろいろ、ありがとうございます。バード・レドフィールドの電話番号、よろしくお願いします」

「バードに電話しろよ」ブラック氏はなおも言った。

「はい。いつするかはまだわかりませんが」そう言って、ルークは電話を切った。

　部屋の静けさをホープは意識した。今得た情報のすべてが、彼女の頭の中で解析されていく。ジェイコブ・ブラックはあらゆる意味で力のある男性だ。彼の人格を否定的に語る人間にはお目にかかったことがない。ＮＳＡが使っていた民間軍事会社には、ひどい人間もいたが、ブラック氏はまったく違った。人を騙したり、賄賂を受け取ったりしたことは、ホープの知るかぎりはない。彼が仕事をするのは、賄賂があたりまえの世界なのに。民間軍事会社に支払われる巨額の政府資金を考えれば、誘惑に負ける人間がたくさんいるのも納得できるものがあり、必然的にシステムを悪用して金儲けしようとする業者は次々に現われる。

　ジェイコブ・ブラックはそんな業界で成功しているにもかかわらず、彼について否定的な意見をほのめかす者さえいない。つまり、彼はきわめて清廉潔白な人物か、容赦なく敵を叩き潰すから誰もが怖がって彼の悪口を言わないかのどちらかだ。

ただ、今のやりとりを考えてみると――おそらく重要な任務中に、突然一介のエージェントであるルークからの電話を受けると、彼は仕事を中断してくれた。さらに会話の中で真っ向から反対意見を唱えられたのに、相手の意見を尊重しようと、自分から折れた。その事実が物語る意味合いは大きい。

ぼんやりと考えにふけっていた彼女は、やさしくルークに腕を取られてはっとした。

「さあ、そろそろゆっくりする時間だろ。くつろいだ状態で今後のことについて話し合おう。どうするのがいちばんいいか、名案が浮かぶかもしれない」

名案？　何についての？　考えがまとまらない。的確な状況分析ができる能力を買われて、給料を、しかもかなり高額な報酬を得てきた人間だったはずなのに。普段なら合理的かつ論理的な判断に基づいて、つじつまの合った結論を導き出す。頭の中に膨大な情報を溜め込むことができるので、正しい判断が可能になる。ところが今は不確定要素が頭の中でごっちゃになっていて、どれがどれにどういった影響を与えるのかがわからない。母だと思っていた女性は母ではなく、実母は別に存在した。しかしその実母――ルーシーという女性のことはまったく覚えていない。実父は特殊部隊に所属する有能な軍人で、その父、つまり彼女の祖父は強大な権力を持った人。おそらくは世界一権力を持つ人間になろうとしている。実の母を殺し、自分のことも殺そうとした犯人は、実の父だった可能性がある。もしくは、その父親、つまり祖父が真犯人かも。さらにあのフランク・グラースが伯父だった。

そして、ルークがいる。

こういったことすべてを、順序立てて考えることがどうしてもできなかった。当然結論めいた答はなく、今後どうするかという計画なんて立てられない。

ルークに案内されるまま、彼女は高級酒のボトルがずらりと並べられたキャビネットの前に立っていた。逆さまに置かれたクリスタルのタンブラーは、曇りもなく磨かれている。

ここは隠れ家として臨時に使われるだけで、住人はいない。ではどうやって細部まできれいにしているのだろう？　ふととりとめのない興味がわく。誰かが使ったあと、散乱したピザの箱を片づけに掃除業者でも入るのだろうか。つまらないことかもしれないが、この隠れ家を運営する組織としては解決する必要のある問題だ。彼がウィスキーをグラスに注ぐのを見ながら、ホープは考え込んだ。ただ隠れ家というのは、この日時に使うといった予定が決められるものでもないだろう。何らかの解決法が、規則として定められ――。

すべてが一瞬のことだった。その場の光景がスローモーションのようにゆっくりと流れた。棚に置かれた美しいクリスタルガラスが飛び散り、目の前に真っ赤なカーテンみたいなものが下りていく。ルークのほうを見ると――そこに彼の姿はなく、彼はホープを押し倒すようにして、一緒に床に突っ伏した。胸にのしかかる彼の体重で、息が苦しい。細身なのにすごく重いんだわと、彼女はぼんやり思い、彼の体を起こそうとした。ところが手がぬるぬると滑る。見ると真っ赤になっていた。

その瞬間、スローモーションで流れていた映像が、いっきに普通のスピードに戻った。撃たれた！　だから傷口から血が出ているのだ。そう考えて真っ赤な手を調べてみたが、彼女の体のどこにも銃創(じゅうそう)はなかった。

撃たれたのは自分ではない！　ルークだ。

「ルーク！」怪我の状態を確かめようと再度彼の体を押したが、彼が強く彼女の体を床に押しつける。彼の腕が頭部も覆う。彼はホープの大切な器官を守ろうとしているのだ。「あなた、撃たれたのよ。傷を見せて！」叫びながら、強く彼の体を押したのだが、彼はびくとも動かない。彼女の手はもう血まみれで、さらに滑る。「病院に行かないと」

彼はホープの言葉など耳に入らないらしく、ひたすら携帯電話を見ている。何もこんなときに……と思ったが、彼が注視しているものがホープにも見えた。画面が何分割かされ、家の周囲の状況が映し出されている。彼女自身が自分のアパートメントの監視カメラをモニターしていたセキュリティ・アプリにも似たものだ。画面の中を必死で見ても、人影らしきものはない。何か緑色の幽霊みたいなものが動いているだけ。ああ、暗視映像なのだ。「撃ってきたのは誰なの？　どこにいるのかわからないわ」

「俺もだ。くそ、どうやって俺たちを狙ったんだ？　窓からは離れていたし、カーテンも閉めていたのに」

彼女はぼんやりした画像を慎重に見た。「熱を感知しているのかしら？」

「ああ、そうに違いない。最悪だな。つまり立ち上がれば撃たれるわけだ。床に伏しているかぎり、比較的安全だが、ずっとこうやっているわけにもいかない。よし、君はここにいろ。断熱フィルムを取って来るから。あれをかぶっていれば、体温で居場所を知られることはない。ソファの後ろにいれば大丈夫だ。撃ってきたのは、家の正面からだけだ」

彼女は、行かないで、という言葉をのみ込んだ。本当はルークにそばにいてほしかった。彼の細身だけれどたくましい体に触れていれば、安心していられた。しかしそんなことを言ってはいられない。このままでは射的のアヒルみたいに、穴だらけにされてしまう。

ルークは彼女の頭のすぐ上の床に手を置き、ゆっくりと体を持ち上げた。左腕が震えるのが見える。彼がソファの背後で少し体を起こしたとき、彼女は悲鳴を上げそうになった。体の左側すべてが血まみれになっている。背中を撃たれ、弾は左肩から射出したようで、そこから血が流れ出ていた。動脈は傷ついていないようだし、骨にも影響はなさそうだが、おびただしい量の血が出て、ものすごく痛そうだ。

ルークの表情から痛みはうかがえないものの、顔色はほとんど灰色でじっとり汗ばんでいる。

「私が行くわ。私が断熱フィルムを取ってくるから、場所を教えて」

「だめだ」彼の顔がいっそう強ばる。「そこにいるんだ。動くんじゃない」

彼女が言い返すより先に、ルークはかなり低くかがんだまま、家具に隠れるようにして部屋の奥へ進み始めた。その後、匍匐(ほふく)前進でクローゼットに向かう。彼の通ったところにはべっとりと血の跡が残る。

やがて彼はアルミホイルのような断熱フィルムにくるまって戻って来た。これで熱源を悟られずに済む。他に黒い拳銃を手に持ち、さらに小さなスポーツバッグを引きずっていた。ホープの全身も断熱フィルムで包むと、彼はソファの裏側にもたれかかるように座った。

「家全体が包囲された場合でも、この部屋にたどり着くまでにはまだ二部屋分あるし、こちら側は外壁に面している。だが、ちくしょう、やつらはどうやって守衛のいる正門を突破したんだ？」

「守衛詰所の監視カメラを見てみましょ」ホープは彼の電話を手にした。血のりを見ないようにしながら、正門のカメラ映像を捜してみる。「だめだわ。すべて電源が切ってある。でも、もしかすると――やっぱり。守衛詰所の屋根のひさしにこっそり取りつけられたカメラの映像がこれ。でも、中には人がいないわね」

ルークの息遣いが荒い。「そんなはずはない。二十四時間体制で警備を担当する人間が常駐することになっている。守衛を置くってのは、そういうことだ。誰もいないんなら警備の意味がない」こうこうと照らされる詰所の内部を、彼はじっと見ていた。四角い部屋には誰もいない。「こりゃ、まずいな。見ろよ」彼が小さな画面の隅を指差す。目をすがめてみても、小さく黒っぽい点みたいなものが見えるだけだ

「これ、何？」

「靴だ」ルークが重々しく言った。なるほど、守衛が殺され、死体が床に転がっているわけか。その足先が見えているのだ。

ルークの肩から出血が止まらない。

「とにかく救急車を呼ばないと」不安とおののきを隠そうとしたのだが、どうしても声に出てしまう。ルークのほうは、撃たれたにもかかわらず、いつもどおり穏やかで慌てる様子もない。銃弾が左肩を貫通したのに。

ああ、どうしよう。

傷の手当だ。銃創だから、手術して、抗生物質を点滴して傷口が化膿しないようにする。しかし今もっとも大事なのは、止血することだ。ふきんとかシーツとかが手近にあれば、切り裂いて包帯代わりにできるのだが、キッチンも寝室もはるかかなたにある。この場所からだと、シベリアとか月に行くのと変わらない。断熱フィルムは延伸ポリエチレンテレフタレートというポリエステル素材でできている。その特性から、宇宙船が地球に帰還する際、大気圏突入の高熱を吸収する用途でも使われるぐらいで、人間の手、少なくともホープの力では絶対に破れない。

そうだ。スエットのパーカのほうを使えばいい。彼女は急いでパーカを脱ぎ、袖を垂らした状態で身頃部分を丸めた。ルークは横目でこちらを見ていたが、何も言わない。彼女は彼の前に膝をついた。

「痛いけど、我慢して」

彼はうなずき、歯を食いしばった。顔色がいっそう白くなる。

彼女はそっと彼のTシャツを持ち上げようとしたのだが、反射的に彼がうめき声を上げた。額から玉の汗が落ちる。「これ、切らないといけないの。いいわね?」ハサミを取りに、キッチンまで走って行く? だめだ、どう考えても無理だ。撃たれずに戻って来られそうもない。

するとルークが少し上体を倒した。さらに強く歯を食いしばり、唇まで真っ白にしながら、ブーツからナイフを取り出したのだ。ホープは目を丸くした。こんなところにナイフが隠してあったとは。手渡されたのは、持ち手のしっかりした飛び出しナイフで、カミソリみたいに鋭く研いであった。まさにこういうナイフを必要としていたのだ。

「じっとしててね」そう言うと、末梢神経が痛みで悲鳴を上げているはずなのに、彼は岩のように身動きしなくなった。できるだけ彼の体に触れないように、分厚いコットンを切り裂いていく。襟までナイフを入れると、胸の部分の布がはだけた。Tシャツを脱がす必要はない。ただ傷口を見えるように……左肩があらわになると、彼女は思わず息をのんだ。肉がえぐれている。

これほどひどい傷を見たのは初めてだった。近所の犬が大型車に跳ね飛ばされ、血まみれの肉と骨の塊になったときでも、ここまで肉がえぐり取られてはいなかった。射出口は彼女のこぶしほどの大きさもあり、ぽっかり空いた穴から、皮膚や筋肉組織の断面層が見える。血は噴き出してくる感じではないものの、拭っても拭ってもしみ出てくる。出血を止めないと。簡単な手当ての方法すらろくに知らないが、大量の失血は命にかかわることぐらいわかっている。止血だ。今すぐに。傷口を縫い合わせる道具はここにはない。そもそもどうやって縫えばいいのかも知らない。肩への止血帯の使い方なんて、見当もつかない。

とにかく救急救命士の到着を待つあいだ布を巻きつけて傷口を圧迫しておくしかない。

そんなことをすれば、ものすごく痛いはず。

彼女はスエットのパーカを手にして、ルークの目を見た。「こうしないとだめなの。これで傷口を押さえるわね。痛いと思うけど」

彼の視線がしっかりと彼女の目を見る。真っ白だった彼の顔から、いっそう血の気が引いている。完全な灰色だ。「今しかないから言っておく。俺はたぶん君を愛してると思う。いや待て、違う。俺は君を愛していて、そのことをはっきりと認識している」

ホープは持っていたパーカを落としそうになった。突然の告白に、頭が真っ白になる。「え、私は――」

彼の状態はかなりひどかった。痛みにあえいでいる姿を前に、ホープはその先を言えなくなった。でも、最優先事項は、失血を少しでも減らすこと。そうしないと、このすばらしい男性を死なせてしまう。勇敢で、こんなときに愛の告白をする男性が、自分への愛を宣言した直後に自分の腕の中で死ぬなんて、最悪だ。

「ちょっと待って」声が震えていた。頭の中で手順を考える。まず、折りたたんだ布地を直接傷口に当てる。パーカが清潔でよかった。次に、パーカの袖の一方を肩の後ろから上に、もう一方を腋(わき)の下から胸側に回し、袖口を背中で結ぶ。ありがたいことに伸縮性のある布地なので、彼の分厚い胸に回してもしっかり結べる。よし。「さ、いい？ 動かないでね」

彼がうなずき、ホープは分厚い布地を開いた傷口に押し当てた。ルークはぴくりとも動かなかったが、喉の奥から痛みをこらえたうめき声が漏れた。顔が緑色になっている。生きている人でもこんな顔色になるとは知らなかった。

彼の手を取って傷口を布地の上から押さえてもらい、彼女は袖を引っ張る。かがんだまま彼の後ろに移動し、袖をぎゅっと伸ばして背中で固結びする。彼の全身の筋肉が強ばり、ぷるぷると震えていた。布地の上からでは感じるはずがないのはわかっていたが、ホープは彼の肩甲骨のあたりにそっとキスしてからまた正面に戻り、彼の顔を見た。

「このあと、どうすればいいの？」

「通報する」彼が携帯電話を握り直す。「君がかけてくれた魔法の呪文、まだ、効いてるんだろ？」

冗談を言ってるの？ 瀕死の状態にある人は、冗談を言ったりしない——できないわよね。そう自分に言い聞かせて、彼女はどうにかうなずいた。

　左手にはもうほとんど握力がなくなった彼は、膝にぐったりと置いた手のひらに携帯電話を載せ、緊急通報のアイコンをタップした。

「スピーカーフォンにして。音量は下げて」

　彼女の言葉にうなずくと、彼は音量を下げ、通話を始めた。自分がポートランド市警の元刑事だったと身元をはっきりさせたあと、家の住所を告げる。「銃を持ったやつらに家を取り囲まれ、身動きが取れない。俺は負傷している。武装部隊の応援を頼む。敵の人数は不明」それだけ言うと、電話を切った。「十分で到着するそうだ」

　ホープはルークの顔をじっと見た。「十分ももちこたえられそう？」

「もちこたえないとな。ここから——」

　激しい一斉射撃により、彼の言葉はさえぎられた。彼は反射的にホープの体に覆いかぶさり、痛みにあえいだ。出血が止まらないときに、動いてはいけないのだ。しかし、機銃掃射が家全体に浴びせられ、左から右、右から左と銃弾が撃ち込まれ続ける。窓は防弾ガラスが入っているので星状のひびが広がるだけだが、壁の薄いところは貫通する。まったく切れ目のない一斉射撃が、家具や陶器などを荒々しく破壊し続ける。木片やガラスの破片が空中を飛び交っている。

　ところが銃声は聞こえない。ただ家全体が破壊されていくだけだ。

「俺たちの場所がわからないからだ」彼がホープの耳元でささやく。背中に感じる彼の鼓動は一定のリズムで、普段どおり。彼女の心臓は最大限の速さで、胸を突き破って飛び出すのではないかと心配になるぐらい大きく、脈を打っている。「だからありったけの銃弾を撃ち込んでいるんだ。何だ？　一斉射撃をやめたぞ」

「監視カメラを見て」

彼は少し下を向き、携帯電話の画面を覗き込んだ。歯を食いしばりながら、カメラ画像を出す。「何もないぞ。これはきっと――」

「ドローン」二人は同時に同じ結論に達した。ドローン攻撃を受けている事実の意味合いについて、ホープは現実感をもって受け止めたわけではなかったが、今までも悪い状況が、最悪のものへ変わったということであるのは間違いない。犯人が誰にせよ、絶対に自分を殺そうという決意で攻撃してきているのだ。消音装置のついた機銃掃射のできるドローンだなんて……。

最悪、という言葉では表現できないぐらいの事態。ドローンに熱源感知能力のある天体望遠鏡なみの性能の望遠鏡まで搭載しているわけだから。

彼女は顔を上げてルークの顔をうかがった。表情から次に何をすればいいか読み取ろうとしているのだが、彼の顔は苦痛に歪んでいるだけ。蒼白で汗びっしょり、顔全体が強ばっている。ああ、どうしよう。彼女自身はこういう場合、どうすればいいのかさっぱりわからない。でも、生きてこの家から出たい。

死にたくない。生きることのすばらしさを実感し始めたばかりなのだ。生きたいという気持ちが大きくふくれ上がることに、彼女自身驚いていた。以前の彼女から生きることへの執着を感じ取る人は、ほとんどいなかっただろう。生きたい、なんて考えたことさえなかった。

今は違う。やってみたいことがいっぱいある。新しい愛を育みたい。新たな人生、フェリシティの会社での新たな職、新たな街への引っ越し、新たな夢、自分の居場所はここだと思える暮らし。彼女がいるべき場所が彼女のために確保されている生活。そこでは誰もが彼女を歓迎してくれるのだ。そんな人生を誰かが奪い取ろうとしている。彼女の存在が邪魔だから。そしてそのついでにこんな善良な男性を巻き添えに殺そうとしている。当然のことのように。

彼女の中で怒りが大きくふくれ上がった。

ルークが彼女の手をしっかりと握った。彼の手がぞっとするほど冷たい。出血を止めようと傷口に布を押し当て血流量を減らしているからだ、それはわかっている。出血が少しでもましになってくれればいいけれど。

彼が握ってくる力の強さに、彼女は少し驚いていた。「聞いてくれ」彼の言葉には切迫感があった。「俺はさっき、会社にＳＯＳを送った。ＡＳＩからも最寄りのブラック社からも助けが来る。大急ぎで来てくれるのはわかっているが、間に合わない可能性もある。今一斉射撃がやんでいるのは、ドローンがこの家の周囲を上空から調べているからだと思う。熱源感知装置は断熱フィルムの下の熱を探り当てられないから、俺たちの正確な居場所はわからない。これは言い換えれば、こちらにとって非常に危険な状態なんだ。ドローンはただ――」

彼がまたホープに覆いかぶさると同時に、次の一斉射撃が始まった。家のいちばん端から、二人がいる場所の三メートル先まで、びっしりと銃弾を撃ち込んでいく。戦略的に家の敷地を区切って集中的に銃弾を撃ち込んでいるのだとしたら、次は二人のいる区画を狙ってくる可能性は高い。ルークは自分の体を盾にしてホープを守ろうとするはずだ。彼に銃弾が撃ち込まれるのを、じっと待っているわけにはいかない。

また一斉射撃がやみ、あたりの静けさが不気味だった。その破壊行為による音は聞こえず、木材や金属や布の細かい破片が宙を舞っている。射撃が中断しているのを確認してルークは体を起こし、うっとうめいた。湿り気を感じて自分の体を調べると、血がついていた。厚手のスエット生地を通して血が出てきている。

どうしよう。

ルークは床に寝転び、二人は並んで天井を見た。彼が右腕で彼女を抱き寄せる。

「話の続きだ」低い声に緊急性がにじんでいた。「ドローンが次の攻撃をしてくるときは、これまでみたいな幸運には恵まれないかもしれない」

幸運？　肩を撃ち抜かれるのが？

彼が自分を包む断熱フィルムをつかむ。「そこで計画だ。俺はあっちに走る――」そう言いながら寝室の方向を指す。「フィルムなしで。ドローンは熱源を追うことを優先事項としてプログラムされているはずだ。俺は廊下まで出て、そこでまたフィルムをかぶる。ドローンが撃ってくるのはわかっているが、まあ大丈夫だ。俺が向こうへ走る隙に、君はフィルムをかぶってキッチンの横にあるドアを目がけてダッシュしろ。中は武器庫で、壁は銃弾が貫かないように補強してあるから避難部屋と同じぐらい安全なんだ。ドアの右側にキーパッドがある。番号は８４７６５だが、フィルムで手を覆って、こぶしでキーを押せ。指紋を残さないようにするためもあるが、キーパッドに体温が残れば、中にいることがわかってしまう。番号、ちゃんと覚えたか？」

数字なら覚えられる。数字はいつも自分の味方だ。「もちろん。でも、私ひとりで武器庫に隠れるなんて、絶対にできない。あなたが囮になって時間稼ぎをするだなんて、とんでもないわ。気は確かなの、とたずねたいぐらい」

蝋みたいな顔色で、鼻も唇も緑色になっているのに、彼はほほえんだ。でも眼差しが悲しそうだ。もうエネルギーも残っていないのだろう。「そうするしかないんだ。ドローンはただの先遣隊みたいなものだ。ドローンが俺たちを殺してしまうのなら言うことはないが、そうでなくても、犯人たちはいずれこの中までやって来る。俺が――万一俺が死んだら、君はひとりで敵と闘うことになる。君は、ここにいたままでは一瞬のうちに殺される。それだけは、俺としても阻止したい。会社の人間に助け出されるまで、武器庫で待っていれば安心だ。頑丈に補強された武器庫の壁は、手りゅう弾を投げられようが、びくともしない。おそらくロケットランチャーでも防いでくれる。ただ敵は、あまり音を立てないようにと気を遣っているみたいだから、手りゅう弾もロケットランチャーも使わないと思う。君が武器庫に無事入るまで、俺がドローンを引きつけておくから」

そんなのは受け入れられない。しかしルークの決心は固そうだ。ただし、彼女が職場などで見かける意固地な男性の表情とは違う。彼はただ、自分が犠牲になろうとしているだけ。その崇高な精神が、ホープには怖かった。やっと最愛の人を見つけたのだ。こんなに急に失うわけにはいかない。単純に、そんなのは嫌だ。

そんなことをしたら危険だとか、おそらく命を失うとか、普通の男性なら強力な説得理由になることを言っても、だめだろう。彼はそんなことで決心を変える人ではない。

ぐずぐずしていると、彼が走り出してしまう。今は、最後の力を振り絞ろうと、エネルギーをかき集めているところ。あと数十秒のうちに別の作戦を考えつかなければ、彼を失ってしまう。

ホープは彼の手をつかんだ。「ね、考えたんだけど、ドローンは前方監視型赤外線装置を搭載してるわけでしょ。熱源となる物体の赤外線放射を画像処理することで、観測領域に存在する物体の位置を推定する。だから、目くらましとなるような火をおこせばいいんじゃないかしら。家全体が火事になると困るから、燃え広がらない場所を選ばなきゃならない。つまり、あのおしゃれな暖炉を利用する。リモコンとかで暖炉のガス栓を開けて、火をつけられない？」

彼ははっとして、なるほど、とうなずいた。「ああ、携帯電話で暖炉のバーナーに着火できる。やってみる価値はあるな」

「あたりまえでしょ、この私が言ってるのよ」

これには彼も笑顔になった。

「着火と同時に、即席の火炎瓶みたいなものを投げればいっそう効果的だな。炎が周辺に広がり、ドローンが混乱する」ルークはかなり辛そうで、歯を食いしばったまま話していた。

「あ……でも、ぴったりのタイミングで、暖炉の中に投げ込まないとだめでしょ。難しいわよ」

こんどは彼が、勘弁してくれ、という表情を見せた。「これぐらいの距離なら、まったく問題ない。これまで、訓練も含めて俺がどれだけ手りゅう弾を投げたと思うんだ?」

それでも、現在は利き腕のほうではないものの、肩を射抜かれているのよ――そう思ったホープだったが、今はそういうことを指摘しないほうがよさそうだと考え直した。ルークは膝で立ち、難しい姿勢のまま、飲みものの並んだ棚へと断熱フィルムで体を覆いながら、進もうとしている。

ホープが彼を引き留めた。「私が行く」彼に反論の隙も与えず、断熱フィルムですっぽり体を隠して棚に近づき、手近のボトルをつかむと、ろうそく立ての横にあったライターも一緒に、記録的な速さで彼のもとへ戻った。「これでいい?」

ルークはボトルをじっと見下ろしている。

「どうしたの?」焦る気持ちがホープの言葉に出た。

妙な表情を浮かべて、彼が顔を上げた。「これ、四十年もののシングルモルトなんだぞ。たぶん三万ドルでは買えないと思う」

まったくもう、こんなときに――ホープはあきれた顔をしないように努力した。そのことを褒めてもらってもいいと思う。「じゃあ、投げる前にひと口ぐらい飲んでおけば? 痛み止めとしても効果があるだろうから。タイミングさえ合えば、場所は少々ずれても大丈夫。痛みが少しでもましになるのなら、酔っぱらうのも悪くないでしょ」

ルークが不満げな顔をした。「スコッチを何口かすすった程度で、酔っぱらうことはない」

「いいから」ここまで無用の男らしさをひけらかすことなんか一切なかった彼が、よりにもよって今、くだらない男の沽券を気にするとは。「とにかく、その何万ドルだかの液体に火をつけて投げてちょうだい。同時に一緒に走るのよ。いい?」

彼は鋭くうなずくと、携帯電話の画面を親指で操作し、その間、ぐびっぐびっとウイスキーを飲んだ。その後、切り取ったスエット生地の端に火をつけるとボトルに入れ、暖炉のガスがごーっと音を立てて燃え始めた瞬間、瓶をほうった。ソファの横から腕を出したわけでも、狙いすましたわけでもなく、ソファの背の裏側から、ひょいっと投げただけだった。

二人はしゃがんだ姿勢での全速力で、キッチン方面を目指した。途中、ホープはつい振り返って即席火炎瓶がどうなったかを確かめた。完璧な投擲だった。暖炉のある一帯が炎に包まれている。高熱の光があたりに広がったため、ドローンの熱源感知装置が混乱したようで、またすぐに一斉射撃を始めた。ソファはずたずたになり、飲みもの棚や高価そうな花瓶の割れたガラスが飛び散る。

やがて掃射はひとまず中断されたが、その頃には二人はすでに武器庫の中に入り、ドアを閉めていた。ぼん、というやわらかな音がして、高級車のドアを思い出した。

しかしルークはすぐに閉めたドアに背中を預け、ずるずるとその場にしゃがみ込んだ。彼の顔からは、まったく色が消え、これではまるで——だめ、否定的なことは考えるべきじゃない。

「やったわね。完璧だったじゃない。ああいう投げ方もあるのね。ああ、そうだ。高いウィスキーの味見もできたのよね。よかったわ。誰も飲まないまま火炎瓶にされるのって、精魂込めて作った人にも申しわけないもの。ちゃんと役には立ったわけだけど。でしょ？ 人の命を救ったウィスキーになるんだもの。無駄じゃなかったのよ」

ホープは、歯をかちかち鳴らしながら、とりとめのないことをぺらぺらしゃべっていた。スエットのパーカが血でぐっしょりしているので、傷口を圧迫する別の布がないかと必死だったのだが、あたりには何もなかった。武器庫の内部はさまざまな種類の武器が、きれいに整頓されて並んでいるのだが、布地みたいなものは見当たらない。奥の壁にはナイフなどの刀剣類までぶら下げてある。刃は光沢のない黒で、見るからに鋭く研いだもの、銃器類は拳銃やマシンガン、『メン・イン・ブラック』の映画でしか見たことがないような銃、さらにはロープやフック、そして積み上げられた箱にはおそらく弾薬が入っているのだろう。とにかく、あらゆるものがそろっているのに、やわらかな布地だけがない。

止血の緊急性を感じ、彼女は自分が着ていたTシャツを脱いだ。パーカと同じように、身頃部分を丸めて傷口にあて、袖を背中で結わえればいい。彼は意識もほとんど失いかけていて、袖を背中に回すときは、彼の体を前に倒し、彼女が支えなければならなかった。

　パーカを取り去ると、傷口があらわになった。筋肉の層まで見えると、はっとして少し手が止まる。このままでは、だめだ。一刻も早く医師に手当てしてもらう必要がある。Ｔシャツを傷口にあてて圧迫したあと、その上からスエットのパーカを重ねてみた。傷口を圧迫すると、彼は朦朧とする意識の中で痛そうにうめく。ホープがブラしか身に着けていないのに気づき、彼は笑みを浮かべようとした。

「きれいだ」そう言うとまた目を閉じる。

　映画なんかでは、こういう場面で、寝ちゃだめ、とか言っていたような。いや、あれは脳震盪のときだけなのか。違う、銃で撃たれたときも意識を保っていたほうがいいはず。

「ルーク、ねえ、ルークってば」右側の肩を軽く揺さぶってみる。目を覚ましてくれさえすれば、それでいいのだ。彼がぱっと目を開けた。「ここって、変な臭いがするのね」

「ホップス」そう言うと、また目を閉じほほえむ。

「ホップ？　ビールの苦みを出す草のこと？」

「違う」彼は口もうまく動かなくなってきたのか、ろれつが回っていない。「ホップス。銃の潤滑油を作ってる会社。ガン・オイル9番が有名なんだ」

そんなことはどうだっていい。シャネル9番だとしても、ホープにとっては同じだ。とにかく、この話題でルークを眠らせずにいられるのなら、それでいい。

「携帯電話を貸して」そう言うと、彼は目を閉じたまま電話を握った手を差し出した。

「ルーク、目を開けて。私を見るの」彼の目がうっすらと開く。大きくは開けていられないのだ。Tシャツを加えたのに、スエット生地からはどんどん血がしみ出てくる。ああ、どうしよう。人間の体内にはどれぐらいの量の血液があるのか、今ぱっと思い出せないが、ルークが失ったのはかなりの割合になっている。

彼の携帯電話で監視カメラの映像を見るが、何も映ってはいない。この家は正面と裏口にカメラが設置してあり、今のところ家の中には誰も入って来ていないようだ。玄関のカメラが映し出す映像が妙に明るい。暖炉の火が燃え広がったのだ。まずい、家全体が火事になってしまう。武器庫は耐火性があるのだろうか。火事に耐えられるような造りでないのなら、二人の結末として考えられるのは、煙による窒息死か、焼死だ。そして死体が黒焦げになった頃、ドローンが機銃掃射で銃弾を撃ち込み続け、死因の特定を難しくする。

検死官にとっては、悪夢だろう。

くぐもった破壊音が聞こえる。ドローンは次の区画の一斉射撃を始めたのだ。

異変に気づいた近所の人が、警察に通報してくれているといいのだが。

「ブラック社から誰かが来てくれるのよね？　あとどれぐらいで到着するの？」彼女は携帯電話を手のひらに置いて、差し出した。ルークが震える指で画面に触れる。

「ルーク、五マイクだ」太い声が響いた。

「五……分だ」ルークの声が弱々しい。

味方がすぐ到着するのはいいニュースだが、五分もあれば人は簡単に死ぬ。

軽い金属的な音が断続的に響く。ドローンは武器庫のある区画を狙って一斉射撃を始めたようだ。防弾性能はあるようだが、耐火性能まではわからない。彼女は自分の好きなゲームを思い出した。ドラゴン、魔法使い、悪の帝王の攻撃を次々と受け、味方の兵は、刀折れ矢尽きる状態にあるところ。

彼女の最大の味方は、ぐったりとドアに寄りかかって、息も絶え絶えになっている。もう、考えられる策はない。

「ねえ、ルーク！　目を覚まして」彼女はまた、傷に負担がかからないように気を遣いながら、彼を揺さぶった。彼はまっすぐ座っていることもできなくなっている。

「この武器庫、耐火性能はあるの？」

焼死する可能性に気づいたのか、彼ははっと意識を取り戻した。「耐火性能はじゅうぶんだが、独立した換気装置がない」

つまり。家全体に火が回ったら、呼吸できなくなるということだ。

「燃え広がっているのか？」いくぶんろれつが回っていない感じだったが、彼の意識はしっかりしている。

「わからないわ」ホープは携帯電話を顔の高さまで上げ、監視カメラの映像を彼に見えるようにした。「家の中にはカメラはないから、玄関と裏口を見られるだけ。玄関のほうのカメラが妙にまぶしく見える。光源の照度を一般的な熱源温度と比較して、燃焼しているかどうか概算で推測することは可能だけど、今そんなことしたって、どうなるわけでも──何？」

彼が、ふっと笑い声にも似た音を漏らした。「何でもない」

「もういちど、仲間に電話してみる？　その人たちだって、ここまで来て黒焦げの死体を見つけるんじゃ、大急ぎで車をすっ飛ばした意味がないでしょ」

彼が首を振る。「あいつら──一秒でも早く到着できるように、できるかぎりのことはしている。火が出ているのも見えるはずだ。車には消火器も積んでいる」

「つまり、どちらが早いか、だけのことなのね。火の回りか、車の到着か。引火性のものがあったら、火はいっきに燃え上がる。私たちは外に出ることができない。火を噴くドラゴンみたいなドローンが待ち構えているんだもの。おまけに、敵が近くでこの家を見張っているかもしれないわ」

彼はうなずいたが、その顔には、まだうっすらと笑みが浮かんだままだ。

そのとき彼女は気づいた。何となく煙のような臭いが……。同じ死ぬのなら、銃撃されたほうが、焼け死ぬより苦しくなさそう。

彼女は自分の携帯電話を取り出した。「じゃあ、最後の手段を試してみる。敵を引き下がらせるのよ」

彼が怪訝な顔をした。「何を――?」

ジェイコブ・ブラックから教えてもらった番号を押す。「私の父親に電話するの。彼が首謀者だとしても、もう失うものはないでしょ。私たちはここで、助けが来るまで待つだけよ。彼が敵ではないのなら、彼から自分の父親を説得してもらうの。父としての情に訴えさせる。まあ、上院議員は、そういう情みたいなものがある人とも思えないけど」

自分の実の父親が、自分を殺そうとしているとは信じたくなかった。そんなおぞましいことができる人間が自分の親だとは思いたくない。

実際にボタンを押す段になり、彼女はためらった。電話が裏目に出るかもしれない。しかし、これで命が救われるのかもしれない。

吉と出るか凶と出るか。

画面のボタンに触れると、呼び出し音が鳴るか鳴らないかのタイミングで、電話がつながった。ブラック氏は、これは個人用の番号だと言っていた。ホープはビデオ機能をオフにしておいた。

「レドフィールド」太い声が響く。「どちらさま？」

「レドフィールドさん……」自分の父親だとわかっている相手に、こんな呼びかけをするのは妙な気分だ。ただ、父親とされてきたニール・エリスを〝お父さん〟と呼んだこともなかった。彼は常に〝ニール〟でしかなかった。ちらっとルークを見ると、顔色がまた悪くなっていたが、状態は安定しているようだ。片手に銃を構えたまま、こちらの様子をじっとうかがっている。弱ってはいるが、もちこたえている。今のところは。

彼女は呼吸を整えた。これはルークを救うためでもある。「レドフィールドさん、この番号はジェイコブ・ブラックさんから教えてもらいました。私の名前はホープ・エリスですが、生まれたときはキャサリン・ベンソンという名前で、キャシーと呼ばれていました。私の実母はルーシー・ベンソンという女性だと、最近になって知りました。そしてどうやらあなたは、私の父らしいんです」

彼女はそこでビデオ機能をオンにした。スピーカーから息をのむ声が聞こえ、バード・レドフィールドもビデオ機能のスイッチを入れた。今度はホープが息をのんだ。

彼の顔は写真では見たことがあったが、実物をライブ映像として見る驚きは大きかった。まったく同じ顔なのだ。細面、深い緑の瞳、尖った頬骨、しかし容貌そのもの以上に、雰囲気というかしぐさというか、共通する何かがあった。家族ならではの共通点。

これが遺伝子のなせるわざだ。

二人を見れば、血のつながりは明らかだ。肉親だと断言できる。

画面の男性もショックを受けているようだ。ホープもショックではあったが、段階を追って事情を知るようになり、事態をすんなり受け入れられるようになっていた。

実は彼女の心のどこかに、これまで知るようになった事実を信じていない部分もあった。彼女は職業柄、常に二者択一の世界に生きてきて、事実か事実でないかのどちらかしかないと思っているし、さらにフランク・グラースの話が事実であることも証明できる。しかし、どこかあまりにも荒唐無稽な内容だという感覚は拭いきれなかった。

そんな感覚は、すっかり吹っ飛んだ。

自分はバード・レドフィールドの娘だ。顔を見比べれば、それだけで証明になる。

レドフィールド氏が口を開いた。「君は――ルーシーの娘なのか?」

「ええ、あなたの娘でもあるようですけど」

反論はおろか、彼が疑念をはさむことさえなかった。誰が見たって事実なのだから、これを違うと言うのは、地球が太陽系にあることを否定するみたいなものだろう。

「彼女は——今、一緒にいるのか？」彼の顔が画面に近づく。必死で愛する女性を捜しているのだ。ホープはそれを見て確信した。バード・レドフィールドは、ルーシーの死を知らない。「ルーシーが、俺に連絡を取るよう、君に言ったのか？」

彼女はばかみたいに、何も言えなくなっていた。ショックで自分のＩＱの半分が吹き飛ばされたみたいな気がする。「いえ、違うんです。彼女は——母は——」はっきり言ったほうがいい。「ルーシー・ベンソンはずいぶん昔に亡くなりました。殺害されたんです。私を車に乗せて運転中、わざとトラックがぶつかり、車ごとぺしゃんこにされたんです。私は助かりましたが、そのときのことや、母のことも何も覚えていません」突然、涙があふれてきた。今になって初めて感じる悲しみだった。記憶にもない母の死を悼む。「レドフィールドさん、私の母の殺害を命じたのは、あなたのお父さんだと思います」

彼の顔がさっと強ばり、より鋭角的に見える。こんな表情の人と同じ部屋にいたくない。威嚇されているような気がして怖いだろう。一瞬、このまま電話を切ろうかという衝動に駆られた。この電話を追跡するのはまず無理だ。ホープがどこから電話をかけたか、彼に知られる心配はない。ただ、少しずつ部屋に煙が入ってきているようになる。


に思える。電話を切ってしまえば、おそらくこのままルークと一緒にここで死ぬこと
この人が助けてくれるかもしれない。助けてくれないかもしれないし、その場合は、ここに殺し屋を送ったのは彼ということになる。絶体絶命、もう助かるすべはない。

彼女も引きつった顔を見せた。「ＤＮＡ鑑定があるので、私が言っていることは正しいと証明できます。鑑定結果は、弁護士に託してあります」ちょっと嘘を混ぜる。「弁護士には、主要メディアやオンラインのニュース配信サイトに鑑定結果を送付するように指示してあります。あなたのお父さんは、選挙戦の出だしでこんなスキャンダルにまみれるのは困るはずです」

「あいつの選挙戦なんて、くそくらえだ」彼の口調は激しい。「ルーシーの殺害を指示したのが、俺の父だと今言ってたね？」

「二十五年前のことだと――伯父が教えてくれました。今も、あなたのお父さんは私を殺そうとしているんです。私は友人と一緒に、ブラック社の所有するサクラメントの隠れ家で身を潜めていたんです。ところが機銃掃射のできるドローンが隠れ家を攻撃してきて、友人が撃たれました。友人は――ＡＳＩ社のエージェントなんです。今は出血がひどくて……。二人で隠れ家の武器庫にいるんですけど、ここにたどり着くために、火でドローンの熱源感知装置を混乱させなければならなかったんです。火は

家全体に広がり、もう手がつけられない状態です。ドローンに狙われているし、それを操作する殺し屋も家の外で待ち構えているので、武器庫からは出られず、かといって、このままここにいたのでは焼け死んでしまいます」

彼女はカメラでぐるっと武器庫の内部を撮影した。ルークの姿をとらえたところで少し動かすのをやめ、肩に押し当てられたスエット生地から血がしみ出している状態をじっくりと見せた。その後また自分の顔にカメラを向け、早口でしゃべり始めた。もう考えるより先に、言葉が口からこぼれる感じだった。「本当に、絶体絶命なんです。私たちを殺そうとしているのがあなたではないのなら、あなたのお父さんが殺し屋を差し向け、ドローンで狙っているんです。ブラック社の人たちが救出に来てくれるはずですが、間に合うかどうかはわかりません。あなたの力で、ドローンや殺し屋を止めることが、できないでしょうか?」

レドフィールド氏の顔がさらに緊張する。「もちろんできる。電話を切らずにこのまま待っていてくれないか?」

ああ、よかった。「では急いで」もうはっきりと煙の臭いを感じる。ルークが咳をした。だめだ。弾丸が肺を傷つけたのだろうか? 外から見ただけではわからなかったが。「お願い、急いで」

「すぐ済む。待っててくれ、他の電話を使う」

ホープはがっくりと膝をつき、ルークの前にしゃがみ込んだ。床に落ちた電話が、かたんと音を立てた。ドアの隙間に近いところでは煙が濃く、彼女も咳き込んだ。まずいのは、ルークが咳によって体力をさらに消耗することだ。彼は壁にもたれて目を閉じていた。

「しっかりして！」右側の肩を押して、壁から離す。彼の全身から力が抜けているのがわかって、ぞっとした。彼は頼もしい元兵士なのに、捨てられた人形みたいに支えていなければ座っていることもできない。体の左側全体が真っ赤に染まり、血はなおもしみ出てきている。乾燥して赤黒くならずに、鮮血が光に輝いている。彼がまた、弱々しく咳をした。

狭い室内に煙が入ってきつつあるのが、目で見てもわかるようになっていた。部屋に灰色の薄いベールがかかったようだ。ルークの電話で監視カメラを確認すると、玄関から炎の影が壁に踊る様子が見える。火がどこまで広がっているのかはわからないが、煙が武器庫の中にもこれだけ入ってきているということは、火勢は強くなっているはずだ。

ここで彼女は決心した。死に方としては、ドローンから撃たれるほうがましだとさっきから思っていたが、その考えを実行に移すときが来たようだ。もしかしたら撃たれずに逃げきれるかもしれないのだ。その可能性に賭けてみたっていいはず。窒息死したあと、自分の体があとかたもなく炭になるなんて、想像するだけでぞっとする。つまり、ここでじっと待つより、今すぐ外に飛び出すべきだ。

家の見取り図を頭の中に描いてみる。火元はリビングだから、現在もいちばん燃えているのはその周辺。ルークを何とか支え、一緒にガレージまで行けばいい。彼は体をかがめたままでは歩けない。転んで前に進めないだろうが、自分が肩を貸せばどうにかなるはず。しっかり断熱フィルムで体を包み、廊下まで歩けば、そのあたりに広がる炎で、自分たちの位置をドローンに知られることはない。

ただし、その後はどうすればいいのか、確固たる計画を思いつかない。ルークを引きずって車に載せ、ガレージから車を出す。地獄を脱出するには猛スピードで運転しなければならないものの、暗殺者がどこに潜んでいるかわからないので、彼らが待ち構える標的の真ん中に飛び出してしまう可能性もある。当然、ドローンは車のあとを追いかけてくるだろうし、車はさっきみたいな一斉射撃を受けるかもしれない。装甲装備のある車だが、運転は得意なほうではないので、撃たれて動揺した自分なら、車を街路樹にぶつけてしまうかもしれない。

映画などでは、主人公はこういうシーンで、難なく脱出する。しかし現実としては、自分の運転する車が安全な場所までたどり着く可能性はかぎりなくゼロに近い。ただし、ゼロではない。

一方で、このままこの場所にいれば、窒息死する可能性は百パーセントだ。つまり、どんなに怖くてもここから出て、ゼロではない可能性を追い求めるのだ。ルークの体重を支えきれずに床に倒れるかもしれない。そうなれば、あっという間に黒焦げになるだろう。

絶対に確かなことがひとつある。ここにルークをおいたまま、ひとりで逃げたりはしない。何があっても。彼が怪我をして動けないのは、ホープの代わりに銃弾を受けたから。彼女を守るためなら、自分の身を犠牲にする人。彼がホープを置き去りにすることはなく、ホープも彼を見捨てはしない。

私は彼を愛している。

その瞬間、さっとすべての迷いが吹っ切れて、頭の中がすっきりした。人生最後の悟りになるのかもしれない。自分は、人を愛することに縁がないのだと思っていた。真実の愛情なんて、自分とは異なる世界のできごとなのだと。違ったのだ。彼を尊敬し、いつくしんでいる。彼を愛しているのだ。これからずっと、彼と一緒にいたいと思う。

二十五年前は、うまく死神の手をすり抜けることができた。けれど、死神はこの瞬間をずっと待っていたのかもしれない。もう少しのところで逃げられたことに怒り、彼女が生きることのすばらしさを悟るときを狙っていたのだろう。ホープは元々、ここで死ぬ運命だったのかもしれない。しかし、ルークは違う。ここでルークが命を落とすのは間違いだ。彼は——本当に勇敢で、気高い人。本ものの男。彼がこんなところで死んでいいはずはない。彼を死なせないためなら、どんなことでもする。最後まで全力で闘う。

煙が充満し、視界も悪くなってきた。目が痛くて、喉がひりひりする。それに、室温もかなり上がっている。火はリビングから、この武器庫のドアの前まで迫っているのだろうか。

外に出るなら、今しかない。

「さ、行くわよ」彼女は彼の右側の腕を引いて、立つように促した。しかし彼は激しく咳き込むだけで、目も開けない。「ね、起きて」もういちど、立つように促す。立ち上がろうとした彼は膝を立てるのだが、ブーツが地面をとらえられない。何度か努力したあと、ようやく彼が立ち上がったが、その膝が震えていた。「私にもたれて」

ルークの体重の大部分が、彼女にのしかかる。あまりの重さに、彼女はよろよろと足を数歩踏み出してしまった。脱出できる可能性はゼロではない、と思っていたのだが、今や完全に不可能だと思えてきた。この状態で、火の中をすばやく移動しなければならないわけだが、じっと立っていることさえできないのだ。だめだ。彼を背負って歩くなんてとても無理。起き上がれない彼を引きずるのさえほとんど不可能に思える。

絶望感に押しつぶされそうになる。これから火の中を歩くか、ドローンから撃たれるか、いや、その両方だ。たとえガレージに出られたとしても、ルークを車に載せるのはかなり大変だろう。

解決法は……仕事ではいつも、問題を解析し、その解決法を考える。同じアプローチをしてみよう。ひとつずつ、目の前の問題から片づけていく。

問題その一の解決。ルークが床に崩れないようにしておく。ホープは彼の右腋の下に自分の体を斜めに差し込むように入れ、彼の右腕を自分の背中に回すようにした。そうすればどうにか——彼の体を持ち上げられる。

さあ、ドアを開けよう。煙がどんどん濃くなり、彼女も目を大きくは開けていられなくなっていた。火が武器庫の前まで来ていたら、もう終わりだ。武器庫……室内に目をやると、ありとあらゆる銃があった。射撃が得意なら、銃は役に立つだろうが、彼女自身は撃鉄の起こし方すら知らない。ルークは自分の銃を持っている。どんなときでも、銃を放さない。今こうして、立つことさえままならない状態でも、しっかりと手には銃を握っている。

ただ、銃を構えるために腕を上げる力が彼に残っているかは疑問だ。腕を持ち上げられたとしても、一発撃つのが精いっぱいだろう。

ドアを開けると、もうもうと煙が立ち込めていた。この中を通り抜けるためには、深く息を吸っておかねばと、いったんドアを閉めたとき、携帯電話の画面が明るくなった。びっくりした彼女が画面を見ると、顔が大きく映し出されていた。バード・レドフィールドだ。

「もう狙撃されることはない」彼は緊張した面持ちで、声にも緊迫感がにじんでいた。「助けはすぐに到着する。君たちは急いでそこから出るんだ」

「ドローンから一斉射撃されるわ！」パニックで、彼女はヒステリックな叫びを上げそうになった。

「大丈夫。ドローンはもういない。操作していた男は……無力化された。だから急いでくれ！」

レドフィールド氏の顔になぜか親しみを覚え、懐かしさを感じる。彼女はそこに表われた感情から、彼の心の中を推し量った。携帯電話の小さな画面が、真実を隠してしまうのではないか？ いったんはこの男性を信じたけれど、彼はやはり悪者で、自分を騙そうとしているのでは？ 外に出たら彼の命令を受けた殺し屋が待ち構えているのかも。おめおめと殺されるだけかもしれない。

陽に焼け、外気に触れてしわの多くなった彼の顔が、画面いっぱいに広がる。「落ち着いて聞いてほしい。俺は心から君のお母さんを愛していた。俺が病院にいるあいだに、お母さんは他の男と結婚したと信じ込まされたんだ。まさかルーシーが――」一瞬、彼が涙声になった。「彼女が殺されたとは、想像さえしなかった。君の存在も知らなかった。俺が君を傷つけることなんて、絶対にない。だから、今すぐそこから出てくれ。助けが――ブラック社の人間はもう家の前まで来ているはずだから。ジェイコブ・ブラックのことは信用してるんだよな?」

胸がいっぱいで声が出なかった彼女は、ただうなずいた。

「ではブラックの会社の人間を信じてくれ。俺もいずれ君の信頼を勝ち取る。でも今は信用してくれなくて構わない。頼む。死ぬな。そこを生きて出るんだ。俺もそっちに向かっている。できるだけ早く到着できるように頑張ってるから」

「ルークは今すぐ怪我の手当てをしてもらわないといけないの」

「ブラックのところの連中は全員、救急救命士の資格も持っている。さあ、早く!」

ホープはもういちどしっかり足を踏ん張り、彼を背中で押し上げた。武器庫のドアをまた開ける。さっきより状況はひどくなっていた。プラスティックの焦げる臭いの混じった油っぽい黒煙が彼女の顔をねめつけ、気管を煤で覆っていく。二人ともすぐに咳き込んだ。煙の向こうでは、オレンジ色の炎がカーテンをのみ込もうと手を伸ばしているところだった。前がよく見えない。頭がうまく回らない。酸素が足りないのだ。

そうだ身を低くしなければ。煙は高いところから広がっていくから、火事のときは床に近いところを移動するのだ。しかし、ルークはかがんだ姿勢で前には進めない。ここで彼が床に崩れ落ちたら、もういちど起き上がらせることは彼女の筋力では無理だ。でも、大急ぎで逃げなければ。今すぐに。

ルークの体がふらつく。倒れないでいるためには、前に進むしかない。「ルーク!」叫びながらホープは彼の体を引っ張った。「ここを出るのよ!」

意識が朦朧としていた彼も、そう言われてはっと目を開けた。しかしすぐにつんのめるようにして咳をする。ホープは彼の胴体に腕を回し、何とか前に進ませようとした。彼はホープを見て顔を曇らせ、また咳をした。「ホープか? どうしたんだ? 大丈夫か?」

そうだ、名案を思いついた!「大丈夫じゃないの。私、怪我をしたのよ。だから早く手当てをしてもらわないと。ブラック社の人たちが外で待ってるって」

「怪我? 君が? 傷はどこだ?」

傷はどこ――にしよう? 外からは見えないところ。「足の裏よ。何かを踏んだの。だから急がないと」

ルークの顔にまた力が戻った。首筋で腱が浮き上がる。「よし、俺にしっかりつかまってるんだぞ、ハニー」

彼女はうなずいた。しっかりつかまってはいる。ただそれは、彼をまっすぐに立たせておくためだ。それでも、ホープを自分の力で安全な場所に連れて行く、という使命感のおかげで彼が前に進めるのなら、誤解を正すまでもない。とにかく外に出るまで、彼が立っていられればそれでいいのだ。

折りたたんだ段ボールのシェードがモダンで粋だったフロアランプが、一瞬のうちに燃え上がる。炎がすべてを焼きつくし、その音がうるさくて、会話すらできない。遠くでサイレンが聞こえる。消防車だ。

しかし、消防士が助けに来てくれるのを待っている暇はない。助かるためには、自力で外に出るしかないのだ。

彼女は自分の全体重を使って、ルークの全身を押し上げ、前に進んだ。彼はつまずき、ふらつきながらも、一緒に歩いていた。彼は息をするのも辛そうで、火事による大きな音の中でも、ぜいぜいと彼の呼吸音が聞こえた。完全にホープにもたれかからないと、立ってもいられないようだ。

ホープも肺が燃えているように感じていた。何も考えられず、視界も悪い。どこもかしこも、痛い。肺も、喉も、目も。まっすぐ突き当たりに、ガレージに通じるドアがあったはずだが、煙で見えない。もっと速く歩かなければならないのに、前に進むスピードが落ちている。炎からぱちっと火花が上がり、彼女の肌に当たる。痛っと思ったが、そんなことに構ってはいられない。また火花が飛ぶ。もういちど。皮膚のあちこちがやけどを負っている。

絨毯の端にルークが足を取られ、転びそうになった。その瞬間、ずしっと彼の全体重がホープにかかり、彼女はその場に崩れ落ちそうになった。どうにか踏みとどまり、彼の体を肩で押して、前を向かせる。彼の脚全体が震え、膝ががくがくと定まらない。必死で耐えているのだ。ホープのほうも、前が見えず、息ができず、なかなか前に進めなかった。

何の予告もなく、二人はどすんと何かにぶつかった。頭をぶつけたホープは、廊下を間違えたのだと慌てた。行き止まりだ。もうどこにも逃げられない。夢中で手を動かすと、蝶つがいに触れた。ドアだ！　ドアハンドルは真鍮製で触ると熱かったが、彼女は構わず押し下げた。そしてドアを開けると、ああ、新鮮な空気だ！　生き返った気分になる。

彼女は深く息を吸い込み、そして吐き出し、その間にもルークをドアの外に引っ張った。ドアから足を踏み出した瞬間、彼がつんのめって前に倒れそうになった。何とかその体をつかんだものの、彼を起こすだけの力は彼女にはもう残っていなかった。

そのとき、二人に手が差し出され、びくっとした彼女は反射的に飛びのいた。「やめて！」殺し屋に見つかったのだ。これで終わりだ。手を払いのけ、足を蹴り上げ、必死で抵抗する。彼女の支えがなくなったルークは、そのままガレージのコンクリートの地面に倒れ込んだ。彼女はその上から彼の盾になるよう、覆いかぶさった。こんなにひどい怪我をしている人を、さらに傷つけようとするなんて、絶対に許せない。私の命があるかぎり、この人には指一本も触れさせないわ、と彼女は心に誓った。また目の前に手が近づいてきたので、彼女はルークにかぶさったまま、足を蹴ってできるだけ暴れてみせた。

ルークがぶるぶる震える腕を上げる。その手には銃が握られていた。「彼女にさわるな、この野郎！」煙でやられた喉から、かすれた声を振り絞る。

二人は大勢の男たちに取り囲まれていた。もうだめだ。男たちは甲羅みたいな硬い防具を着て、マスクにゴーグル、昆虫みたいに見える。男のひとりがマスクとゴーグルを取り、ほほえみかけてきた。

こいつ、私たちのことを笑ってるんだわ！　怒りに燃えて、ホープはその男のむこうずねを目がけて、思いきりキックした。しかし、ほとんどかすりもせず、また当たっていたとしても、頑丈そうなブーツでこちらの足が痛くなっていただけだっただろう。

笑顔の男は、彼女の手を取った。「エリスさんですね？　ホープ、と呼べばいいかな？　あなたとルークを助けに来たんだ。敵じゃない。もう大丈夫。あなたを傷つけるやつはいないから」

彼女ははあはあと荒い息で、彼の目を見た。茶色い瞳が穏やかで、状況を慎重に見守っている。そしてまたにっこりほほえむと、温かな眼差しを向けてきた。「大丈夫。安心して」

彼の言葉の意味が、ホープにもやっと理解できた。「安全なの？」

彼がうなずく。「ああ、安全だ。二人とも。でも、ここから早く出ないと」

ルークを見ると、顔は脂汗で光り、煤だらけ。血の気がまったくない。意識を失ったようだ。

その男性の目を見て、ホープは言った。「彼のこと、お願いね」

「まかせてくれ」彼の言葉が頼もしかった。「それからあなたの面倒も、まかせてもらおう」

「私は平気よ」それだけ言うと、彼女も気絶した。

＊＊＊

火災現場から助け出されて三日後、まだふらふらする感じはあったものの、ホープはすっかり元気になって、ルークの病室で彼の手を握り、ベッドの横に座っていた。

彼もうベッドで起き上がり、顔には色が戻っている。外科医の話では、銃創そのものは単純で、ただ短時間に大量の血を失ったことが問題だっただけらしい。傷の手当てを終え、輸血してもらったあと、みるみる元気になっていく彼は、ＡＳＩ社からやって来たエージェント二人にからかわれていた。心配したボスたちが、ルークがベッドから出ないよう、ポートランドに帰るまで目を光らせていろと二人に付き添いを命じていた。

ホープのほうは、いつでも仕事を始めていいと言われているが、ルークは、最低一ヶ月は家にいること、その間、働くなんて考えてもいけない、と医師から厳命されており、そのことが不満そうだ。

会社のプライベート・ジェットでポートランドまで戻るルークとホープに同行してくれるエージェントは、ラウール・マルティネスとピアース・ジョーダンという名前で、彼らは〝双子(ツインズ)〟と呼ばれているらしい。外見的にはまったく似ていないが、ずっとＳＥＡＬｓでチームメイトとして過ごした彼らは、兄弟以上の強い絆で結ばれ、地獄のような状況も一緒に乗り越えてきたそうだ。ツインズがアフガニスタンで配属されたチームは、完全に異常者としか考えられないような男が部隊長を務めていた。そいつは無辜(むこ)の一般人を大勢殺害し、それを楽しんでいた。ツインズは自分たちのキャリアを棒に振る覚悟で、部隊長の行状を軍当局に訴えた。部隊長は軍法会議にかけられることになったが、ツインズも無傷では済まなかった。司令官に目の敵（かたき）にされるようになった二人は、結局軍を辞め、ＡＳＩ社で働くようになった。

ツインズがルークをからかう理由は、〝かわいこちゃん〟に助けられたからだそうだ。二人はそう説明すると、ホープにウィンクしてみせた。二人は本当に愉快で、同時に腹立たしい存在だ。そして、口をつぐむということを知らない。特にラウールのほうは、いつでもしゃべっている。ピアースは、もう少し静かだ。

「脱出のときの話を聞かせてくれて、君には心から感謝するよ」ラウールが、もじゃもじゃの眉を大げさに上下してみせる。「こいつのあだ名、知ってるか？　〝クール・ハンド・ルーク〟って言うんだぞ（〝Cool Hand Luke〟はポール・ニューマン主演、一九六七年の映画『暴力脱獄』の原題、冷静なルークという意味）。そいつが撃たれて救出されなきゃならなかったとは」

「〝かわいこちゃん〟に」そう言って二人で笑う。何億回目だろう。

そのたびにルークは、やれやれ、と天を仰ぐので、目玉がこぼれないか心配だ。

彼女は苛立ちを隠そうともせず言い返す。「だから、そういうのじゃないって」ルークは軽く受け流しているが、ホープの気に障る。「ルークはすごく勇敢だったんだから」硬い口調でそう言うと、ツインズが大笑いした。さらに腹立たしいのは、ルークまで笑っていることだ。

ああ、もう。でもルークは非常にリラックスして見える。銃で肩に穴を空けられ、焼死寸前だったことを考えると、すごく穏やかだ。一方のホープは、まだぴりぴりしていた。ちょっとしたことにびくっと反応してしまう。

そのため、ドアをノックする音に跳び上がってしまった。

背の高い白髪の男性が顔だけのぞかせる。「入ってもいいかな？」

ラウールとピアースは、立ち上がると直立不動で男性を迎えた。ルークもベッドで背筋を伸ばしている。男性の存在感は非常に大きく、ゆったりと中へ進んでくる姿に、ホープまで敬礼したくなっていた。

彼はじっとホープを見たままだ。彼女の心臓は大きな音を立て、手が震えた。

ラウールが親指を立てて、部屋の外を示す。「おう、俺たちはちょっと用があるから」ピアースがうなずき、二人の姿が消えた。そのことにも、ホープはほとんど気づいていなかった。彼女の視線は男性の顔に釘付けだった。自分と同じ顔に。

「ホープ」彼がやさしく声をかける。

彼女はうなずくだけだった。胸がいっぱいで、声が出ない。いろんな感情が入り乱れる。それぞれが強く彼女の心を揺さぶり、落ち着かない。叫び出してしまいそうで、口を開くのも怖い。

「知らなかったんだ。本当に。知らなかった、君のお母さん――ルーシーは、俺を捨てて別の男と一緒になったと信じていた。俺は怪我で長いこと病院にいたのに、彼女からは何の連絡もなかった。ある日突然、恋人を待つだけの生活が重荷になったと手紙が来た。大切な人が怪我をしたんじゃないか、死んだんじゃないかと心配してばかりでは、精神状態がもたない、だから平凡な幸せを求めて、別の人と結婚する、もう連絡してこないでくれ、と書かれていた。実は、これはSEALsの仲間がよく経験する話なんだ。それに筆跡も彼女のものだと思った。彼女の幸せを邪魔する資格は俺にはないと考え、彼女の意思を尊重したつもりだった。実は、俺の父がすべて仕組んでいたんだ。あいつは、ルーシーがレドフィールド家の嫁にはふさわしくないと考えた。あいつのほうこそ、ルーシーの小指の先ほどの値打ちもないやつさ。君のお母さんは、本当に利発で、まぶしいくらいに生き生きしていた」こみ上げる感情を抑えるかのように、彼がごくりと唾を飲む。「彼女の存在そのものが魔法みたいなものだった。俺は全身全霊で彼女を愛した。他の女性に心を奪われたことなんて、いちどもない」

ホープは頬を拭った。「私、お母さんのこと覚えていないの」

「仕方ないさ。君は幼かったし、意識不明の重体だったんだ。退院できたのも何ヶ月も経ってからだった。当時の記録を調べたんだ。サンフランシスコ近郊の病院に、昏睡状態で運び込まれた女児がいた。身元不明となっていた」

「どうして？　私の実のおじいさんでしょ？」やっと話せるようにはなったが、心の痛みが声に出ていた。言葉が出るたびに、心の一部が切り取られる気がした。

彼がうなずく。

ホープの動悸（どうき）はまだ収まっていなかった。「彼は――まだ私に危害を加える気なの？　ルークにも？」ベッドのほうを見ると、ルークが悲しそうな表情を浮かべて、こちらを見ていた。彼に握られた手が温かく、頼もしく、力をもらえた気がした。そう、この人と一緒なら大丈夫。

ふと――捕食動物のような危険な陰が、バード・レドフィールドの顔をよぎった。なるほど、彼も戦士なのだと、ホープは改めて感じた。

「いや」彼がきっぱり言った。「明日の新聞で詳細はわかるだろうが、コート・レドフィールドは自殺した。ＤＣから急きょカリフォルニアの自宅に戻ったあいつを、俺が問い詰めた。ルーシー、君の友人のカイル、アパートメントの管理人の殺害を指示し、さらに自分の孫娘まで殺そうとしたことを全世界にばらしてやる、と言ってやった。殺人と殺人未遂で裁判にかけられ、フランク・グラースのビデオまであるから証拠としてはそろっている。いろんなやつを買収したり脅したりして、罪を逃れるのが得意なやつだが、今度ばかりはもう逃げられない。俺がそんなことを許さないからな、と念を押した。もうおまえは終わりだと告げ、あいつの机に銃を置いてその場を去った。あいつに残された道はただひとつ、自殺だけだ。名誉を守るにはそうするしかない。あいつの人生で最後にひとつだけまともなことをしたわけだ。だからもう、君は自由の身だ」

こらえていた嗚咽（おえつ）が体の中からほとばしり、彼女はルークとつないでいないほうの手で口元を押さえた。

バード・レドフィールドがうなずく。「君は自由で、父親を得たんだ。君さえよければ、今後は君の人生に俺もかかわれないものかと思う。話すことは山ほどあるな」手で覆った口が、笑みを作る。彼も笑顔になり、ルークを見た。「それから、こちらの元レンジャーの青年に、君を守ってくれた礼を言わなきゃならないらしいな。一生、心から感謝する。彼女は俺にとって宝石みたいに大切な子なんだ」

ルークがにやりとする。「実は、彼女のほうも、俺を助けてくれましたから。俺にとっても、彼女はとても大切な人です」

感動的な二人のやり取りを見て、ホープは胸がいっぱいになったものの、二人を正式に紹介していなかったことに気づいた。「ちゃんと紹介していなかったわね。ルーク、こちらがバード・レドフィールド大佐で――私の……私の父です」

ああ、すてき。父を紹介できるなんて。

「レドフィールド大佐、こちらは――」

「できれば、〝父さん〟と呼んでくれないかな」彼の眼差しがやさしい。

感動の涙をこらえながら、彼女は震える声で言った。「父さん、紹介します。ルーク・レイノルズ、私の――」

「フィアンセです」ルークがきっぱりと言った。「彼女が結婚する男です。初めまして」

彼女は高鳴る胸に手を置いた。

ずっと家族が欲しかった。本ものの家族が。

そして今、ここに自分の家族がいる。

訳者あとがき

待望の「ミッドナイト」シリーズ最新作、本国でも七月末に刊行されたばかりの作品をお届けします。シリーズ名が"*Men of Midnight*"から"*Women of Midnight*"に変わるのでは、という話もありましたが、最終的に同じシリーズ名を引き継ぐことになったようです。

かなり新しい展開となり、「真夜中」シリーズの世界観が広がる一方、最初の『真夜中の男』にあったような、じんと胸を打つセリフやシーンなどに、ああ、リサ・マリー・ライスの作品が大好きになったのは、こういうところだったな、と改めて感じさせられ、個人的には本当にわくわくしながら訳を進めることができました。読者の皆さまにも、ああ、こういうところだな、と感じていただけるのではないかと思います。

今回はヒーローが海軍ＳＥＡＬｓではなく、ライバルとも言える陸軍レンジャー出身です。「真夜中」シリーズでは、最初の三部作の第二話『真夜中の誘惑』のバド

(元海兵隊)、原書の出版社が変わって新たに「真夜中の男たち」となってからの第四話『真夜中の炎』のジャック(CIA)に続いて三人目の非SEALsのヒーローとなりますが、脇を固める登場人物の多くが現役、もしくはSEALs出身者です。前回も登場した元SEALsのジェイコブ・ブラック氏の会社が本作品ではさらに大きな役割を果たし、いずれブラック氏のロマンスも読む機会があればいいな、と思ってしまいます。

ただ次回作については、残念ながら現時点でお知らせできる話はありません。作家のウェブサイトで伝えられている新作ニュースとしては、日本でも『楽園を見つけたら』というタイトルで出版された物語が、作品名を変更して再発売される、ということぐらいです。希望をこめて、本作品の最後に登場したラウールとピアースをヒーローに、ホープの友人のエミリーとライリーをヒロインにといった話が用意されるのではないかと、期待しています。

◉訳者紹介　上中 京（かみなか　みやこ）
関西学院大学文学部英文科卒業。英米文学翻訳家。
訳書にライス『真夜中の男』他シリーズ九作、ジェフリーズ『誘惑のルール』他〈淑女たちの修養学校〉シリーズ全八作、『ストーンヴィル侯爵の真実』『切り札は愛の言葉』他〈ヘリオン〉シリーズ全五作（以上、扶桑社ロマンス）、パトニー『盗まれた魔法』、ブロックマン『この想いはただ苦しくて』（以上、武田ランダムハウスジャパン）など。

真夜中のキス

発行日　2020年12月10日　初版第1刷発行

著　者　リサ・マリー・ライス
訳　者　上中 京

発行者　久保田榮一
発行所　株式会社 扶桑社
〒105-8070
東京都港区芝浦1-1-1　浜松町ビルディング
電話　03-6368-8870（編集）
03-6368-8891（郵便室）
www.fusosha.co.jp

印刷・製本　株式会社 廣済堂

ISBN978-4-594-08668-8　C0197